1

8 avril 1996 (lundi)

Shinji Wakatsuki reposa son stylo et s'étira discrètement.

Les rayons du soleil filtraient par les lames des volets à moitié baissés, créant de petites taches de lumière çà et là dans le bureau. L'une d'entre elles clignotait au-dessus du plumier où reposaient son sceau de signature, sa loupe pour vérifier ceux des documents et des trombones.

Quelques nuages, comme griffonnés au crayon à papier, s'estompaient dans le ciel d'un bleu limpide de Kyôto.

Wakatsuki prit une grande inspiration pour s'emplir de cette splendide matinée avant de replonger le nez dans la pile de formulaires de décès qui l'attendait sur son bureau.

Charpentier de quarante-huit ans. Hospitalisé après avoir craché du sang, s'est vu diagnostiquer un cancer du poumon. Salarié de soixante ans. Tombé sans connaissance sur un terrain de golf à la suite d'un AVC. Étudiant, tout juste dix-huit ans.

A roulé trop vite dans un virage, a heurté un poteau électrique.

Apprendre la mort de personnes dont il ne savait même pas qu'elles avaient existé. Il y avait plus plaisant comme manière de commencer la journée.

Son diplôme d'université en poche, il avait travaillé cinq ans au département des investissements internationaux de la compagnie d'assurances. À l'époque, son terrain d'expertise allait des emprunts au long cours jusqu'au marché en Bourse des États-Unis ; il se considérait davantage comme un financier que comme un agent d'assurances. Mais l'an dernier, lorsqu'il avait été muté au département du déblocage des fonds d'assurance-vie, il avait soudain compris à quel point son travail touchait à la vie et à la mort.

— C'est fou le nombre de morts aujourd'hui, remarqua Yoshio Kasai, le directeur de l'agence, dont le bureau jouxtait le sien, en avisant la montagne de formulaires. Et dire que c'est le printemps… Pas de chance, vraiment.

En effet, on comptait sensiblement plus de décès qu'en temps normal. En moyenne, l'hiver en apportait le plus gros contingent. Tout simplement parce que les personnes âgées et les malades, dont les corps étaient affaiblis, ne supportaient pas la baisse des températures.

Un tel nombre de dossiers à la belle saison devait s'expliquer d'une façon ou d'une autre. Wakatsuki feuilleta ses formulaires. Au bas de chaque demande de déblocage d'une assurance-vie se trouvait un rapport médical expliquant les causes du décès et, si nécessaire, les constats d'accident, les extraits d'état civil, etc. Il découvrit immédiatement le pot aux roses.

Sur l'auteur

Né en 1959 à Ōsaka, Yûsuke Kishi est membre de l'association Mystery Writers of Japan. Après avoir travaillé plusieurs années dans une compagnie d'assurances, il s'est lancé dans l'écriture. Ses romans sont tous des best-sellers, régulièrement adaptés en mangas ou en films. Son premier roman publié en France, *La Leçon du mal*, a fait l'événement de la rentrée littéraire en 2022. *La Maison noire* est son deuxième roman à paraître chez Belfond, puis chez 10/18.

Du même auteur
aux Éditions 10/18

La Leçon du mal, n° 5879
La Maison noire, n° 6052

YÛSUKE KISHI

LA MAISON NOIRE

Traduit du japonais
par Diane Durocher

10/18

BELFOND

Titre original :
Kuroi Ie

publié par KADOKAWA CORPORATION, Tokyo
First published in Japan in 1997
by KADOKAWA CORPORATION, Tokyo.
French translation rights arranged with KADOKAWA CORPORATION,
Tokyo through le Bureau des copyrights français.
Édition française publiée avec l'autorisation
de KADOKAWA CORPORATION, Tokyo, par l'intermédiaire
du Bureau des copyrights français, Tokyo.

— Ah… l'incendie de Sakyûku…

Trois semaines plus tôt, une maison en bois qui abritait une famille de cinq personnes avait été réduite en cendres ; il n'y avait aucun survivant. À la suite du drame, pas moins de quinze demandes de paiement de prime avaient été émises. La plupart concernaient des assurances vieillesse d'une durée de cinq ans, qui constituaient un capital important.

Wakatsuki se demanda si ces personnes n'avaient pas accepté de contracter des assurances contre leur gré, n'ayant pas su refuser une requête. Face aux vendeurs, qui insistaient sur l'immense effort à fournir pour le bien de la société, les anciens contractaient assurance sur assurance. Si le Japon arrivait en tête du classement des pays où le taux de souscription d'assurances-vie était le plus élevé au monde, c'était en raison de la contribution de ces personnes.

— Un incendie criminel, n'est-ce pas ? relança Kasai. On a trouvé les coupables ?

— Toujours pas. Mais les bénéficiaires semblent au-dessus de tout soupçon, alors je ne vois pas d'inconvénient à débloquer les fonds.

— Je te jure… Ces gens qui s'amusent à mettre le feu aux maisons… C'est la peine de mort qu'ils méritent.

Ayant murmuré cela, le directeur de l'agence s'épongea le front à l'aide d'un mouchoir. De ses manches de chemise roulées s'extirpaient deux gros avant-bras dignes de ceux des sumos. Haut d'un mètre soixante-quinze, il dépassait allègrement les cent vingt kilos. Ce qui lui valait de produire plus de chaleur que la plupart des gens : bien qu'on ne soit qu'au début du printemps, et en matinée, sa chemise XL bleu pâle se teintait de bleu marine dans le dos et sous les aisselles.

Le téléphone sonna. Kasai sauta sur le combiné, appliquant ostensiblement la consigne tacite à l'intention de ses subordonnées femmes, à savoir qu'il ne fallait pas attendre pour décrocher.

— Bienvenue à la Shôwa Seimei, bureau de Kyôto ! entonna-t-il de sa chaleureuse voix de ténor. Désolé de vous avoir fait attendre. Que puis-je faire pour vous ?

Hiromi Sakanoue s'approcha du bureau de Wakatsuki.

— Tiens, collègue, dit-elle en déposant une pile de papiers devant lui.

Une de plus. Wakatsuki se trouvait comme au beau milieu d'une chaîne de montagnes. Sakanoue travaillait dans cette agence avant que lui-même y soit transféré. Elle venait de terminer les vérifications préalables d'une série de demandes de paiement d'allocations pour des frais hospitaliers. Tous ces formulaires de couleurs différentes… Paiement d'assurance parvenue à terme. Paiement en cas de vie. Paiement des pensions. Prêt au souscrivant. Rupture de contrat. Formulaire d'enregistrement de sceau. Changement de contractant ou de bénéficiaire. Rectification d'adresse, de date de naissance (ou parfois de filiation, ou de sexe). Réémission de police d'assurance, etc.

Travailler dans les assurances, c'était faire commerce de papier et de vies, rien de plus, disait-on. Cela expliquait la quantité phénoménale de paperasse. Mais assez lambiné… Wakatsuki se remit à vérifier les documents. En dehors de l'incendie mortel, les cas concernaient des décès des suites de longue maladie. Rien de bien compliqué. Cependant, vers la fin de la pile, un dossier l'interpella.

Une assurance-vie entière à dix millions de yens. Contractée plus de vingt ans auparavant – ce genre de disposition de prévoyance ne posait généralement pas de problème. Un détail attira toutefois son attention : la mention « rapport de décès » avait été rayée, remplacée par « rapport d'autopsie ». La première suppose que le médecin établissant l'acte de décès ait vu le patient dans les vingt-quatre heures précédant sa mort. Les « rapports d'autopsie » devaient donc être examinés avec attention : le médecin n'ayant qu'un cadavre sous les yeux, il lui est parfois difficile d'établir la cause du décès avec exactitude.

Wakatsuki repassa en revue les rubriques du formulaire.

1) *Nom, prénom : Tanaka Sato*
2) *Date de naissance : 21 avril de l'an 11 de l'ère Taishô (1922)*

Elle aurait eu soixante-quatorze ans dans seulement deux semaines, calcula Wakatsuki.

3) *Adresse : préfecture de Kyôto, ville de Jôyô...*
...
11) *Type de décès : autre (suicide)*

Jusque-là, rien d'anormal. Après un an passé à lire des actes de décès au quotidien, Wakatsuki avait une idée assez représentative de la manière dont ses compatriotes quittaient le monde.

La cause de décès la plus courante était sans conteste le cancer. Puis venaient les maladies cérébrovasculaires, cardiaques et hépatiques.

Quant au suicide, ce n'était qu'une cause de décès comme les autres, terriblement commune. Le nombre annuel de suicidés au Japon était presque stable depuis 1975 – il était passé de vingt-deux mille à vingt-cinq mille personnes. Soit deux fois plus que le nombre de tués sur la route chaque année. Ces derniers temps, on enregistrait surtout une hausse des suicides chez les personnes âgées.

D'ailleurs, les meurtres étaient extrêmement rares dans la préfecture de Kyôto. C'est à peine s'il y en avait un par an à la Shôwa Seimei. Lorsque Wakatsuki entendait les gens se plaindre de la recrudescence de l'insécurité, cela le laissait dubitatif : ils étaient toujours très bien lotis en comparaison avec le reste du monde.

12) *Origine du décès : strangulation atypique*

13) *Précisions en cas de mort due à un facteur externe...*

Wakatsuki suspendit son crayon bleu.

S'est étranglée à l'aide d'une corde nouée à la poignée d'une commode à soixante-dix centimètres de hauteur.

Bien que les mensurations des personnes ne soient pas demandées, le médecin avait pris soin de préciser que la vieille dame mesurait un mètre quarante-cinq. Comment pouvait-on se pendre avec si peu de hauteur, en ayant les pieds qui touchaient toujours le sol ?

Ses feuillets en main, Wakatsuki coula un regard en direction de Kasai, toujours au téléphone. Le client avait l'air de se plaindre de quelque chose. Au sein de la succursale kyôtoïte, Wakatsuki et Kasai étaient les seuls chargés de clientèle en « protection » ; il ne pouvait se tourner que vers lui.

Le travail dans ce bureau consistait en deux branches : la partie « nouveaux contrats » et la partie « protection ». La première consistait, comme son nom l'indiquait, à établir les formalités nécessaires à la souscription de nouveaux contrats. L'autre avait pour objectif de suivre les clients, c'était une sorte de service après-vente. Et puisque l'on traitait d'argent d'assurances, les ennuis et les délits étaient légion.

En 1940, fraîchement diplômé d'une université privée d'Ôsaka, Kasai avait immédiatement intégré la Shôwa Seimei où, après qu'il eut fait preuve de sa solidité, on l'avait envoyé dans les assurances. C'était un vétéran en ce domaine. On racontait souvent dans la boîte qu'il avait été retenu en otage un jour et une nuit par des yakuzas pour un problème de paiement de frais d'hospitalisation survenu dans une succursale de Hokkaidô.

Pour l'heure, il écoutait son interlocuteur et lui répondait avec une extrême affabilité ; il en vint bientôt à sourire. Le problème trouvait visiblement une issue favorable. La plupart des appels de mécontentement étaient dus à des lacunes dans les explications du personnel.

Wakatsuki attendit que son collègue raccroche.

— Dis, Kasai…

Aussitôt, une voix tonitruante se fit entendre en provenance des guichets.

— Eh ben alors ? On traite les clients comme de la merde ici ou quoi ?

Oh non, pas encore lui...

Wakatsuki se tourna vers l'accueil, où se tenait un homme d'une soixantaine d'années. Bras croisés dans une posture qui se voulait intimidante, il fixait de ses yeux aux paupières alourdies la femme au guichet devant lui. Ses cheveux blancs portaient encore la trace de l'oreiller et il était vêtu d'un pyjama à rayures. Il était vraisemblablement sorti de chez lui et avait pris le bus dans cet accoutrement.

Araki. Probablement sans emploi, il venait à l'agence quasiment tous les jours se plaindre au guichet pour un oui ou pour un non. Quelles que soient les insultes que l'homme proférait, les employés ne pouvaient réagir autrement qu'avec la plus grande courtoisie. Il s'était accoutumé à déverser là ses frustrations envers une société qui l'avait mis au ban.

Les autres visiteurs, assis à un guichet ou dans les fauteuils de l'espace d'attente, froncèrent les sourcils d'un air réprobateur.

L'un d'entre eux, un petit homme aux cheveux poivre et sel et aux lunettes cerclées d'argent, était en pleine discussion avec Mayu Tamura, une employée qui avait deux ans d'ancienneté. Elle lui désignait un point précis d'une police d'assurance, tandis qu'il lui montrait son sceau d'un air impuissant. Soudain happé par le numéro fracassant de l'intrus, l'homme cessa de l'écouter et se mit à observer l'importun. Enfin, il reprit ses documents, les fourra dans sa serviette et s'éclipsa sans demander son reste.

Son attitude déplut à Wakatsuki, sans qu'il puisse s'expliquer pourquoi.

— Me parlez pas comme ça ! éructait Araki. Vous savez qui je suis ?

Tomoko Kawabata avait tenté une approche, mais l'homme, qui ne se rappelait plus ce qui l'avait motivé à entrer, commençait à s'agiter.

Les employés de la « protection » faisaient également partie du personnel d'accueil au guichet. En cas de souci, l'un d'entre eux était tenu d'intervenir.

Wakatsuki se leva et fut pris d'un moment d'hésitation.

Pas encore ce genre de personne...

Kasai, qui l'avait devancé, se contenta de lui asséner une petite tape amicale sur l'épaule avant de se précipiter vers l'accueil.

— Toutes nos excuses, monsieur ! s'exclama-t-il de sa voix la plus onctueuse. Que puis-je faire pour vous ?

Il lança en douce un regard rassurant à sa collègue, qui retourna à son bureau.

Araki s'assit lourdement dans un fauteuil, croisant ses sandales comme pour cacher ses pieds sales. D'une voix d'adolescent en pleine crise, il se mit à se plaindre des femmes du bureau et de leur manque de correction. Kasai ne chercha pas à le contredire : il suffisait de montrer qu'il l'écoutait.

Wakatsuki, les genoux flageolants, se rassit. Il était honteux que Kasai ait surpris sa seconde d'hésitation.

Le téléphone sonna, et Hiromi Sakanoue décrocha. Elle opina plusieurs fois, mit son interlocuteur en attente et s'adressa directement à Wakatsuki.

— Une cliente pour toi.

— Un problème ?

Sakanoue, forte de cinq années d'expérience au guichet, avait accumulé dans le domaine des assurances plus de connaissances que lui-même. Il y avait peu de questions auxquelles elle ne pouvait répondre.

— On demande si l'argent de l'assurance est délivré en cas de suicide…

Ce genre d'appel n'était pas rare, mais le visage de Sakanoue indiquait qu'il ne s'agissait pas d'une plaisanterie.

— Entendu. Passe-la-moi.

Dès qu'il eut opiné, elle redirigea l'appel avec un soulagement non feint. Les femmes du bureau faisaient parfaitement leur travail et les tâches qui leur incombaient mais préféraient éviter les responsabilités. On leur avait enseigné de toujours se référer à des employés plus compétents. En conséquence, le poids sur les épaules de Wakatsuki et de Kasai se trouvait démultiplié. Ce qui se ressentait dans leurs émoluments, incomparablement plus généreux que ceux de leurs collègues féminines.

Wakatsuki ouvrit un tiroir de son bureau pour en sortir le manuel interne de l'entreprise. La question elle-même ne posait aucun problème technique ; un employé fraîchement recruté aurait pu y répondre. Elle requérait cependant une extrême attention lorsqu'il s'agissait d'informer les clients.

— Bonjour, excusez-moi de vous avoir fait attendre. Wakatsuki, responsable guichet.

Une petite toux se fit entendre à l'autre bout du fil.

— Que puis-je faire pour vous ? poursuivit l'assureur.

— Je l'ai déjà dit, répondit la voix étouffée.

Difficile d'en être certain, mais il devait s'agir d'une femme. Passablement nerveuse.

— L'argent des assurances… on le touche quand quelqu'un s'est suicidé ?

— Je vais de ce pas répondre à votre question. Pouvez-vous me dire s'il s'agit de l'un de vos proches ?

Silence, entrecoupé d'une nouvelle quinte de toux.

— Avez-vous la police d'assurance sous les yeux ? Dans ce cas, il vous suffit de me donner le numéro du contrat afin que je puisse vous apporter une réponse.

Devant le mutisme de son interlocutrice, il réitéra la demande.

— Vous pouvez pas le savoir, sans ça ? finit-elle par demander.

— Non. Cela dépend des circonstances.

— C'est quoi, les circonstances ?

— Eh bien…

Il avait tenté de retarder sa réponse de son mieux, mais face à l'insistance de la femme, il dut reprendre :

— Par exemple, si le suicide intervient moins d'un an après la création du contrat, on considère que la compagnie d'assurances est exonérée.

— Exonérée ?

— Elle ne paie pas.

— Et pourquoi ?

— En droit du commerce, par exemple, le suicide est toujours cause d'exonération, mais dans le cadre des assurances, on prévoit un délai d'un an.

— Mais pourquoi, enfin ? s'obstina la voix, où perçait un certain agacement.

— Tout simplement parce que les assurances décès ne sauraient encourager le suicide, si je puis m'exprimer ainsi…

Nouveau silence.

Si le contractant ou le bénéficiaire d'une assurance-vie tuait l'assuré, l'assurance se considérait comme exonérée de paiement. Il en allait de même si l'assuré et le tueur étaient une seule et même personne ou, pour le dire plus clairement, en cas de suicide.

En prévoyant de payer les bénéficiaires dans le cas d'un suicide, les assurances encourageraient le passage à l'acte. Les personnes ayant l'intention de mettre fin à leurs jours pourraient s'arranger pour souscrire un contrat juste avant, et les finances des assurances décès s'en verraient alors fortement déstabilisées.

L'article 680 du Code du commerce prévoyait qu'en cas de décès des suites d'un suicide, d'un duel ou d'une condamnation à mort, le contrat était caduc.

Cependant, il fallait bien se mettre à la place des affiliés : que la personne assurée se donne la mort, la trouve dans un accident de la route ou au terme d'une maladie, cela ne faisait pas une grande différence. L'assuré pouvait très bien ne jamais avoir songé une seule fois à mettre fin à ses jours lorsqu'il avait signé ; cela ne garantissait en rien qu'il n'aurait pas recours au suicide à une autre période de sa vie, après avoir déclaré une névrose, par exemple.

La mort de la personne du foyer qui supportait les dépenses plongeait les survivants dans un quotidien très difficile. Dire à une famille endeuillée qu'à cause de ce suicide elle ne pourrait rien toucher, cela allait à l'encontre de la mission des assurances décès, à savoir accompagner les survivants.

Par ailleurs, le taux de décès par suicide s'était

vu inclus dans les tables de mortalité sur lesquelles étaient basées les primes d'assurance-vie. Dès lors, ne pas assurer les décès par suicide reviendrait à engendrer des profits mal acquis.

C'est pour toutes ces raisons que les sociétés d'assurances japonaises avaient décidé d'une période de sûreté d'un an avant de pouvoir bénéficier des paiements en cas de suicide. On avait imaginé que, même si quelqu'un souscrivait une assurance-vie dans l'idée de mettre fin à ses jours une année plus tard, cette période lui ferait probablement changer d'avis : il était difficile de conserver cette volonté sur un temps aussi long. Pour autant, de nombreuses voix s'élevaient pour demander si cette clause était véritablement raisonnable…

— Si vous me donnez le nom et la date de naissance de la personne concernée, je pourrai vous dire si le délai de retenue est passé ou non…

Il ne restait plus à Wakatsuki qu'à feindre que le pire soit déjà advenu, afin, au minimum, de connaître le nom de son interlocutrice.

Elle ne parla pas. Seul lui parvenait le son étouffé de sa respiration difficile. Ainsi que sa nervosité, presque palpable.

Que faire ? Wakatsuki sentit sa paume, au contact du combiné, se couvrir de sueur. Il était certain que la personne à laquelle il parlait avait l'intention de passer à l'acte.

Bien entendu, même si cette femme, juste après avoir raccroché, se jetait par la fenêtre, la loi ne le tiendrait en aucune manière pour responsable. Il n'avait fait que répondre aux questions d'une cliente. Et à l'inverse, on pourrait lui reprocher de n'avoir pas voulu lui répondre uniquement sur la base de son propre jugement de la situation.

Mais il ne pouvait ignorer ce qui se passait.

En téléphonant pour savoir si le suicide serait payé, cette dame n'envoyait-elle pas un SOS inconscient ?

Si c'était le cas, pouvait-on réellement empêcher une personne de mettre fin à ses jours ?

La femme émit un soupir à l'autre bout du fil.

— Attendez ! s'écria Wakatsuki, sentant qu'elle allait raccrocher. Ne quittez pas, attendez un peu, je vous prie.

— Hein ?

— Je suis désolé de vous importuner, mais accepteriez-vous de m'accorder encore quelques minutes ?

— Quoi encore ? demanda-t-elle d'un air soupçonneux.

— Écoutez-moi, je me trompe peut-être. Si c'est le cas, j'en suis vraiment navré. Mais, avez-vous l'intention de vous faire du mal ?

Idiot ! Qu'est-ce que tu viens de dire ? se reprocha-t-il aussitôt, stupéfait par les mots qu'il venait de prononcer. Une compagnie d'assurances n'avait aucun devoir de se préoccuper des affaires de ses clients. S'il continuait, il risquait d'entacher la réputation de la Shôwa Seimei.

Or, la femme ne répondit pas. Si le pressentiment de Wakatsuki avait été faux, elle se serait mise en colère, elle aurait du moins dit quelque chose. Mais ce silence…

— Je vous en prie, veuillez reconsidérer votre choix.

Toujours le silence. Il eut néanmoins l'impression que son interlocutrice tendait l'oreille. Il se lança.

— Pardonnez-moi d'être intrusif, mais j'aimerais vous dire ceci : si vous mettez fin à vos jours, votre famille peut en effet recevoir de l'argent. Cependant, vous leur laisserez aussi une blessure qui ne se refermera jamais.

Wakatsuki jeta un regard autour de lui.

Araki, toujours à l'accueil, s'était mis à brailler des paroles confuses, ce qui accaparait l'attention de tout le personnel.

Personne ne faisait attention à lui.

— Je vous parle à présent en tant qu'individu, non pas en tant qu'employé de ma compagnie. Il se trouve que quelqu'un dans ma famille s'est suicidé.

Lui-même ne s'attendait pas à raconter à cette inconnue cet épisode de son histoire, qu'il n'avait avoué à personne.

— Qui est mort ? demanda-t-elle, un changement dans la voix.

— Mon grand frère. Il avait onze ans, j'en avais neuf.

Un sentiment qu'il s'était toujours efforcé de refouler remonta à la surface.

— Pourquoi il a fait ça ?

— On ne sait pas. On pense qu'il était harcelé à l'école, mais l'établissement n'a jamais voulu le confirmer.

La femme resta muette quelques instants, comme si elle tournait et retournait une idée dans sa tête. Enfin, elle soupira.

— C'est quoi, votre nom ?

— Wakatsuki.

— Ça fait longtemps que vous travaillez là, monsieur Wakatsuki ?

— Non, un an seulement.

— Ah bon. (Puis, après une dernière pause :) Au revoir.

Et elle raccrocha.

Wakatsuki reposa le combiné en se disant qu'il avait bien fait. Encore troublé, il entendait le sang battre à ses tempes. Ses oreilles le brûlaient.

Il n'avait probablement pas le pouvoir d'influer sur la décision d'autrui, mais au moins il avait tenté le tout pour le tout. Quelque chose, il en était sûr, s'était passé vers la fin de la conversation.

Du côté de l'accueil, Kasai était enfin parvenu à calmer Araki. Wakatsuki suivit du regard la silhouette mal fagotée qui repassait les portes vitrées en sens inverse.

Il se demanda s'il devait parler à son supérieur de cet étrange coup de fil.

Il décida de n'en rien faire. Son écart de conduite l'avait entraîné fort loin des directives internes et, de toute façon, les dés étaient jetés : ils n'avaient aucun moyen de connaître l'identité de cette femme.

C'était à elle que revenait la décision ultime. Il ne lui restait plus qu'à surveiller pendant quelque temps les demandes de paiement d'assurance-vie après suicide.

Kasai revint à son bureau : c'était le moment de lui demander conseil, avant qu'il ne se replonge dans ses documents.

— Tu as un instant ?

— Oui, pourquoi ?

— Regarde ça… Tu ne trouves pas que c'est étrange ?

— Fais voir.

Wakatsuki s'empressa de lui montrer la rubrique des circonstances entourant la mort de la dame de soixante-treize ans. Du haut de son mètre quarante-cinq, comment avait-elle pu se pendre à la poignée d'une commode à soixante-dix centimètres du sol ?

Kasai examina la fiche avec attention.

— Ah, dit-il simplement, sans partager l'intérêt de Wakatsuki. Ça arrive souvent.

Wakatsuki, qui croyait avoir mis au jour un meurtre, tomba des nues.

— Comment cela ?

— Quand on veut se pendre, il n'y a pas que la solution de la hauteur. On a d'ailleurs en général plus de cas où le défunt s'est pendu de moins haut que sa propre taille. Tiens, quand je travaillais à Sendai, on a eu cette vieille femme qui, lorsqu'elle avait appris qu'elle souffrait d'Alzheimer, a décidé de jeter l'éponge. Elle s'est pendue avec la ceinture de sa robe de chambre nouée aux barreaux de son lit d'hôpital, d'où elle s'est laissée tomber. Le lit faisait quoi, quarante, cinquante centimètres de haut à tout casser.

— Je vois…

— Mais si tu penses que ce cas mérite une enquête, on peut demander au responsable de la juridiction de se déplacer. S'il s'avère qu'il n'y a rien de suspect, ça te rassurera.

— D'accord, je le ferai.

Kasai n'avait ajouté cela que par égard pour lui. Wakatsuki reprit son formulaire avec un sourire forcé. Il éprouvait un étrange mélange de soulagement et de déception.

C'est cet après-midi-là que les véritables ennuis commencèrent.

— Wakatsuki ? Désolée de te déranger…

L'employé leva les yeux sur ses deux collègues, Hiromi Sakanoue et Mayu Tamura. Cette dernière semblait sur le point de fondre en larmes.

— Que se passe-t-il ?

— Un client à l'accueil, expliqua Sakanoue d'un air inquiet. Il dit que c'est notre faute s'il n'a pas pu honorer une facture. Il exige… un dédommagement de cinquante millions de yens.

Wakatsuki tourna la tête vers le guichet. Il se souvenait de l'homme assis là-bas. Il l'avait vu ce matin. Une tête de chef de petite entreprise, des cheveux gris, des lunettes cerclées d'argent. Une tête qui ne lui avait pas plu… Puis Araki avait canalisé toute l'attention et il n'y avait plus pensé.

Derrière le client se tenait un homme dans la quarantaine, debout, les bras croisés. Petit et corpulent. Un visage large, rougeaud. De petits yeux ronds comme des billes. Le regard menaçant. Il portait un costume-cravate mais rien en lui n'indiquait le simple employé de bureau.

— En quoi ce serait notre faute ?

— M. Yatabe est venu ce matin faire une demande de prêt à l'assuré.

Elle lui tendit un tableau d'estimations. L'homme aux cheveux blancs se nommait Masahiro Yatabe. Parce qu'il souscrivait à une assurance onéreuse et cotisait à une retraite personnelle, il était autorisé à emprunter jusqu'à seize millions de yens avec sa police d'assurance en garantie.

— Il a rempli le formulaire, mais au moment d'apposer son sceau, celui-ci ne correspondait pas à celui de la police d'assurance. Ils se ressemblent beaucoup, ils ont probablement été façonnés en même temps…

Tamura déposa devant lui le document, ainsi qu'un morceau de papier calque où avait été imprimé le tracé exact du sceau utilisé pour le contrat d'assurance. En effet, ils semblaient identiques, mais l'un était plus grand de deux millimètres.

— Comment a-t-il réagi, alors ?

— Il a dit « Ah bon, tant pis » et il est parti immédiatement, murmura-t-elle.

Sakanoue, rouge d'indignation, poursuivit :

— Puis il est revenu avec ce monsieur, et maintenant il prétend qu'à cause de ce refus il n'a pas pu payer une facture, et que son entreprise a fait faillite… Il demande cinquante millions de yens de dommages et intérêts !

C'était un traquenard monté de toutes pièces, Wakatsuki en avait la certitude. L'homme s'était intentionnellement trompé de sceau ce matin-là, avant de repartir comme si de rien n'était. Si le duo avait été capable de jouer cette comédie jusque-là, il n'allait pas se laisser décourager si facilement.

Peut-être étaient-ce des yakuzas. Wakatsuki poussa un profond soupir. Kasai était à Shimogyô, à deux pas, pour une inspection. Mais en son absence, il devrait faire face tout seul.

Kana Matsumura arriva en courant de l'accueil.

— Wakatsuki… Pardon mais les clients se plaignent, ils en ont assez d'attendre…

Pas la peine de vérifier : il pouvait sentir leurs

regards hostiles dans son dos. Wakatsuki préféra ne pas les croiser.

— Entendu. Faites-les entrer dans le bureau 1.

Il se leva, attrapa sa veste étendue sur le dossier de sa chaise et l'enfila. Cela lui donna l'impression de se parer d'une armure avant de se lancer dans la bataille.

— Je m'en occupe. Si Kasai revient, dites-lui de me rejoindre. Ah, et n'oublie pas les boissons, s'il te plaît.

— Compris, répondit Sakanoue en emmenant Tamura.

Wakatsuki ne prit qu'un crayon et un bloc-notes. Puis, soupirant tant et plus, les yeux fixés sur le linoléum, il se dirigea d'un pas lourd vers la salle d'entretien numéro 1.

— Pardonnez-moi de vous avoir fait attendre, dit-il après avoir frappé à la porte.

Le petit homme tourna sa face épaisse vers lui. Les pommettes cramoisies, il semblait fulminer. Le premier bouton du col de sa chemise était près de lâcher. C'était presque douloureux à regarder.

— Ça, pour nous faire attendre, on nous a fait attendre ! s'exclama-t-il. J'espère que vos explications seront à la hauteur !

Yatabe, silencieux, gardait la tête baissée. Wakatsuki s'inclina et déposa sa carte de visite devant les deux clients.

— Je suis Wakatsuki, responsable du suivi clients. Je connais M. Yatabe ici présent, mais je n'ai pas l'honneur… ?

L'inconnu fronça les sourcils.

— Moi, je suis un employé. C'est à cause de vous

que l'entreprise du patron doit mettre la clé sous la porte, alors je suis venu avec lui !

Mensonge évident. L'homme n'avait pas du tout l'apparence d'un employé modèle. De plus, il ignorait parfaitement son « patron », ne daignant pas même lui jeter un regard.

On frappa à la porte. Sakanoue entra avec un plateau sur lequel étaient disposés trois jus d'orange du salon de thé d'en face. Les verres tintaient entre eux. À la manière dont elle les déposait sur la table, la sueur au front, on aurait dit qu'elle entreprenait une opération de déminage. Elle s'éclipsa en vitesse après une dernière courbette.

Au fil des ans, la Shôwa Seimei s'était équipée d'un manuel assez complet à l'usage de ses salariés. Les jus de fruits étaient préconisés dans ce genre de situation.

Ne jamais proposer de boisson chaude à un client déjà échaudé. Au contraire, toujours l'encourager à se rafraîchir.

Wakatsuki attendit que le client furieux prenne quelques gorgées avant d'amorcer la discussion.

— Mes collègues m'ont informé de la situation…

— Ah oui, au fait, vous les formez où vos banquières, hein ? J'aimerais bien le savoir…

Wakatsuki pensa l'informer que ses collègues n'étaient pas des employées de banque, mais se retint.

— Vous aurait-on manqué de respect ?

— Le respect, tiens, ah ça…

Il sortit une cigarette de son paquet et attendit que Wakatsuki se propose de l'allumer, ce qu'il ne fit pas. L'homme dégaina son propre briquet avec rage.

— Eh ben, vous n'avez pas de cendrier ? aboyat-il. Vous savez pas recevoir les gens ici, c'est pas possible !

— Veuillez m'excuser, répondit Wakatsuki en se levant pour attraper un petit récipient en aluminium léger sur une étagère.

Le manuel spécifiait qu'il ne fallait jamais doter les salles d'entretien de cendriers en pierre ou toute autre matière dense, car il arrivait qu'on les transforme en objets contondants. Même projeté par un joueur de base-ball professionnel, ce cendrier-là ne causerait jamais de blessure grave.

— Est-ce que vous avez conscience de ce qu'elle a fait, votre banquière ? reprit l'homme en recrachant sa fumée. Notre boîte, elle a coulé. À cause d'une facture impayée... Vous voyez ce que ça veut dire ? Nous, les employés, nos familles, demain, on est à la rue ! Alors j'espère que vous allez prendre vos responsabilités !

— Écoutez, le sceau que nous a apporté M. Yatabe ce matin était différent de celui qui a servi à signer sa police d'assurance...

— J'ai bien compris, ça ! s'insurgea l'autre. Mais c'est votre décision, et vous vous en fichez, des conséquences ? Qu'est-ce que ça peut faire que le sceau soit un peu différent ? On peut quand même faire les démarches, hein ! N'essayez pas de m'entourlouper...

Je vois... pensa Wakatsuki. *C'est donc ça que tu comptais faire.*

Sans conteste, il existait des cas où une petite différence de sceau ne portait pas à conséquence et n'empêchait pas de mener à bien certaines démarches administratives, pour peu que l'on puisse s'assurer de l'identité de la personne, grâce à son permis de conduire, par exemple. Mais une compagnie d'assurances, ce n'était pas une mairie ; il s'agissait d'une entreprise commerciale. Un respect tatillon des formalités devait s'appliquer.

— Selon les circonstances, nous pouvons mettre en place des solutions particulières pour nos clients. Cependant, M. Yatabe n'a rien demandé en ce sens…

— Dites voir ! N'essayez pas de mettre ça sur le dos du patron, hein ! s'emporta l'autre. C'est votre banquière, là, qui ne lui a rien dit ! Le patron a cru qu'il n'y avait plus rien à faire, alors il a abandonné, et c'est tout !

Wakatsuki sentit, à l'intonation de son adversaire, que la conversation lui échappait. L'autre gagnait en confiance. Il avait l'avantage.

On frappa à la porte. Kasai s'inséra dans la pièce en s'excusant poliment, un classeur sous le bras.

— Quoi encore ? C'est pire qu'un hall de gare ici… Il en sort des nouveaux toutes les cinq minutes ! On va pas me refaire tout expliquer, quand même !

— Ce ne sera pas la peine. Je sais parfaitement de quoi il retourne, le rassura Kasai. Je vous prie de nous excuser pour les manquements de notre collègue qui vous a reçus au guichet.

Il inclina profondément la tête devant les deux visiteurs.

L'énervé, un temps impressionné par la corpulence du nouveau venu, reprit contenance en s'avisant qu'il faisait autant profil bas que Wakatsuki.

— Bon, alors on demande une prime de licenciement pour vingt salariés, ainsi qu'une pension mensuelle à appliquer dès maintenant. On pourrait vous demander cent millions de yens, sérieusement, mais on s'en tiendra à cinquante… Qu'est-ce que vous en dites ? On est à la Shôwa Seimei, ce n'est rien pour vous. Pas cher pour prouver votre bonne foi.

— Je suis désolé, répondit Kasai dans un murmure, mais nous ne pouvons accéder à votre requête.

— Hein ? Comment ça, vous ne pouvez pas ? (Il tapa du poing sur la table.) Vous avez foutu notre boîte sur la paille !

— Il est stipulé dans notre règlement que toute demande de prêt doit être marquée d'un sceau rigoureusement identique à celui présenté lors de la signature du contrat d'assurance. Notre employée a eu tout à fait raison d'effectuer cette vérification auprès de notre client.

— Vous foutez pas de moi ! On peut très bien faire des démarches même si le sceau n'est pas le même !

— Peut-être, et encore, dans des cas particuliers. Mais c'est impensable dans le cadre d'une démarche auprès des assureurs.

L'homme rougeaud continua à s'époumoner pendant une bonne dizaine de minutes, mais Kasai resta imperturbable, suivant à la lettre les consignes : *Ne pas s'énerver, rester poli.*

Puis, s'étant probablement épuisé tout seul, l'homme se rassit et porta son jus d'orange tiédi à ses lèvres. Une mélodie stridente s'éleva. Wakatsuki regarda par réflexe le téléphone posé devant lui, mais la sonnerie provenait d'ailleurs. L'homme tira un téléphone portable de sa poche et décrocha.

— Ouais, salut, lança-t-il d'une voix exagérément haute. Ça fait un bail. Comment va le grand frère ? Ah, parfait, parfait. Ah non, ça va pas se faire. Hein, maintenant ? Plaisante pas… Ah bon ? Eh ben d'accord, allez. Pourquoi pas venir dire un petit bonjour au prêteur, hein !

Wakatsuki le voyait venir : le type voulait leur faire comprendre qu'il était de mèche avec les yakuzas. Depuis la nouvelle loi de répression du crime organisé, il n'était plus vraiment possible de lancer des noms pour impressionner. On employait désormais ce genre de subterfuge.

Il jeta un œil à Yatabe, qui restait impassible. Il semblait épuisé au point qu'il n'accordait plus la moindre attention à ce qui se déroulait autour de lui.

Remisant son portable, le pseudo-employé resta encore trente bonnes minutes avant de quitter enfin les lieux, non sans promettre qu'il reviendrait.

— Tu crois qu'il est vraiment du milieu ? demanda Wakatsuki à son supérieur dès que M. Yatabe et son « salarié » eurent été emportés par l'ascenseur.

— Non. Il n'en avait pas la carrure, loin de là. Son coup de fil, c'était du bluff. Beaucoup trop évident. Par contre, je crois bien que l'entreprise de Yatabe va couler. Celui qui l'accompagnait doit être un créancier.

Yatabe ne semblait pas être une mauvaise personne. Wakatsuki se représentait parfaitement l'enchaînement des faits : une mauvaise période, quelques emprunts ici et là pour s'en sortir, et rapidement une montagne de dettes, puis l'impossibilité de relever la tête. Il allait y laisser des plumes.

— Tiens, regarde, lui dit Kasai en lui tendant le classeur ouvert sur l'historique de Yatabe. Il a demandé un plafond de prêt maximum. Preuve qu'il était couvert de dettes. Ses prêts ont tous été soldés d'un coup la semaine dernière.

Wakatsuki s'en voulut de son manque de professionnalisme. Il n'avait pas pris le temps de vérifier les antécédents du client.

— Il aurait donc tout remboursé afin de pouvoir faire ce coup ?

— Ça n'aurait rien d'étonnant : le procédé est assez répandu. Et puis, si ça ne marche pas, il peut toujours briser le contrat et récupérer ses billes… Il n'a rien à perdre, en somme. Il faut être très prudents dans notre attitude, car ils sautent sur la moindre erreur et à partir de ce moment-là, ils ne lâchent pas.

— Tu penses qu'il va revenir ?

— Ah, probablement. Deux ou trois fois. Il abandonnera vite quand il comprendra que ça ne prend pas avec nous. Tu verras. Je te parie que dès la semaine prochaine, on n'en entendra plus parler.

Kasai souffla par le nez.

Wakatsuki se mit à réfléchir.

Les assurances que Yatabe avait souscrites étaient toutes à haute trésorerie. Elles étaient donc censées rapporter sensiblement autant si on annulait le contrat ou si celui-ci ne parvenait à terme qu'en cas de décès… Sauf si Yatabe avait misé sur la prévoyance. Auquel cas une résiliation ne rapporterait quasiment rien, contrairement à sa mort, bien plus avantageuse. Mais alors, son créancier résisterait-il à la tentation d'un meurtre pour s'emparer du pactole ?

Lorsqu'il sortit de ses pensées, Kasai l'avait devancé dans le couloir. Wakatsuki se hâta à sa suite.

2

14 avril (dimanche)

Dans le parc du sanctuaire Imamiya du quartier de Murasakino, des hommes travestis en démons, affublés de perruques noires ou rouges et vêtus de kimonos blancs et carmin, exécutaient une danse virile au rythme des tambours et des grelots.

— Qu'est-ce qu'il a dit ? demanda Megumi à propos des dernières paroles scandées comme des incantations par le narrateur.

— « Fleur apporte la paix », répondit Wakatsuki tout en faisant claquer l'obturateur de son appareil photo à tout-va. Autrefois, c'était à cette époque de l'année, quand le pollen imprègne l'air, que les épidémies se développaient le plus. C'est alors que de par le pays ont émergé ces « danses des fleurs de paix », afin de repousser les divinités de la maladie. Enfin, c'est ce qui est écrit dans le guide.

— « Fleur apporte la paix »… J'ai beau vivre à Kyôto depuis un moment, je n'avais encore jamais entendu parler de ce festival. Si seulement ça pouvait « pacifier » mon allergie au pollen…

Elle porta un mouchoir à sa bouche pour éternuer.

Wakatsuki avait rencontré Megumi Kurosawa à l'université, lorsqu'elle avait rejoint le club de bénévoles de quartier dont il faisait partie. Elle était petite et menue, et ses cheveux d'un noir de jais coupés au carré, qui encadraient un visage diaphane, l'avaient interpellé. Probablement par timidité, elle était restée muette lors de la première réunion… jusqu'à ce qu'une plaisanterie lancée par un camarade la fasse sourire. Une seule fois. Mais ç'avait été suffisant pour que Wakatsuki tombe sous son charme.

Le club menait plusieurs activités telles que la visite aux personnes âgées en maison de retraite, la tenue d'ateliers pour celles en situation de handicap mental, ou encore la distribution de repas pour les sans-abri lors des fêtes de fin d'année.

Au départ, Wakatsuki n'avait pas réellement d'intérêt pour le volontariat et le service à la personne. Comme la plupart des membres de ce groupe, il avait été happé par les recruteurs un peu par hasard. Megumi, elle, faisait partie des rares volontaires à s'être inscrits par véritable passion.

La jeune femme était animée d'une compassion sans limites pour ses congénères fragiles et ceux qui souffraient.

Un soir de Saint-Sylvestre, elle avait tenu dans ses bras, en attendant une ambulance, un vieillard atteint d'une pneumonie à force de dormir dans la rue. L'homme, qui pour des raisons personnelles avait dû quitter son foyer, n'avait jamais voulu céder à l'auto-apitoiement et tenait à conserver une apparence soignée, de ses vêtements à sa longue barbe blanche. Pourtant, à cause de son grand âge, il avait échoué à trouver un emploi et n'avait pas mangé depuis une semaine.

En entendant son histoire, les grands yeux de Megumi s'étaient emplis de larmes. Et Wakatsuki n'en avait ressenti que plus d'attirance pour elle.

Un beau jour, il avait osé lui faire part de ses sentiments, et ils avaient commencé à sortir ensemble. Par bonheur, la région de Kyôto regorgeait de merveilleux temples et autres sites historiques, sans compter qu'elle offrait, à portée de métro, des balades en pleine nature à Arashiyama ou Ôhara, parfaites pour les escapades en amoureux. Sans avoir à débourser grand-chose, deux étudiants fauchés pouvaient profiter de sorties mémorables.

Lorsque, après son diplôme, Wakatsuki avait été employé par la compagnie d'assurances à Tôkyô, leur idylle avait continué malgré la distance. Leur relation n'en avait pas le moins du monde été affectée : le lien qui les unissait était resté inchangé.

Ils n'étaient ni l'un ni l'autre de nature à tourner aisément la page, pas plus qu'ils n'étaient attirés par la possibilité de regarder ailleurs. De plus, cet éloignement leur avait peut-être permis de ne pas tomber dans la routine.

Megumi, quant à elle, avait enchaîné sur un master après l'obtention de sa licence. C'est complètement par hasard que quelques années plus tard Wakatsuki s'était vu offrir un nouveau poste lui permettant de retourner à Kyôto. Il avait escompté pouvoir la voir toutes les semaines, mais il n'avait pas prévu que son boulot lui prendrait autant de temps. En réalité, ils s'estimaient heureux s'ils arrivaient à se voir une ou deux fois par mois.

— Quand on y pense, le festival de Gion était aussi, au départ, destiné à faire fuir les divinités de la variole… reprit-elle. De nos jours, on considère les festivals comme des événements joyeux, mais on oublie souvent qu'ils sont nés de la terreur de la maladie et de la mort.

— C'est vrai. Avant l'apparition de la médecine moderne, on était sans protection face à la peste, par exemple. On la redoutait un peu comme le sida ou Ebola aujourd'hui. Il n'était pas rare que des villages entiers soient décimés par un virus.

Ils sortirent de l'enceinte du sanctuaire et marchèrent au hasard dans les rues. Le temps était doux sous le soleil printanier.

— Tu te rends compte, si tu travaillais dans les assurances, mais dans ces temps reculés ? Les cinq cents âmes d'un village à traiter d'un coup…

— Si tout le monde meurt, il n'y a personne pour réclamer l'argent, coupa Wakatsuki avec brusquerie.

La conversation se mit à balbutier. Ils s'engagèrent dans la ruelle qui contournait le cimetière du temple de Daitoku.

— Hum… fit Megumi en le dévisageant avec attention.

— Qu'y a-t-il ?

— Tu n'aimes pas beaucoup ton travail, je me trompe ?

— Pourquoi dis-tu ça ?

— Chaque fois qu'on en parle, tu sembles de mauvaise humeur. Ce n'était pas le cas avant.

— Ah bon ?

— Quand je te rendais visite à Tôkyô, tu me barbais avec tes histoires de marché de l'euro, de taux de Libor ou je ne sais quoi, de bons du Trésor… Je n'y comprenais rien, mais tu étais intarissable !

— Vraiment ? Je ne m'en souviens pas… éluda-t-il sur le ton de la plaisanterie.

Toutefois, l'argument avait fait mouche.

— Enfin, tu ne rates rien. Les histoires d'assurance d'un bureau local n'ont rien de passionnant.

— Parce que c'est du travail invisible ?

— Non. C'est tout le contraire, d'ailleurs. Le rôle d'une compagnie d'assurances-vie, c'est de verser des indemnités aux clients. On peut dire que c'est le mécanisme qui soutient l'objectif final de notre société. De ce point de vue, c'est plutôt mon travail à Tôkyô qui était déconnecté de la réalité.

— C'est vraiment ce que tu penses ?

— Oui… bien sûr.

Ils regagnèrent le parking où Wakatsuki avait garé sa moto favorite. Une Yamaha SR125 sans fioritures. Il l'avait rachetée à prix d'ami à un collègue qui partait en mutation. En semaine, et afin d'éviter les embouteillages, Wakatsuki se rendait au travail à vélo. Le week-end était l'occasion de sortir sa SR125 adorée.

— Il est à peine 14 heures… On fait quoi ? Il nous reste plein de temps jusqu'au dîner.

— Je ne sais pas, je suis fatiguée.

— On va s'asseoir dans un café ?

— Tu ne veux pas qu'on aille chez toi ? Ça fait longtemps.

Wakatsuki eut une vision de sa chambre qui aurait mérité un bon coup de frais.

— Pourquoi pas… Mais j'aimerais bien voir comment c'est chez toi, pour une fois.

— Tu sais bien que c'est impossible. On a beau appeler ça un appartement, c'est plutôt une résidence chez la propriétaire… À part ma famille proche, j'ai promis de ne recevoir que des amies filles, et mes chats.

— Dans ce cas, nous n'avons pas le choix, répondit-il en feignant d'être ennuyé par les circonstances. Je t'invite dans mon humble demeure.

En réalité, son cœur tressautait de joie alors qu'il tendait à Megumi le casque rose qu'il avait acheté pour elle.

Elle enfourcha la moto à l'arrière et s'agrippa à lui de toutes ses forces.

Il inséra la clé, poussa le starter. Le moteur se mit à rugir.

— Tu sais, reprit soudain Megumi tandis qu'ils gravissaient les six étages menant à l'appartement de Wakatsuki, je repense à notre conversation de tout à l'heure.

Ils étaient parvenus à son immeuble, non loin de l'avenue Oike. Pas de chance, l'ascenseur était en panne.

— À propos de quoi ?

— Du fait que tu n'aimes pas ton boulot.

— C'est toi qui le dis.

— Et je me demande pourquoi.

Ils firent une pause sur le palier du cinquième. Le manque d'exercice se faisait cruellement sentir : les jambes de Wakatsuki ne le portaient plus avec la même vivacité qu'avant.

Pour rien au monde il ne l'aurait laissé paraître

devant sa petite amie. Il se lança dans la dernière volée de marches au petit trot.

— Ne te dérobe pas !

Il inséra la clé dans la serrure de la porte 605. Le cliquetis métallique résonna dans l'étage vide en ce dimanche après-midi.

— On se croirait à Alcatraz, murmura Megumi qui l'avait rejoint.

— Désolé de n'avoir rien d'autre à te proposer qu'une cellule de condamné…

La porte en fer de son appartement s'ouvrit dans un grincement lugubre qui ne fit que renforcer l'atmosphère carcérale.

Elle révéla une cuisine de dix mètres carrés donnant sur un salon-chambre à coucher guère plus vaste, le tout complété par une petite salle de bains et des toilettes. Exigu, certes, mais bien situé, à deux pas du centre-ville, et, en sa qualité de logement de fonction, intégralement payé par la compagnie : il n'y avait pas de quoi se plaindre.

Wakatsuki avait bien pensé la veille, au cas où, à ranger certains magazines que Megumi ne devait pas voir… À part ça, tout laissait penser qu'un célibataire occupait les lieux – jeans à même le sol, vieux journaux, haltères en plastique remplis d'eau, tas de canettes de bière et bouteilles de saké vides dans les coins…

— Je rêve ou tu n'as toujours pas défait tes affaires ? s'écria Megumi en pénétrant dans la chambre à coucher.

En effet, un mur de cartons affichant le logo des déménageurs menaçait de tomber sur le lit. Cela faisait bien six mois que Megumi n'était pas venue.

— Depuis un an, tout de même…

— Je suis débordé, je n'ai pas trouvé le temps de m'y mettre. D'ailleurs, c'est que des trucs dont je ne me sers pas. De la vaisselle qui date du mariage de mes parents, des raquettes de tennis (on y a joué quoi, trois fois ?), un minijeu de golf, et puis des bouquins.

Elle eut une moue dubitative.

— Ce que je vois, moi, c'est que tu souhaites quitter Kyôto à la première occasion.

— Vraiment, madame la future psy ? Tu veux que je m'allonge sur le sofa ?

— Si tu devenais un tueur en série et que la police venait inspecter ton appartement, elle te qualifierait de « personnalité désordonnée », poursuivit-elle à voix basse.

Wakatsuki actionna son moulin à café électrique et y versa des grains. Megumi l'aimait amer, il avait donc forcé la part de moka et de Kilimandjaro de son mélange habituel, les deux prenant le pas sur le Mandheling et le Brésil.

Pendant ce temps, elle avait sorti deux tasses et leurs soucoupes.

Lorsqu'il versa l'eau bouillante sur le filtre rempli de café moulu, la pièce s'emplit d'un arôme réconfortant.

— Tiens, je n'avais jamais remarqué que le café faisait aussi office de désodorisant, nota Megumi en inspirant à fond. C'est une de ses nombreuses vertus !

— Serais-tu en train de me dire que ça pue chez moi ?

— Je n'irais pas jusque-là. Mais quand on entre, on sent tout de suite qu'un homme vit ici.

— Vraiment ?

Il se mit à renifler l'air.

— Ce n'est pas le genre de chose que l'on perçoit soi-même, ajouta-t-elle d'un air docte, comme si elle était bien plus âgée que lui.

Il coupa le feu juste à temps avant que la cafetière à siphon n'éructe et remplit les deux tasses en céramique de Kiyomizu du breuvage noir. Ils les avaient achetées ensemble lors d'une visite au temple du même nom.

— Délicieux ! Tu fais le meilleur des cafés.

— Le café a au moins une autre vertu.

— Dis-moi.

— C'est un aphrodisiaque.

— Un aphro…

Son expression stupéfaite laissa place à un froncement de sourcils.

— Idiot ! Tu dis n'importe quoi…

— Non, c'est vrai ! Et si l'on ajoute un coléoptère particulier qui se repaît des grains – à condition de ne pas être indisposé par le goût –, les effets sont encore plus puissants.

— Toi et ta passion pour les insectes… C'est dégoûtant.

Il voulut la prendre dans ses bras mais elle se déroba.

— Donc. Explique-moi comment M. Shinji Wakatsuki, autrefois enthousiaste au travail, en est venu à détester en parler.

— Je ne déteste pas, voyons…

— Je me souviens très bien quand tu venais tout

juste d'être muté, au printemps dernier. Tu me racontais tout.

— Ah bon…

— Et il y a une chose qui m'a marquée : un instant, rien qu'un instant, j'ai vu ton visage se durcir. Tu te souviens ? C'était dans ce bar à bourbon.

Wakatsuki se leva sans répondre et se resservit une tasse.

— Tu m'as dit que, pour faire ton travail, tu devais lire des rapports de décès. Tu m'as dit… (Elle remua ses souvenirs.) Que ce n'était pas vraiment le genre de boulot pour lequel on se levait plein d'entrain. Que quand des vieux décédaient au terme d'une longue vie, encore, c'était acceptable… mais pas quand il s'agissait d'enfants. Des parents qui ne surveillaient pas leur bébé pendant quelques secondes et le perdaient sous les roues d'une voiture. Comment ne pas penser à ce qu'était devenue leur vie après ça ?

— C'est bon, ça va, dit-il doucement, d'un ton qu'il espérait neutre.

Mais ses mots, emplis d'une colère contenue, résonnèrent méchamment.

Megumi en resta bouche bée.

L'atmosphère se tendit.

Merde.

— Ce n'est pas contre toi, se hâta-t-il d'expliquer.

— Désolée…

Elle affichait l'expression d'une enfant qu'on vient de gronder. Wakatsuki chercha en vain ce qu'il pourrait dire pour se rattraper.

Megumi possédait une gaieté et une innocence naturelles, mais en contrepartie, sa sensibilité était à fleur de peau. Un rien pouvait la blesser. Il en était venu à comprendre que ce mal-être provenait d'une peur maladive qu'on ne l'aime plus et qu'on la délaisse.

Au cours de leurs soirées alcoolisées, elle lui avait raconté, petit à petit, qu'elle avait eu des problèmes avec ses parents. C'était ce qui l'avait poussée à quitter la maison, située à Yokohama, où la famille possédait une entreprise florissante de pièces détachées, pour s'inscrire à la fac de Kyôto et y poursuivre ses études en master.

Wakatsuki posa sa tasse sur la table et se rapprocha de sa petite amie. Il lui massa doucement les épaules. Elle sursauta. On aurait dit qu'elle avait cessé de respirer.

— Tu n'as pas à t'excuser. Et tu as raison : j'en ai marre de mon boulot. C'est aussi à cause de l'accueil des clients. Tous les jours, il en vient de nouveaux, tous plus crétins les uns que les autres... Ça me stresse, tu comprends ?

— Des crétins ?

— Le nombre de gens qui essaient d'extorquer de l'argent à la compagnie, tu n'as pas idée... Avec la crise qui s'installe, c'est un défilé constant.

Il lui raconta l'incident de la semaine passée, la tentative d'arnaque à la signature.

— Le pire, ce qui m'effraie le plus, ce sont les gens normaux lorsqu'ils s'énervent. On a un produit qu'on ne vend presque plus désormais : l'assurance variable. Les rendements rapportent plus ou moins en fonction des résultats de l'entreprise. Ce n'est plus vraiment de l'assurance, mais un produit financier...

— Ça me dit quelque chose. Je crois qu'on en a proposé une à mon père.

— Pour les gens comme ton père, cela ne représenterait qu'un jeu avec de l'argent de poche. Mais on en pousse certains, qui n'ont pas un sou vaillant, à en acheter ! C'est présenté en lot avec un emprunt à la banque : on emprunte, on est encouragé à contracter une assurance variable. L'idée, c'est de rembourser le principal et les intérêts du prêt avec les dividendes et l'argent de la prime due au terme, ce qui doit laisser un rendement décent au client.

Megumi afficha une moue dubitative.

— Je n'y connais rien en assurances, mais il me semble que le principe de base c'est la dispersion des risques, non ? Cette assurance dont tu parles m'a l'air d'en créer, du risque, plutôt que de mettre à l'abri… C'est louche.

Wakatsuki soupira.

— Si tout le monde était aussi intelligent que toi, ça ne poserait pas de problème. D'ailleurs, du temps de la bulle économique, les assurances florissaient si bien que, même en payant des intérêts aux banques, l'argent des assurances et les dividendes augmentaient ; les clients étaient satisfaits. Mais depuis que la bulle a éclaté, que l'immobilier et les actions ont chuté, que le yen a augmenté sur le marché international, c'est tout l'inverse qui se produit. Certains avaient tout misé en empruntant des sommes monstrueuses et doivent maintenant rembourser des intérêts faramineux. Des clients ont perdu leur maison, leur entreprise…

— Mais ces gens savaient le risque qu'ils couraient, non ?

— C'est tout le problème. Quand les vendeurs veulent faire du chiffre, ils n'hésitent pas à dire que c'est « cent pour cent sûr » ou encore que les risques

44

sont insignifiants. Et du côté des assurances comme de la banque, le client est doublement rassuré. Comment s'étonner que des individus viennent ensuite au guichet en rage, après avoir tout perdu ?

— Et ce sont eux, les crétins ? demanda Megumi sans la moindre once de cynisme.

— Non, répondit-il avec un sourire désabusé. C'est les assureurs et les banquiers, bien sûr.

Il vint l'enlacer.

— Tu me serres trop ! dit-elle en souriant enfin. Tu vas m'étouffer.

— On n'a qu'à rester comme ça un moment.

— Non !

— Pourquoi ?

— J'ai eu trop chaud aujourd'hui. J'ai transpiré quand on marchait.

— Tu veux prendre une douche ?

— Vas-y d'abord.

— On peut y aller ensemble…

— Non, dit-elle d'un ton boudeur.

Il enfila sa robe de chambre pour aller à la salle de bains, où il voulut siffler l'air de *Are You There (With Another Girl)*. Mais, même à ses propres oreilles, cela sonna comme le chant de désespoir d'un homme qui tente d'imiter un oiseau. Megumi, qui l'entendait à travers la porte, se mit à pouffer.

Elle entra à son tour lorsqu'il eut terminé et ferma à clé derrière elle.

Seulement vêtu d'un caleçon sous sa robe de chambre, Wakatsuki sortit une bière du réfrigérateur en l'attendant. Elle réapparut une poignée de minutes plus tard, séchant ses cheveux d'un noir profond à l'aide d'une serviette. Elle portait sa robe de tout à l'heure.

— Quoi ? Tu as remis tes vêtements ?

— Je n'allais tout de même pas sortir nue !

— Personne ne regarde…

Elle plissa les yeux et pointa un doigt accusateur dans sa direction. Plus précisément dans celle de la canette de bière dans sa main.

— Tu n'attends même plus la soirée pour boire ?

— Bah, de nos jours, on donne bien de la bière aux bœufs dès le matin, alors…

— Je vois. Je suis sûre que ta viande est déjà persillée, et ton foie bien gras.

Son index vint se poser sur son ventre.

Il la prit par les épaules. Si frêles qu'elles tenaient chacune dans la paume d'une main. Elle fit mine de s'éloigner mais ses forces la quittaient déjà. Il la rapprocha de lui, lui caressa le dos et l'embrassa.

Son corps était si souple qu'il semblait susceptible de se désarticuler à la moindre étreinte trop forte. Il l'entraîna vers le lit, la fit asseoir sur ses genoux. Déjà l'excitation le dévorait.

Il lui retira sa robe par le haut, caressant ses petits seins au passage. Il jeta le vêtement au pied du lit, où il fut bientôt rejoint par sa propre robe de chambre et son caleçon.

Alors qu'il pensait la pénétrer, soudain, quelque chose se brisa en lui.

Son front se couvrit de sueur.

Non, pas encore, pas aujourd'hui…

Un désespoir froid serpenta le long de son échine, telle une coulée de boue.

Megumi le prit par la main.

— Tout va bien, lui dit-elle avec un sourire qui montrait qu'elle comprenait tout.

Honteux, il se recroquevilla à ses côtés.

— Tu veux bien me serrer dans tes bras ? demanda-t-il en posant la tête contre sa poitrine.

Il s'était fait une joie de ce moment intime, qui venait de se muer en séance de réconfort. Même le peu d'alcool qu'il avait ingurgité n'avait pas aidé. Pire, cela avait peut-être même accéléré les symptômes.

Un relent de culpabilité le prit à la gorge. Un obstacle qui apparaissait lorsqu'il voulait se laisser aller au plaisir.

Ça ne va jamais s'arrêter ? se demanda-t-il en soupirant. *Je vais finir comme ça ?*

— Je suis heureuse, tu sais, lui dit Megumi en lui caressant la joue. Je n'ai pas besoin de plus. Reste auprès de moi, s'il te plaît. Pour toujours.

Il se redressa et enfouit son visage dans le doux creux de ses seins. Elle continua à glisser ses doigts agiles dans ses cheveux.

La volupté se refusait encore à lui, mais là, tel un enfant qui sèche ses larmes tandis qu'on le borde dans son lit, tout à son auto-apitoiement, il se laissa bercer par Megumi et, peu à peu, céda au sommeil.

Ténèbres totales. La sensation de douce quiétude dans laquelle il s'était glissé avait disparu, laissant place à un sentiment de désolation froide.

Il se replia sur lui-même et, d'instinct, réduisit au silence sa respiration. Il ne fallait surtout pas, surtout pas, émettre le moindre bruit. Si on l'entendait, on le trouverait.

Il ne se demanda pas où il était. À l'abri. Rien d'autre ne comptait. Même s'il ne pouvait se tenir là que recroquevillé. Comme une tortue dans sa carapace.

Dehors, un ennemi inconnu et terrifiant rôdait. S'il le trouvait, il le dévorerait vivant. Il fallait rester immobile et attendre que le danger s'éloigne.

Par une petite fente, il aperçut une silhouette au-dehors. Il sursauta. Megumi !

Elle fuyait à toutes jambes, cherchant désespérément à se cacher dans la lande désertique. Wakatsuki sut que l'ennemi était juste derrière elle. Et qu'elle n'en réchapperait pas.

Alors, l'ennemi apparut. Pas complètement, mais assez pour que son aspect malfaisant fasse se dresser les poils de Wakatsuki.

Megumi poussa un hurlement à glacer les sangs.

Megumi ! cria intérieurement Wakatsuki. Elle allait mourir.

Mais il ne pouvait pas sortir de sa cachette pour l'aider. S'il sortait, il serait tué lui aussi.

Terrorisé, il ne put qu'assister à la lente agonie de Megumi, prise dans des mâchoires sanguinaires. Alors même que la dernière étincelle de vie la quittait, elle croisa son regard. Il comprit qu'elle avait toujours su qu'il était caché là. Elle ne l'avait pas appelé au secours. Elle acceptait de se sacrifier, si cela pouvait lui sauver la vie.

Megumi ! Il cria de nouveau son nom silencieusement, mais la jeune femme perdait conscience. Elle ne sentait plus rien désormais.

Les larmes ruisselèrent.

Megumi était morte. Les ténèbres puissantes d'un désespoir infini s'abattirent sur lui.

La tristesse persista bien après qu'il se fut réveillé. Il jeta un regard vers l'oreiller d'à côté tout en séchant ses yeux. Megumi dormait paisiblement.

Pourquoi un tel cauchemar ?

Il desserra les poings. Ses paumes étaient creusées des marques en demi-lune de ses ongles. La sueur avait formé des rigoles scintillantes le long des lignes de sa main.

Le sentiment de plénitude que lui avait apporté Megumi n'était plus qu'un souvenir lointain. Ne restait que le désespoir dans lequel il s'enfonçait comme dans un puits sans fond.

Wakatsuki poussa un long soupir. Ce sentiment de culpabilité pour avoir regardé Megumi mourir sans bouger dans son rêve était infondé. Même en exagérant, il n'avait pas le moindre souvenir de l'avoir laissée tomber pour quoi que ce soit.

Devait-il l'interpréter comme une réminiscence de ses sentiments envers son grand frère ? Par le truchement de Megumi, Wakatsuki s'était piqué de curiosité pour la psychologie et avait lu quelques livres. Il ne se sentait pas en mesure d'interpréter ses propres rêves pour autant. Megumi venait de lui rappeler qu'il n'était pas le mieux placé pour se comprendre lui-même. Il attendrait qu'elle se réveille pour lui raconter son cauchemar et lui demander ce qu'elle en pensait.

Il se rappela le coup de fil qu'il avait reçu au bureau l'autre jour. Quand il avait raconté à une parfaite inconnue le suicide de son grand frère. Bien entendu, il ne lui avait pas avoué qu'il portait une part de responsabilité dans ce drame. Il ne s'était présenté qu'en victime…

Inconsciemment, il avait dû en ressentir une honte qui ne se manifestait qu'aujourd'hui.

Wakatsuki connaissait la véritable nature du sentiment de culpabilité. Car il avait laissé mourir son grand frère, son seul frère, sans bouger le petit doigt.

Cette douleur ne le quitterait jamais, jusqu'à son dernier souffle.

C'était il y avait dix-neuf ans, à l'automne 1977. Shinji Wakatsuki avait neuf ans.

Il venait de rentrer à la maison lorsqu'il s'aperçut qu'il avait oublié quelque chose à l'école.

Il y retourna. Trouva ce qu'il cherchait dans son pupitre, redescendit l'escalier en trombe. Et il se figea. Il venait de voir son frère près des casiers, alors qu'il était sûr qu'il se trouvait à la maison à cette heure.

Ryôichi avait onze ans. Il était entouré de certains de ses amis. Deux d'entre eux l'attrapèrent par les épaules avant de se mettre en branle. On aurait dit des policiers emmenant un prévenu.

Ryôichi, chaussures de sport aux pieds, marcha ainsi encadré jusqu'à l'arrière du gymnase.

Cela ne présageait rien de bon ; même le petit Shinji en était conscient. Il les avait suivis, prenant garde à laisser un espace entre le groupe et lui.

Dans la cour, les feuilles jaunes de la haie de peupliers formaient un tapis si épais sur le béton que les pieds s'y enfonçaient jusqu'aux chevilles. Shinji n'avait pas pensé à se cacher : il suivait de loin, et les grands ne s'étaient pas retournés une seule fois.

Derrière le gymnase s'élevait un haut grillage et, au-delà, un champ de colza. À peine deux mètres séparaient le mur de la clôture, si bien qu'à part quelques fenêtres du bâtiment, personne ne pouvait voir ce qui se tramait là.

Shinji, resté au coin du mur, se pencha pour observer discrètement.

Les élèves se mirent à interpeller méchamment son grand frère, ponctuant l'interrogatoire de coups de coude, tirant sur ses vêtements. Ryôichi était un garçon doux, qui aimait les animaux et qui n'avait pas la moindre fibre martiale. Même avec son petit frère, il ne s'était quasiment jamais battu.

Voilà qui avait dû faire de lui une cible parfaite pour les petites brutes. C'était différent d'aujourd'hui, alors : on ne parlait pas du harcèlement scolaire ; les médias n'en avaient pas encore fait leurs choux gras, on n'avait pas analysé le phénomène. À l'époque, dans tous les établissements, des enfants torturaient les plus faibles d'entre eux sans aucune raison, pas même pour leur extorquer de l'argent.

Shinji, le cœur au bord des lèvres, avait vu la scène aller crescendo. Les enfants avaient jeté son frère à terre et le bourraient de coups de pied.

Le petit garçon avait alors décidé d'appeler un professeur à l'aide. Exactement à cet instant, un grand avait relevé la tête et l'avait aperçu.

— Eh, toi ! Viens ici !

Instantanément, les autres grands avaient levé leurs paires d'yeux sanguinaires pour les braquer sur lui.

Il aurait pu fuir. Au moins essayer. Il n'en avait pas eu le courage. De toute manière, ils avaient vu son visage, et lui devait retourner à l'école : ils le retrouveraient. Les brutes, qui le dépassaient tous d'une bonne tête, lui avaient demandé s'il avait vu quelque chose.

Il avait secoué la tête sans un mot.

Le plus méchant, celui qui avait roué de coups son grand frère avec le plus de violence, lui avait dit qu'ils ne faisaient que s'amuser.

— T'es en quelle classe ?

— Fais gaffe, avait ajouté un autre. Si tu mens, on te bute et on t'enterre dans la montagne.

C'était une menace ridicule, mais sur l'instant, elle avait terrifié le jeune Shinji.

Ils lui avaient fait promettre de ne rien dire de ce qu'il avait vu.

Derrière eux, Ryôichi, toujours assis au sol, s'était redressé. Il pleurait sans bruit. Shinji n'en était toutefois pas sûr : il n'avait pas eu la force de lever les yeux sur lui. Il avait peur d'être le prochain sur la liste si les autres apprenaient leur lien de parenté. Ryôichi devait le redouter aussi, car rien dans son attitude n'aurait pu laisser croire qu'il le connaissait.

Alors, Shinji avait laissé son frère et quitté les lieux à toutes jambes.

Ce fut ce soir-là que tout arriva.

Ne pouvant se résoudre à rentrer et à se confronter à son frère, Shinji resta dehors des heures, cherchant à tuer le temps. Il ne se décida à regagner la maison qu'aux alentours de 17 heures. Il habitait dans un bloc d'immeubles, au septième étage d'une tour. Le soleil rasant en éclaboussait les murs d'une teinte écarlate.

Un attroupement s'était formé au pied du bâtiment.

Une ambulance était garée devant, ainsi qu'une voiture de police dont le gyrophare tournoyait.

Shinji s'inséra dans la foule afin de voir ce qui se passait. Alors quelqu'un l'attrapa par le bras et le tira violemment en arrière.

— Tu ne peux pas voir ça ! s'écria la femme, une voisine.

Un masque de frayeur déformait ses traits.

— Tu connais le numéro de ta maman ? lui demanda-t-elle.

Le chef de la famille Wakatsuki était décédé deux ans plus tôt dans un accident de voiture. Depuis, Nobuko élevait seule ses deux enfants sur un salaire d'employée à la Shôwa Seimei et ne rentrait pas avant 19 heures le soir. Shinji aurait pu trouver le numéro du bureau chez lui, mais sa mère était souvent en déplacement.

Il secoua la tête.

— Qu'est-ce qui s'est passé ? demanda-t-il.

— Il est arrivé quelque chose de terrible à ton grand frère…

Elle ne put continuer.

Shinji, interdit, la dévisagea tandis qu'elle se mordait les lèvres, le visage chiffonné. Alors il tendit l'oreille aux murmures qui s'échappaient de la foule.

« Il a sauté du toit. »

« Un suicide ? À son âge ? »

« Il n'avait que onze ans… »

Un suicide ?

Shinji releva la tête pour contempler le sommet de l'immeuble. D'en bas, il lui semblait que la tour allait lui tomber dessus.

Sauté ?

Après cela, les souvenirs de Shinji étaient vagues.

Bien entendu, sa mère fut déchirée de douleur. À la mort de son mari, ses deux enfants étaient devenus sa seule raison de vivre.

Beaucoup de gens étaient passés. Un oncle. Un professeur de l'école. Des personnes qu'il ne connaissait pas. Tous s'étaient arrêtés devant lui pour lui parler. Probablement lui avait-on prodigué des paroles de réconfort, mais il n'en avait pas saisi le moindre mot.

Le souvenir suivant le ramenait aux obsèques. Le mantra que récitait le bonze lui avait paru interminable, il avait des fourmis dans les jambes. Puis il y avait eu l'étroite bande de fumée qui s'élevait de la cheminée du crématorium.

C'est ça que deviennent les humains quand ils meurent, avait-il pensé.

En fin de compte, il n'avait jamais réussi à avouer à sa mère, ni à personne d'autre, que son grand frère avait été victime de harcèlement. S'il l'avait fait, il aurait aussi eu à expliquer pourquoi il ne lui était pas venu en aide.

Ce sentiment de culpabilité, loin de s'amenuiser, était resté latent, comme des braises pour toujours incandescentes au fond de son ventre.

Avec le temps, il avait appris à le maîtriser. Mais dès qu'il souhaitait se laisser aller, il devait relâcher la pression pour ouvrir son cœur, et alors s'élevait de terre un fantôme qui l'enserrait de ses bras sombres.

— Ah, tu es réveillée ?

Megumi, le bras replié sous sa tête, l'observait en silence.

— Hum. Quelle heure est-il ?

Wakatsuki se redressa.

— Presque 16 heures.

Il ne s'était écoulé qu'une heure entre l'instant où il s'était assoupi et la fin de ses ruminations. Ce laps de temps lui avait paru une éternité.

— Il est encore tôt mais on peut sortir, si tu veux, proposa-t-il.

Elle le poussa gentiment.

— Ne te force pas. Tu es fatigué, non ?

— C'est vrai.

Il se rallongea et fixa le plafond.

— Tu pensais à quoi ?

— Bah, à des tas de trucs.

— Ton visage était triste.

— Ah bon ?

Il avait voulu lui raconter son cauchemar, mais lui annoncer qu'il l'avait laissée mourir sans rien faire, même en rêve, était plus compliqué que prévu.

— Dis, Shinji, je t'ai déjà demandé pourquoi tu avais choisi l'entomologie à la fac ? Je ne sais plus.

— C'est évident, non ? J'aime bien les insectes, voilà tout.

Quelle mouche la piquait, soudain ?

— Alors, donne-moi la définition d'un insecte.

— C'est un arthropode dont le corps est composé de trois segments et doté de six pattes et quatre ailes. Même si certains présentent une dégénérescence au niveau des ailes.

— Et les araignées ? Et les mille-pattes ?

— Les araignées appartiennent à la classe des arachnides, et les mille-pattes à celle des myriapodes.

— D'où vient le terme « entomologie » ?

— Euh, je… je ne sais plus.

Megumi n'en avait pas terminé avec ses questions.

— Comment en es-tu venu à aimer les insectes ?

— En découvrant les *Souvenirs entomologiques* de Jean-Henri Fabre. J'étais en primaire, et je l'ai relu une bonne dizaine de fois. Il y avait encore beaucoup de fourrés à l'époque. Avec mon filet et ma sacoche, je pouvais débusquer des tas de petites bêtes.

— Tu y allais seul ?

— Non… J'avais mon… grand frère. Avec moi. Il avait deux ans de plus que moi.

Elle réfléchit un instant avant de reprendre :

— Tu aurais préféré faire un autre job, n'est-ce pas ? s'enquit-elle d'une petite voix nerveuse, comme si elle craignait de le froisser à nouveau.

Mais, soulagé qu'elle ne cherche pas à en savoir plus sur son frère, Wakatsuki s'accommoda fort bien de repartir sur ce sujet.

— Et quoi, par exemple ? demanda-t-il.

— Continuer dans la recherche en entomologie.

— Ça ne paie pas.

— Avec de la détermination, on arrive à tout.

— Ce serait un luxe de pouvoir faire comme Fabre en son temps. Sortir de bon matin, un pique-nique sous le bras, et passer la journée à observer les insectes dans la nature… De nos jours, au Japon, il faut être bien riche pour s'adonner à ce genre d'activité.

— C'est à ça que ressemble ta journée idéale ? Ça me semble bien ennuyeux !

— Pour la plupart des gens, ça l'est sûrement. Surtout pour ceux qui, comme toi, n'ont aucun goût pour les insectes. Depuis toujours leur étude est synonyme de bizarrerie. Et puis ça ne te servira jamais à rien dans ta vie professionnelle.

— Pourquoi as-tu choisi les assurances, alors ?

— Eh bien… D'abord, je crois que ça faisait plaisir à ma mère. Il y a aussi le fait que notre foyer doit beaucoup aux assurances. (Il soupira.) Lorsque mon père est mort, le responsable de l'accident s'est déchargé de toute responsabilité et n'a pas payé un seul yen. Si mon père n'avait pas eu d'assurance-vie, nous n'aurions pas pu nous en sortir. Il faut aussi prendre en compte que ma mère, en travaillant pour la Shôwa Seimei, a réussi à m'envoyer à l'université. Et pour une femme d'âge moyen sans diplôme, ce n'est pas courant d'avoir pu gagner autant d'argent.

— Je comprends. C'est important pour toi.

Elle appuya ses coudes sur ses genoux remontés et posa son menton entre ses mains. Une vision étonnante pour Wakatsuki : elle se tenait toujours si droite qu'il ne l'avait encore jamais vue dans cette posture détendue.

— Je n'irais pas jusque-là. Mais pour entrer dans les assurances, je pouvais rester en fac de sciences. Pas dans la biologie, mais dans les mathématiques.

— Ça sert vraiment, les maths ?

— Ça peut servir pour devenir actuaire. Un spécialiste du calcul des probabilités et statistiques dans les assurances. Avec ce genre de diplôme, aucun risque d'être envoyé dans une agence en pleine cambrousse, ni de se retrouver à l'accueil du personnel. Et avec un poste aussi essentiel, on grimpe les échelons à un rythme respectable.

— Ça te plairait ?

— Non, répondit-il après un instant de réflexion. Pas du tout.

Megumi retint un petit gloussement. À contempler son visage rieur, Wakatsuki sentit lui aussi les coins de sa propre bouche se relever.

Ce soir-là, quand il rentra chez lui, Wakatsuki trouva un message sur son répondeur.

Il appuya sur le bouton et la voix de sa mère s'éleva de l'appareil. Bien qu'elle bénéficie d'une minute pour laisser son message, elle n'avait eu besoin que de quinze secondes pour débiter à toute vitesse qu'elle voulait qu'il la rappelle, avant de couper brusquement.

Il la rappela donc, persuadé qu'il n'y avait cependant rien d'important.

Elle répondit après la sixième sonnerie.

— Nobuko Wakatsuki.

— Salut, maman, c'est moi.

— Ah, Shinji. Qu'est-ce qui t'arrive ?

Il sentit l'irritation le gagner.

— Tu m'as laissé un message pour que je te rappelle. C'est ce que je fais.

— Ah oui. Je voulais savoir : tu ne voudrais pas essayer une agence matrimoniale ?

— Non.

— Tu me désespères ! Dis-moi au moins quel genre de femme te plaît.

— Non plus.

— Pourquoi donc ?

— Parce que je sens que tu me bombarderais de prétendantes.

— Bref, je t'ai envoyé quelques photos avec une description. Que la fille te plaise ou non, réponds-moi au plus vite pour me le dire. La famille attend un retour. Envoie un recommandé.

— Tu devrais me demander avant de faire ça, enfin !

Sans prêter attention à ce qu'il venait de dire, elle enchaîna sur le stage qu'elle voulait suivre à l'automne sur la vente de nouveaux produits d'assurance « dommages et préjudices ».

Wakatsuki soupira intérieurement. Les conversations avec Nobuko l'ennuyaient terriblement. Elle parlait vite et ne le laissait pas en placer une.

Si d'ordinaire il s'exhortait à la patience avec elle, comprenant à quel point elle devait se sentir seule à Chiba, cette fois le monologue lui parut interminable. Il eut soudain l'envie irrépressible de stopper ce flot intarissable pour lui demander quelque chose.

— Maman ?

— Oui ?

Tu veux savoir pourquoi Ryôichi s'est suicidé ?

La question mourut au fond de sa gorge.

— Je commence tôt demain. Et puis c'est moi qui paie, là.

— Ah, tiens, ça te préoccupe, maintenant. Bonne nuit, alors.

Il n'eut pas le temps de lui souhaiter aussi une bonne nuit qu'elle avait déjà raccroché.

3

19 avril (vendredi)

L'hôpital était situé à quelques encablures de la station Yamashina sur la ligne JR, du côté de la montagne.

Mme Suganuma, directrice de l'agence d'assurances Shôwa Seimei de Kameoka, stoppa sa Honda Legend devant l'entrée de l'établissement le temps de laisser descendre Wakatsuki.

Le bâtiment qui le toisait était d'allure morne, ses murs blancs persillés de moisissure. Tout un côté était distant de trente centimètres seulement d'un mur de béton, un espace où s'amoncelaient morceaux de vélos, canettes vides, bouteilles en plastique et autres détritus. Pour ce qu'on pouvait en voir à travers les portes vitrées, l'intérieur n'était pas plus engageant : les couloirs étaient tristes à pleurer. Pas un vase de fleurs, pas une plante verte.

Ce n'était pas un endroit où Wakatsuki aurait aimé se faire soigner, même s'il avait été ignorant des affaires qui s'y tramaient.

— Allons-y, alors, lança Suganuma en revenant du parking.

Elle ouvrit la marche à petits pas rapides, remuant ses bras dodus en cadence.

L'impression sinistre se confirma à l'accueil... Si mal éclairé qu'on s'y croyait, quel que soit le moment de la journée, plongé dans un crépuscule perpétuel. Seul un néon sur deux fonctionnait encore au plafond.

Des petits vieux attendaient, assis sur les trois canapés noirs et usés. Bien qu'il ne soit pas encore midi, le rideau du guichet était déjà tiré.

Le service des maladies internes se trouvait au troisième étage. Attendant en vain l'ascenseur, bloqué quelque part au-dessus d'eux, ils décidèrent de prendre l'escalier.

— La dernière fois que je suis passée dans sa chambre, expliqua Suganuma entre deux respirations bruyantes, il n'y était pas.

Sa voix résonnait dans l'espace exigu. Les marches étaient couvertes d'un linoléum lisse, sans bande antidérapante ; mieux valait regarder où l'on mettait les pieds.

— Son voisin de chambre m'a dit qu'il se rendait tous les jours au pachinko à côté de la gare.

— Comportement typique.

Lorsque des personnes en bonne santé se retrouvaient hospitalisées, elles cherchaient très vite à tuer le temps. Elles sortaient aux alentours de midi, et si elles manquaient de motivation pour aller plus loin, s'arrêtaient à l'établissement de flippers.

— Il est revenu juste quand j'allais repartir. On a failli se rentrer dedans. Il avait une canette de whisky et des boîtes de crabe dans les bras. C'est tout juste s'il n'a pas dit : *Oups !* en me voyant. Et le meilleur, c'est ce qu'il m'a trouvé comme excuse. Soi-disant il avait un rendez-vous important, et quelqu'un lui avait demandé de rapporter du whisky et autres…

— Il ne manque pas d'air…

Dans la belle famille des arnaques aux assurances, les meurtres et autres crimes susceptibles de faire se déchaîner la presse étaient plutôt rares – contrairement aux arnaques aux frais d'hospitalisation, qui représentaient un véritable manque à gagner pour les compagnies.

En cas de contrat couvrant les frais d'hospitalisation, un assuré pouvait recevoir jusqu'à vingt mille yens par jour. Si l'on ajoutait à cela un deuxième contrat prévu par son entreprise, il pouvait bénéficier de quelques dizaines de milliers de yens en plus. C'était bien davantage que ce que la majorité des emplois honnêtes pouvaient proposer en termes de revenu journalier.

Le torticolis était particulièrement utile lorsque l'on souhaitait simuler une maladie. Il était difficile pour le corps médical d'en apprécier objectivement les symptômes : si le patient disait qu'il souffrait, l'examen n'allait souvent pas plus loin. Le faux mouvement classique.

Et pourtant, dans le cas de M. Kakudô, chauffeur de taxi, il y avait certainement anguille sous roche.

— Et vous pensez que l'hôpital est de mèche ?

— Cet établissement est considéré comme « à risque moral », expliqua-t-il tout bas, bien qu'ils soient seuls dans la cage d'escalier où leurs voix résonnaient.

Dans le jargon des assurances, cette expression désignait un risque dû au caractère ou à la psychologie d'un individu. On l'utilisait de manière plus générale pour qualifier tout ce qui trempait dans l'illégalité. Rien que sur la ville de Kyôto, Wakatsuki pouvait citer plusieurs de ces hôpitaux « à risque moral » qui pratiquaient l'arnaque aux assurances.

Les hôpitaux, traditionnellement riches notamment en biens immobiliers, constituaient autrefois une cible privilégiée pour le crime organisé. Les établissements de santé étaient extrêmement fragiles en ce qui concernait leur réputation, et se voyaient menacés de révélations scandaleuses à la moindre erreur médicale.

Depuis la nouvelle loi contre le crime organisé, le recours au chantage avait singulièrement diminué. Cependant, l'implication de mafieux dans les affaires des hôpitaux connaissait depuis quelques années un nouveau souffle.

Les directeurs d'hôpital avaient beau être bons dans leur domaine, ils n'y connaissaient pour la plupart rien en économie et en finances. Venaient alors à eux des hommes qui se présentaient comme des consultants et qui, petit à petit, gagnaient leur confiance. Il suffisait qu'un directeur se plaigne d'une situation financière compliquée pour qu'un soi-disant consultant, qui pouvait s'enorgueillir d'avoir remis à flot d'autres établissements, lui soit présenté.

Autant laisser un loup entrer dans une bergerie. En moins de temps qu'il n'en fallait pour le dire, le « consultant » tenait les cordons de la bourse et se mettait à investir en hypothéquant les propriétés de l'hôpital ainsi que la machinerie médicale. Dès lors, le destin de l'établissement était scellé.

Tous ne mettaient pas la clé sous la porte. Les yakuzas conservaient certains hôpitaux en très mauvais état sans pour autant leur donner le coup de grâce ; certainement dans l'attente de la reprise du marché immobilier. Ces lieux malfamés constituaient un cocon parfait pour les arnaqueurs aux assurances.

— Bonjour, monsieur Kakudô. Comment allez-vous aujourd'hui ?

Suganuma s'était dirigée vers le lit du fond de la chambre, sur lequel un homme assis en tailleur fumait une cigarette.

Il tourna la tête vers eux. La première impression qu'il suscita chez Wakatsuki fut l'ennui. Rien, dans sa physionomie, n'était de nature à provoquer la moindre étincelle d'intérêt chez quiconque le dévisageait.

Ses cheveux en bataille, bien que clairsemés, lui mangeaient le front, qu'il avait quasi inexistant. Son regard endormi trahissait une absence totale d'imagination. Une peau terne s'étirait sur ses pommettes saillantes. En résumé, un homme creux, menant une vie creuse.

— Je vous présente M. Wakatsuki, un responsable de notre succursale.

Tandis que ce dernier se courbait, Kakudô laissa tomber les cendres de son mégot dans une canette d'eau minérale qui lui faisait office de cendrier.

Une fumée nauséabonde lui sortit des narines et de la bouche. Il plissa les yeux.

— Qui c'est, lui ? J'avais dit : amenez-moi le chef.

Il avait de la morgue, pour un type sans éclat.

— M. Wakatsuki est le responsable des paiements, précisa Suganuma en désignant son collègue des deux mains.

Elle le poussait en première ligne.

— Ah bon. Je vois. C'est vous qui décidez…

Il se dandina pour se tourner et plonger son regard morne dans celui de Wakatsuki.

— Dans ce cas, expliquez-moi pourquoi je n'ai toujours rien reçu ? J'ai rempli le formulaire et tout correctement. Ah, ça, quand il fallait me faire signer votre contrat, vous étiez super pressés, hein ! Mais quand il s'agit de payer, il y a plus personne... Alors dites-moi, monsieur le responsable, osez me dire en face ce qui se passe. J'attends !

En un an, la capacité de Wakatsuki à déterminer si un individu était réellement dangereux ou non s'était singulièrement affinée. Il eut la certitude qu'avec Kakudô, c'était du bluff. Il n'avait pas l'envergure du type avec lequel Yatabe était venu, son soi-disant employé. L'homme en face de lui se forçait, c'était en réalité un craintif.

La longue histoire de l'hospitalisation de Kakudô remontait au jour où il s'était, selon ses dires, fait emboutir son taxi par une autre voiture. En lisant le rapport sur l'état du véhicule, très endommagé à l'arrière, Wakatsuki ne s'était pas posé de questions : l'accident avait dû être brutal, il était fort plausible que le chauffeur ait été victime d'un coup du lapin.

Mais une fois que l'on a goûté à un traitement de faveur, il peut être tentant d'en abuser.

— Le traitement de votre demande fait actuellement l'objet d'une concertation au sein de notre agence, monsieur Kakudô.

— Une concertation... J'en ai rien à fiche, de votre concertation ! Vous n'allez pas me faire mariner plus longtemps, quand même ?

— Afin de prendre notre décision, nous avons besoin que vous répondiez à quelques questions.

— Encore ? J'ai pas…

— Pourquoi avez-vous choisi cet établissement en particulier ?

— Pourquoi ? Il vous plaît pas, cet hôpital ?

— Ce n'est pas le plus proche de votre lieu de résidence. Vous vivez dans l'ouest de la ville, cet hôpital est à l'opposé.

— Ben oui, mais, euh… c'est un ami qui me l'a conseillé. Il paraît que c'est bien, ici.

Son aplomb commençait déjà à s'effriter.

— Et vous trouvez que c'est le cas ? demanda Wakatsuki en portant son regard vers les murs tachés. Cette fois vous avez été hospitalisé pour un ulcère à l'estomac qui vous aurait causé une douleur intense. Vous avez conduit vous-même. Pourquoi être allé aussi loin ? Quand on souffre, on prend l'hôpital le plus proche, non ?

— Qu'est-ce que ça veut dire ? C'est encore moi qui décide où je vais, non ?

Wakatsuki tira un rapport médical de sa serviette et y jeta un œil.

— Votre diagnostic a changé deux fois, depuis que vous avez été admis. Vous êtes entré pour un ulcère, puis je lis ici : « Insuffisance rénale », et là : « Diabète ».

— Et alors ? J'ai fait des analyses, et on m'a trouvé d'autres trucs.

— Je comprends… Cependant, vous savez certainement que la durée des paiements alloués par maladie est plafonnée à cent vingt jours. Et comme par hasard, tous les cent vingt jours, on vous découvre une nouvelle maladie…

— Mais… Non mais, oh ! Pour qui il se prend, ce snobinard ?

Malgré sa tentative d'intimidation, sa voix tremblotait. Jusqu'à présent, les assurances s'étaient contentées de le choyer. Il se rendait compte que le vent tournait et qu'il pouvait y laisser des plumes.

— Si vous avez un problème, demandez aux docteurs ! C'est eux qui trouvent les maladies…

Wakatsuki lui tendit un document et un stylo.

— Voulez-vous signer ici, je vous prie ?

— C'est pour quoi ?

— Une résiliation de votre contrat.

— Résiliation ? Mais pourquoi ?

— Nous ne couvrirons pas vos frais d'hospitalisation. Vous recevrez néanmoins les primes que vous avez versées. Ce sera comme si ce contrat n'avait jamais existé. Nous n'allons pas non plus pousser jusqu'à vous demander de rembourser les indemnisations que vous avez perçues.

— Mais c'est quoi, cette histoire ?

Il balaya le formulaire du revers de la main. Le stylo vola à travers la pièce.

— T'es un petit con, un petit con d'arriviste ! Tu viens d'être muté et tu prends des airs ? Mais je vais t'en faire voir, moi ! Oh, ça ! T'as pas fini de voir du paysage !

— Je vous laisse réfléchir. Sur ce, au revoir.

Wakatsuki ramassa le formulaire, le déposa sur le lit et sortit sans plus de cérémonie. Un dernier regard en arrière lui apprit que le visage tanné de Kakudô était devenu livide.

— Ça va ? lui demanda Suganuma en le rejoignant dans l'escalier.

— Si seulement je pouvais en voir, du paysage…

— Pardon ?

— Quel bonheur ce serait d'être muté ailleurs, murmura-t-il en s'étirant.

— Non mais, sérieusement, vous pensez que ça va marcher ? Il semblait vraiment remonté.

— Oui, ça ira. Son contrat peut être résilié à tout moment par la compagnie. Il vient de l'apprendre.

— Mais s'il refuse de signer ?

— Ça finira au tribunal.

— Et on peut gagner ?

— Difficilement. L'hôpital ne voudra jamais reconnaître ses malversations. Ce serait beaucoup plus simple s'il signait.

— Mais alors, qu'est-ce qu'on peut faire ?

— Nous ? Rien. Notre travail s'arrête ici. Ensuite, c'est la compagnie qui va se tourner vers des privés, et on leur passe le relais.

Dès le lendemain à la première heure, un « privé » fraîchement descendu de son Shinkansen se présentait au bureau. Contre toute attente, c'était un homme de petite stature. Un mètre soixante-dix à tout casser. Sur la carte de visite qu'il tendit était inscrit : « Shigeru Mizen, services aux assurances ».

Ce furent Kasai et Kitani, le directeur général adjoint, qui l'accueillirent. Au vu des gestes de Mizen et du sourire de Kasai, ces deux-là se connaissaient.

Tandis qu'ils montraient à Mizen les documents liés à l'affaire, Wakatsuki l'observa.

À mi-parcours de la quarantaine, il avait des sourcils très fins et des joues parcheminées. Ses yeux enfoncés ne clignaient que rarement. Avec son crâne rasé de près et son bronzage sain, c'était le parangon de l'employé modèle.

Pourtant, malgré son costume passe-partout et ses bonnes manières, Wakatsuki pouvait sentir qu'il ne s'agissait pas d'un employé ordinaire. Il émanait de lui un niveau d'énergie peu commun. Ce n'était pas de l'énergie positive, comme celle qui peut se dégager d'un athlète, mais une force terrible tapie dans l'ombre.

— Je vois, dit-il après avoir examiné attentivement tous les documents.

Sa voix en imposait bien plus que sa stature, grave mais avec une tonalité métallique désagréable à l'oreille. Une voix… rouillée, aurait dit Wakatsuki.

Il se demanda même si ce n'était pas le signe d'un cancer du larynx. Il venait de voir passer le formulaire d'un patient qui en souffrait. Puis il comprit : c'était la voix d'un homme habitué à la pousser pour menacer les gens.

— Cela se réglera en deux, trois jours, affirma-t-il.

— Nous vous remercions, répondit Kitani en le raccompagnant vers l'ascenseur.

— Ce n'est pas trop dur, les déplacements ? s'enquit Kasai. Vous allez où, ensuite ?

— Ça va. Après cette mission, on m'envoie à Ogura, sur l'île de Kyûshû. Une autre compagnie d'assurances.

Wakatsuki vit repartir le privé avec un grand soulagement. Bien plus que les cris de Kakudô, l'attitude calme de Mizen le terrifiait.

— Il en impose, ce type ! s'exclama Kasai en revenant à son bureau.

— C'est vrai. Il dégage quelque chose de peu commun…

— Il semblerait qu'il vienne du grand banditisme. Chargé de récupérer l'argent auprès des créanciers... Il aurait fait des trucs vraiment horribles. Puis il s'est marié, et il a décidé de tourner le dos à son passé, mais il ne trouvait pas de travail. C'est le patron qui l'aurait alors repéré pour ses talents.

— Ses talents ?

— Quelle que soit la méthode utilisée, douce ou forte, il réussit à faire ployer l'adversaire. Il sait être doux, persuasif, puis si besoin il fait monter la pression, et petit à petit se montre de plus en plus insistant et effrayant. Jusqu'à ce que l'autre accepte de mettre un terme au contrat. C'est une technique qu'il a peaufinée au fil des années. Pour autant, je répugne à faire appel à lui. On peut parvenir à ce résultat même avec le plus obtus des clients, simplement en discutant. Il suffit d'y mettre le temps...

— Mais pour des types comme Kakudô, vraiment, je ne vois pas l'intérêt de perdre du temps, précisa Wakatsuki. Ne dit-on pas qu'il faut vaincre le mal par le mal ?

Wakatsuki en avait plus qu'assez de devoir se coltiner des cas sociaux à la morale douteuse. C'était un soulagement de s'en décharger.

Kasai eut un sourire amer.

— Quand la méthode forte fonctionne, c'est vrai que c'est plus rapide. Mais quand elle patine... on en a pour d'autant plus longtemps...

L'inquiétude de Kasai ne se concrétisa pas.

Le soir même, Mizen était réapparu au guichet.

Kitani et Kasai participaient à une réunion de cadres à l'étage, il reçut donc le privé seul.

— Je vous ai rencontré ce matin... Wakatsuki, c'est ça ?

— C'est cela. Dois-je faire passer un message à mes supérieurs ? demanda ce dernier, craignant que les choses aient mal tourné.

— Je suis simplement venu déposer ceci.

Il tira de sa mallette noire un document. Le contrat d'assurance de Kakudô, résilié. Avec son sceau pour le prouver.

— Vous avez fait vite ! s'exclama Wakatsuki, impressionné. Il a fini par accepter ?

— Je l'ai fait accepter, si l'on peut dire. Ça n'a pas été très difficile.

— Eh bien, merci. Nous vous devons une fière chandelle.

Wakatsuki remarqua, à l'intérieur de la mallette, une pochette transparente dans laquelle était glissée une photo.

On y voyait une jeune femme, la trentaine, ronde et agréable à regarder, qui tenait dans ses bras une petite fille de deux ou trois ans, toute potelée. La dame demandait visiblement à la petite de regarder l'appareil, mais au moment du cliché l'enfant avait ouvert la bouche et fermé les yeux.

— C'est votre famille ?

Pour la première fois, Mizen sourit.

— Ma femme et ma fille.

Wakatsuki le suivit des yeux tandis qu'il prenait l'ascenseur pour repartir, aussi discrètement qu'il était arrivé.

Il se rassit à son bureau et passa un coup de fil à

la compagnie mère pour annoncer que le contrat était résilié. Puis il rangea en sifflotant le document dans un classeur qu'il mit sous clé. La réunion s'éternisait.

Il se rendit aux toilettes.

Lorsqu'il aperçut son reflet dans le miroir, il vit un sourire narquois qu'il ne se connaissait pas lui barrer le visage. Le sourire disparut peu à peu.

Il passa de longues minutes à se laver les mains, retournant plusieurs fois au flacon à pompe de savon liquide.

7 mai (mardi)

Lorsque le bureau rouvrait après plusieurs jours de fermeture, le guichet ne désemplissait pas.

Vers 10 heures, un contrôleur des impôts se présenta, armé d'une mallette en plastique, et ordonna qu'on lui montre des contrats. Ceux-ci étant protégés par le secret professionnel, les employés lui répondirent qu'il avait besoin soit d'un accord du contractant, soit d'une autorisation officielle, mais l'homme n'en démordit pas.

Conservant son attitude arrogante, peu digne d'un représentant de l'État, il haussa la voix, l'air indigné, et prétendit que partout ailleurs son seul insigne suffisait. En réalité, il était habitué à ces fins de non-recevoir. Des fonctionnaires comme lui, il en venait tous les jours : ils se voyaient invariablement répondre par la négative.

Il finit par repartir, bouffi de colère, en claquant des talons.

Juste après apparut un avocat de la Shôwa Seimei.

Kasai, Kitani et Wakatsuki l'accueillirent. Il leur expliqua comment se déroulerait la première plaidoirie concernant une affaire en cours qui serait traitée le lendemain au tribunal de Kyôto. Une sombre histoire de désaccord entre héritiers à laquelle la compagnie s'était retrouvée mêlée malgré elle.

Affaire qui ne semblait pas être au centre des préoccupations de l'avocat venu de la capitale. Une fois le détail des auditions établi, il se mit à l'aise, discuta de tout et de rien autour d'un thé. Il avait l'âge de Wakatsuki, le regard presque occulté par sa longue frange. En bon touriste, il nota avec application les recommandations qu'on lui fit sur les plus beaux spots touristiques de Kyôto.

Le premier visiteur de l'après-midi fut, à la surprise de Wakatsuki, un Occidental. Il avait des cheveux noirs et lisses, un teint blafard. Si les étrangers étaient nombreux dans la capitale impériale, il était incongru d'en rencontrer un dans les locaux de la Shôwa Seimei…

Ce fut Yuka Aoyagi qui l'accueillit au guichet. Elle avait fait une licence d'anglais et prenait des cours de conversation. Pourtant, après avoir échangé quelques mots avec le visiteur, elle demanda à Wakatsuki de l'aider.

Il prit donc sa place derrière le guichet, non sans appréhension. L'homme n'avait pas vingt-cinq ans et il était impossible de deviner sa nationalité.

Il demanda en anglais, sans ambages et d'un air anxieux, s'ils acceptaient de couvrir les étrangers. Invoquant les vestiges de ses lointains cours d'anglais, Wakatsuki lui répondit du mieux qu'il put que la nationalité japonaise n'était pas nécessaire, mais qu'il fallait être résident au Japon pour être éligible. L'homme voulut alors savoir si l'on demandait un examen médical. Réponse : pas pour tous les contrats. Cela dépendait du montant et de la nature de l'assurance. Le visiteur répéta sa question, sans toutefois préciser plus avant.

Ce ne fut que quelques minutes plus tard qu'il consentit à parler d'une prise de sang.

Wakatsuki se força alors à sourire, tentant désespérément de ne pas montrer ses difficultés.

Comment disait-on « clause dérogatoire » en anglais, déjà ? *Escape clause*...

Il choisit ses mots avec le plus grand soin. Non, il n'était pas exigé de test sanguin pour l'élaboration d'un contrat. Toutefois, si l'on découvrait que la personne était malade au moment de la signature, l'argent n'était pas débloqué après sa mort.

L'homme sembla avoir compris, au grand soulagement de Wakatsuki. Les portes de l'ascenseur se refermèrent sur le visiteur.

On disait qu'aux États-Unis, à mesure que le sida devenait moins mortel, on commençait à accepter que même les personnes séropositives puissent contracter une assurance-vie. Avant que cela ne soit le cas au Japon, de l'eau coulerait probablement encore longtemps sous les ponts...

Kasai revint de la réunion le visage soucieux.

— Tiens, Wakatsuki. C'est pour toi, dit-il en lui tendant trois feuilles imprimées et une page de notes griffonnées à la va-vite.

Mme Sachiko Komoda, lut Wakatsuki. En possession d'une assurance-vie à terme à hauteur de trente millions de yens au bénéfice de M. Shigenori

Komoda. Lequel était pareillement assuré au bénéfice de Sachiko. Enfin, sur la troisième feuille, un enfant du nom de Kazuya Komoda bénéficiait d'une assurance de cinq millions de yens.

— Ce Shigenori Komoda a appelé, lui apprit Kasai. Tu le connais ?

— Non, ça ne me dit rien.

Il vérifia immédiatement l'âge de l'assuré. Quarante-cinq ans. En matière de plainte, les jeunes trentenaires étaient les pires, mais il ne fallait pas sous-estimer les quadragénaires pour autant… Il vivait à Arashiyama. Un quartier plutôt cossu. Aucun détail ne réveilla de souvenir en lui.

— Vraiment ? s'étonna Kasai. C'est étrange. Quoi qu'il en soit, le monsieur te demande expressément. Il veut que tu lui rendes visite.

— De quoi se plaint-il ?

— Ce n'est pas clair, il marmottait dans sa barbe. Quelque chose à propos de l'attitude de l'encaisseur, je crois.

— Il semblait en colère ?

— Pas vraiment. J'aurais pu envoyer le directeur commercial, mais le client a insisté pour que ce soit toi. Je suis désolé, mais ça te dérangerait d'y aller ?

— Non. Je m'en charge.

Depuis le matin, les clients désagréables s'étaient succédé ; si la plainte n'était pas trop sérieuse, cela lui ferait une coupure bienvenue.

L'encaisseur, de l'agence d'Uzumasa, était en déplacement et ne put répondre à son appel. Wakatsuki décida d'y aller tout de même et de voir directement de quoi il retournait avec le client. Il étudia le trajet sur une carte, fit des photocopies du contrat et sortit.

Dehors, l'air frais lui picota les joues.

La succursale kyôtoïte de la Shôwa Seimei occupait le dernier étage d'un immeuble qui en comptait sept. Comme pour beaucoup des bâtiments de province que possédait la compagnie, les locaux dédiés occupaient les étages supérieurs tandis que les plus bas étaient loués.

La tour d'un brun fade, frappée par les rayons du soleil, ne laissait apercevoir que les néons des bureaux à travers les fenêtres.

Il se rendit à la pâtisserie toute proche. La taille des coffrets offerts aux clients dépendait de l'importance de leur plainte. Cette fois, il prit le plus petit.

Il sauta dans un train, changea à Shijô Ômiya, monta dans un autre en direction d'Arashiyama.

Le tramway de Kyôto avait été démantelé il y avait déjà une bonne dizaine d'années. Il n'en subsistait que deux lignes : la Keifuku et la Eizan, que les riverains utilisaient encore quotidiennement.

Il se souvint combien, étudiant, le nom de la Keifuku lui avait paru étrange. *Kei* était pour Kyôto, et *fuku* pour la ville de Fukui, mais il n'y avait pas de ligne reliant les deux agglomérations. Ce n'était que plus tard, en visite à Fukui, qu'il avait appris qu'une ligne du même nom existait là-bas, et qu'elle appartenait à la même compagnie. Celle-ci affirmait qu'elle comptait un jour connecter ses deux circuits.

Le train – une voiture unique – se tortilla sur la ligne qui faisait figure de ruelle, en comparaison des boulevards des chemins de fer. Il frôlait les porches des maisons et les haies des jardins. À mesure qu'il approchait de son objectif, Wakatsuki sentait l'agitation le gagner.

Sanjôguchi. Yamanouchi. Kaikoyashiro. Les stations aux noms si kyôtoïtes défilaient. Juste après Uzumasa, célèbre pour son Village du cinéma, c'était la gare de Katabira Tsuji. En l'entendant annoncer, Wakatsuki fut assailli d'un funeste pressentiment.

Il se demanda d'où cela venait et comprit que les caractères du toponyme rappelaient ceux du mot *kyôkatabira*, qui désignait le kimono blanc dont on enveloppait les morts. Il connaissait cette impression, celle d'avoir un fantôme qui vous observe par un nœud du bois au plafond... Pourquoi donc était-il autant sur les nerfs ? Kasai semblait croire que c'était un problème mineur.

Il descendit à Saga Ekimae, la dernière station avant le terminus. La maison du client se trouvait à une dizaine de minutes de marche de là.

Le quartier était plutôt huppé, avec ses demeures anciennes et ses voitures luxueuses dont la carrosserie rutilante attirait le regard à travers les palissades en bambou. Photocopie d'un plan en main, il gravit un virage en côte et là, en face d'une demeure entourée de hautes haies vives, il découvrit une maison noire, à moitié pourrie.

Son cœur cogna dans sa poitrine.

C'était bien l'adresse indiquée. Le bâtiment, en état de délabrement avancé, trônait au beau milieu d'un terrain plutôt étendu. À travers le grillage noir, une nuée de chiots jappaient dans sa direction.

Seul le portail semblait relativement neuf, mais d'une mauvaise facture qui jurait dans le voisinage. *Komoda*, indiquait la boîte aux lettres. Pas d'erreur.

Wakatsuki dut prendre une grande inspiration avant d'appuyer sur l'interphone. Il attendit, mais rien n'advint. Il appuya de nouveau, cria : « S'il vous plaît ? » mais à part les chiots, personne ne répondit.

Il sentit un regard lui chatouiller le dos et se retourna. De la maison d'en face, une femme entre deux âges l'épiait. Wakatsuki lui adressa un salut auquel elle ne répondit pas. Il fit deux ou trois pas dans sa direction, espérant glaner des informations sur les Komoda, mais elle se replia à l'intérieur et claqua la porte.

La maison de piètre apparence semblait décidément isolée dans le quartier.

Et puis, que lui avait demandé Kasai exactement ? D'aller voir ce Komoda, mais pour le reste… Il avait « marmotté ». Peut-être s'étaient-ils mal compris.

Tant pis. S'il n'est pas là, il n'est pas là.

En temps normal, Wakatsuki aurait tout tenté pour rencontrer le client dans la journée, mais ce jour-là, c'était différent. Il désirait partir. Ne pas rester une seconde de plus.

Ce mauvais pressentiment ne l'avait pas lâché depuis qu'il était monté dans le train.

Il se rappelait parfaitement bien le jour où il l'avait éprouvé pour la première fois.

Il venait d'entrer au collège, ce devait être au mois de mai.

Il jouait au ballon avec un nouvel ami. Au départ, ils se lançaient la balle gentiment, puis, vite lassés, ils avaient tenté des jets de plus en plus hauts. Jusqu'à ce que le projectile dépasse Wakatsuki, retombe et dévale le bitume d'une petite rue déserte.

Wakatsuki s'était lancé à sa poursuite.

Sur sa gauche, un entrepôt ; sur sa droite, une maison en ruine. Au fond, une armature en bois soutenait de hauts panneaux en plastique qui barraient la route. Derrière eux passait un chemin de fer. C'était la ligne qu'avait prise le jeune Wakatsuki pour rejoindre son copain.

C'était bizarre. La rue de l'autre côté des rails semblait tout aussi abandonnée. Elle était sûrement bouchée de la même façon.

Le ballon s'était arrêté au pied d'un poteau électrique. Wakatsuki avait avancé d'un pas... et un frisson glacé l'avait parcouru.

Son regard s'était figé sur un emplacement vide. Le panneau de plastique blanc. Quelque chose était là, juste derrière, il en avait la certitude. Les poils de sa nuque s'étaient hérissés.

Il avait tendu la main, s'était emparé du ballon et avait fui les lieux à toutes jambes. Il sentait confusément que, à trop rester là, quelque chose de terrible allait arriver.

Tout cela n'avait pas duré plus de trente secondes mais le temps lui avait paru se dilater à l'extrême.

Il avait alors demandé à son copain pourquoi la rue avait été bouchée. C'était un passage à niveau qui, mystérieusement, comptait chaque année plusieurs accidents, si bien que les autorités avaient décidé de le condamner.

Durant le trajet de retour, le jeune garçon avait regardé par la fenêtre du train. Il avait en effet pu apercevoir les restes d'une barrière qui...

Wakatsuki sortit précipitamment de ses souvenirs pour revenir à la réalité. Quelque part dans son crâne, une alarme donnait l'alerte.

Quittons cet endroit sans attendre.

Un sentiment d'urgence l'aiguillonna. Il se retourna lentement : quelqu'un venait à sa rencontre.

C'était un homme aussi grand que lui, mais à la silhouette creuse et osseuse caractéristique des gens pauvres. Il portait des vêtements de travail tachés de gras. Les cheveux sur son front se faisaient rares, même s'il ne paraissait pas très âgé. Ses grands yeux au regard suspicieux étaient fixes. Comparée au reste de son visage, sa bouche était anormalement petite, barrée en cet instant d'un rictus sournois. Wakatsuki regretta de ne pas avoir décampé plus tôt.

— Vous êtes qui ? demanda l'homme, ouvrant à peine la bouche.

Kasai avait raison. On comprenait fort mal ce qu'il disait.

— Shinji Wakatsuki, de la Shôwa Seimei. M. Komoda, c'est cela ? Vous nous avez appelés.

— Ah. Oui. Y a personne à la maison ?

— J'ai sonné mais personne n'a ouvert.

— C'est bizarre, ça…

Il tira une clé de sa poche de sa main gauche, gantée. La droite ne l'était pas. Il ouvrit le portail et entra. Wakatsuki fut bien obligé de le suivre.

En entendant Komoda revenir, la horde de chiots se précipita sur lui. Il y avait là une sorte de shiba inu, un croisé blanc aux oreilles tombantes, un autre au pelage foncé à la physionomie triste et court sur pattes… Une meute hétéroclite qui semblait avoir été choisie au hasard parmi les abandonnés des rues.

Komoda se baissa et salua les chiens un à un.

— Oh, Kenta, tu as été sage ? Papa t'a manqué,

pas vrai ? Mais oui, mon grand. Ah, Junko, viens me dire bonjour.

Il parlait aux chiots comme à ses enfants et semblait avoir complètement oublié la présence de l'agent d'assurances.

Lorsqu'il se releva, les chiots repartirent en courant vers le fond du jardin. Il reprit ses clés et ouvrit la porte d'entrée.

— C'est pas très propre, désolé.

L'intérieur était sombre. Wakatsuki n'avait pas mis un pied sur le tapis qu'une puanteur le prit à la gorge. Il eut l'impression de pénétrer dans l'antre d'une bête sauvage.

Toutes les vieilles maisons ont une odeur, mais là, c'était différent. Détritus amoncelés, relents aigres de pourriture, puanteur synthétique d'un parfum musqué… Wakatsuki avait le cœur au bord des lèvres.

Il était impossible de comprendre d'où venait cette odeur atroce, mais elle imprégnait la maison des murs au plafond. On ne pouvait vivre dans un environnement pareil sans s'en rendre compte, et pourtant, l'homme ne semblait pas en être incommodé. Wakatsuki dut faire appel à tout son savoir-vivre pour ne pas se couvrir la bouche et le nez de son mouchoir. Quel que soit l'objet de la plainte, il allait l'expédier au plus vite et s'enfuir de là.

— Eh ben, marmonna Komoda en retirant ses chaussures dans le vestibule. Il est là, Kazuya.

En effet, une paire de tennis appartenant à un enfant d'une dizaine d'années était rangée là, signe que le garçon était rentré. Wakatsuki se força à retirer ses propres mocassins pour entrer dans la maison, malgré son dégoût croissant.

Il suivit son hôte dans un couloir au parquet sombre et luisant. Difficile de croire, dans ces conditions, que le lustre était dû à un nettoyage efficace.

— Kazuya ! appela Komoda. Kazuya ! (Puis, se tournant vers son invité :) Vous trouvez que ça sent mauvais ? lui demanda-t-il avec son sourire tordu.

Wakatsuki se contenta de hocher la tête en conservant une expression neutre.

L'homme n'avait donc pas totalement perdu le sens de l'odorat. À tout le moins, il savait que sa maison puait. Dans ce cas, pourquoi n'y remédiait-il pas ?

Ils entrèrent dans un petit salon donnant sur le jardin. L'odeur y était aussi nauséabonde qu'ailleurs, mais Komoda ouvrit la porte-fenêtre et l'air de l'extérieur fut d'un réconfort extrême pour Wakatsuki.

Ils s'assirent au sol autour d'une table basse.

— Désolé de vous avoir fait attendre, dit Komoda. Le travail s'est terminé plus tard aujourd'hui.

— Ce n'est rien. Je venais d'arriver.

Il déposa le coffret de pâtisseries sur la table.

— C'est bien vous qui avez téléphoné à notre compagnie plus tôt dans la journée ?

— Oui.

— Vous n'êtes pas pleinement satisfait de nos prestations ? Si c'est le cas, veuillez accepter mes sincères excuses.

— Bah, c'est pas facile pour vous non plus.

— C'est très aimable à vous.

L'homme accepta le présent mais semblait ailleurs. Même dans la maison sa main gauche restait gantée. Et il n'avait visiblement pas l'intention de se plaindre.

Pourquoi diable m'a-t-il fait venir ?

Il avait pensé qu'il se rappellerait probablement

cet homme en le voyant, s'il l'avait déjà croisé au guichet, mais il n'en avait aucun souvenir.

Et pourtant, l'homme connaissait son nom.

— Bon, Kazuya ! cria soudain Komoda en direction de la porte coulissante derrière Wakatsuki. Qu'est-ce que tu fais ? Viens donc ! Ça se fait pas, de se cacher quand on a des invités.

— Il n'y a pas de mal, je vous assure…

L'autre clappa de la langue.

— Tenez, allez ouvrir cette porte.

— Hein ?

— C'est là où il fait ses devoirs. Il doit y être.

Contraint, Wakatsuki se leva et fit glisser la porte en lançant un « Bonjour ! »

Un enfant de onze, douze ans le fixait de ses yeux à moitié blancs, comme s'il le regardait par en dessous d'un air méchant. Il avait le visage livide, des traces de morve séchée brillaient sous son nez.

Wakatsuki battit des paupières. L'enfant avait les jambes et les bras ballants, il flottait à une cinquantaine de centimètres du sol.

Enfin, il vit la corde qui le reliait au linteau de la porte. Le tatami, en dessous, était plus foncé. Une chaise gisait renversée au sol.

Combien de temps fallut-il à Wakatsuki pour se rendre compte qu'il avait devant lui un cadavre pendu ? Il n'aurait su le dire tant il était sous le choc. Quand il revint à lui, Shigenori Komoda l'avait rejoint.

Wakatsuki tourna la tête et croisa son regard. Sur le visage jusqu'alors dénué d'expression de l'homme, la surprise s'afficha un instant, en même temps qu'il détournait brusquement les yeux.

Le malaise paralysant qu'éprouvait Wakatsuki fit place à la sidération.

L'homme ne regardait pas l'enfant.

Devant le corps de son propre fils, il se contentait de le regarder lui, pour épier ses réactions. Il n'y avait pas la moindre parcelle d'émotion à lire sur son visage.

Comme pour dissiper l'impression que ressentait Wakatsuki, Komoda s'avança vers le cadavre en marmonnant.

— Kazuya. Pourquoi t'as fait ça ? Kazuya… débita-t-il d'un ton plat, comme s'il récitait une leçon.

On aurait dit que le temps s'était scindé en deux branches. D'un côté, Komoda, qui continuait de jouer une pièce de théâtre dans un monde inchangé, de l'autre l'enfant, figé dans l'éternité.

Malgré sa stupeur, Wakatsuki observa Komoda.

Il ne toucha pas à l'enfant. Comme s'il avait peur de laisser sur lui ses empreintes digitales.

Une quinte de toux secoua l'agent d'assurances. Il plaqua son mouchoir sur sa bouche. Une bile acide remonta jusque dans ses narines et fit couler ses larmes.

Il se tint droit et lutta de toutes ses forces pour ne pas vomir.

4

Un cordon de sécurité avait été établi autour de la demeure des Komoda, que la police avait investie.

L'identification du corps était terminée, les flashs du photographe cessèrent enfin de crépiter. Ce fut au tour d'un petit homme gras, affublé d'une casquette et d'un blouson à la mention « KYÔTO POLICE » délavée, de grimper lourdement sur un petit escabeau en aluminium. Il n'était pas aussi imposant que Kasai, néanmoins les marches grincèrent dangereusement sous son poids.

Il y avait plus de deux mètres de hauteur sous ce plafond. Au sommet de son promontoire, le policier entama la corde au cutter, tandis que deux autres accompagnaient la descente du corps. Il rangea soigneusement le bout de la corde dans un sac plastique. Les plis du nœud y étaient toujours marqués, l'instrument du suicide serait analysé en laboratoire, se dit Wakatsuki.

Une fois l'enfant posé à terre, ses membres s'étalèrent comme ceux d'un pantin. Son buste et sa tête, déjà gagnés par la rigidité cadavérique, conservèrent leur posture.

Wakatsuki, en retrait, restait immobile. Ce ne pouvait être la réalité. Il n'était que le spectateur d'une scène de cinéma interminable.

Il jeta un regard à Komoda. De l'extérieur, il avait sûrement l'air en état de choc.

La mère n'était pas là. Wakatsuki se demanda comment elle allait réagir.

On lui tapota l'épaule.

— Vous êtes la personne qui nous a appelés ? lui demanda un policier en civil. Je peux vous poser quelques questions ?

En temps normal, la demande lui aurait causé un grand stress. En cet instant, il la prit comme un don du ciel.

Ce qu'il avait vu, il ne pouvait le garder pour lui plus longtemps. Une agitation douloureuse le rendait fébrile. Son cœur battait trop fort contre ses côtes, comme si un bataillon militaire y défilait en cadence. Ses paumes de main étaient couvertes d'une sueur froide. Il devait parler à quelqu'un, le plus tôt serait le mieux.

Mais pas ici.

Non loin, Shigenori Komoda le surveillait du coin de l'œil. Il en était persuadé.

Wakatsuki avala péniblement un peu de salive pour lubrifier sa gorge sèche.

— Pourrions-nous faire cela loin des oreilles indiscrètes ? demanda-t-il.

— Allons dans ma voiture, accorda le policier sans sourciller.

Dès qu'ils furent dehors, il inspira une grande goulée d'air.

— Je n'en peux plus de cette maison, qu'est-ce que ça pue !

Il ouvrit la portière arrière à Wakatsuki et s'assit à côté de lui.

C'était la première fois de sa vie que celui-ci montait dans une voiture de police, et la première fois qu'il était interrogé. Le véhicule était plutôt banal. On lui avait raconté un jour que l'on ne pouvait ouvrir l'arrière de l'intérieur, ce qui fit monter d'un cran son angoisse : il ne sortirait pas tant que le policier ne l'aurait pas décidé.

Il regarda ce dernier tirer un calepin de sa poche. Le fonctionnaire n'avait pas quarante ans, était vêtu comme un salarié classique, costume et chemise. Seule sa coiffure excentrique (une permanente de très fines boucles serrées, ramassées sur le haut du crâne) laissait deviner qu'il ne travaillait probablement pas dans un bureau.

Wakatsuki se présenta en tendant sa carte de visite, l'autre fit de même. Brigadier Shin Matsui, du département de la police criminelle de Kyôto. L'agent d'assurances se sentit rassuré. Si l'on avait envoyé un enquêteur de ce rang, et non un policier du commissariat le plus proche, c'est que l'on soupçonnait déjà un crime.

— Shinji Wakatsuki, lut le brigadier. Agent d'assurances, service protection. Vous n'êtes pas un commercial, n'est-ce pas ? Que faisiez-vous chez les Komoda ?

— Shigenori Komoda a appelé au bureau. Il a spécifiquement demandé que je lui rende visite car il souhaitait émettre une plainte.

— À propos de quoi ?

— Je ne sais pas.

— Comment cela ?

— Au téléphone, il aurait parlé d'un problème avec un encaisseur, sans être plus clair. Il voulait absolument que je vienne. Alors je suis venu...

— D'où le connaissiez-vous ?

— C'était la première fois de ma vie que je le voyais.

— Mais alors, comment connaissait-il votre nom ?

— Je n'en ai aucune idée.

— Hum...

Le policier resta songeur un instant.

— Il a un contrat d'assurance-vie ?

— Sa femme et lui, chacun pour trente millions de yens. Et un contrat de cinq millions pour l'enfant.

— Oh... ça doit revenir cher.

— Tout à fait. Entre cinquante et soixante mille yens par mois.

— Intéressant. Pourrons-nous revenir vers vous pour des questions plus approfondies ?

— Bien sûr. Mais j'aimerais que ma déposition soit prise par écrit.

En tant qu'agent d'assurances, il ne pouvait oublier le protocole, même dans un moment pareil.

— Compris, dit le brigadier qui commença à noter. Comment avez-vous découvert le corps ?

Wakatsuki se tortilla sur son siège.

— Komoda m'a invité à m'asseoir au salon, il n'arrêtait pas d'appeler son fils. Comme il ne répondait pas, il m'a demandé d'ouvrir la porte coulissante.

— C'est lui qui vous l'a demandé ?

— Oui.

— Et alors ?

— Je me suis levé, et je suis allé ouvrir.

— C'est là que vous avez découvert le corps. Je vois, je vois...

Wakatsuki prit une grande respiration.

— Je... Je dois ajouter quelque chose. Juste à ce moment...

— Oui ?

— Komoda. Il avait l'air... Je pense que je dois vous le dire...

— Je vous en prie. Dites-moi tout ce que vous pensez être important.

Matsui semblait l'écouter avec attention. Wakatsuki surmonta sa nervosité et se lança.

— Au début, j'étais en état de choc, je ne faisais pas attention à Komoda. Puis je l'ai vu à côté de moi.

— Je vois. Et alors ?

— J'ai tourné la tête vers lui. Je crois que je voulais dire quelque chose, mais j'ai oublié quoi. Et j'ai vu qu'il me regardait.

— Expliquez, fit le brigadier en fronçant les sourcils.

— Il ne regardait pas le corps. Je suis désolé de le dire ainsi mais... J'ai vraiment eu l'impression qu'il était plus intéressé par ma réaction que par l'enfant.

Il ressentit soudain le poids écrasant de ses mots. Il venait ni plus ni moins de porter une accusation de meurtre contre Shigenori Komoda. Après un long silence, Matsui reprit la parole, mais sa voix était différente. Il parlait avec plus d'égard.

— Êtes-vous sûr de ce que vous avancez ? Vous pourriez avoir été victime d'une illusion.

— Non. Je suis formel.

— Il aurait pu simplement regarder vers vous juste au moment où vous tourniez la tête.

— Non, il m'observait depuis plus longtemps. Je l'ai compris immédiatement.

— Comment ?

— Lorsque nos regards se sont croisés, il a détourné le sien à la hâte.

Face à des situations exceptionnelles, les humains cherchent instinctivement le regard de leurs congénères. En voyant s'y refléter la même peur, la même surprise, ils y trouvent du réconfort.

Komoda avait évité son regard. Il désirait savoir ce que Wakatsuki ressentait, mais il ne voulait pas que ce dernier sache ce que lui avait au fond du cœur.

Matsui affichait désormais un air alarmé.

On disait que la police ne négligeait pas ce genre d'impressions. Si les certitudes étaient dangereuses, il n'en restait pas moins que la première impression était souvent la bonne.

Wakatsuki poussa un soupir de soulagement. Il avait fait son devoir. Donné l'impulsion à la machine policière, qui se mettrait en branle. La lumière serait faite.

Il ne rentra au bureau que le soir, après avoir fait une seconde déposition au commissariat.

— Quelle histoire, lui lança Kasai, apparemment désœuvré, depuis son bureau.

C'était son ton habituel, léger et jovial. Wakatsuki lui en fut reconnaissant. Au téléphone déjà, lorsqu'il l'avait appelé du commissariat, entendre sa voix avait été rassurant. À le voir en face de lui cependant, son collègue était plus soucieux que d'ordinaire.

— Pas fâché d'être rentré… Où est Kitani ?

— Déjà en salle de réunion. On a appelé le directeur commercial d'Uzumasa. Tu te sens de participer ?

— Et les procédures concernant la mort de Kazuya Komoda ?

— C'est déjà fait.

Wakatsuki vit le document sur son bureau. Kasai avait rempli toute la paperasse pour lui, de son écriture soignée.

Ils se rendirent à l'étage du dessous, dans la salle de réunion qui servait habituellement à former les nouvelles recrues commerciales. Dans ce décor de salle de classe se trouvaient déjà, aux côtés de Kitani, M. Ôsako, le directeur général adjoint aux ventes, ainsi que M. Sakurai, le directeur du bureau d'Uzumasa.

En l'absence du président, en déplacement à Tôkyô, les plus hauts dirigeants de la branche étaient présents, et en grande concertation.

À en juger par la profondeur des rides entre ses sourcils, Kitani était fortement perturbé. Bientôt la soixantaine, proche de la retraite, il était entré dans la boîte sans avoir fait d'études supérieures et avait gravi les échelons à force de travail acharné.

— La police nous a contactés. La société aura peut-être à se prononcer en tant que témoin en cas de procès.

Ôsako, cigarette au bec, émit un son proche du hoquet et afficha un sourire grinçant. Il avait la quarantaine et était l'homme le plus grand de la compagnie, avec son mètre quatre-vingt-cinq.

— Quelle histoire sordide ! C'est vrai que c'est toi qui as vu le corps en premier, Wakatsuki ?

— Oui. Je vais en faire des cauchemars.

— Pas étonnant... Et c'est un meurtre, alors ?

— Oui, répondit Wakatsuki sans hésiter.

— Sauf que la police n'en est pas sûre pour le moment, ajouta Kasai.

Avait-il des doutes quant à la conviction de son subordonné ?

— C'est vrai. Mais je suis absolument certain de ce que j'avance.

Ôsako partit d'un grand rire qui secoua son immense carcasse.

— Eh bien, si Wakatsuki le dit... Il s'est trouvé son « affaire des trois cents millions de yens à la mer » !

Il faisait référence à un crime commis par un homme ayant enfermé femme et enfant dans une voiture qu'il avait jetée d'une falaise. En tant que responsable du bureau de vente local à l'époque, Ôsako avait été interrogé par la police un bon nombre de fois.

— D'après Sakurai, les contrats de Komoda étaient pris en charge par le bureau d'Uzumasa.

Parmi les trois contrats sur la table, il désigna celui au nom de Kazuya Komoda, à hauteur de cinq cents millions de yens.

— Au départ, ils ont été élaborés au bureau de Sayama, au sud d'Ôsaka. Ce n'est que par la suite qu'ils ont été transférés chez nous.

Sakurai était le seul homme de la pièce plus jeune que Wakatsuki. Mais à vingt-sept ans seulement, et après cinq ans dans l'entreprise, ses cheveux commençaient déjà à se clairsemer.

— Qui a établi les contrats ? demanda Ôsako.

— Mitsuyo Ônishi, répondit Kasai. Quarante-cinq ans. Elle a démissionné depuis. J'ai téléphoné au directeur de Sayama, il m'a expliqué qu'elle était très mauvaise : elle a fait des contrats pour ses connaissances et sa famille. Elle n'est pas restée plus d'un an. La plupart de ses contrats ont été annulés, mais pas ceux qui ne représentaient aucun risque moral.

— Elle connaissait les Komoda ?

— Par le biais de Sachiko, l'épouse. Ônishi l'a retrouvée par hasard, assise à côté d'elle dans une salle de pachinko. Elle ne l'avait pas revue depuis l'école primaire, mais elle l'a tout de suite reconnue, même si elles n'avaient jamais été proches. Ônishi, sur la sellette car elle n'arrivait pas à rapporter de contrats, a flairé une occasion : elle l'a invitée à boire un verre et s'est plainte de la conjoncture, etc. Elle lui a donné sa carte de visite, au cas où elle connaîtrait quelqu'un ayant besoin d'une assurance… Trois jours plus tard, Shigeru Komoda s'est présenté à l'agence afin de souscrire des contrats.

Au Japon, rares étaient les personnes qui venaient d'elles-mêmes signer pour une assurance : dans la plupart des cas, elles cédaient au terme d'une offensive commerciale insistante. C'est pourquoi le fait qu'un client vienne de lui-même au guichet pour réclamer un contrat mettait immédiatement la puce à l'oreille. On disait que c'était au seuil des agences que l'on filtrait le mieux les clients malhonnêtes.

— C'est ainsi qu'ont été créés les trois contrats,

qui lui revenaient à soixante et un mille huit cent soixante-douze yens par mois.

— Wakatsuki, tu as vu leur maison : ils gagnent dans les combien ?

— Je n'ai pas demandé, mais Komoda semble travailler à l'usine ou quelque chose dans le genre. Ils ne m'ont pas paru riches. La maison est grande, mais délabrée.

— Et c'est sûrement une location.

— C'est n'importe quoi ! s'exclama Ôsako. Ils n'ont pas vérifié, à Sayama ?

Wakatsuki s'empara d'un contrat.

— Ça date de novembre dernier...

— La guerre de novembre !

Chaque année, en novembre, se tenait le « mois de l'assurance-vie », qui prenait dans les agences la forme d'une compétition quant au nombre de contrats signés. On faisait pression sur les employés afin qu'ils doublent, voire triplent les ventes, si bien qu'on n'était pas loin d'enrôler le premier venu... Les enquêtes se continuant a posteriori, il s'agissait avant tout de créer des contrats à la pelle. Or, le pôle vérification recevait tant de nouveaux dossiers d'un coup qu'il était possible que le niveau de vigilance baisse à cette période.

— Quoi qu'il en soit, conclut Kitani, il est trop tôt pour se prononcer. Notre rôle pour l'instant se borne à attendre la demande de déblocage des fonds. Wakatsuki, nous comptons sur toi pour rester discret et nous tenir au courant de l'évolution de l'affaire.

— Entendu.

— D'ordinaire, intervint Sakurai, on doit inviter

le récipiendaire à remplir sa demande… Que fait-on dans ce cas ?

— On fait pareil, répondit Kasai. Il faut envoyer dès demain un agent pour lui apporter le formulaire. Mais au fait… Son histoire concernant l'encaisseur qui se serait mal comporté… c'est vrai ?

— J'ai demandé au collègue en question. C'est vrai que les Komoda sont souvent absents lorsqu'il s'y rend, mais il laisse une note et la fois suivante, tout se passe bien. Il ne voit pas de quoi ces clients pourraient se plaindre. C'est un employé sérieux, je crois qu'on peut lui faire confiance.

— Un prétexte, affirma Ôsako. Rien qu'un prétexte pour faire venir Wakatsuki et faire de lui le découvreur du cadavre. Sale connard, pendre son propre fils…

— Ce n'était peut-être pas son fils, suggéra Kasai.

— Quand bien même… Quel genre de monstre peut faire une chose pareille ?

L'image du corps pendu revint brutalement en mémoire à Wakatsuki.

Un enfant en lévitation.

Les bras et les jambes ballants, le cou déjà figé comme celui d'une statue. Le blanc humide de ses yeux, où l'étincelle de la vie ne brillait plus.

Une coquille vide, qui n'avait plus d'humain que la forme. L'image rémanente de ce qui avait autrefois été un petit garçon. Il ne grandirait pas. Si on le laissait ainsi, il se décomposerait lentement avant de disparaître.

Pour Wakatsuki, c'était la perte soudaine de toute possibilité. Comme lorsque, dix-neuf ans plus tôt, son frère s'était éteint.

Un avenir aux potentiels infinis s'était effacé à jamais. Où donc allait cette énergie vitale lorsqu'elle était évincée d'un corps qui perdait la vie ? Flottait-elle, pleine de rancœur, dans les limbes pour l'éternité ?

— Tout va bien, Wakatsuki ?

Il revint à lui. Kasai s'inquiétait, les autres s'étaient déjà levés. La réunion était terminée.

— Ça va, ça va, répondit-il en se forçant à sourire.

Il ouvrit les yeux, fixa le plafond.

La trotteuse de son réveil égrenait bruyamment les secondes dans le silence de la nuit.

Il tendit le bras : 3 heures du matin, indiquaient les chiffres lumineux.

L'alcool l'empoisonnait encore. Cela ne faisait pas deux heures qu'il s'était couché. En relevant la tête, il vit la bouteille de gin vide et le verre sur la table, découpés dans l'ombre par la lumière nocturne.

L'amertume de la liqueur demeurait sur sa langue, avec ses relents de résine de pin. Wakatsuki se rendit compte qu'il avait terriblement soif. C'était probablement ce qui l'avait réveillé.

Il se releva péniblement, faillit se prendre les pieds dans ses haltères en plastique. Elles gisaient dans un fatras de vieux journaux et de vêtements jetés au sol. Cela faisait bien un mois qu'il n'avait pas fait le ménage.

La pile de cartons non ouverts, au fond de la pièce, semblait lui lancer des reproches muets.

Le réfrigérateur n'avait à lui offrir qu'une brique de lait demi-écrémé. Il ne se souvenait plus quand il l'avait achetée, mais but à même le carton sans se poser de question. Pas de goût. Après qu'il en eut descendu la moitié, le feu dans son estomac s'apaisa enfin.

Il s'assit dans la cuisine toujours plongée dans l'obscurité. Le combiné du téléphone sans fil reposait encore sur la table. Il se rappela avoir appelé Megumi, mais que pouvait-il bien lui avoir dit ? Sûrement un long monologue d'ivrogne sans queue ni tête.

Il oublia le temps, son regard vague posé sur le mur blanc de la cuisine, à peine éclairé d'une poussière spectrale.

Tandis que son esprit vagabondait, au bord de l'inconscience, le mur sembla enfler. S'enrouler sur lui-même. Ses particules convergèrent pour créer une forme.

Bras ballants. Tête baissée. Yeux blancs.

Wakatsuki bondit de sa chaise. Loin d'avoir anesthésié ses terreurs, l'alcool les avait amplifiées. Il devait trouver quelque chose. N'importe quoi. Pour ne plus y penser.

Il se rendit à l'autre bout de la pièce, enfila son casque et mit la radio en marche. Deux voix, celles d'un homme et d'une femme, traversèrent les ondes pour se retrouver dans ses oreilles. Ils discutaient en japonais, pas de doute, et pourtant Wakatsuki n'entendit que le bourdonnement sourd d'un essaim d'abeilles.

« Ah oui… bien sûr. » « C'est vrai. » « Et alors… » « Mais si ? » « Oui, parce que… » « Le… » « Le ! » « Ou pas. » « Je veux dire… » « Nous ! » « D'ailleurs… » « Surtout pas. » « Ha ha ha ! » « i » « a » « da ? » « mé… » « ce » « et ? » « me » « Que ? » « Après… » « te » « hein » « nir… »

Wakatsuki jeta son casque. L'objet à terre ressemblait à un arthropode roulé en boule et émettait toujours un grésillement, un chuchotis subliminal.

Il éteignit la radio, et le silence retomba dans l'appartement.

Il tituba jusqu'à son lit où il s'allongea comme un mort, yeux fermés et bras croisés sur la poitrine.

Petit à petit, le tic-tac de la trotteuse s'amplifia, devint assourdissant.

La silhouette d'un enfant immobile comme une statue...

Il se retourna, tenta de chasser cette image persistante.

Quelque temps plus tard, il se rendit compte que sa poitrine se soulevait et se creusait à un rythme paisible. Comme s'il dormait. Une terreur glaciale s'empara de lui.

Qu'est-ce qui m'arrive ?

Il voulut bouger, mais ses membres ne répondirent pas. Était-ce un épisode de paralysie du sommeil ?

Votre corps est plongé dans le sommeil, mais pas votre cerveau. Un état souvent provoqué par le stress ou la fatigue.

Ne pas paniquer.

Seul le temps s'écoula. Le corps inerte, mais parfaitement conscient. Et cela dura longtemps. Wakatsuki pria pour plonger enfin dans un sommeil réparateur. En vain.

Dans cet état flottant, il eut la sensation que quelque chose venait à lui.

Pas un être humain. Autre chose. Il tenta d'éloigner cette pensée idiote, mais la présence se fit de plus en plus insistante.

Elle montait l'escalier sans bruit. Quatrième. Cinquième. Elle venait d'arriver sur le palier du sixième. Elle ralentit. Wakatsuki entendit son pas feutré dans le couloir.

Visiteur inattendu.

Ce vers lui revint en mémoire des tréfonds de son adolescence, un cours de langue ancienne. Il décrivait dans un poème la joie d'entendre un bruit de pas, au fond d'une vallée isolée, annonçant la fin de la solitude de l'exil.

Pas de joie pour Wakatsuki. Rien que de l'effroi.

Qui est-ce ?

Pourquoi venir ici ?

Était-ce l'enfant pendu ? Avait-il quelque chose à dire ?

Grand frère ?

La présence s'arrêta devant sa porte.

N'entre pas ! Va-t'en ! hurla-t-il au fond de lui, sans que ses lèvres esquissent le moindre mouvement.

Le temps s'étira.

Il devenait douloureux de lutter pour rester éveillé. Wakatsuki finit par appeler de ses vœux le sommeil, même sous la forme de cauchemars, pour s'enfuir.

Il sentit que quelqu'un était entré dans sa chambre et l'observait tandis qu'il basculait dans l'inconscience.

15 mai (mercredi)

Le formulaire pour le déblocage des fonds de l'assurance décès de Kazuya arriva une semaine plus tard. Le festival Aoi, l'un des trois plus grands de

Kyôto, battait son plein et le char orné de fleurs de glycine passait au même moment dans les rues.

La demande était enterrée dans la pile quotidienne que Hiromi Sakanoue, après un bref examen initial, déposait sur le bureau de Wakatsuki tous les matins. Elle avait dû arriver dans la livraison du jour du courrier interne.

Il se souvint du sourire faussement gêné de Sakurai, le directeur de l'agence d'Uzumasa, lorsque celui-ci avait parlé de remettre le formulaire aux Komoda. Apparemment, il l'avait fait sans perdre une seconde, et sans les avertir non plus.

Cela avait le don d'énerver Wakatsuki. Les directeurs d'agence mettaient tout leur savoir-faire et leur dévouement dans la création de contrats, directement liée à leurs résultats, mais avaient tendance à négliger les procédures concernant le suivi des dossiers. Il faudrait le rappeler à l'ordre.

Il feuilleta le dossier et alla rapidement à la page du rapport de décès.

À la rubrique 11, *Type de décès*, c'était bien *autre* qui était entouré, pas *suicide*.

Cependant, la rubrique 12, *Origine du décès*, indiquait : *Ligature des artères carotides et vertébrales ayant entraîné une anémie cérébrale sévère.*

Puis, dans la sous-rubrique *Circonstances* : *pendaison.*

Dans les détails de la rubrique 13, il lut qu'une corde de nylon utilisée pour le paquetage avait été attachée au linteau de la porte coulissante, formant un nœud avec une ouverture de trente centimètres de diamètre, dans lequel le défunt avait été retrouvé pendu.

Wakatsuki se perdit dans ses pensées. Il était persuadé que Komoda avait étranglé l'enfant avant de le suspendre… Mais le rapport du légiste racontait une histoire différente. À sa lecture, on ne pouvait que se rendre à l'évidence : Kazuya s'était suicidé.

— C'est notre lascar ? lui demanda Kasai, qui l'observait depuis un moment du bureau voisin.

— Oui. Arrivé ce matin.

— Comment ça se fait ? Je n'ai pas été prévenu.

Sakanoue se relevait justement du poste informatique accolé au mur dans un coin du bureau, une pile de dossiers de frais d'hospitalisation à la main.

— Un instant, Sakanoue ? l'interpella Kasai. C'est à propos de cette demande. Elle est arrivée par le courrier interne de ce matin ?

L'employée, l'air soucieux, se pencha sur le formulaire. Il avait été décidé de ne pas tenir les femmes du bureau au courant de l'affaire afin de leur éviter tout préjugé en accueillant les clients.

— Ça ? Non. C'est arrivé par la poste.

La poste ? Wakatsuki n'y avait même pas pensé. D'ordinaire, les demandes de déblocage de fonds étaient remises en main propre à un employé d'agence qui se déplaçait au domicile du client. Il l'aidait ainsi à remplir le formulaire et s'assurait qu'il ne manquait aucun document annexe.

Shigeru Komoda avait rempli le formulaire seul et l'avait renvoyé de lui-même. Peut-être était-il certain de n'avoir commis aucune erreur. Peut-être n'était-ce pas la première fois qu'il remplissait une demande de déblocage de fonds…

Kasai s'empara du formulaire et le parcourut en fronçant les sourcils.

— Ce n'est pas normal, dit Wakatsuki.

— Il aurait dû y avoir une autopsie, puisque le type de décès n'est pas précisé. Or il n'y a pas de document d'autopsie.

— J'irai au commissariat cet après-midi. Voir le policier à qui j'ai parlé.

— Parfait, merci.

Le téléphone de Kasai sonna.

— Bonjour ! s'exclama-t-il avec toute la bonhomie du monde. Shôwa Seimei Assurances, bureau de Kyôto. Que puis-je faire pour vous ?

Wakatsuki se lança dans la vérification du formulaire en corrélation avec celui de l'ouverture de contrat. Premièrement, vérifier si les écritures concordaient. Il allait aussi regarder de près les sceaux de signature, mesurant chaque millimètre avec un pied à coulisse.

Il ne trouva rien de troublant, si ce n'était l'écriture mal assurée, digne d'un élève de primaire.

Il passa à la copie du livret de famille et tomba des nues.

— Que se passe-t-il ? lui demanda Kasai, qui venait de raccrocher.

— Kazuya était le fils de Sachiko, de père inconnu. Lorsque Shigenori et elle se sont mariés, il y a deux ans, c'est Shigenori qui a changé de nom. Il s'appelait Shigenori Kosaka.

Kasai acquiesça en silence. Dans les affaires de meurtre d'enfant pour obtenir l'argent des assurances, il arrivait souvent que l'un des adultes supprime le rejeton issu d'une précédente union.

— On n'a aucun précédent au nom de Komoda

Shigenori, Sachiko ou Kazuya, reprit-il. Je vais essayer avec Kosaka comme nom de famille.

Armé d'un mémo où il avait noté les dates de naissance, Kasai se dirigea à petites foulées vers l'ordinateur et commença à taper sur le clavier.

Wakatsuki resta seul face au document sur son bureau. Il n'était pas surchargé de travail ce matin, alors pourquoi ne pas en profiter ? À contrecœur, il ouvrit l'épais manuel de médecine légale du docteur Suzuki, attaché à l'agence.

Un livre qu'il avait toujours répugné à parcourir, mais s'il devait le faire, c'était l'occasion ou jamais.

Il tomba sans préambule sur une photo horrifique. Un noyé, apparemment.

Tomoko Kawabata, justement venue apporter un formulaire de changement de nom, ouvrit grand les yeux en la voyant.

Wakatsuki tourna la page à la hâte, mais le livre était truffé de clichés tous plus terrifiants les uns que les autres. Il le feuilleta en se concentrant sur les titres, tentant de ne pas voir les images.

Nous y voilà.

Pendaison, un des chapitres de la partie *Asphyxie*. Illustré de nombreux clichés de pendus. Quelques pages plus loin, il tomba sur *Strangulation*.

La lecture du paragraphe ne fut pas pour le rassurer. Il était apparemment difficile de prouver qu'un décès par strangulation était un meurtre ou un suicide. Le médecin qui avait examiné le corps avait dû se trouver devant la même difficulté.

Dans la plupart des cas crapuleux, il s'avérait que le criminel avait étranglé la victime avant de la suspendre pour maquiller son méfait en suicide. Cependant, certains signes étaient révélateurs.

Premièrement, dans le cas d'une strangulation, la congestion des veines provoquait un rougissement du visage, qui enflait. Mais le visage de Kazuya Komoda était livide lorsqu'il l'avait découvert ; aucun doute là-dessus. C'était indéniablement le signe d'une mort des suites d'une pendaison, non d'un étranglement.

La tache d'urine, juste sous le cadavre, indiquait que la mort avait eu lieu sur place. Cela faisait partie des indices permettant d'établir si le corps avait été déplacé ou non.

Enfin, il y avait le détail des traces laissées par la corde dans la chair. Un homme pendu présentait le plus souvent de profondes marques de morsure du lien dans la partie avant de son cou, pas dans la partie arrière. Dans le cas d'un meurtre, la strangulation était marquée de manière plus uniforme autour du cou.

Mais à ce sujet, le rapport d'autopsie n'avait rien spécifié. Cela voulait-il dire que les symptômes relevaient bien de la pendaison, que rien, en apparence, ne permettait le doute ?

Et si cet homme avait été encore plus brutal que ce qu'il avait imaginé…

D'après ce que Wakatsuki pouvait entendre, Kasai était revenu du poste informatique et passait un coup de fil à une autre succursale. Son visage était de plus en plus sombre. Une pointe de colère soulignait ses paroles. Il raccrocha.

— Accroche-toi, Wakatsuki, car notre Shigenori Komoda est un fieffé lascar, gronda le directeur tel un tigre sur les nerfs. On a bien un contrat au nom de Shigenori Kosaka, et il faisait partie des Faucheurs de Pouce.

— Qu'est-ce que c'est que ça ?

— Tu n'as jamais entendu parler d'eux ? Ils ont pourtant fait sensation à une époque. Un groupe de types qui se sectionnaient le pouce afin de toucher une rente de handicap.

Wakatsuki se souvint du gant blanc que portait Shigenori à la main gauche. Servait-il à cacher ce pouce manquant ?

Un des contrats spéciaux proposés par les agences était la prévoyance invalidité, qui débloquait une rente en cas de blessure conduisant à un handicap.

D'après Kasai, un peu plus de dix ans auparavant, des demandes de pension avaient afflué en provenance de la même région. Toutes décrivaient un accident du travail et des doigts amputés.

À l'époque, les assurances donnaient dix pour cent d'indemnités pour tous les doigts, sauf le pouce, dont la disparition rapportait une rente de vingt pour cent des indemnités maximales prévues en cas d'accident. Ce qui expliquait le phénomène des pouces gauches arrachés « par accident ».

— Pour vingt pour cent d'indemnités ? s'étonna Wakatsuki. C'est cher payé !

— Oh, il n'y avait pas que ça. Comme l'incident avait lieu au travail, le blessé pouvait compter sur une indemnisation de l'entreprise. Une somme rondelette. Ajoute à cela les indemnités de l'assurance universelle, d'une mutuelle coopérative, et ça commence à peser dans la balance. C'est faire d'une pierre quatre coups, si je puis dire… En additionnant tout ça, on arrive à quatre, cinq millions de yens.

— Tout de même… ça doit être douloureux, non ?

— Ah ça, pour faire mal, ça fait mal. Cependant, quand l'être humain est déterminé, il trouve le moyen d'arriver à ses fins. Et puis, il y a plusieurs méthodes pour rendre l'amputation moins douloureuse. La première, bien sûr, c'est l'anesthésie. Mais sans la collaboration d'un médecin ou d'une infirmière, c'est compliqué. Savais-tu que, pendant bien longtemps, les geishas se sectionnaient un doigt afin de prouver leur sincérité à l'homme dont elles étaient éprises ?

Wakatsuki secoua la tête.

— Elles ligaturaient le doigt à la base, attendaient qu'il devienne complètement insensible et le coupaient d'un coup. Même méthode chez les yakuzas, encore aujourd'hui. On connaît aussi la technique de l'engourdissement par la glace. Les Faucheurs de Pouce, eux, préféraient les bombes de froid.

— Des bombes de froid ?

— Tu vois ces sprays que les sportifs utilisent après l'effort, pour refroidir les muscles ? Les Faucheurs en vidaient une entière sur un seul doigt. Avec ça, ils ne sentaient plus rien. Puis ils posaient la lame d'un gros couteau de cuisine ou d'une hachette à la racine du doigt. Avec un bon coup, ça ne demande pas plus de force que d'étêter un poisson.

Wakatsuki resta interdit.

— Bien entendu, cette anesthésie ne dure qu'un temps, et ensuite, la douleur surgit d'un coup. Quelques heures plus tard, les hommes se tordaient en hurlant. Selon leurs aveux, c'était comme de sentir un courant électrique le long des nerfs. Et même après quelque temps, ils continuaient à souffrir de ce que l'on appelle la « douleur fantôme », qui revenait les hanter tous les soirs et qui…

— Merci, j'en ai assez entendu, intervint Wakatsuki, que ces histoires avaient rendu livide.

Il ne comprendrait jamais le comportement de certains de ses semblables. Se débarrasser d'un morceau de son corps pour de l'argent ? Cela lui rappelait ces pieuvres capables de manger leur propre tentacule en cas de famine…

Et, bien sûr, pour ce genre de personnes, la vie d'autrui ne vaut pas cher non plus, se dit-il.

D'ordinaire, seuls les cas de décès survenus moins d'un an après la création du contrat ou les cas impliquant d'énormes sommes d'argent étaient évalués par la branche principale. La décision de débloquer ou non les fonds de l'assurance de Kazuya Komoda aurait donc dû revenir à l'agence locale, mais, par décision exceptionnelle, on choisit de s'en remettre au bureau général d'investigation de la compagnie. Le dossier fut donc envoyé à Tôkyô, ce qui, bien entendu, retarderait la réponse.

Entre-temps, Wakatsuki, tout comme Sakurai, se rendit plusieurs fois au commissariat central de Kyôto, mais sans pouvoir rencontrer le brigadier Matsui. Les agents qui les reçurent les prirent de haut, affirmant que les civils n'étaient pas autorisés à recevoir des informations concernant une enquête en cours. Impossible de leur faire dire si, oui ou non, l'affaire Komoda comportait un caractère criminel : on ne leur renvoyait que des réponses neutres, comme seule la bureaucratie sait les formuler. Or, tant que la police n'avait pas pris de décision, la compagnie ne pouvait pas en prendre non plus. Les jours se firent de plus en plus pesants avec l'attente.

Une semaine après l'envoi de sa demande, Shigenori Komoda se mit à appeler régulièrement l'agence pour demander quand il recevrait l'argent.

Toujours à voix basse, sans articuler… Sans élever le ton, contrairement à l'habitude des clients mécontents, il réussissait à transmettre une pression certaine. Même le personnel féminin à l'accueil, qui ignorait de quoi il retournait, avait compris qu'il s'agissait d'un client spécial. Elles avaient bien remarqué que Wakatsuki et Kasai se retrouvaient en privé après chacun de ses appels. Et tout autant qu'eux, elles se mirent à redouter les coups de fil de Komoda.

29 mai (mercredi)

Ce n'était pas encore la saison des pluies, mais un crachin n'en finissait pas de tomber depuis le matin.

La climatisation avait été mise en position « déshumidificateur », mais l'air demeurait poisseux et lourd de l'odeur du maquillage des femmes, plus prononcée que d'ordinaire.

Lorsque Misaki Shindô quitta son guichet pour se précipiter sur lui, Wakatsuki devina que quelque chose n'allait pas. Il leva les yeux vers l'accueil, où quatre clients attendaient.

Il y avait là un homme, la quarantaine, vêtu d'un kimono et le crâne rasé ; Hiromi Sakanoue lui montrait un dépliant. Une petite femme âgée, dont seules les épaules et la tête dépassaient du comptoir. Un jeune homme avec un blouson beige, probablement travailleur sur un chantier. Une femme entre deux âges qui avait l'air d'être une femme au foyer. Rien d'inquiétant à première vue.

— Wakatsuki ? Une personne est venue à propos du paiement de l'assurance de Kazuya Komoda, lui souffla la jeune femme, l'air soucieux.

Misaki Shindô s'occupait en règle générale des virements des sommes, et quand elle n'avait rien à faire, elle devait aider à la réception des clients. Personne ne semblait sur le point de sortir de ses gonds, pourquoi diable était-elle si nerveuse ?

— Qui ?

— La dame au fond.

Wakatsuki attrapa une de ses cartes de visite et se dirigea vers la femme. Elle semblait terriblement ordinaire, à première vue, mais à mesure qu'il s'approchait d'elle, il comprit que ça ne pouvait être qu'elle. Affichant son sourire le plus professionnel, il continua à marcher vers le guichet.

L'odeur lui attaqua soudain les narines. Son sourire se figea. Cette senteur musquée, animale, pourrissante. C'était probablement cela qu'il avait senti plus tôt, pensant qu'il s'agissait de produits de beauté.

Il n'avait encore jamais réalisé à quel point un parfum, même bon au départ, pouvait vite s'avérer écœurant lorsqu'il était trop présent. La femme au guichet semblait s'être versé un flacon entier sur la tête.

Wakatsuki venait de comprendre l'origine d'une partie de l'odeur insupportable qui régnait dans la maison noire.

— Pardon de vous avoir fait attendre. Wakatsuki, chargé de clientèle, dit-il en lui tendant sa carte.

De par son métier, Wakatsuki se trouvait souvent face à des femmes d'un certain âge, si bien qu'il avait appris à aiguiser le regard qu'il portait sur elles. Il se sentait désormais capable de prédire quel genre de produit elles pouvaient s'offrir en termes d'assurance.

Il se piquait d'évaluer, en marchant dans la rue, celles qu'il croisait. Comme un sélectionneur qui faisait le tour des équipes sportives de lycée. On avait tendance à sous-estimer les femmes, or certaines commerciales de son entreprise, par exemple, affichaient des scores épatants et s'offraient des salaires à faire rêver un directeur d'agence, il le savait fort bien. Sans surprise, il émanait d'elles une force de caractère et un enthousiasme hors du commun.

La femme qu'il avait en face de lui en semblait totalement dépourvue.

Elle n'évoquait rien d'autre que la pesanteur et la morosité. Son visage aux traits épais était souligné par la ligne d'implantation de ses cheveux, qui piquait en V sur le front. Ses yeux étaient enfoncés et étroits, rappelant les antiques figurines *haniwa* au regard constitué de trous.

Même en omettant le parfum étouffant, rien dans son allure n'indiquait qu'elle prenait soin d'elle. Elle s'était visiblement contentée d'un coup de peigne qui n'avait pas discipliné ses cheveux ondulés et portait une robe en laine rouge délavée à manches longues, bien trop chaude pour cette journée moite.

— Quand est-ce qu'on aura l'argent pour l'assurance de Kazuya ? s'enquit-elle.

En l'entendant marmotter, Wakatsuki eut une révélation. Il avait déjà entendu cette voix.

— Êtes-vous Mme Sachiko Komoda ?

— Oui.

— Puis-je vous demander une pièce d'identité ?

Elle ouvrit son sac, lui tendit sa carte de Sécurité sociale.

— Mes plus sincères condoléances, madame. Le dossier de Kazuya Komoda est en ce moment étudié par nos collègues et nous mettons tout en œuvre pour accélérer la réponse.

— Pourquoi ça prend tout ce temps ?

— Il y a des vérifications à effectuer.

— Quelles vérifications ?

— D'après le rapport post mortem, la cause de la mort n'a pas été déterminée comme étant le suicide. La police doit donc mener une enquête.

— Et ça peut pas aller plus vite ?

— Je suis allé au poste trois fois déjà, mais rien n'a encore été déterminé.

Sans scrupule, il se délestait de la responsabilité sur les forces de l'ordre.

— Qu'est-ce que vous racontez là ? Vous l'avez vu vous-même, non ?

Wakatsuki sursauta. La voix de la femme avait changé du tout au tout, se faisant plus perçante.

— C'est bien toi qui l'as trouvé, le cadavre de Kazuya, non ?

Il demeura sans voix.

— Eh bien… oui. C'est exact. Mais cela n'a rien…

— Si vous versez pas l'argent bientôt, on s'en sortira pas, ajouta-t-elle, cette fois au bord des larmes. On doit payer les obsèques du gamin, et puis des tas d'autres trucs, c'est pas facile.

Wakatsuki toussa et s'efforça de bloquer sa respiration. Le parfum de la cliente avait envahi l'espace, le rendant irrespirable. Les autres clients étaient partis, *sûrement pour fuir la puanteur*, se dit-il ; il ne restait qu'elle.

— J'en suis absolument navré. Je vous assure que nous vous contacterons dès que nous aurons l'information.

Sachiko Komoda continua à rabâcher d'un ton maussade à quel point elle avait besoin de cet argent.

Dans ces cas-là, surtout ne jamais tenter de couper court. Toujours laisser le client s'épancher tout son soûl. Wakatsuki prit son mal en patience, écoutant la femme se lamenter.

Elle sortit un mouchoir de son sac et se tamponna les yeux. Difficile de savoir si elle feignait la tristesse ou non, mais de fait, l'agent ne vit aucune larme.

Tout en s'épanchant, Sachiko Komoda ne cessait de passer son mouchoir d'une main à l'autre, et ce mouvement fit peu à peu remonter sa manche le long de son bras gauche.

Wakatsuki retint sa respiration en découvrant son poignet, que la femme dissimula immédiatement, honteuse.

Trop tard pour cacher les cicatrices creusées en parallèle dans sa peau. Blanches, épaisses, elles étaient le témoin d'entailles profondes.

C'est alors qu'il se souvint.

Oui, il avait déjà entendu cette voix, c'était au téléphone. Début avril, cette femme lui avait demandé si l'on pouvait toucher l'argent d'une assurance décès en cas de suicide.

5

12 juin (mercredi)

La porte du vieil ascenseur s'ouvrit dans un grincement. À deux mètres en face de lui, les portes automatiques en verre marquées du logo de la Shôwa
Seimei laissaient entrevoir l'accueil, où des clients
attendaient dans les fauteuils de pouvoir se rendre
à un guichet.

Il le vit immédiatement. L'homme assis le plus au
fond, en vêtements de travail. L'estomac de Wakatsuki se fit lourd : les nouilles à la friture du déjeuner
se rappelèrent inopinément à lui.

Il prit la porte de gauche, réservée au personnel.

Dès qu'il fut assis à son bureau, Hiromi Sakanoue
lui apporta la pile de documents à vérifier du jour.

— Il est encore là, souffla-t-elle en tournant le dos
à l'accueil, de manière qu'il soit le seul à l'entendre.

Après la visite de Sachiko Komoda, son mari avait
pris l'habitude de venir à l'agence. Presque toujours
à l'heure du déjeuner. Et ce manège durait depuis
deux semaines.

— Depuis quand ?

— 12 h 05.

Komoda l'avait attendu quasiment une heure. Comme à chaque fois, au dire des employées qui se relayaient pendant la pause. L'homme venait, demandait à le voir et s'asseyait sans bouger un cil.

— Kasai l'a invité à le suivre mais il n'en démord pas : il ne veut parler qu'à toi. Kasai est dans la salle de réunion pour une autre affaire mais il a dit qu'on pouvait l'appeler en cas de problème.

Ce n'était pas la première fois que son supérieur tentait de décharger ainsi Wakatsuki, mais à chaque fois Komoda répondait qu'il avait le temps, qu'il attendrait, et refusait tout net. Impossible de le faire changer d'avis…

Komoda estimait à n'en pas douter que Wakatsuki serait plus facile à faire plier. Et malheureusement, Wakatsuki lui-même en était convaincu.

Il s'arma de courage et se rendit à l'accueil.

Komoda le regardait fixement. Il ne cilla pas même lorsque leurs regards se croisèrent.

— Pardonnez-moi de vous avoir fait attendre, lui dit Wakatsuki en lui proposant de le rejoindre à un guichet.

Il avait conscience que son sourire était horriblement forcé.

Komoda s'assit et posa sa main gauche gantée sur la table. Le pouce semblait trop gros et trop raide pour être naturel.

Il se pencha en avant et dit, de cette voix sourde qui semblait mourir dès qu'elle sortait de sa bouche :

— L'argent de Kazuya. Il a dû tomber maintenant.

— Les discussions sont toujours en cours. Vous allez devoir attendre encore un peu.

Komoda se tut un instant et reprit d'une voix encore plus faible.

— C'est long…

Cela faisait deux semaines que cet échange avait lieu, mot pour mot, jour après jour, comme s'ils répétaient une scène de théâtre.

— Je vous remercie pour votre patience.

— C'est long…

— Nous sommes en contact régulier avec le service concerné, vous serez informé dès que nous aurons une réponse.

— Hum. C'est long…

Wakatsuki le dévisagea mais il ne put rien en tirer : ses yeux noirs ne trahissaient pas la moindre émotion. La bouche bien trop étroite de l'homme s'étira en un demi-sourire incompréhensible.

Il se leva lentement et tourna les talons sans un mot de plus.

— Merci pour votre compréhension, lança Wakatsuki.

Komoda s'en alla sans se retourner. Dès que les portes automatiques se furent refermées sur lui, l'agent ressentit une fatigue comme il n'en avait jamais connu.

Shigenori Komoda n'usait ni de violence ni de menace, c'était un fait. Rien dans son attitude n'était répréhensible aux yeux de la loi. De l'extérieur, ce n'était qu'un homme de plus pressé de recevoir l'argent des assurances qui tardait à venir.

Mais c'était clairement une guerre des nerfs qu'il avait déclarée.

Le voir revenir quotidiennement pour rien commençait à peser gravement sur le moral du personnel.

Wakatsuki aurait mille fois préféré qu'il se mette à

hurler, qu'il fasse un esclandre : au moins, on savait comment prendre en charge ces comportements difficiles. Cette politesse obstinée, en revanche, le désarçonnait.

Les deux ou trois premiers jours, il ne s'était rendu compte de rien. Après deux semaines, la tension arrivait à son comble. Wakatsuki se demandait à chaque instant si l'homme n'allait pas éclater. Et cet homme s'était mutilé pour de l'argent... Il avait très probablement tué pour de l'argent. N'était-ce pas précisément ce que Komoda voulait instiller en lui ? De la terreur ?

Kasai, de retour de sa réunion, avait croisé Komoda dans le couloir. Il lui avait adressé quelques mots et l'avait salué avec déférence jusqu'à ce que la porte de l'ascenseur se referme sur lui.

— Il n'en démord pas, le bonhomme, murmura-t-il à l'intention de Wakatsuki en revenant vers lui, prenant bien garde à ce que les autres clients ne l'entendent pas. S'il mettait autant d'ardeur au travail, il serait riche à l'heure qu'il est, je te le garantis !

Wakatsuki savait que son collègue tentait de le détendre.

— Quelle que soit la réponse, j'espère qu'on nous la donnera vite, répondit-il avec une légèreté qui n'aurait convaincu personne.

— En tout cas, c'est bien la première fois que j'assiste à un entêtement pareil. Et crois-moi, j'en ai vu, des farfelus. Des brailleurs, j'en ai eu mon quota : de ceux qui balancent les cendriers, des racailles qui se baladent avec des poignards dans la poche... Je te raconte pas la déprime, quand un type t'appelle pour te prévenir qu'il va arriver, et que ça va chauffer… Et puis c'est curieux, l'humain… Les types se pointent, et après quelques échanges, ma foi… une sorte de lien se crée.

— Quel genre de lien ? demanda Wakatsuki, fasciné.

— Il semblerait que la proximité avec un autre être humain, ami ou ennemi, crée une familiarité sur le long terme. Tu as peut-être déjà entendu dire que des otages, après un certain temps de captivité, opèrent un transfert émotionnel vers leur ravisseur ?

En effet, le concept n'était pas étranger à Wakatsuki. Ces dernières années, des cas de prise d'otages avaient eu lieu au Japon, faisant couler beaucoup d'encre.

— Le syndrome de Stockholm.

— Voilà. C'est le même fonctionnement, à une autre échelle. Un yakuza qui vient te racketter, par exemple : au bout de quelque temps, il fait partie de ton entourage. Tu vas tenter de l'arranger dans ses demandes, et lui il va éviter de te hurler dessus ou de venir au bureau aux heures de pointe.

— Est-ce qu'on peut vraiment considérer ça comme des attentions ?

— Il faut les prendre pour ce qu'elles sont : des moyens d'amadouer l'interlocuteur, d'entrer dans sa tête. Néanmoins, c'est une facette des échanges humains qu'il ne faut pas négliger, conclut Kasai d'un air sombre. Mais ce Shigeru Komoda, je n'arrive pas à le classer. Je suis parfaitement incapable de savoir ce qu'il a dans le crâne. On lui a déjà dit que la décision ne dépendait pas de nous, et pourtant il revient chaque jour mettre la pression sur un seul employé… À quoi joue-t-il ?

Kitani, le directeur général adjoint, rentra à ce

moment-là. Wakatsuki et Kasai vinrent le trouver à son bureau pour le mettre au courant.

— Il est encore venu… soupira-t-il en lançant à Wakatsuki un regard navré.

— Et il ne veut rien entendre, ajouta Kasai. J'ai beau lui proposer de me suivre, il reste planté là et n'accepte de parler qu'à Wakatsuki.

— Toujours pas de réponse de la maison mère ?

— Non. La police tarde à donner ses conclusions…

Le directeur général adjoint, soucieux, se plongea dans ses pensées. Wakatsuki s'avança.

— J'aimerais enquêter sur cette affaire.

— « Enquêter » ? C'est ce que fait le bureau général d'investigation…

— Exact, mais ils n'ont pas toutes les cartes en main. Ils ne savent pas à quel point Shigenori Komoda est retors et j'ai peur qu'ils ne poussent pas les recherches assez loin… Sans compter qu'un avis supplémentaire ne peut qu'être bénéfique.

— J'entends bien, mais comment espères-tu t'y prendre ? demanda Kitani sans entrain.

— Premièrement, je voudrais interroger directement la femme qui leur a vendu les contrats. Elle connaît apparemment Sachiko de longue date, je pourrais en apprendre plus.

— Je pense que Wakatsuki gagnerait à déserter le bureau pendant un temps, appuya Kasai. On ne croule pas sous le travail et je peux m'en sortir seul.

Déstabilisé par l'originalité de la requête, Kitani, lèvres pincées, finit par donner son accord.

Wakatsuki soupira de soulagement. Si cette affaire lui tenait à cœur, ce n'était pas seulement à cause du comportement de Komoda.

Depuis qu'il avait vu le cadavre de Kazuya, des cauchemars revenaient le hanter chaque nuit. Toujours exactement les mêmes, comme s'ils avaient été moulés à la chaîne.

Il se terrait dans un endroit sombre et humide. Par un étrange instinct, il savait qu'il était en « Territoire de mort ». Devant lui se déployait la plus grande toile d'araignée qu'il ait jamais vue. Dans les ténèbres d'encre, ses fils seuls luisaient.

Au bout d'un moment, il prenait conscience d'une forme blanchâtre suspendue au sein de l'entremêlement. De prime abord, il la prenait pour un cocon abritant la vie, puis il comprenait qu'il s'agissait d'un kimono blanc, celui dont on revêtait les morts… Ce n'était qu'une coquille vide, un cadavre de ce qui avait autrefois vécu et qui avait été dévoré par l'araignée.

En regardant mieux, la forme spectrale avait un visage humain.

Selon l'angle, elle prenait les traits de Kazuya Komoda ou du frère de Wakatsuki.

Alors, la chose se mettait à trembler, et toute la toile vibrait. L'araignée revenait.

Le rêve s'achevait invariablement avant l'apparition de la créature. Wakatsuki se réveillait toujours couvert d'une sueur crasse.

Tant qu'il n'aurait pas résolu l'affaire de Kazuya Komoda, il ne pourrait pas se libérer de ce cauchemar.

— Ça ne peut pas te faire de mal de sortir un peu, lui dit Kasai en lui tapotant l'épaule un poil trop fort.

La fenêtre de son appartement ne laissait filtrer aucune lumière matinale, bien qu'il soit déjà 8 h 40. Le ciel était congestionné d'épais nuages noirs venant de l'ouest. Du côté de Fukui, les pluies avaient sûrement déjà commencé à tomber.

Prévoyant un vent d'est chargé d'humidité, Wakatsuki opta pour son parapluie pliant.

Il prit son VTT Cannondale qui l'attendait dans le couloir. Pour une fois, il n'irait pas au boulot avec.

Au bout de quelques minutes, il déboucha sur l'avenue Oike. Traversant Kyôto d'est en ouest, c'était une des plus larges de la ville. Elle avait été étendue d'office pendant la guerre, après l'éviction forcée de certains habitants, et sa taille semblait toujours démesurément inutile, si ce n'était durant les grandes processions des festivals annuels.

Quoi qu'il en soit, c'était généralement un plaisir d'y pédaler. À travers les arbres plantés à intervalles réguliers, Wakatsuki vit des employés de bureau en costume qui se hâtaient vers leur lieu de travail.

Il monta dans un métro, changea à la station suivante pour prendre la ligne en direction d'Ôsaka.

De Kyôto, on ralliait Ôsaka en moins de quarante-cinq minutes. Tandis que le train filait en suivant la rivière, Wakatsuki gardait un œil soucieux sur le ciel. Les premières gouttes s'écrasèrent sur la vitre.

Il descendit au terminus, Umeda, d'où il prit la ligne Midôsuji pour rejoindre la gare de Nanba, puis la ligne Kôya.

Au moment de sortir de la gare de Nanba, la pluie était torrentielle. Il vit sur sa droite le stade d'Ôsaka, transformé en complexe commercial depuis que les Nankai Hawks avaient déménagé.

Kasai lui avait raconté la veille, non sans fierté, que grâce à son esprit indépendant, la région du Kansai était plus avancée et développée que la capitale au niveau de ses infrastructures ferroviaires. C'était peu connu, mais la compagnie Nankai était la plus ancienne du pays, tandis que la Kintestsu, avec ses six cents kilomètres de lignes, était la plus longue.

Offensé devant la moue dubitative de son subordonné, Kasai s'était éloigné en lui assénant la preuve de sa thèse : les portiques automatiques étaient une invention de sa région ! Ceux que Wakatsuki venait de passer existaient apparemment depuis vingt ans déjà.

Il traversa quelques villes de banlieues telles que Sakai, Sayama et Tondabayashi.

Il délaissa son express à la gare de Kita Noda pour prendre un train régional. Le paysage se faisait de plus en plus rural, il voyait les milliers de gouttes cribler les pièces d'eau, affoler les feuilles vertes des rizières. Une scène ô combien agréable pour un Japonais, se dit-il, ce peuple que l'on disait cultivateur de riz...

Lorsqu'il était enfant, le jeudi, son grand frère rentrait plus tôt de l'école et ensemble ils allaient s'aventurer dans les rizières. Ils capturaient parfois des écrevisses, mais c'étaient surtout les insectes aquatiques qu'ils recherchaient. Comme ils se montraient plus nombreux les jours de pluie, à la moindre averse les enfants attrapaient un parapluie et couraient dehors, pataugeant dans la boue avec délice. Si les araignées d'eau les laissaient relativement froids, tomber sur un gyrinus ou un dytique les faisait danser de joie. La plupart de ces créatures se nourrissaient des fluides des autres bestioles, ce qui en faisait des vampires, mais ils avaient une allure débonnaire qui les rendait tout de même assez mignons. Ses préférés étaient la mante religieuse d'eau, avec ses pattes en prière, et le scorpion d'eau.

Une seule fois, coup de chance exceptionnel, il avait déniché un léthocère. Son grand frère, très habile, l'avait attrapé pour le mettre dans le filet – Wakatsuki n'aurait jamais osé. Ce soir-là, en pensant qu'il dormait dans la même pièce que l'insecte captif, il avait été surexcité. Son grand frère avait déposé la punaise géante dans un aquarium couvert d'un filet et il avait tenté de la garder. Malheureusement, elle était morte très vite. Elle avait continué longtemps d'apparaître dans les rêves de Wakatsuki.

Le train s'arrêta en gare de Kongô, où il descendit.

Il était déjà 10 heures passées. La pluie tombait dru.

Au sortir de la gare se trouvait un rond-point. En face montait une artère animée. À droite et à gauche s'étendaient des quartiers résidentiels.

Wakatsuki déplia son parapluie. Il n'avait pas de plan, juste un mémo griffonné pendant un coup de fil. Par chance, la pluie se calma peu à peu, et il vit exactement le pâté de maisons qu'il devait rejoindre.

Il s'arrêta devant un portail, vérifia le nom et sonna. La porte métallique s'ouvrit sur une femme assez grande, d'âge moyen, portant des lunettes. Elle dévisagea son visiteur d'un air ennuyé. Elle avait une petite fille d'environ cinq ans collée aux jambes, qui le regardait avec insistance. Avec sa peau laiteuse et ses grands yeux noirs, elle ressemblait à une poupée de porcelaine.

122

— Je suis Shinji Wakatsuki, de l'agence Shôwa Seimei de Kyôto. Je vous ai parlé au téléphone. Vous êtes bien Mme Mitsuyo Ônishi ?

— Oui. Entrez.

Malgré l'invitation, elle évitait son regard. C'était probablement une personne peu sociable. Si tel était le cas, en effet, un travail à la compagnie d'assurances n'était vraiment pas fait pour elle.

Dans le salon se tenait assis un autre enfant, un petit garçon un peu plus jeune que la fille. Il lisait gentiment un livre illustré.

— Pardonnez le désordre, dit la femme.

Ce n'était pas une simple formule de politesse. La pièce était petite, pleine de meubles et de jouets éparpillés au petit bonheur. Bref, on s'y sentait à l'étroit.

Wakatsuki prit place dans l'un des canapés en skaï bon marché qui se faisaient face et sentit quelque chose de collant sous sa main. Après examen, il s'agissait d'un bonbon à moitié sucé. Il s'essuya à l'aide de son mouchoir, pas plus dégoûté que cela. Quand on a des enfants en bas âge, on ne peut pas faire de miracles… Et puis, comparée à l'atmosphère glauque de la maison des Komoda, celle-ci semblait très ordinairement accueillante.

— Vous êtes venu exprès de Kyôto mais… je n'ai pas grand-chose de plus à vous dire.

Elle lui servit une tasse de thé agrémentée d'une rondelle de citron et d'un bâtonnet de sucre cristallisé. Wakatsuki la remercia tout en insérant discrètement la main dans son sac afin de mettre son magnétophone en route.

— J'ai déjà tout raconté à votre collègue du bureau d'Ôsaka sud, M. Yasuda, concernant les contrats que j'ai créés.

Elle semblait lui reprocher de se mêler de ce qui ne le regardait pas, de critiquer son manque de déontologie.

— Je comprends, mais c'est pour une autre raison que je suis venu vous voir. Vous connaissez Mme Sachiko Komoda depuis longtemps, n'est-ce pas ?

— Si l'on peut dire... Cependant, je ne l'avais jamais revue depuis le primaire.

— Où était-ce ?

— À l'école primaire de K., dans le quartier de K., à Wakayama.

Le lieu de résidence officiel de Sachiko Komoda, se rappela Wakatsuki.

— Vous avez été dans la même classe pendant six ans ?

— Oui. Mais pour être honnête, je ne lui avais jamais vraiment parlé. Elle était renfermée, comme une autiste. Personne ne lui adressait la parole, en fait. Et puis, il y avait le petit Kosaka qui lui tournait toujours autour et il était intimidant.

— Kosaka ? Vous voulez dire que l'actuel mari de Sachiko était aussi avec vous ?

— Oui. D'ailleurs, son premier mari, bien que plus âgé qu'elle, venait aussi de la même ville.

— Elle a donc déjà été mariée ?

— Je ne sais plus exactement, mais c'est son troisième ou quatrième mari. Le précédent... il s'appelait Shirakawa.

Wakatsuki inscrivit ce nom sur son mémo.

— Qu'entendez-vous par « intimidant », en parlant de Shigenori ?

Mitsuyo sembla gênée.

— Je vous assure que ce que vous me direz restera confidentiel.

— Eh bien, bon… Ce ne sont que des impressions, vous me direz, mais…

Elle semblait mourir d'envie de parler, quoique craignant de paraître commère. Wakatsuki prit son mal en patience : elle allait tout raconter, c'était évident.

— Viens, Mai, tu vas aller dans ta chambre un petit peu, d'accord ?

Elle accompagna l'enfant et revint sur le canapé.

— Vous savez, en classe, nous avions parfois des lapins, des poussins, des poules dont il fallait prendre soin ? Ils ont tous été tués.

— Par Komoda ? Je veux dire, à l'époque, Shigenori Kosaka ?

— Il n'y a jamais eu de preuves. Mais la rumeur…

— Et pourquoi la rumeur le désignait-elle ?

— Kosaka était souvent absent, et en classe il lui arrivait de crier…

— Ça ne suffit pas pour l'accuser, non ?

— Ce n'est pas tout. On le voyait souvent tourner autour de l'enclos où étaient les animaux. Et puis la… la façon dont ils ont été tués…

— Oui ? demanda-t-il doucement.

— Le lapin, les poussins… ils ont été pendus avec du fil de fer.

Wakatsuki tenta de dissimuler son émotion en avalant une gorgée de thé tiède.

— Et en quoi cela vous faisait-il penser à Kosaka ?

— C'était au tout début de la primaire, la première année je crois… son père s'est suicidé. Par pendaison.

Wakatsuki demeura interdit. Bien sûr, c'était trop ténu, comme accusation. On ne pouvait lier si facilement la mort de son père et celle des animaux.

Pourtant, l'agent d'assurances avait connu une expérience similaire étant enfant, et il se demanda à quel point le suicide paternel avait pu impacter la santé mentale du petit Shigenori. Il ne pouvait que trop bien l'imaginer.

Il avait été prouvé que les enfants dont un parent ou un membre de la famille s'est suicidé sont bien plus nombreux que la moyenne à avoir plus tard eux-mêmes recours à cette extrémité. Le suicide était de toute évidence contagieux. Il serait probablement impossible de savoir comment le père s'y était pris, mais si le petit Shigenori avait vu son cadavre, il avait pu en avoir des séquelles terribles.

La vie de Shigenori Komoda avait-elle donc été déterminée par le suicide de son géniteur ?

Les rumeurs de l'école de K. s'étaient formées de manière simple, par association d'idées, mais cela ne voulait pas dire qu'elles étaient fausses…

— Pourquoi me posez-vous ces questions ? demanda Mitsuyo, inquiète. Le fils des Komoda ne s'est-il pas suicidé ?

— Ce n'est pas encore clair. Nous attendons les conclusions de la police. Qu'est devenu Shigenori, après le suicide de son père ?

— Sa mère était morte peu de temps après sa naissance et il est parti vivre avec sa grand-mère, si je me souviens bien.

— Est-elle encore de ce monde ?

Mitsuyo secoua la tête.

— Elle est morte. D'un cancer, ou quelque chose comme ça. J'étais déjà au collège quand j'en ai entendu parler, alors il devait avoir seize ou dix-sept ans. C'est à partir de là que je ne l'ai plus revu.

— Où est-il allé ?

— Je ne sais pas. On m'a dit qu'il était parti dans le Kantô.

Il avait probablement fait le tour du Japon, déménageant sans cesse. Il s'était fait Faucheur de Pouce à Kyûshû, était retourné dans le Kansai, avait retrouvé Sachiko et s'était marié... Wakatsuki avait l'impression de voir l'histoire se dérouler devant lui. Cependant, un détail lui échappait. Pourquoi Sachiko avait-elle accepté d'épouser un homme pareil ?

— Vous me disiez que Sachiko était autiste ?

— C'était mon impression. Elle était tout le temps toute seule.

— Elle n'avait pas du tout d'amis ?

— Les autres ne la maltraitaient pas vraiment, mais personne ne lui parlait, vous voyez... Elle n'avait plus sa mère et était toujours déguenillée. Les enfants, dès qu'ils sentent qu'un des leurs est différent, ils le mettent à l'écart. Ils sont comme ça.

Elle en parlait comme si elle-même n'avait pas fait partie du groupe.

— Qu'est-il arrivé à la mère de Sachiko ?

Mai, la fillette, choisit ce moment pour revenir. Visiblement indignée d'avoir été évincée, elle était d'humeur massacrante. Mitsuyo la raccompagna dans sa chambre.

— Ce ne sont que des rumeurs, là aussi... Elle aurait fui avec un homme. Son père se serait réfugié dans l'alcool. Il n'était pas tendre et se désintéressait d'elle. Sachiko avait parfois des bleus sur les bras.

Sachiko Komoda avait-elle été battue ?

Wakatsuki se remémora les entailles sur ses poignets. Il ne les avait aperçues qu'un instant, mais cela avait été suffisant pour constater leur profondeur. De simples griffures n'auraient pas laissé de telles traces.

Elle avait tenté à plusieurs reprises de mettre fin à ses jours.

— Avez-vous entendu dire que Sachiko avait des tendances suicidaires ?

La question toucha dans le mille : la femme le regarda d'un air étonné, comme si elle se demandait comment l'employé des assurances pouvait être au courant.

— C'étaient des rumeurs qui ont commencé au collège. On racontait qu'elle se lacérait les poignets, par exemple.

— Vous pensez qu'elle a véritablement tenté de mettre fin à ses jours ?

— Alors là… Ce n'étaient que des on-dit, mais il paraît qu'elle avait des sortes de crises compulsives.

Rien de plus qu'un faisceau de rumeurs… Et pourtant, lorsqu'une rumeur était lancée, elle s'ancrait dans la mémoire des gens, acquérait le statut de vérité. Mitsuyo, tout en sachant qu'elle ne pouvait pas vérifier la source de ses propos, s'en souvenait de manière vive. Wakatsuki se demanda ce que devait être l'atmosphère d'une si petite ville de campagne où tout le monde se connaissait trente ans auparavant.

— Mais dites-moi… Si vous me posez toutes ces questions… Est-ce que ça veut dire que le petit

128

Kosaka... Je veux dire, le mari, M. Shigenori... vous pensez qu'il a tué l'enfant ?

La question la tenaillait. Elle souhaitait clairement laisser l'épisode de son expérience désastreuse en tant qu'employée de compagnie d'assurances derrière elle. En un an, elle n'avait réussi à vendre qu'une dizaine de contrats, la plupart à des connaissances ; était-il possible que parmi ceux-là, l'un concerne un homicide ? Ce souvenir allait lui devenir de plus en plus amer.

— Non, il n'est pas considéré comme coupable... Ce ne sont que des formalités d'enquête.

Il avait tenté de la rassurer, mais la femme avait désormais le visage fermé.

— C'est qu'il n'y avait pas eu que les animaux... Je le savais...

— Que voulez-vous dire ?

— Je ne sais pas si je peux vous en parler...

À nouveau, ce n'était qu'une introduction : le désir de s'épancher était déjà irrésistible.

— C'était en dernière année de primaire, on avait une douzaine d'années. On est partis en excursion avec la classe et une petite fille a disparu. On l'a cherchée partout, toute la ville s'y est mise... On l'a retrouvée flottant à la surface d'un lac.

Wakatsuki frissonna dans la chaleur moite.

— Était-ce un accident ?

— Le lac était à environ cinq cents mètres du dortoir. C'était une fille très sage, pourquoi serait-elle partie aussi loin ?

— Y a-t-il un quelconque lien entre cette catastrophe et Shigenori ?

— Cela faisait quelque temps qu'il lui tournait autour, avec insistance. Du coup, il a été interrogé par la maîtresse. Mais il n'avait pas quitté les lieux, une élève l'a assuré. Dès lors, on ne l'a plus soupçonné.

Wakatsuki se sentit soulagé.

— À raison, non ? Puisqu'il avait un alibi.

— Eh bien… Maintenant que j'y repense, cette élève, c'était… Sachiko.

La pluie avait faibli mais continuait de tomber sans relâche. Après avoir passé un coup de fil au bureau d'une cabine téléphonique, Wakatsuki prit un train à la gare de Kongô, mais dans la direction opposée à Nanba. Il n'était pas très compliqué de rallier la ville de K., et l'agent d'assurances se dit qu'il n'aurait plus l'occasion de revenir dans les parages.

Mitsuyo lui avait donné le nom de la professeure de l'époque, qui par un heureux hasard était revenue enseigner dans la même école après avoir été mutée ailleurs.

Il descendit un peu avant le terminus. La petite ville de K. était bordée au nord par la chaîne de montagnes de Katsuragi, au sud par le mont Kôya. Wakatsuki avait encore une vingtaine de minutes de marche avant d'arriver devant le portail de l'école. Des enfants jouaient au foot dans les flaques d'eau sous la pluie finissante. Ils n'accordaient pas la moindre importance aux giclures de boue. Un garçon mit un but, sous les vivats de ses camarades.

L'endroit débordait de vitalité enfantine. Wakatsuki se remémora soudain l'image du petit Kazuya pendu à sa corde dans cette maison puante. Ces gosses qui jouaient avaient à peu près le même âge que lui.

L'agent d'assurances se présenta à l'entrée de

l'établissement en disant qu'il souhaitait parler à Mme Hashimoto. On le conduisit sans attendre dans une salle d'entretien. Il avait bien fait de passer un coup de fil au préalable, grâce au numéro que lui avait fourni Mitsuyo.

Quelques minutes plus tard, une dame d'environ cinquante-cinq ans apparut, avec des cheveux à moitié blancs et des lunettes de presbyte. Considérant son ancienneté, Wakatsuki se serait attendu à ce qu'elle soit montée dans la hiérarchie, mais sa carte de visite annonçait qu'elle n'était encore que simple « professeure ».

— Je ne savais pas, dit-elle en scrutant d'un air méfiant la carte qu'il lui avait remise, que les agences d'assurances recherchaient si loin dans le passé pour leurs affaires.

— En effet. Par souci de conserver le secret professionnel, je ne peux vous informer des détails de ce qui m'amène devant vous aujourd'hui.

— Est-ce une histoire de succession ?

— Cela se pourrait. Votre temps est précieux, madame Hashimoto. Je souhaiterais simplement savoir si vous vous souvenez de Shigenori Kosaka et Sachiko Komoda ?

Contrairement à un avocat ou à un agent de police, Wakatsuki n'avait légalement aucune légitimité à entreprendre cet interrogatoire. Afin d'amener son interlocutrice à parler de son plein gré, il allait devoir user de tout son capital sympathie.

— Oh, c'était il y a plus de trente ans… Je me souviens un peu de Shigenori, surtout parce que c'était un enfant à problèmes. Quant à Sachiko, je suis désolée, je ne me rappelle plus cette enfant.

L'enseignante cherchait en vain à repêcher des souvenirs de son passé. Elle ne réussit qu'à lui parler de ses difficultés en tant que jeune maîtresse d'école, et rien de ce qu'elle lui raconta ne fut de nature à étayer ou contredire les histoires de Mitsuyo.

Wakatsuki commençait à regretter d'avoir effectué ce détour lorsque Hashimoto sortit de la pièce. Elle revint dix minutes plus tard avec une petite pile de papiers.

— Ce sont des rédactions de cette classe. Je tenais fort à améliorer leur expression à l'écrit... J'en ai conservé certaines !

Les feuilles de papier bon marché, fines, étaient devenues craquantes avec le temps. Elles partaient en morceaux sur les bords. En trente années, l'encre avait passé, rendant les textes difficiles à déchiffrer. Même l'agrafe, qui avait rouillé, semblait sur le point de tomber.

Le titre était « Mon rêve ». Wakatsuki aurait pensé qu'il s'agissait d'une vision du futur, mais en fait les enfants avaient compris l'intitulé comme un encouragement à raconter un rêve qu'ils faisaient la nuit. C'était apparemment un thème qui poussait à écrire même les plus rebutés par l'exercice.

Certains étaient mignons, d'autres tellement pleins de rebondissements qu'ils avaient probablement été inventés. Beaucoup racontaient des scènes de dégustation de bonnes choses – nombre d'entre eux relataient un festin de steaks, ce qui en disait long sur l'époque.

Rangée par ordre syllabique, la rédaction de Shigenori vint en sixième position.

Mon rêve
Shigenori Kosaka

Grand-mère a dit que les gens morts viennent nous voir dans les rêves, alors j'étais content, parce que papa et maman étaient là. Et puis, grand-mère a dit, il faut l'écouter et arrêter d'être rien qu'un méchant garçon, et j'ai dit que c'était pas moi, et ils sont plus là. Et je peux plus les voir. J'ai beaucoup envie de les voir, mais ils viendront plus dans mes rêves. Fin.

Pour un enfant d'une douzaine d'années, c'était étonnamment puéril. La grammaire était basique, le vocabulaire aussi, et il n'y avait pas un seul sinogramme : cela aurait pu passer pour la rédaction d'un enfant de six ans.

Cependant, malgré l'expression simplette et sans le moindre adjectif tel que « triste », il ressortait de ce court texte la profonde solitude d'un orphelin.

Il semblait impossible, même de longues années plus tard, que cette personne puisse être capable de tuer un enfant pour recevoir l'argent des assurances…

Ce n'était pas la première fois que Wakatsuki ressentait une telle ambivalence à l'endroit de Shigenori Komoda. Quelque chose bloquait entre l'image de l'assassin et celle de l'homme, mais quoi ? Il n'arrivait pas à mettre le doigt dessus.

La rédaction de Sachiko Komoda venait juste après. Comme leurs noms se suivaient dans l'ordre syllabique japonais, ils avaient souvent dû être à côté en classe, ensemble dans les activités.

Rêve de la balançoire
Sachiko Komoda

Je vais écrire le rêve que j'ai fait hier. En vrai, c'est pas que hier, je l'ai déjà fait, il y a longtemps. Et je l'ai refait, ensuite, cinq ou six fois.

Dans mon rêve, je suis au parc de la ville, et il y a personne.

Alors, j'ai monté sur une balançoire, et je bouge.

Je bouge les jambes, et les bras, et petit à petit, c'est allé plus vite, et plus haut, le plus haut. Et même après, encore, encore, encore plus haut.

Alors, c'est amusant, alors, j'ai encore bougé les jambes, et les bras, de plus en plus, et petit à petit, je suis allée hyper haut.

Alors, je suis allée encore plus haut, au point que j'allais faire le tour.

Et alors, du tout en haut, je glisse, et je suis tombée. Et j'ai continué, dans le noir, là où il y avait rien, j'ai tombé encore, et encore.

C'était un peu plus hardi que Shigenori en termes d'expression, mais la petite fille accusait un sérieux retard vis-à-vis de la moyenne : son texte était d'une pauvreté flagrante.

Wakatsuki n'avait rencontré Sachiko qu'une seule fois en personne, mais le personnage semblait correspondre à la petite fille de la rédaction. Une rigidité, un sérieux qui confinaient à l'entêtement.

Cela ressortait de manière évidente dans le texte. La petite fille avait écrit que c'était le rêve de la veille avant de préciser que non, ce n'était pas seulement celui de la veille, puis de donner le nombre exact d'occurrences ; cela témoignait d'une singulière précision.

Quant au rêve en lui-même, il ne laissait pas une impression vivace. Sachiko répétait compulsivement les mêmes termes, tels que « alors » ou « plus » ou « encore ». Elle semblait se contenter de coucher les faits sur le papier.

La balançoire… Wakatsuki était sûr qu'elle apparaissait dans un livre sur l'interprétation des rêves qu'il avait lu à la fac. Signe annonciateur de changement à venir… ou bien hésitation devant un choix. Il devrait vérifier auprès de Megumi.

Il se rendit compte que Hashimoto l'observait d'un œil suspicieux. Il fut certain de l'avoir vue froncer les sourcils en fixant la liasse de papiers qu'il avait dans les mains. Bien sûr… Elle se demandait ce que l'on pouvait bien établir à partir de rédactions vieilles de plus de trente ans…

Un sourire gêné sur les lèvres, il se tourna vers elle et lui tendit les rédactions. Il eut alors un pressentiment : ces textes n'avaient pas révélé tous leurs secrets.

— Serait-il possible de faire des photocopies ? demanda-t-il, étonné de sa propre initiative.

— Vous pouvez les prendre avec vous. C'est tout effacé, ça ne rendrait rien. Il vous suffira de me les renvoyer lorsque vous aurez terminé.

Wakatsuki salua très poliment et laissa l'école derrière lui.

Puisqu'il était sur place, Wakatsuki tenta de mener une petite enquête en posant des questions aux personnes du voisinage autour des anciennes maisons de Shigenori et Sachiko, sans résultat. Lorsqu'il descendit du train, de retour à Kyôto après de nombreux changements, il était déjà 19 h 30.

Il avait l'autorisation d'aller et venir selon son bon vouloir, mais en employé modèle, il décida de faire un saut au bureau, certain d'y trouver encore du monde, car il y avait toujours quelqu'un pour faire des heures supplémentaires jusqu'à 21 heures. Personne ne se trouvait dans le bureau principal, mais il entendit des éclats de rire en provenance de la salle de réunion. Le directeur général adjoint aux ventes, M. Ôsako, en compagnie de plusieurs cadres, avait apporté du saké. Bien sûr, l'agence était fermée au public à cette heure. Pour une fois, Kitani et Kasai étaient déjà rentrés. Wakatsuki remit son rapport au lendemain.

Il vit sur son bureau une épaisse enveloppe en papier kraft. Un pli de la maison mère à destination de la succursale, arrivé par courrier interne. Dans un souci de réduction des coûts de l'entreprise, plusieurs colonnes étaient prévues pour les destinataires sur ces enveloppes, afin de pouvoir les réutiliser.

Celle-ci avait commencé sa carrière d'une succursale vers la maison mère, avant de s'envoler vers Yamagata, Matsue, Hiroshima (département de médecine), Kushiro (département de gestion des ventes)... Elle avait vu du pays.

Enfin, elle était partie de la succursale de Fukuoka avec pour destinataire Wakatsuki. Raison pour laquelle Kasai ne l'avait pas ouverte.

Il la glissa dans sa serviette et rentra chez lui. Il ne pleuvait plus, c'était une bonne journée pour rentrer à pied. En chemin, il dégusta un bol de ramen et quelques *gyôza* dans une gargote de rue et s'offrit une bouteille de Chivas Regal pour la maison.

Dès qu'il eut refermé la porte de son appartement derrière lui, il s'empressa de suspendre sa veste et son pantalon à des cintres. Il s'assit en sous-vêtements à la table de la cuisine, les feuilles manuscrites à la main.

Il passa en revue les quarante-cinq rédactions des élèves de la classe. Beaucoup de gamins parvenaient déjà très bien à rendre de manière vivace les impressions que leurs rêves leur avaient laissées. Les Komoda étaient décidément en deçà du niveau global.

À part cela, il ne remarqua rien d'anormal. Il avait emprunté ces documents sur une intuition, mais là, à froid, il ne voyait pas ce qu'il pourrait en tirer d'autre.

Il avait besoin de Megumi. Après tout, il avait étudié l'entomologie, pas la psychologie.

L'étude des rêves était une discipline particulière qui nécessitait une sensibilité aiguisée. Tout particulièrement l'école de Jung, qui n'hésitait pas à intégrer contes, légendes, mythologies et autres grands domaines de la culture générale dans ses analyses, où l'on ne se plongeait pas sans un solide bagage intellectuel.

Or, celui-ci faisait défaut à Wakatsuki ; il était le premier à le reconnaître.

Il prit un grand verre où il empila des glaçons avant d'y verser son Chivas et de l'eau. Après un touillage sommaire du doigt, il but une gorgée et sentit aussitôt une partie de son anxiété s'évaporer. Cela faisait plus d'une semaine qu'il n'arrivait pas à dormir sans alcool.

Il se demanda si l'alcool n'aurait pas aussi le pouvoir, en aiguillonnant certaines parties de son cerveau, de décupler son inspiration… La réponse fut négative. Bien au contraire, il sentit le sommeil peser sur son esprit de déduction.

La sonnerie du téléphone déchira le silence de la nuit. Wakatsuki sursauta et se précipita vers son oreiller, où il avait laissé le combiné sans fil.

— Wakatsuki à l'appareil.

Aucune réaction à l'autre bout. Il tendit l'oreille. Rien. À croire que la communication était coupée. Il attendit un instant et raccrocha.

Devant son deuxième Chivas, il se souvint de l'enveloppe, qu'il sortit de sa serviette.

Elle contenait une photocopie du contrat par lequel Shigenori Komoda avait tenté de se lancer dans le « fauchage de pouce ». Wakatsuki en avait fait la demande par téléphone, et une âme charitable avait littéralement dû creuser sous des montagnes d'archives pour le retrouver.

Les documents lui révélèrent ce qu'il savait déjà. Shigenori avait reçu des dédommagements pour maladie et accidents, parvenant au plafond de sept cents jours d'hospitalisation. Enfin, il avait touché un million de yens pour l'ablation de son pouce, ce qui avait mis fin au contrat. Huit certificats d'hospitalisation étaient joints, portant sur différentes maladies et blessures, dont le classique torticolis. Impossible de savoir si les centres de soins mentionnés étaient dignes de confiance ou non.

En tout état de cause, il ne trouva rien de frauduleux dans ces papiers.

Alors que le sommeil commençait à le gagner, l'un des certificats attira son attention.

Il portait sur un incident survenu treize ans auparavant – aux débuts de l'utilisation de la tomographie et autres types d'imagerie médicale au Japon, se dit Wakatsuki. Shigenori Kosaka, en tombant sur un chantier, avait reçu un choc crânien. Afin de déterminer s'il y avait une hémorragie, on lui avait fait subir une IRM, technologie toute nouvelle à l'époque. Il en résulta qu'il n'avait ni hémorragie ni infarctus, mais l'examen avait permis de découvrir quelque chose d'inattendu.

Une partie de son cerveau présentait une tache étrange. Il s'agissait d'un kyste congénital obstruant le passage du liquide céphalorachidien, provoquant une légère hydrocéphalie. Le phénomène ne présentant apparemment aucun risque d'aggravation pour l'instant, il avait été décidé de ne pas avoir recours à la chirurgie. Les connaissances en médecine de Wakatsuki ne lui permettaient pas d'en déduire si l'homme pouvait présenter des séquelles.

Il remisa les documents dans l'enveloppe, but une dernière rasade de whisky et alla se coucher.

Dès qu'il ferma les yeux, des images d'un lapin pendu, d'une petite fille flottant sur un lac, des images des rédactions du couple Komoda, de pouces arrachés et autres évocations sinistres vinrent pêle-mêle colorer ses paupières.

La pluie se mit à tomber. Wakatsuki se laissa emporter dans un sommeil chaotique et lourd, au son des gouttes qui s'écrasaient sur la vitre.

6

14 juin (vendredi)

Difficile de se concentrer sur ce que Nakamura, du bureau général d'investigation, avait à leur dire tant celui-ci y mettait de mauvaise volonté. Nerveux, il ne cessait de battre du pied et écrasait vigoureusement ses cigarettes dans le cendrier après deux ou trois bouffées.

Wakatsuki, prenant son mal en patience, détailla le visiteur. Il émanait de lui une rancœur à peine dissimulée. Son métier lui déplaisait prodigieusement et il devait se faire violence à chaque instant pour ne pas donner sa démission.

Pourtant, il fallait tendre l'oreille à ce qu'il avait à dire au terme de son enquête de voisinage.

— Sachiko Komoda a emménagé dans cette maison il y a dix-sept ans, en mai 1978. Elle succédait à un couple, les Katsura. M. Katsura était issu d'une famille aisée d'Arashiyama, mais lorsque sa femme est décédée d'un cancer de l'utérus, il a plongé dans l'alcool. Il est mort d'une rupture des veines œsophagiennes due à une cirrhose. Il avait la cinquantaine.

Le couple n'ayant pas de descendance, la maison et ses biens ont été transmis à une parente éloignée, Sachiko Komoda.

C'était donc une maison qu'ils n'avaient pas payée… À en juger par la construction, cela avait dû être autrefois une demeure magnifique. Qu'elle ait réussi à dégager une odeur aussi terrible en seulement dix-sept ans évoquait le laisser-aller et la négligence auxquels on l'avait soumise.

— N'y a-t-il rien de suspect dans la mort des Katsura ?

— Sur ce point, c'est limpide : ils sont morts de maladie, et c'est un avocat qui a trouvé Sachiko à force de recherches.

Nakamura esquissa un petit sourire satisfait.

— Cependant, les problèmes ont commencé dès qu'elle s'est installée. Vous voyez comment c'est, dans le coin : quartier calme et résidentiel… Sachiko y a immédiatement fait figure d'indésirable.

— De quelle manière ?

— Les ordures ménagères, tout d'abord. Sachiko Komoda sort ses poubelles quand ça lui plaît, sans faire attention aux jours de ramassage. Les chiens et les corbeaux les éparpillent, les gens se plaignent de la présence des déchets dans toute la rue. Et puis l'odeur. On ne sait pas à quoi est due cette puanteur, mais selon la direction du vent, on la sent jusqu'à cinq pavillons plus loin. Lorsque les voisins essaient de lui parler, elle n'a aucune réaction. Certains sont allés se plaindre à la mairie de proximité, mais rien n'a été fait.

Nakamura tourna une page de son calepin.

— Ce n'est pas tout. En 1994, Sachiko Komoda s'est mariée avec Shigenori Kosaka, et dès lors, il y a eu le problème des chiens. Shigenori a l'habitude de ramasser des chiens abandonnés, mais il ne fait pas les choses à moitié : il en a en permanence entre vingt et trente. Au moment de leur donner à manger, ils se mettent tous à aboyer, un vacarme pas possible. Une voisine m'a confié qu'elle pensait en devenir folle.

— Et pourtant, ils ont l'air d'en supporter beaucoup…

— Justement. (Il écrasa son mégot dans le cendrier et se pencha en avant.) Un jour, un voisin excédé est sorti de ses gonds et s'est violemment expliqué avec les Komoda. Le lendemain matin, son portail était couvert d'insultes à la peinture. De sacrés numéros, ces deux-là, si vous voulez mon avis…

Il alluma une nouvelle cigarette.

— Et ce monsieur a déménagé sans prévenir peu de temps après. Il n'a pas dit ce qui l'y avait poussé, mais il tremblait comme une feuille pour un rien. Une autre personne du quartier raconte qu'elle avait vu Shigenori venir chez ce voisin plusieurs fois. Il avait un chien, ce monsieur, mais quand il a déménagé, impossible de le trouver. Tout le monde pense qu'il lui est arrivé quelque chose de terrible, mais il n'y a pas de preuves. C'est plutôt confus, comme vous pouvez le constater.

Emporté par l'intérêt que suscitaient ses propos, Nakamura se montrait soudain plus volubile. Wakatsuki continua de le questionner pendant une vingtaine de minutes, sans réussir toutefois à en tirer la moindre information utile.

Il le remercia et l'accompagna jusqu'à l'ascenseur, attendant que la porte se referme sur lui.

D'ordinaire, le bureau général des investigations

se contentait d'envoyer un rapport. Le déplacement d'un agent en personne pour étayer les résultats de l'enquête était une mesure exceptionnelle.

De plus en plus, Wakatsuki sentait qu'il allait avoir besoin de l'aide de spécialistes.

Juste lorsque Wakatsuki se levait pour aller prendre son déjeuner, il entendit l'ascenseur du septième sonner. La seconde suivante, la porte s'ouvrit sur Shigenori Komoda.

Il était en avance, aujourd'hui. Avoir raté Wakatsuki la veille lui avait probablement insufflé l'idée de changer son horaire de visite, afin de le prendre au dépourvu. Kasai, qui s'apprêtait à sortir par la porte réservée au personnel, revint à son bureau et fit mine d'y ordonner ses documents, l'air de rien.

Wakatsuki se leva pour se rendre au guichet et s'assit en face de son client.

— Bonjour, monsieur.

L'autre ne répondit pas. Il semblait plongé dans un état de stupéfaction, fixant un point invisible au plafond. Wakatsuki décida d'opter pour une attaque préventive.

— Concernant l'argent de l'assurance de Kazuya Komoda, j'ai le regret de vous annoncer que la décision n'est pas encore tombée. Je vous demanderais de patienter encore un peu.

Il observa son interlocuteur, qui n'avait pas bougé un cil.

— Ne vous donnez pas la peine de venir chaque jour : nous vous contacterons aussitôt que nous aurons la réponse.

Avait-il perçu l'injonction à peine dissimulée de ne plus remettre les pieds à l'agence ? Quoi qu'il en soit, Komoda baissa enfin les yeux sur lui. Il ouvrit la bouche deux ou trois fois avant de se lancer, d'une voix très enrouée.

— Alors c'est pas fini ?

— Non, en effet. Je suis sincèrement navré.

Sur le comptoir, la main gantée de Shigenori Komoda se mit à trembler imperceptiblement. Wakatsuki resta coi. Cela faisait-il partie de son petit jeu ?

— On a besoin de l'argent.

— Hum.

— Ça a fait des dépenses. On peut pas faire les funérailles. On n'a pas l'argent que le temple demande. On veut au moins qu'il ait une belle cérémonie. C'est horrible, ce que vous faites à Kazuya.

Il avait prononcé ces dernières phrases si bas que Wakatsuki, sentant un frisson lui remonter le long de l'échine, se demanda s'il les avait bien entendues.

— On n'a plus un sou. Comment on fait, hein ? Alors je suis venu pour recevoir l'argent des assurances.

Il leva sa main droite, prit la racine de son index entre ses dents.

Wakatsuki, ne sachant comment réagir, le regarda sans rien dire. Il ne pouvait lui donner complètement tort : en temps normal, les clients recevaient leur réponse bien plus rapidement.

Le silence s'installa pendant plus de deux minutes. Komoda n'avait pas cligné des yeux une seule fois. Une menace sourde émanait de lui. Deux autres clients attendaient derrière lui, mais ils s'étaient reculés. Wakatsuki savait que l'employée du guichet d'à côté, tout comme Kasai, retenait sa respiration.

— Dites, vous… commença Komoda à voix basse.
Wakatsuki sursauta.
— Oui ?
— C'est où que vous habitez ?
Le manuel sur l'attitude à avoir face aux réclamations des clients était clair : ne jamais donner une information personnelle. Cependant, il ne pouvait lui opposer une réponse aussi clairement négative.
— Eh bien, j'habite en ville.
— Où ça, en ville ?
L'agent avala péniblement sa salive.
— Je… je ne peux pas répondre à cette question.
— Pourquoi ça ?
— Mais enfin, c'est évident…
Komoda émit un long soupir. C'était comme entendre un courant d'air s'échapper d'un trou profond. Sa mâchoire s'enclencha, comme s'il mordait dans une pomme.
Du sang coula sur son menton.
La cliente au guichet d'à côté tourna la tête vers lui et poussa un cri.
— Monsieur Komoda !
L'autre ne réagit pas. Le sang goutta sur sa poitrine, tacha son vêtement de travail.
— Arrêtez sur-le-champ !
Wakatsuki se leva mais resta figé : Komoda venait de plonger son regard dans le sien. Sans cesser de mordre son doigt.
Puis, comme s'il s'apercevait soudain de la douleur, l'homme écarta vivement sa main. La base de son index était ceinte de trous noirs et brillants, profonds, desquels le liquide rouge sombre continuait de s'écouler.

— Vous allez bien ? s'écria Kasai qui arrivait avec des mouchoirs en papier. Qu'est-ce qui vous a pris ?

Komoda saisit les mouchoirs de sa main gantée et les appliqua sur sa plaie. Ils s'imbibèrent aussitôt, tachèrent le gant.

— Ah, merci. Pardon. C'est que je pensais à Kazuya, pauvre gosse... Ça m'a fait du chagrin, j'ai pas réfléchi...

— Vous saignez beaucoup, vous devriez aller à l'hôpital.

— Ça ira, c'est pas grand-chose.

— Venez avec moi, nous avons un médecin pour les visites médicales, il va vous panser.

Kasai passa de l'autre côté des guichets et fit écran de son corps entre Komoda et le reste des clients tout en poussant l'homme vers la sortie.

Juste avant que les portes automatiques ne se referment sur lui, Komoda tourna discrètement la tête en arrière et croisa le regard de Wakatsuki. Alors, de ses lèvres rougies, il lui adressa un sourire. Dans ses yeux comme des billes de verre, la lumière des néons avait étréci ses pupilles en deux points noirs.

Le campus était calme et ensoleillé en cette fin d'après-midi. C'était la première fois, depuis qu'il avait décroché son diplôme, que Wakatsuki y remettait les pieds. La section scientifique bénéficiait de deux nouveaux bâtiments, mais à part cela, rien n'avait changé.

Il entra dans un édifice en pierre à l'intérieur sombre et austère. L'architecture de l'ère Meiji mettait l'accent sur l'aspect imposant des façades, non sur le confort.

Il grimpa l'escalier jusqu'au deuxième, où il longea un couloir obscur au parquet grinçant. Il frappa à la porte présentant l'inscription : « Professeure Noriko Daigo ».

Dans cette petite salle envahie d'étagères métalliques où se serraient quelques tours d'ordinateur flottait une odeur de café tout juste préparé. Un petit espace doté de canapés usés accueillait trois personnes, dont Megumi Kurosawa, qui fit signe à Wakatsuki de les rejoindre. L'autre femme, qu'il connaissait de nom, n'était autre que Noriko Daigo, la professeure de psychologie qui avait dirigé Megumi dans ses recherches. Il n'avait jamais vu l'homme d'une trentaine d'années aux lunettes cerclées d'argent et à la mine maladive qui les accompagnait.

— Bonjour, professeure Daigo. Désolé de vous déranger…

— Pas de souci, monsieur Wakatsuki. Asseyez-vous.

Elle se leva pour le saluer. Elle était fluette, sa peau était blanche et son visage fin, pourtant, étrangement, elle ne dégageait aucune impression de faiblesse. Certainement du fait de ses yeux, qui semblaient capables de pénétrer n'importe quelle âme. Sa mise était simple, pantalon et T-shirt avec une veste claire, et ses cheveux mêlés de fils blancs étaient coupés en carré court.

— Megumi était en train de nous expliquer ce qui vous amène. Je vous présente Katsuyuki Kanaishi, mon assistant. Il est spécialisé en psychologie criminelle. Comme vous semblez aux prises avec un individu dangereux, j'ai jugé bon de requérir son expertise.

Wakatsuki s'assit et tendit sa carte de visite à Kanaishi. Megumi partit lui verser une tasse de café. L'agent d'assurances capta le regard de la professeure, qui observait en souriant le comportement de sa petite amie. Elle avait probablement déjà deviné qu'ils étaient ensemble.

Il raconta son histoire en masquant le nom des personnes concernées. De temps à autre, Megumi arrondissait les yeux de stupeur. Lorsqu'il eut terminé, un silence s'installa.

— Bien, dit enfin la professeure. Imaginons un instant que je sois M. K., un meurtrier. Je ne veux pas être le premier à découvrir le corps, donc je fais venir M. Wakatsuki sur les lieux du crime afin de faire de lui le premier témoin. C'est plausible, même si, de mon point de vue, ce n'est pas très intelligent. Comment analyserais-tu son profil, Kanaishi ?

— Difficile à dire sans plus d'informations, mais je dirais que s'il s'agit bien du tueur, M. K. est un être dépourvu d'empathie, de morale et de regrets, un individu auquel il manque des fonctionnalités psychiques, cela ne fait aucun doute. Un défaut de maîtrise de soi et une personnalité colérique viennent probablement compléter le tableau.

— Un sociopathe, murmura Daigo.

Devant l'air dubitatif de Wakatsuki, elle poursuivit :

— Il existe de nombreux troubles de la personnalité, mais si l'on est en présence d'un déficit d'émotions, et qu'on y ajoute un manque de maîtrise de soi et une personnalité colérique, nous avons de grandes chances d'avoir affaire à un sociopathe. C'est une combinaison qui confère une facilité à commettre de manière répétée les crimes les plus graves.

— Ces personnes existent-elles vraiment ? demanda Megumi en fixant sa tasse de café d'un air songeur. Certains individus sont doués d'une palette émotionnelle riche quand d'autres sont plus pauvres en la matière, mais peut-on être complètement dénué d'émotions ? La psychologie criminelle n'est pas ma spécialité, mais je sais que chaque être humain est différent, et il me semble dangereux d'utiliser des termes aussi définitifs.

— Les étiquettes sont parfois un peu trop tentantes…

— Exactement. D'ailleurs, le concept de sociopathie est-il issu du domaine de la psychologie ?

— Qu'en penses-tu, Kanaishi ?

— Hum. (Il fronça les sourcils, en pleine concentration.) Le travail de la police et des enquêteurs nécessite de catégoriser les criminels, afin de les évaluer. De ce point de vue, en effet, ces étiquettes semblent tomber à point. Si tel coupable est déclaré dépourvu d'émotions, quelle que soit la cruauté de ses actes, il n'y a plus à chercher de mobile… Je n'irais pas jusqu'à dire que ce sont des termes mis au point par des experts en psychologie criminelle sur requête de la police, mais…

Mais tu viens de le dire, termina à part soi Wakatsuki, un peu énervé.

— Je comprends ton questionnement, Megumi, intervint Daigo, déterminée à ne pas laisser un froid s'installer. Cela ne m'étonne pas de toi. Comme toi, j'ai des réserves vis-à-vis des appellations telles que « sociopathe ». (Elle intima d'un geste à Kanaishi, qui allait lui couper la parole, de se taire.) Mais il pourrait être utile que je vous raconte une expérience que j'ai vécue. Il m'est déjà arrivé de croiser la route d'un de ces individus, ou du moins d'un individu que j'ai évalué comme tel.

Elle sourit, mais sans se départir de son air sérieux.

— C'était, de plus, un de mes élèves. Plus âgé que Wakatsuki de deux ou trois ans – il se peut que vous vous soyez croisés sur le campus. La première fois que je me suis intéressée à lui, c'était par les résultats du test de l'arbre.

Wakatsuki n'en avait qu'un vague souvenir.

— Vous avez tous, en entrant à l'université, dessiné un arbre sur une feuille de papier A4, n'est-ce pas ? Ce dessin était censé évaluer l'image que vous avez de vous-même. Si ce test a été implanté, c'est parce que notre université s'était soudain propulsée parmi celles ayant le taux de suicides étudiants le plus élevé...

En effet, un tel bruit courait dans les couloirs de la fac.

— Oh, j'en ai vu passer, des arbres, vous n'avez pas idée... Des souches coupées isolées, des troncs éclatés, des dessins dignes d'enfants de trois ans... J'ai même vu, une fois, un arbre dont un rejet repartait de la racine. Je ne vous dirai pas quelle en est l'interprétation. Imaginez un peu que l'on se mette à recruter grâce à ces dessins... Et dans ce tas, il en est un que je n'oublierai jamais.

Elle réprima un léger frisson.

— N'importe qui, même sans être versé en psychologie, aurait compris qu'il s'agissait là d'un dessin hors du commun. D'après le test de l'arbre, tout ce qui est tracé sous la terre est censé représenter l'inconscient. Or, sur le dessin de mon étudiant – appelons-le « F. » –, la partie souterraine occupait plus de la moitié de la feuille. Mais le problème se trouvait plus haut. Le tronc de l'arbre enserrait un cadavre. Et de quelque manière qu'on le regarde, c'était un cadavre en décomposition. Un grand nombre de fines branches le parcouraient comme pour s'en nourrir. Et ce n'était pas tout. Les lignes du tronc dessinaient plusieurs figures humaines évoquant la souffrance. Ce n'était pas très bien dessiné, mais cela n'enlevait rien à la puissance de l'ensemble, bien au contraire.

— Vous avez demandé à le rencontrer ? demanda Wakatsuki.

Elle acquiesça.

— À le voir, on ne décelait rien de particulier. C'était un étudiant lambda, famille classique, QI un peu plus développé que la moyenne, et assez renfermé. La seule chose qui sortait de l'ordinaire, je l'ai découverte en lui proposant du café. Il a refusé, précisant que, de naissance, son odorat n'était pas assez développé pour sentir les arômes.

Elle s'interrompit pour prendre une gorgée de son breuvage, comme pour s'assurer que ses saveurs étaient intactes.

— F. m'a dit que son dessin était inspiré par ce dicton que l'on ressort souvent, et que l'on doit à l'écrivain Motojirô Kaiji : « Sous les cerisiers en fleur sont enterrés des cadavres » ! Cela m'a semblé assez faible, comme explication, mais au final, même après plusieurs entretiens, je n'ai pas réussi à déceler quoi que ce soit d'anormal chez lui. J'ai fini par me persuader qu'il avait fait ce dessin pour impressionner les évaluateurs.

Elle marqua une pause, soupira. Son regard se fit plus dur.

— Dix mois plus tard, il a été arrêté par la police.

Il avait harcelé une étudiante à qui il téléphonait plusieurs dizaines de fois par jour, y compris la nuit, qu'il attendait à l'entrée de l'université, qu'il suivait. Un *stalker*, comme on dit aujourd'hui. À la fin, il l'a même suivie chez elle. Rien dans son attitude ne ressemblait au comportement qu'il m'avait montré durant nos entretiens. Le frère de la jeune fille est sorti l'aider, la conversation s'est envenimée, et F., qui avait un poignard, a infligé de graves blessures au jeune homme et à la jeune femme. Il les a frappés à différents endroits du corps. La police m'a appris qu'il avait agi dans l'intention claire de les tuer. C'est un miracle qu'ils aient survécu.

Son regard s'était assombri. Personne n'osa poser de questions.

— Quand la police a su que F. avait bénéficié d'un suivi psychologique ici, on m'a envoyé M. Yamazaki, un psychologue criminel, pour récolter des informations. J'ai beaucoup appris et, je dois le dire, j'ai ressenti une grande honte à m'être laissé berner par cette apparence d'étudiant docile que F. a bien voulu me montrer. Je n'avais pas vu sa véritable nature. Celle d'un être terrifiant, qui ne reculait devant rien pour assouvir ses désirs et pour qui la vie d'autrui n'avait pas de valeur. Yamazaki a diagnostiqué F. comme étant un sociopathe, et par conséquent responsable de ses actes. Cependant, le médecin qui a mené une contre-expertise sur F. a assuré que selon lui il souffrait de schizophrénie délirante. Il y a eu arrêt des poursuites et l'étudiant a été envoyé en hôpital psychiatrique. L'affaire a fait un peu de bruit dans les journaux, à l'époque.

— Vous ne pensez pas qu'il était schizophrène ? demanda Wakatsuki.

— Non. (Elle sourit d'un air impuissant.) Mais qui peut le prouver ? La frontière entre personnalité hors du commun et maladie mentale est floue. Que l'on soit du côté de la police ou des avocats, on tente de prouver des choses différentes, le jugement est forcément biaisé. En grossissant le trait, on pourrait dire que cent experts donneraient cent expertises différentes sur un même cas.

— Qu'est devenu F. ? demanda Megumi d'une petite voix.

— Il a été interné un peu plus d'un an, avant de retourner chez ses parents, tout en restant suivi. Mais comme je vous l'ai dit, je ne pense pas qu'il soit malade, et donc qu'un quelconque traitement ait pu fonctionner sur lui. Je n'ai plus eu d'informations depuis. Mais je fais toujours attention, quand je lis les journaux ; je surveille si je ne vois pas son nom apparaître.

À voir son visage, il était clair que cette histoire lui avait laissé un arrière-goût amer.

— Il y avait un autre point intéressant, à propos de F. Il était né avec une partie du crâne déformée. On ne le voyait pas, car il le cachait avec ses cheveux, mais si on lui touchait la tête sur le côté gauche on pouvait sentir un creux. Il portait une sorte de chapeau rembourré à l'intérieur pour se protéger. (Elle se tourna vers Kanaishi.) D'après Wakatsuki, M. K. lui aussi a un défaut au cerveau… Se pourrait-il que cela ait un effet sur le caractère d'une personne ?

— En effet, il existe des cas de séquelles liées à des accidents traumatiques, à des infections ou à des malformations congénitales qui provoquent des troubles de la personnalité. On appelle cela des « dysfonctions cérébrales minimes ». Il n'est pas rare qu'elles impliquent un défaut d'émotions, une hausse des comportements violents ou de l'entêtement chez un individu. Ce qui fait qu'elles coïncident parfois avec les diagnostics de sociopathie, expliqua Kanaishi en se frottant les mains.

Il avait une voix étonnamment aiguë pour un homme de son âge.

— Le hic, c'est que pour les mêmes dommages cérébraux, l'immense majorité des individus ne présenteront aucun changement. De fait, la science actuelle ne sait pas exactement ce qui cause ces dysfonctionnements.

Dès que Wakatsuki semblait avoir une piste pour comprendre Shigenori Komoda, celle-ci lui filait entre les doigts. Le mystère entourant le personnage restait impénétrable.

— Il y a un autre aspect de M. K. que je n'ai pas encore évoqué, dit-il à Daigo. Il ramasse des tas de chiens abandonnés et je l'ai vu les traiter avec amour. Je ne pense pas qu'il ait feint l'attachement qu'il a pour eux. Et pour moi, cela ne colle pas avec l'image d'un meurtrier prêt à pendre un enfant pour gagner de l'argent...

— De quelle manière interagissait-il avec les chiens ?

Wakatsuki revit la scène.

« *Oh, Kenta, tu as été sage ? Papa t'a manqué, pas vrai ? Mais oui, mon grand. Ah, Junko, viens me dire bonjour.* »

— Les chiens portaient des noms humains. Et j'avais l'impression qu'il s'adressait à ses enfants.

154

— Je vois… Il est vrai qu'un sentimentalisme excessif va parfois de pair avec la cruauté.

Megumi, mal à l'aise, se tortillait sur le canapé.

— Oui, mais… Il y a beaucoup de gens qui font ça, non ? Moi, par exemple… Mes petits… J'ai deux chats à la maison, et je leur parle comme à des êtres humains.

Daigo lui adressa un sourire bienveillant.

— Tu es bien placée pour savoir que le sentimentalisme peut être une substitution aux sentiments. Les sentimentaux se classent en deux catégories totalement opposées. La première, comparable à ce que ressentent les jeunes femmes durant leur crise d'adolescence, se définit par une sensibilité très vive, où les émotions sont vécues à pleine puissance. La seconde est le résultat d'un endiguement des émotions quotidiennes, qui trouvent ainsi un exutoire. Tu fais clairement partie du premier groupe.

Megumi ne sembla pas tout à fait convaincue.

Wakatsuki, pour sa part, repensait aux despotes des temps anciens qui étaient restés connus pour leurs accès de sentimentalisme. Néron déclamant des poèmes émouvants après avoir mis une ville à feu et à sang. Qin Shi Huangdi, le premier empereur de Chine. L'impératrice Cixi. Ou, plus récemment, Göring, qui versa des larmes à la mort d'un oiseau qu'il gardait en captivité.

Un détail continuait de déranger Wakatsuki. Il tira une pochette en plastique de sa serviette. Elle contenait les rédactions de Shigenori et Sachiko, qu'il avait tapées à l'ordinateur et imprimées sans laisser les noms apparents.

— Voici des textes rédigés par le couple K. en

dernière année de primaire. J'aimerais avoir votre avis.

Daigo lut les documents avec grand intérêt, puis les passa à Kanaishi, qui ne parut pas impressionné. Ce fut au tour de Megumi, qui lut les textes très attentivement avant de les redonner à Daigo.

— Hum, c'est très intéressant, finit-elle par dire après une deuxième lecture. « Mon rêve », écrit par M. K., je présume ? Bien qu'assez court, le texte nous donne une image différente du personnage.

— Je pense la même chose, dit Megumi d'une voix assurée. Pour un enfant d'une dizaine d'années, on y dénote un certain retard intellectuel, c'est possible, mais je ne décèle rien révélant un déficit d'émotions.

Megumi s'était spécialisée dans la psychologie infantile, elle avait lu et analysé énormément de rédactions d'enfants.

— On ne peut pas se baser sur un texte aussi court, ironisa Kanaishi.

La jeune femme prit quelques couleurs sous l'effet de l'irritation. Elle était sûre d'elle mais n'arrivait pas à exprimer clairement ce qu'elle ressentait.

— Pour moi, « Rêve de la balançoire » est bien plus insipide, moins consistant que « Mon rêve »... Mais... ça me rappelle quelque chose, même si je n'arrive pas à mettre le doigt dessus depuis tout à l'heure. Une autre histoire de rêve...

Une étincelle de curiosité pétillait dans les prunelles de la professeure.

— Puis-je garder ces documents ? J'aimerais m'y replonger plus tard.

— Bien entendu. Si vous trouvez quoi que ce soit, n'hésitez pas à m'appeler.

Il avait répondu avec entrain, dissimulant au mieux sa déception. Il avait espéré que la psychologie viendrait à son secours, résoudrait le problème auquel il faisait face dans la réalité. Les psychologues analysaient, mettaient des mots sur des phénomènes, mais restaient spectateurs. Wakatsuki devrait résoudre cette affaire par ses propres moyens.

La nuit enveloppait les rues de bleu marine lorsqu'ils quittèrent l'université. Wakatsuki avait invité Megumi à dîner, ils marchaient lentement le long de la rue Imadegawa.

— Pourquoi tu ne me l'as pas dit ? demanda la jeune femme à brûle-pourpoint.

— De quoi parles-tu ?

— Que tu étais en danger.

— Oh, ce n'est pas comme si j'étais victime de violences, répondit-il d'un air nonchalant.

— Pas *encore*, tu veux dire ?

Il la regarda dans les yeux. À la lueur des lampadaires, il avait du mal à discerner son expression.

— Tu sais, ce genre d'incident n'est pas rare. Avant d'être muté ici, un ancien d'une autre agence de province était passé par le siège, à Tôkyô, et il m'a raconté des histoires incroyables… M. Shidara, il est directeur de la comptabilité aujourd'hui. Il m'a dit qu'il avait été frappé un bon nombre de fois par des clients. Pas au point d'être blessé, mais bon…

Il se souvenait très bien de Shidara, un homme chaleureux, dur à la tâche.

— Au début, il a été choqué, bien sûr. Le monde des cols blancs est largement exempt de violences physiques, et quand on a été bien élevé, qu'on est un adulte policé, on s'attend à ce que le reste du monde agisse de même... Mais il a fini par comprendre que lorsque l'autre lève la main c'est qu'il se sent terriblement coupable ; dès lors, les négociations tournent en sa faveur à lui. Il peut même faire mine d'appeler la police, et ça facilite grandement la discussion. Tu vois, quand on considère les choses avec assez de philosophie, c'est tout de suite moins terrible.

Megumi ne répondit rien.

Arrivés en haut de la côte, ils prirent à gauche dans la rue du Pavillon d'Argent. Au loin devant eux commençait un monde de montagnes sauvages, et encore au-delà, s'étendait la préfecture de Shiga.

— Wakatsuki... je pense que ces personnes qui donnent des baffes et la personne à qui tu as affaire en ce moment sont complètement différentes.

— Ah bon ? En quoi ?

— Ce M. K., il s'est mordu le doigt jusqu'au sang, non ? Quelqu'un de normal en serait incapable.

— C'est vrai que cet homme est assez hors normes...

— Et en fait... je crois que, enfin... C'était un message pour toi.

Wakatsuki ralentit pour dévisager sa petite amie.

— Que veux-tu dire ?

— Le comportement qui consiste à se blesser afin d'impressionner son adversaire est reconnaissable à travers l'histoire, dans presque toutes les civilisations. Se mordre les lèvres, frapper dans un mur...

Le regard de Komoda tandis qu'il enfonçait les dents dans sa propre chair était celui d'un prédateur. Wakatsuki se souvint de ses pupilles étrécies.

158

Komoda n'avait pas caché à quel point la douleur avait été intense. Si c'était un message, que voulait-il transmettre ?

Wakatsuki n'avait pas besoin des lumières de Megumi pour le deviner. Violence. Menace.

Il réclamait vengeance.

Ils continuèrent à marcher en silence et s'engouffrèrent dans une galerie commerçante en sous-sol pour rejoindre le restaurant Le Papyrus. Ils n'avaient pas réservé mais la maîtresse des lieux, Mme Sasagiwa, les installa à une table contre le mur. Mme Sasagiwa avait usé les mêmes bancs d'université que Wakatsuki et Megumi avant de partir découvrir le monde à vélo. Elle avait ouvert ce restaurant pour y recréer les saveurs goûtées un peu partout. Wakatsuki y avait travaillé quand il était étudiant et depuis, il y emmenait parfois Megumi.

Il expérimenta une fois de plus qu'il suffisait parfois de changer de décor pour se changer les idées. Ils trinquèrent au vin, et au fur et à mesure que les plats étaient servis, même Megumi retrouvait le sourire.

Le restaurant était décoré de poteries d'un artiste local. Wakatsuki en observa une, sur une étagère derrière Megumi. C'était une sculpture étrange, composée de huit protubérances. On aurait dit un artefact d'une civilisation disparue peint en vert et orange.

— À chaque fois que je vois ces œuvres, je me dis que décidément, chaque être humain est différent, dit Megumi en admirant l'une d'entre elles. Tu sais ce que c'est, la plus flagrante vérité que j'ai apprise, en toutes ces années d'étude de l'âme humaine ?

— Non…

Il ne souhaitait surtout pas répondre à côté.

— C'est ça. Que chaque humain est différent. Nous sommes tous des galaxies hyper complexes.

Elle tendit son verre, qu'il s'empressa de remplir. Elle parlait plus fort qu'à son habitude. À eux deux, ils avaient déjà descendu trois demi-bouteilles.

— Je m'en suis encore plus rendu compte depuis que je me spécialise en psychologie de l'enfance et que je travaille avec des petits. J'imagine que toi, tu considères que tous les enfants sont plus ou moins semblables, non ?

— Pourquoi je penserais une chose pareille ? souffla-t-il, trop bas pour qu'elle puisse entendre.

— Tout le monde croit que les enfants sont dénués de soucis complexes, que ce sont des êtres qui vivent en imitant les adultes. Mais quand on parle avec eux, on s'aperçoit qu'ils sont très évolués, et qu'ils sont tous parfaitement uniques. Il n'y a pas un seul enfant qui soit exactement comme ceux décrits dans les manuels.

— Je comprends ce que tu veux dire.

— Du coup, je suis catégoriquement contre l'idée de mettre des étiquettes sur les gens sans essayer de les connaître.

Wakatsuki acquiesça.

— Et « sociopathe », ça sonne vraiment monstrueux, tu ne trouves pas ? C'est démodé, comme appellation, et ça manque cruellement de finesse. Ce n'est pas un terme de psychologue, mais de policier. Je n'ai pas aimé ce que ce Kanaishi racontait. Le personnage me rebute un peu. Même Daigo s'y est mise, ça m'a déçue.

160

— C'est vrai que le mot sonne faux, dit Wakatsuki, toutefois soucieux de changer de sujet. Tiens, j'ai lu quelque chose dans le journal, justement. On parle de changer le mot pour définir la schizophrénie, qui signifie en japonais littéralement « séparation de l'esprit ». Ça vient d'une mauvaise traduction de l'allemand, et c'est souvent confondu avec le trouble de la personnalité multiple. Tu imagines la réaction des familles, quand on leur apprend que leur enfant est atteint de cette pathologie ? Je pense que c'est pareil pour la sociopathie : on devrait trouver un autre terme.

— Tu penses que c'est juste un problème de nom ?

Il se tut, expira la fumée de sa cigarette.

— Dis-moi, Wakatsuki... Tu penses vraiment qu'il existe sur terre des personnes qui sont entièrement dépourvues de cœur ?

— Oui. Je pense qu'il en existe.

— Comme ce M. K. ?

— Hum.

— Et comment peux-tu en être aussi sûr ? Peux-tu lire dans son âme ?

— Bien sûr que non, c'est impossible. Et c'est pourquoi nous ne pouvons que nous baser sur l'extérieur, sur le comportement d'un individu pour le juger, n'est-ce pas ?

— Quand bien même, es-tu sûr de toi à cent pour cent ? As-tu des preuves, ou as-tu le moindre doute ? Peux-tu vraiment décréter qu'un homme est un monstre ?

— On voit que tu ne l'as jamais rencontré.

Ça lui était venu tout seul, il regrettait déjà de l'avoir dit.

Elle jeta sur lui un regard dur.

— C'est lâche, comme argument. Si tu le prends comme ça, je n'ai pas le droit d'avoir une opinion, car je ne l'ai pas vu, en effet.

— Mais c'est pourtant la vérité, qu'est-ce que tu veux… Même Daigo l'a dit. Croiser la route d'une de ces personnes dépourvues d'émotions est une expérience unique, que l'on ne peut imaginer.

— Je le crois pas !

Elle assécha d'un trait le fond de son verre.

— Toi, Kanaishi, Daigo, vous vous trompez tous. Moi, je sais qu'il existe, même chez M. K., une part d'humanité.

— Comment peux-tu en être aussi sûre ?

— À cause de sa rédaction. (Elle secoua la tête pour écarter ses cheveux.) L'enfant qui a écrit ça n'est pas un monstre.

— C'est un peu léger comme base, rétorqua Wakatsuki, qui sentait l'irritation le gagner. Et puis, tu te contredis : tu me disais toi-même, tout à l'heure, que ce type était dangereux !

— Ça n'a rien de contradictoire.

— Ah bon ?

Elle n'ouvrit plus la bouche. Il pensa la pousser dans ses retranchements mais, voyant son visage, il y renonça.

Mieux valait rentrer. Il alla régler l'addition et demanda à Mme Sasagiwa, qui les observait d'un air inquiet, de commander un taxi.

L'alcool commença seulement à faire effet lorsqu'il arriva chez lui. Ses premiers pas dans l'entrée étaient mal assurés.

Il colla sa bouche au robinet de la cuisine et but une grande lampée d'eau. On racontait qu'on ne savait jamais ce que contenaient réellement les citernes qui abreuvaient les villes, mais sur le moment, il s'en fichait royalement. Délivré de son costume, sa cravate desserrée, il se jeta sur son lit.

La portière du taxi s'était refermée sur Megumi sans qu'elle lui ait adressé la moindre parole. Dire que le plan initial avait été de l'emmener à l'hôtel ce soir… L'affaire Komoda commençait à s'insinuer salement dans sa vie privée.

Lui avait continué seul à se soûler dans un bar du coin.

Il soupira, extirpa ses pieds de ses chaussettes et se releva pour ramasser le téléphone sans fil sur la table de la cuisine : il clignotait.

Il retourna s'affaler sur le lit et appuya sur le répondeur.

« Vous avez trente nouveaux messages », déclara la voix mécanique.

Wakatsuki dessoûla instantanément. Ce n'était pas normal. C'était même peut-être le nombre limite de messages qu'il était possible d'enregistrer.

Il les passa un à un.

Tous étaient silencieux.

Bip, puis un silence de cinq à dix secondes. Tous enregistrés un peu après 22 heures, en quelques minutes.

Soucieux de ne pas laisser passer un message important qui aurait pu se glisser parmi ceux-là, Wakatsuki les écouta tous. Puis il les effaça.

Cela dépassait la simple plaisanterie téléphonique. La personne qui avait fait ça connaissait Wakatsuki.

Lui-même ne connaissait qu'une seule personne capable d'un tel entêtement nocif.

Mais comment aurait-il pu mettre la main sur son numéro personnel ? Il n'apparaissait pas dans l'annuaire, et ses coordonnées étaient protégées au bureau.

Il se redressa. La base du téléphone, sur la table de la cuisine, se mit à sonner. Le combiné fit de même avec une seconde de retard, dupliquant la mélodie stridente.

Wakatsuki décrocha et porta l'appareil à son oreille, où se focalisa toute son attention.

Il espéra du fond du cœur que c'était Megumi.

Wakatsuki ? Pardon pour tout à l'heure, j'avais trop bu...

Mais à l'autre bout du fil, aucun signe de vie. Le stress et l'angoisse l'électrisèrent.

Il ne dit rien. Il ne donnerait rien. Il attendait que l'autre perde patience et brise le silence. Il pouvait le sentir retenir sa respiration afin d'épier le moindre de ses mouvements.

Une minute passa ainsi, qui lui parut bien plus longue. La communication coupa. Il reposa le combiné poisseux de transpiration.

Il se leva, déboutonna sa chemise, retira son pantalon. Le téléphone sonna.

Non...

Il reprit le combiné, mais cette fois, l'espoir que ce soit Megumi s'était réduit comme peau de chagrin.

En effet, son interlocuteur resta silencieux.

Wakatsuki raccrocha d'un geste rageur. Cette fois, il ne se passa pas trente secondes avant que la sonnerie retentisse.

164

Il décrocha avec l'intention de hurler, mais se retint de justesse : c'était probablement ce que voulait l'autre. Il raccrocha. Le téléphone sonna immédiatement.

Il décrocha et raccrocha dans la foulée. Et le combiné se remit à sonner.

Lorsqu'il en eut assez de jouer au chat et à la souris, il débrancha la fiche modulaire.

Le silence retomba dans l'appartement.

Son cœur battait la chamade, signe d'une nervosité exacerbée.

Wakatsuki prit une bière dans le réfrigérateur et s'assit à sa table pour la boire. Le liquide lui brûla la langue, il n'avait pas d'autre goût que celui de la canette en aluminium.

Il n'avait déjà plus envie de la boire, mais il ne voyait pas comment se débarrasser de son stress autrement.

Par chance, une fois les cinquante centilitres descendus, l'ébriété était revenue. Wakatsuki repartit s'affaler sur son lit et dormit d'un sommeil de plomb.

Ce soir-là, il fit un rêve étrange.

Il était seul dans une pièce sombre. Peut-être était-ce dans son appartement, peut-être était-ce chez les Komoda, là où il avait trouvé le corps de l'enfant pendu.

Soudain, il entendit un son à l'extérieur, qui se rapprochait. Un bruit de pas, mais qui n'était pas naturel, ils étaient trop rapides... ou trop nombreux.

L'araignée.

Ses huit pattes martelaient le sol tandis que son ventre énorme frottait le sol. L'araignée était revenue.

En regardant autour de lui, Wakatsuki s'aperçut qu'il était entouré de fils collants. Des cadavres humains y étaient accrochés.

Ah oui, je suis pris dans la toile, se dit-il.

Fuis ! se hurla-t-il intérieurement. *Si tu restes, elle te bouffe !*

Il voulut faire un pas en avant, mais un trou noir s'était creusé sous ses pieds, qui semblaient collés.

Le cliquetis des pattes se rapprochait à chaque seconde. Il s'arrêta juste derrière la porte, exactement en face de Wakatsuki.

Celui-ci retint son souffle, les yeux rivés sur l'entrée.

La porte ne s'ouvrit pas. Il se demanda si le monstre était reparti.

Soudain, une lumière venue de derrière lui inonda la pièce. Quelqu'un avait ouvert la porte coulissante sans faire le moindre bruit.

Il se retourna.

Un être démoniaque se découpait dans la lumière aveuglante.

Il était impossible de comprendre quelle forme était la sienne, mais ses crocs luisaient.

La chose *souriait*.

La forme s'allongea, s'affina pour se rapprocher de Wakatsuki.

Elle allait le manger, mais il ne pouvait plus bouger.

La forme géante fondit sur sa tête.

7

Le lendemain matin, Wakatsuki téléphona au commissariat central de Kyôto et insista pour qu'on lui passe Matsui. Ce dernier tenta d'esquiver, prétextant un agenda chargé, mais Wakatsuki réussit à lui arracher un rendez-vous à 10 heures.

Il laissa à Kasai le soin de sa pile de documents, attrapa son parapluie et sortit.

La saison des pluies était bien installée, l'archipel était détrempé. Difficile de parler d'air frais, mais l'extérieur lui fit du bien.

Il prit le métro, changea deux fois de ligne et descendit à Maruta Machi, d'où il avait encore un peu de marche avant de rejoindre le commissariat. Il arriva dégoulinant.

Matsui, peut-être peu désireux de le faire entrer dans son espace de travail, l'avait invité dans un salon de thé tout près du commissariat.

Une clochette sonna lorsqu'il en poussa la porte. C'était un de ces établissements à l'ancienne, de ceux qui disparaissaient à grande vitesse dans la capitale

– ici, en revanche, ils continuaient de faire partie du paysage.

Trois hommes d'affaires discutaient autour d'une table. Matsui n'était pas là. Wakatsuki avait cinq minutes d'avance. Il laissa son parapluie dégoutter à l'entrée et alla s'asseoir.

Il sirota un thé brûlant tout en regardant les rues se faire lessiver.

Tout était gris. Le ciel, comme son âme, ne semblait pas près de s'éclaircir.

Il avait pensé que la police coffrerait Komoda en deux ou trois jours. Un mois et deux semaines plus tard, l'enquête semblait au point mort. L'impression positive que lui avait laissée le brigadier Matsui s'était sérieusement dégradée. La police, de nos jours, était-elle aussi performante qu'autrefois ? N'était-elle plus constituée que de fonctionnaires de bureau paresseux ?

Matsui entra, sous un parapluie en plastique transparent.

Wakatsuki, de sa table près de la fenêtre, lui fit signe. Matsui eut un geste ambigu et s'approcha. Sa coupe de cheveux et sa mine affable n'avaient pas changé, mais il semblait très fatigué.

— Merci d'avoir pris le temps de me recevoir.

— Je vous en prie. Désolé de ne pas avoir pu vous rencontrer quand vous êtes venu.

Il commanda un café et épongea sa veste mouillée avec sa serviette chaude.

— Alors, alors… Vous aviez une question, si je ne m'abuse ?

Excédé par sa nonchalance, Wakatsuki bouillait intérieurement.

— Je vous rappelle que la mort de Kazuya Komoda a mis en attente une somme de cinq millions de yens.

— Ah oui ? répondit l'autre d'un air incrédule. Pourquoi ?

Wakatsuki serra les dents et se força à sourire.

— Parce que tant que l'on ne sait pas s'il s'agit d'un crime ou non, nous ne pouvons pas transférer l'argent.

— Nous n'avons jamais dit qu'il s'agissait d'un crime.

Wakatsuki en resta bouche bée.

— Vous m'affirmez qu'il ne s'agit pas d'un crime ?

— Hum. Bon, pour l'instant… bah… difficile de trancher…

Il termina dans sa barbe et but une gorgée de café.

C'était rageant. Le jour où il avait découvert le cadavre, Matsui avait semblé sûr, comme lui, qu'il s'agissait d'un meurtre. S'il se basait sur le témoignage de Wakatsuki, Komoda avait de grandes chances d'être l'assassin. Pourquoi, alors, n'avait-il pas encore été emprisonné ?

Wakatsuki tira de sa serviette une copie du contrat à l'origine du pouce coupé et la brandit sous le nez de Matsui.

— J'ai laissé ça pour vous à votre bureau l'autre jour. Komoda a déjà commis une arnaque à l'assurance. L'avez-vous seulement lu ?

— Ah, ça…

Il attrapa une cigarette dans sa poche de poitrine et l'alluma avec les allumettes mises à disposition par le salon de thé.

— Il s'appelait bien Shigenori Kosaka, c'est vrai, et il a été arrêté à Fukuoka pour cette affaire de pouce. Cependant, aucune charge n'a été retenue contre lui. Le principal suspect était un autre homme. Le patron de l'usine, qui a été coffré pour escroquerie et blessures.

— Comment se fait-il que les charges contre Kosaka aient été abandonnées ?

— Deux autres employés de l'usine ont eu un pouce coupé. Tous trois étaient débiteurs des yakuzas, ils avaient accumulé des dettes de jeu. Quand le patron l'a su, il y a vu une affaire juteuse. C'est lui qui comptait rafler l'argent des assurances. Il était de mèche avec les yakuzas qui tenaient les maisons de jeu. On n'a pas pu tirer plus de renseignements de ce dossier, mais apparemment c'était le patron qui avait tout monté.

— Alors ça voudrait dire que…

— Oui. Kosaka, aujourd'hui Komoda, aurait été la victime, dans cette histoire. C'est ce que la police de Fukuoka a décrété.

Wakatsuki sentit ses préjugés à l'égard de Komoda vaciller, ne serait-ce qu'un tout petit peu. Pas assez pour remettre ses certitudes en question. Il devait y avoir autre chose. La police n'était pas allée au fond de cette affaire. Dans l'incapacité d'argumenter, il décida de laisser tomber le sujet.

— Je comprends. Mais en ce qui concerne la mort de Kazuya, où en êtes-vous ? Je suis certain de ce que j'ai vu ce jour-là, j'ai la ferme conviction que Komoda y a joué un rôle. Et vous m'avez cru, il me semble ?

— Hum…

Matsui écrasa son mégot, but un peu d'eau. Il semblait réticent à partager ce qu'il savait avec l'agent d'assurances.

— Il y a eu autopsie. Pratiquée avec d'autant plus de soin que j'ai expliqué les enjeux au médecin légiste. Or rien, absolument rien, ne laisse supposer un meurtre. Pas de marque de strangulation. Pas de congestion du visage. Pas d'hémorragie. Sans compter l'urine juste sous le cadavre... Rien n'indique autre chose qu'un suicide par pendaison.

Il a donc si bien maquillé son crime... pensa Wakatsuki.

— Cela vous suffit-il à l'écarter ?

— Si ce n'est que j'ai toujours un doute, eu égard à ce que vous m'avez rapporté. Aussi, tant que nous n'avons pas vérifié son alibi, l'enquête continue.

— Quel est son alibi ?

— Durant toute la matinée, il était avec un autre type. Quelqu'un qu'il a rencontré au bar, mais qu'il ne connaît pas vraiment.

Komoda pensait-il gagner du temps avec cet alibi ridicule ? Wakatsuki avait du mal à comprendre sa stratégie.

— Je dois y retourner, dit Matsui en se levant après avoir consulté sa montre. Mais vous devez me croire quand je vous dis qu'on met tout en œuvre pour faire la lumière sur cette affaire. Dès que nous serons parvenus à une conclusion, vous serez immédiatement informé.

La pluie avait cessé, mais Matsui se souvint de reprendre son parapluie en sortant.

Lorsqu'il reçut l'addition, Wakatsuki découvrit que le policier avait complètement oublié de régler son café.

Il n'était pas tout à fait midi lorsqu'il sortit du salon de thé, estimant judicieux d'aller manger avant que la cohue de la pause déjeuner n'envahisse les restaurants. Une fois son bol de nouilles soba avalé, il s'avisa qu'il lui restait trente minutes avant la fin de sa pause. Komoda devait déjà l'attendre… Cette pensée le plomba. Mais il ne pouvait pas laisser Kasai se démener plus longtemps avec ses dossiers. Il fit demi-tour.

Il sortait de la station Shijô Torimaru lorsqu'il aperçut une silhouette familière. Kanaishi, l'assistant de Daigo… Vêtu d'une chemise blanche à manches longues et d'un jean noir, il se tenait à une cinquantaine de mètres de lui, sans paraître l'avoir remarqué.

Wakatsuki s'apprêtait à le héler lorsqu'il le vit entrer dans un café jouxtant l'immeuble de la compagnie Shôwa Seimei.

L'agent d'assurances attendit un peu avant de passer devant la vitrine de l'établissement, et y jeta un coup d'œil. Il était dans l'angle mort du jeune homme, qui ne le vit pas. Wakatsuki poursuivit son chemin.

Quand l'ascenseur s'ouvrit au septième étage, il comprit que ses craintes étaient justifiées. Bien entendu, la blessure de Komoda ne l'avait pas empêché de venir à son rendez-vous quotidien.

Wakatsuki entra par la porte réservée au personnel et trouva Kasai, l'air tendu. Sa veste jetée sur son dos et son sac en cuir à la main, il semblait prêt à partir.

— Désolé pour ce matin. Il est encore là…

— Et il n'est pas le seul. Quelqu'un d'autre t'a demandé ce matin.

Kanaishi, pensa Wakatsuki.

— Quel genre ?

— Maigre, teint pâlichon. Lunettes argentées. Kanaishi, si je me souviens bien de son nom. Ça te dit quelque chose ?

— Oui, c'est un des enseignants à mon ancienne fac...

Il ne précisa pas : les données des dossiers étaient strictement confidentielles, il n'avait pas le droit de les divulguer en dehors du cadre professionnel.

— Il n'a pas voulu me dire ce qu'il voulait, mais ça m'étonnerait qu'il soit venu pour un contrat...

— En effet, ce devait être pour un motif personnel.

— Hum. Je lui ai dit que tu rentrerais bientôt mais il est parti, prétextant qu'il n'avait pas le temps de t'attendre. (Il le jaugea du regard.) Ce qui m'a étonné, c'est qu'il a engagé une conversation enflammée avec Komoda. Enfin, même si notre bougre n'avait pas l'air de trop réagir. Et quand je me suis approché, motus et bouche cousue...

Wakatsuki sentit ses joues rougir. Qu'avait donc en tête Kanaishi ?

— Je pense que tu le sais, mais il n'est pas bon que les clients discutent entre eux ici, même de la pluie et du beau temps. Si jamais il se passe quoi que ce soit, on risque d'être tenus pour responsables. Surtout quand l'un des clients est de la trempe de Komoda. Puisque tu connais Kanaishi, j'espère que tu le lui diras.

— Bien entendu.

— Il faut que j'aille à Murasakino. Accident survenu à cause d'un article défaillant, le ton monte, on m'a appelé. Tu peux te débrouiller sans moi ?

Kasai semblait sincèrement inquiet, mais comment Wakatsuki aurait-il pu lui dire qu'il allait se sentir très seul ? En voyant l'ascenseur emmener son supérieur, l'agent se rendit compte à quel point il s'appuyait sur lui au quotidien.

Wakatsuki se résigna et passa à l'accueil, où il s'assit en face de Komoda. Avec son gant à la main gauche et son bandage à la droite, il avait l'air pitoyable.

— C'est pour quand, l'assurance ?

— Nous sommes terriblement désolés, mais l'étude du dossier est toujours en cours. Il vous faudra attendre encore un peu.

Komoda le fixa de ses pupilles sombres, semblables à des billes de verre inertes.

— Je vois que vous faites l'effort de venir chaque jour, mais cela ne change rien : la police n'a pas terminé ses investigations.

Komoda resta immobile encore un instant. Puis il se pencha en avant et propulsa sa main gauche vers Wakatsuki.

Il va me frapper ?

Non : l'homme se contenta d'agripper son épaule. Ses doigts, sans force, tremblaient. Le pouce, formant un angle bizarre avec le reste de la main, reposait au niveau de la clavicule de Wakatsuki. Il entendit comme un froissement de papier à l'intérieur. Il sentit ses poils se dresser.

— Allez, mon garçon. C'est bon… dit Komoda d'une voix brisée, presque un sanglot. Sois gentil… On a besoin de cet argent.

Il veut passer à la vitesse supérieure…

— Je suis navré. Il n'y a rien que nous puissions faire pour accélérer le processus.

— On a payé les mensualités, pas vrai ? J'ai travaillé dur pour ça, c'était cher… Pourquoi on n'aurait pas l'argent, maintenant que Kazuya est mort ?

Komoda avait le visage livide. Il n'y avait pas que sa main qui tremblait. C'était une journée désespérément chaude et humide, mais l'homme en face de Wakatsuki tremblait comme une feuille. Il lui fit l'effet d'une souris acculée par un chat.

— Je ne peux rien vous dire de plus. Il faut attendre.

Komoda se mit à murmurer à toute allure des paroles inintelligibles. De la bave se formait au coin de ses lèvres. Wakatsuki resta pétrifié. Il ne comprit que quelques mots, « Kazuya » et « mort », mais rien de plus.

L'homme se leva sans crier gare et repartit à la hâte. Derrière lui, Wakatsuki lui lança les salutations requises, mais elles ne semblèrent pas lui parvenir.

Ce soir-là, Wakatsuki termina son travail peu après 20 heures. Il prit la ligne Hankyû en sortant et descendit à Kawaramachi. Lorsqu'il trouva le bar de la rue Kiyamachi, il était 20 h 30.

Kanaishi l'avait appelé en fin d'après-midi pour lui dire qu'il avait des révélations importantes à lui communiquer à propos de Komoda. La perspective de boire un verre en sa compagnie était loin de plaire à Wakatsuki, mais il avait des choses à lui dire et, à cette heure, les salons de thé étaient fermés.

C'était un établissement bon marché où l'on ne faisait pas de chichis ; parfait pour une discussion sensible.

Kanaishi était au bar, un Wild Turkey *on the rocks* entre les mains.

Il avait délaissé son jean pour un costume chic, étonnant quand on connaissait le salaire d'un assistant à l'université. Une lourde Rolex en or entourait son poignet gauche. Le genre de montre complètement démesurée, peu seyante à la silhouette délicate d'un Japonais. Le large bracelet dissimulait mal un énorme grain de beauté, de la taille d'une pièce de cinq cents yens.

Kanaishi se réjouit en le voyant arriver. Wakatsuki commanda la même chose que lui et ils migrèrent vers un box plus au calme, emportant leurs deux verres, la bouteille de bourbon et un pot à glaçons.

— Je suis passé vous voir aujourd'hui, mais vous n'étiez pas là.

Il entrait immédiatement dans le vif du sujet.

— On me l'a dit. Mais ce n'était pas moi que vous vouliez voir, n'est-ce pas ? Vous vouliez le rencontrer.

— Exactement.

Il ne semblait pas percevoir ce qu'il y avait de discutable dans son attitude.

— Vous devez comprendre que je suis allé consulter la professeure Daigo en respectant la confidentialité exigée par le dossier. Vous ne pouvez pas rencontrer les personnes concernées comme ça.

— Je vous présente mes excuses. J'étais venu dans la seule intention de l'observer, mais l'intérêt professionnel a pris le dessus... Ce M. Komoda, c'est bien M. K. ?

Tandis que Wakatsuki laissait un silence outré s'installer, Kanaishi remplit son verre de glaçons pour lui préparer un *on the rocks*. L'agent d'assurances se sentait un creux à l'estomac, mais rien ne lui faisait moins envie que de partager un dîner avec l'assistant de Daigo. Il allait boire deux, trois verres, écouter ce que l'autre avait à dire, et rentrer chez lui aussi sec.

— Je comprends que vous ne vouliez pas me répondre…

Il afficha un sourire étrange – ses lèvres rouges curieusement flexibles laissaient entrevoir une couronne sur ses dents du fond, à droite.

— Qu'avez-vous dit à cet homme ?

— Rien de mémorable. La pluie et le beau temps, « Qu'est-ce qu'il fait chaud, pas vrai ? ». Mais il ne m'a presque pas répondu.

Kanaishi lui tendit son verre, Wakatsuki but une gorgée de whisky.

— Son visage fermé… Si on n'y fait pas attention, c'est illisible, mais moi, j'ai senti un homme sous pression.

— Sous pression financière, vous voulez dire ?

— Ça se pourrait. Rien qu'avec le prix du billet de train pour venir vous voir tous les jours, il doit dépenser une petite fortune.

Un détail dans ce que venait de dire Kanaishi parut étrange à Wakatsuki, mais il n'arrivait pas à mettre le doigt dessus.

— C'est tout ce que vous avez remarqué ?

— C'est ce qui m'a frappé. Cet homme est aux abois, il est au pied du mur… il a atteint sa limite.

Après son entrevue du jour avec Komoda, Wakatsuki ne pouvait qu'acquiescer.

— Il pourrait exploser, vous pensez ?

— C'est très plausible. Votre métier vous amène à

côtoyer ce genre de comportements menaçants. Une sorte d'habitude se crée, qui vous empêche d'évaluer le sérieux de ces situations.

S'habituer à Komoda ? L'idée parut révoltante à Wakatsuki. L'opinion de Kanaishi devait être évaluée à sa juste mesure : celle d'un personnage extérieur. Komoda prenait chaque jour le train et venait personnellement l'attendre. Comment Kanaishi pouvait-il prétendre savoir ce que Wakatsuki ressentait face à cette situation ?

— J'entends ce que vous dites, mais laissez-moi vous assurer d'une chose : personne ne s'habitue à Komoda au point de baisser sa garde face à lui.

— Si vous dites vrai, je m'en félicite, je m'en félicite...

— Je vous rappelle que je suis allé dans cette maison noire, et que j'ai découvert le corps du jeune garçon.

— « La maison noire » ? répéta Kanaishi avec un petit sourire. Bien sûr...

Pour la seconde fois, Wakatsuki eut la désagréable impression que le psychologue en savait plus qu'il n'aurait dû. Mais c'était impossible...

À moins que...

Il comprit soudain : comment le jeune homme avait-il su que Komoda prenait le train, et pas le bus ? Il n'y avait qu'une seule explication : il l'avait suivi. C'était sans aucun doute pour cela qu'il était entré dans le café jouxtant l'immeuble de la compagnie d'assurances : pour guetter la sortie de Komoda et le prendre en filature. Il avait vu la maison noire.

La colère faillit faire sortir l'agent d'assurances de ses gonds. Il la ravala : il n'avait pas de preuves, et cela ne changerait rien. Autant écouter ce que Kanaishi avait à lui dire et en finir.

— Le souci, c'est que je ne pense pas que nous en soyons au niveau d'un « simple » éclat de violence, si je puis dire. Je l'ai pressenti depuis le jour où vous êtes venu nous présenter le cas. Ça m'a travaillé après coup, et je pense ne pas avoir réussi à m'exprimer assez clairement. Je n'étais là qu'en tant qu'observateur... Je parlais sous l'autorité de Daigo ainsi que de cette chercheuse...

— Megumi Kurosawa.

— Voilà. Mlle Kurosawa. Cette personne est une humaniste, n'est-ce pas... C'est très féminin. Elle pose un regard délicat et sensible sur les choses. Typique des femmes. Le problème, c'est que parfois cela empêche de voir la réalité.

Wakatsuki peinait à comprendre ce que son interlocuteur essayait d'expliquer.

— Pour elle, ça suffit probablement pour décrypter ce qui l'entoure. Chacun est libre d'évoluer dans le monde qu'il préfère voir. Mais vous, Wakatsuki, vous êtes ancré dans la réalité. Vous avez besoin de savoir à quel genre d'individu vous avez affaire.

— On en a parlé hier : une personne dénuée de sentiments, un sociopathe.

Kanaishi opina.

— Aujourd'hui, j'ai pris le temps d'observer cet homme. Pas assez, bien entendu, pour être sûr de ce que j'avance à cent pour cent. Cependant, je pense que vous devez appeler la police. Je vais vous le dire franchement : il est possible qu'il tente de vous assassiner.

Cette possibilité n'était pas étrangère à Wakatsuki,

au fond. Mais se l'entendre confirmer par un spécialiste, c'était un choc.

Il l'a suivi...

— Mais enfin, pour quelle raison ? M'éliminer ne fera pas tomber l'argent des assurances plus vite...

— J'étais sûr que ce serait votre raisonnement, c'est pourquoi je tenais absolument à vous voir aujourd'hui.

Il remonta ses lunettes argentées sur le bout de son nez.

— Cette façon de penser, celle que nous avons vous et moi, est la plus répandue, et de loin. Mais ces gens-là ne pensent pas de manière raisonnable. La seule chose qu'ils voient, c'est ce qu'ils désirent, et tout ce qui se place immédiatement devant est un obstacle. Vous voyez ce qui se passe lorsque vous essayez de prendre la gamelle d'un chat affamé ?

— Non. Je n'ai jamais eu de chat.

— Si vous vous interposez entre lui et ce qu'il désire, il se mettra en colère. Il peut griffer jusqu'au sang, même s'il s'agit de la main de son maître. La mentalité de ces personnes est exactement identique. Si elles considèrent que vous vous interposez entre elles et l'argent, elles voudront se venger, sans penser aux conséquences.

— Quand vous dites « ces personnes », vous parlez de celles qui sont dénuées de sentiments ?

— Pas tout à fait.

Il se pencha pour attraper un petit livre épais dans son sac.

— Au départ, j'étudiais la sociobiologie. Parfait comme tremplin vers la criminologie, à laquelle j'ai commencé à m'intéresser durant mes études aux

180

États-Unis. Ce livre est un recueil de recherches en psychologie : *Manuel diagnostique et statistique des troubles mentaux*, « DSM » pour les intimes… C'est une classification des troubles mentaux existants. Les classifications et syndromes que nous employons au Japon ne correspondent pas toujours à ceux des Américains.

Il feuilleta délicatement l'ouvrage.

— Dans la section « Troubles de la personnalité de type B », nous avons l'entrée « Trouble de la personnalité antisociale ». Les symptômes sont nombreux, mais pour faire court, on retrouve : passages à l'acte criminel répétés, tromper les autres pour parvenir à ses fins, avoir recours à la violence en cas d'énervement, irresponsabilité face au danger, absence de remords.

Cela ressemblait fortement à l'idée que Wakatsuki se faisait de Komoda.

— On a tendance à confondre tous ces termes de psychologie, et au Japon, on commence à les regrouper de plus en plus sous le terme de « psychopathe ». Vous avez déjà dû en entendre parler ?

En effet, on entendait à toutes les sauces ce mot directement emprunté à anglais ; il était utilisé pour désigner des phénomènes assez disparates.

— Un peu, même si sa définition n'est pas claire. Lorsque l'on dit que quelqu'un est un psychopathe, j'ai l'impression qu'on sous-entend que son sang est mauvais, qu'il est né criminel.

— Vous avez raison. Le caractère génétique de la psychopathie est reconnu aux États-Unis.

Wakatsuki se sentit soulagé que Megumi n'assiste

pas à cette conversation, qui l'aurait sans nul doute mise dans tous ses états.

— Est-ce que cela ne revient pas, au final, à accepter les théories de Lombroso ?

Il se souvenait de la critique véhémente de Megumi à l'encontre de ce chercheur aujourd'hui décrié pour ses théories racistes, sexistes, classistes...

Kanaishi esquissa un sourire narquois.

— Vous connaissez donc Cesare Lombroso ?

— Pas si bien que ça...

Tout en faisant descendre à un bon rythme le niveau de son verre, le chercheur se lança dans un cours magistral.

— Lombroso était un professeur italien du xixe siècle, un génie tant dans le domaine de la psychologie que de la médecine légale. En 1870, il a conduit une étude ayant pour objet des crânes de guillotinés, réussissant par exemple à établir des différences caractéristiques entre crânes humains et de primates. En élargissant ses recherches, il est parvenu à la conclusion qu'il existait des caractéristiques anthropométriques permettant de reconnaître à coup sûr les criminels. Selon lui, les deux tiers des criminels sont donc des « criminels-nés », tandis que le tiers restant représente la criminalité opportuniste.

— Il parlait, si je ne me trompe pas, de « dégénérescence » ?

— Exactement. Il avançait que les délinquants représentaient une contre-évolution, un retour vers le singe. Il a ainsi répertorié une série de signes particuliers annonciateurs d'une sorte de fatalité : des bras trop longs, un front bas et étroit, des oreilles surdimensionnées, une ossature épaisse et mal formée, un menton prognathe, de grandes dents, une pilosité abondante… En résumé, il avançait que tout humain présentant une ressemblance avec un singe était probablement un délinquant.

— Mais enfin…

Kanaishi le fit taire en levant la main.

— Je sais parfaitement ce que vous allez dire. De nos jours, les théories anthropométriques de Lombroso ont été infirmées car elles ne présentent aucune validité scientifique. D'ailleurs, une des théories avancées pour expliquer la psychopathie est très différente de celle du « criminel-né » de Lombroso. On peut même dire qu'il s'agit de son exact opposé.

Il parlait plus lentement et distinctement, comme pour faire entrer sa leçon dans le crâne d'un étudiant récalcitrant.

— Lombroso croyait que l'humanité évoluait vers une société sans crime, c'était un idéaliste. C'est pourquoi il considérait les délinquants comme des ratés de l'évolution humaine. Alors qu'en réalité, les psychopathes représentent une nouvelle souche de l'humanité, qui s'adapte à nos nouvelles conditions de vie.

— Comment cela ?

— Vous êtes biologiste de formation, vous devez connaître le modèle évolutif r/K.

— Euh, oui. Les espèces à stratégie r se reproduisent en grande quantité et délaissent leur progéniture autonome, comme les insectes, tandis que les espèces à stratégie K se reproduisent plus tardivement, de manière restreinte, et prennent soin de leur descendance, comme les humains.

— Exact. Notre espèce est, parmi les mammifères,

une de celles qui prennent le plus soin de leur progéniture. Le bébé humain est incapable de faire quoi que ce soit ; depuis la nuit des temps, la mortalité infantile est élevée. Il suffit de quitter un nourrisson des yeux quelques secondes pour que quelque chose se passe mal et qu'il meure. Les parents doivent lui prodiguer des soins constants pour qu'il ait une chance de survivre. Or, notre société a évolué, et avec elle, l'État-providence est apparu. Les enfants dépourvus de parents ont pu survivre, et les individus présentant des caractéristiques de type r se sont multipliés. Pour faire vite, les rejetons des personnes qui abandonnent leur progéniture sont pris en charge par la société, et ils portent en eux les caractéristiques de leurs parents. En d'autres termes, il est devenu plus avantageux de laisser tomber ses rejetons que de s'en occuper.

Il s'humidifia le gosier avant d'ajouter, avec un sourire cynique :

— « L'enfer est pavé de bonnes intentions. » C'est un proverbe qu'un… ami cher m'a enseigné, lorsque j'étais aux États-Unis. Notre société de soin, soucieuse de venir en aide aux démunis, favorise la croissance des individus de type r. Les psychopathes.

Wakatsuki prit le temps de réfléchir. Il n'avait pas l'intention de boire les paroles du psychologue. Son explication semblait logique, mais également très simpliste.

— Mais alors… Est-ce que vous insinuez aussi que les couples qui ont beaucoup d'enfants sont des psychopathes ?

— Non, ce sont au contraire des représentants du type K. Dans cette configuration, la base du jugement est celle du travail d'éducation qu'ils fournissent, et qui est d'autant plus important, corrigea Kanaishi avec sa pédanterie coutumière. La métaphore de la stratégie propre aux animaux de type *r* peut prêter à confusion, je le concède. Ce n'est pas parce qu'on est un psychopathe que l'on se met à pondre des centaines d'œufs, bien évidemment. La particularité de ces personnes n'est pas le nombre d'enfants qu'elles ont, mais leur propension à les abandonner. On peut parler de « stratégie de l'abandon », si vous préférez.

— Vous ne pouvez pas affirmer qu'abandonner un enfant mène automatiquement à d'autres crimes, si ?

— Tous les psychologues vous le diront : l'amour parental constitue la base de toutes les relations humaines. Vous comprenez ? Ces personnes ne ressentent pas d'attachement envers leurs propres enfants. Comment pourraient-elles en concevoir envers quiconque ? Les abandonneurs sont des créatures égocentriques dénuées d'émotions. Les humains de ce genre n'hésitent pas à commettre tous les crimes pour s'emparer de ce qu'ils désirent.

Les « abandonneurs »… Kanaishi semblait complètement oublier qu'il existait aussi des personnes qui aimaient leurs enfants mais qui, pour des raisons indépendantes de leur volonté, avaient dû s'en séparer, à leur plus grand désespoir.

Il versa une nouvelle rasade de bourbon sur ses glaçons.

Kanaishi parlait de « ces gens-là » avec tant de dégoût qu'il vint à l'esprit de Wakatsuki que l'assistant professeur devait avoir de sérieux problèmes avec ses propres parents. Et, à considérer le mépris dans sa voix lorsqu'il parlait de Megumi, il devait aussi en avoir avec la gent féminine en général…

« *Ces personnes ne ressentent pas d'attachement envers leurs propres enfants.* »

Cette phrase avait tout de même fait mouche chez le jeune assureur. Elle faisait écho à une notion qui lui était familière, sans qu'il puisse se rappeler précisément laquelle. Quelque chose de très important... Il l'avait sur le bout de la langue, mais l'idée s'échappait dès qu'il tentait de se concentrer dessus.

Dans le même temps, il chercha à contrer Kanaishi.

— Cependant, tout cela, ce ne sont que des théories, il me semble. Rien ne prouve que vous ayez raison. L'idée de la criminalité comme une tare génétique m'est fortement déplaisante. Et vous serez d'accord avec moi pour dire qu'à l'heure qu'il est, personne n'a encore démontré l'existence d'un gène du crime, ou gène de « type *r* », si vous préférez...

— Finalement, on en revient à la fameuse querelle entre l'acquis et l'inné. Qu'est-ce qui nous est dicté par nos gènes, qu'est-ce qui relève de notre éducation ? Je n'ai jamais rencontré d'individu qui soit entièrement contrôlé par les uns ou par l'autre. La théorie selon laquelle les criminels seraient à cent pour cent créés par la société, que la nature humaine serait bonne par essence, est reléguée au rang de fable depuis bien longtemps, ailleurs qu'au Japon.

— Vous êtes donc au moins d'accord avec le fait que nous ne sommes pas à cent pour cent non plus contrôlés par nos gènes ?

— Bien entendu. Je ne crois pas qu'il existe de personnes qui, peu importe leur environnement, deviendront absolument des criminels du seul fait de leurs gènes. Mais il en existe qui auront quatre-vingt-dix pour cent de chances en plus que les autres d'évoluer ainsi. Il y a en ce moment même dans notre société un certain nombre d'individus pour lesquels le crime est une option bien plus évidente que pour la moyenne de la population.

Wakatsuki sentit soudain l'urgence de défendre le point de vue de Megumi.

— Je comprends très bien votre raisonnement, mais ne trouvez-vous pas qu'il peut s'avérer extrêmement dangereux ? Car s'il existe bien des personnes présentant un fort taux de passage à l'acte criminel dès la naissance, alors ne faudrait-il pas les enfermer ? Les éliminer, même ?

C'était, à tout le moins, la conclusion à laquelle était arrivé Lombroso.

— Je ne suis pas sans reconnaître ces dangers, admit Kanaishi. Et pourtant, où se trouve la priorité ? N'est-elle pas dans la prévention des crimes ? (Il lui adressa un sourire enjôleur.) Il sera toujours temps de penser à minimiser les dérives et à agir dans le respect des droits humains.

— Je ne peux pas m'empêcher de penser à Hitler, qui avec son obsession de la population aryenne a voulu exterminer des peuples, des personnes handicapées…

— Hitler a détourné beaucoup de sciences, pas seulement la sociobiologie. Étant donné que c'était un psychopathe, ce n'est pas étonnant, rétorqua Kanaishi, comme si cet argument lui était familier. Pour être clair, le nombre de psychopathes dans notre société ne fait qu'augmenter, et si l'on ne fait rien, avant peu ils la dirigeront.

Wakatsuki ne trouva rien à répondre. Il regarda l'autre lui remplir un nouveau verre de bourbon.

— Vous dites que le nombre de psychopathes augmente, mais en avez-vous des preuves ?

— Rien d'officiel… Mais j'ai de ma propre initiative collecté les statistiques criminelles de plusieurs pays, j'ai fait des calculs et je peux vous montrer les résultats. Ils révèlent dans l'ensemble un accroissement général du crime, avec une accélération marquée depuis dix ans. De l'ordre de quarante à cinquante pour cent de hausse. Si vous voulez me rendre visite à mon bureau, je vous ferai voir mes graphiques.

— Admettons, mais alors votre hypothèse de l'État-providence à la source de ce phénomène ne se vérifie pas ! Une nouvelle génération humaine n'apparaît pas en dix ans…

— C'est aussi ce que je me suis dit. (Kanaishi eut l'air, pour la première fois, de réfléchir.) Je vois deux explications possibles. Tout d'abord, je crois que les changements étaient latents, mais que des générations de psychopathes préexistantes ont attendu un basculement de la société pour commencer à agir à leur guise. Avec l'augmentation des comportements psychopathiques, les méthodes de relevé ont aussi évolué. Ma seconde hypothèse, c'est que l'augmentation des comportements psychopathiques n'est pas uniquement due à la génétique, mais aussi à l'environnement.

— Pourtant, si je vous suis, un individu faisant preuve de mauvais comportements sous l'influence de son environnement n'est pas un psychopathe…

— Je ne vous parle pas de l'éducation familiale ou de l'insécurité dans les villes. Non, je veux parler d'une influence directe de notre environnement physique et chimique sur notre génétique.

— Chimique ? Vous entendez par là l'influence de la pollution environnementale ?

— Exact. Jamais dans l'histoire l'humanité n'a connu d'âge où elle s'est trouvée au contact de tant de substances nocives. L'agriculture, pour commencer. En 1962, Rachel Carson, biologiste marine, publiait *Printemps silencieux* pour dénoncer la dangerosité du DDT et d'autres biocides utilisés par l'agroalimentaire. Des substances dont l'utilisation a depuis été réglementée. Malheureusement, il ne suffit pas de limiter les poisons pour faire disparaître leurs effets, car une fois les sols imprégnés, les conséquences peuvent s'étirer sur de nombreuses années. Si nous apprenions de nos erreurs, nous refuserions catégoriquement d'utiliser ces produits, qu'ils soient de nos jours considérés comme acceptables ou non. Mais ce n'est pas le cas, bien sûr. Dans notre pays, sous prétexte de lutter contre les coléoptères « mangeurs de pins », les autorités ont décidé de déverser des tonnes de Sumithion sur le territoire sans aucun complexe, aussi bien sur les zones densément peuplées qu'ailleurs. Alors que l'on sait déjà que ces insectes ne sont pas la cause de la mort des arbres, provoquée par un nématode.

Wakatsuki avait lu un article à propos de cette maladie qui touchait les pins : elle serait due à l'augmentation des gaz à effet de serre dans l'atmosphère… Si c'était vrai, quelle ironie de songer que le gouvernement, tentant de contrebalancer les effets néfastes d'une pollution, s'était empressé d'en créer une autre.

— Il y a ensuite les produits chimiques que génèrent les industries, le rejet d'eaux polluées par les usines… On a utilisé sans restriction les PCB jusqu'en 1972, alors qu'ils étaient connus pour avoir provoqué une intoxication collective à Yusho en 1968. Ces substances provoquent non seulement une série de symptômes variés incluant des dysfonctionnements hépatiques, mais elles peuvent aussi se fondre dans l'ADN, suscitant des erreurs dans l'information génétique. Mais ce n'est rien comparé au plus terrible des poisons, les dioxines. Elles se créent dans les vapeurs de nos montagnes de déchets qu'il faut brûler, passent dans notre alimentation et se concentrent dans le corps humain. Les fœtus et les bébés allaités sont les premiers à souffrir de cette exposition. Et c'est bien pire que l'intoxication aux PCB… Durant la guerre du Vietnam, des quantités prodigieuses de dioxines ont été déversées sous forme du tristement célèbre « agent orange », entraînant des naissances de bébés siamois et autres drames. Il faut aussi mentionner les additifs alimentaires, dont l'utilisation n'est soumise à aucune réglementation. À commencer par les nitrates, employés pour tuer les microbes, et qui sont hautement cancérigènes. Les édulcorants, *idem*. Quand on mange sans réfléchir, on en ingère chaque jour des quantités effroyables… Et lorsqu'on sait qu'au Japon le ministère chargé de ces questions est celui de la Santé…

Il fit une pause et afficha un sourire cynique.

— Les déversements de pollution lourde se sont intensifiés vers le milieu des années 1960, et les enfants nés jusque dans les années 1970 ont atteint l'âge adulte il y a une dizaine d'années. Exactement au moment où les comportements violents assimilables à des actes psychopathiques ont explosé. Serait-ce une coïncidence ? Sans compter les ondes électro-magnétiques, qui apparaissent comme une nouvelle forme de nocivité, et qu'il faut absolument prendre au sérieux. Il est fort possible que tous ces compo-sants, détraquant notre ADN, n'aient fait qu'accélérer l'augmentation du nombre de psychopathes.

Il avait affirmé tout cela d'un ton parfaitement neutre, comme si cela ne le concernait pas.

— Quoi qu'il en soit, les recherches sur les causes de cette augmentation sont au point mort. En effet, nous en sommes encore à discuter de l'existence même des psychopathes. C'est devenu une sorte de tabou dans le milieu scientifique. Pour ma part, je peux affirmer sans le moindre doute qu'ils existent, et qu'ils sont là.

— Mais…

Kanaishi lui coupa la parole, trop pressé de termi-ner sa démonstration.

— Le problème, c'est l'influence qu'ils exercent sur le reste de la société. Un seul individu psycho-pathe peut influencer mille personnes et démultiplier ainsi le nombre de méfaits. Il s'agit bien évidemment d'une mauvaise influence. Il suffit d'observer un peu le Japon d'aujourd'hui pour s'en apercevoir. Le culte de l'argent se répand même parmi les enfants. Par-lez de justice et de morale, on vous rira au nez, ces valeurs sont devenues ringardes. Pendant ce temps, ceux qui n'hésiteront pas à écraser les autres pour obtenir ce qu'ils convoitent seront considérés comme « cool ». Tenez : la moitié des héros de mangas et autres films d'animation à succès du moment sont, de mon point de vue, des psychopathes. Autrefois, il y avait plus d'humanité dans les divertissements.

Les héros d'aujourd'hui n'hésitent pas à tuer leur adversaire pour peu que ce dernier soit considéré comme mauvais. C'est encore pire dans les jeux vidéo… Vos ennemis ne sont même plus des êtres humains dotés de droits, mais des cibles mouvantes…

Il secoua la tête en gloussant.

— Comment, à votre avis, évoluera la jeune génération qui aura grandi dans cet environnement ? Beaucoup seront incapables de raisonner de manière profonde et se contenteront de réactions basiques directement liées à leurs émotions. Si quelque chose les énerve, ils céderont à la moindre impulsion de colère et pourront tuer sans que cela les perturbe outre mesure. Ce seront des duplicatas de psychopathes, si je peux m'exprimer ainsi. Et plus ils seront légion, plus les véritables psychopathes passeront inaperçus. Le poison que ces gens-là répandent autour d'eux dégrade les couleurs de notre société pour qu'elles s'accordent à leur propre teint…

— À vous croire, « ces gens-là » forment une espèce différente de la nôtre… pointa Wakatsuki avec une ironie qu'il pensait évidente, mais que Kanaishi ne sembla pas relever.

— C'est ce que je pense. On pourrait les qualifier de mutants. Il leur manque ce qui fait l'essence même de l'humanité. Ils n'ont peut-être pas de super-pouvoirs comme dans les romans de science-fiction, mais ils n'en sont pas moins dangereux. Si on ne peut les déclarer coupables, pourquoi se retiendraient-ils de tuer ? Je pense que nous ferions mieux de les considérer comme une autre espèce avec laquelle nous partageons un pool génétique, point barre.

Wakatsuki avait décroché à partir du mot

« mutant ». Cependant, en écoutant les perspectives plus ou moins fantaisistes de Kanaishi, l'image d'une myrmarachne s'imposa à lui.

Les myrmarachnes étaient un genre d'araignées, de pas plus de six ou sept millimètres de long. Bien qu'elles soient réparties dans tout l'archipel, peu de gens se souvenaient d'en avoir vu tant elles ressemblaient parfaitement aux fourmis, que ce soit par la taille, la forme ou la couleur. Les araignées ont une paire de pattes en plus que les insectes, mais les myrmarachnes les dissimulent en portant celles de l'avant en hauteur, comme des antennes de fourmi. Elles mènent leur vie sur les branches et les feuilles des arbres, l'air de rien, passant pour ce qu'elles ne sont pas, indiscernables des modèles qu'elles imitent. Ce n'est que lorsque l'on surprend l'une d'entre elles à descendre en rappel au bout d'un fil que l'on comprend sa méprise...

On ne savait pas vraiment ce qui avait incité ces arachnides à pousser le mimétisme à un tel niveau de perfection. L'intérêt le plus évident résidait dans le fait que les fourmis, guère savoureuses, n'ont que peu de prédateurs. L'autre avantage était qu'en se fondant parmi la masse de fourmis, la myrmarachne pouvait à tout moment décider d'en dévorer quelques-unes.

Les yeux noirs sans émotion de Shigenori Komoda ressurgirent dans la mémoire de Wakatsuki. Cette image ne se superposait que trop bien à celle des yeux de l'araignée-fourmi. Un bon exemple d'idée basée sur une comparaison d'images mais dépourvue de toute logique... Cela ne pouvait être une bonne façon de raisonner, pensa l'assureur.

— Toute la question est de savoir si nous allons

rester les bras croisés devant la croissance frénétique de ces individus. L'État-providence, en venant en aide à tous nos semblables, a, de manière ironique, sauvé des gènes psychopathiques qui auraient dû être éliminés.

Le moins que l'on pouvait en dire, c'est que l'assistant universitaire ne portait pas l'État-providence dans son cœur.

— Vous prônez donc une extermination ?

— La psychopathie est une mutation relativement courante, même sans problématiques environnementales, chez les mammifères qui présentent un certain degré de sociabilité. J'ai eu l'occasion, en Amérique, d'étudier les loups. Vous seriez étonné d'apprendre quel degré de discipline et d'entraide ils déploient afin de maintenir l'ordre au sein de la meute. Je pense que nous avons beaucoup à apprendre d'eux.

Il regarda ses doigts et examina ses ongles, lisses et brillants comme s'il les avait passés au vernis.

— C'est rare, mais il arrive que parmi les loups naissent des individus que l'on pourrait qualifier de « psychopathes ». Ils ne remplissent pas leurs devoirs au sein de la meute et ne s'intéressent qu'à l'assouvissement de leurs désirs. Dès lors, les mâles de la meute, à commencer par le chef, décident de sanctionner l'individu en le forçant à fuir. J'ai même été témoin d'une scène qui ressemblait fortement à ça… On considère cela comme un comportement défensif, qui permet de protéger le pool génétique de la meute.

Kanaishi lança un regard discret vers Wakatsuki. Puis, comme si c'était parfaitement naturel, il posa sa main sur la sienne.

— Dites-moi, Wakatsuki… Qui, des loups ou des

humains, vous semble les plus intelligents dans cette histoire ?

Wakatsuki laissa le psychologue peu après minuit. Il n'avait rien mangé de consistant.

Si certains points lui semblaient réalistes dans la théorie alarmiste de Kanaishi, d'autres passages de son exposé prêtaient à sourire. Même si le moment où il avait compris qu'il était homosexuel n'avait pas été des plus hilarants.

La pluie avait recommencé à tomber alors qu'il s'était arrêté dans un snack. Les rues étaient noires et brillantes, l'air chargé d'humidité. Son appartement était à deux kilomètres, il décida de s'y rendre à pied afin de dessoûler un peu.

Il marchait tranquillement le long du canal Takase, sur la pittoresque rue Kiyamachi, ruminant les paroles de Kanaishi.

D'après lui, les crimes liés aux assurances étaient très typiques des psychopathes.

Aux yeux de Wakatsuki, certains arguments pour soutenir cette théorie ne manquaient pas de bon sens. À la différence d'un crime opportuniste ou passionnel, le crime lié aux assurances demandait d'élaborer froidement un plan minutieux, de conserver l'intention de tuer sur une période longue, de dissimuler ses projets à son entourage…

De plus, ces crimes devaient obligatoirement prendre pour cible des personnes de la famille même du criminel…

Wakatsuki se repassa en mémoire les détails des crimes les plus spectaculaires liés aux assurances.

Il devait bien reconnaître qu'il était aisé de qualifier ceux qui les avaient commis de « psychopathes », ce qui permettait d'expliquer comment ils avaient pu en arriver là.

Pour autant, il répugnait à gober sans résister l'explication de Kanaishi.

L'assistant avait donné d'autres exemples édifiants. Un homme avait empoisonné ses épouses successives, un autre s'était débarrassé de ses frères et sœurs de la même manière, un troisième avait tué sa femme à l'aide d'une bactérie. Si bien que Wakatsuki s'était senti honteux de ne pas les connaître, alors qu'il s'agissait de son domaine.

Un recueil des crimes commis sous le couvert des assurances avait été édité par la Shôwa Seimei, il devait absolument mettre la main dessus et l'étudier en détail.

Il tourna à l'angle de la rue Oike, prenant un souffle de vent de plein fouet. À cette heure, les rues étaient clairsemées. Il traversa à un passage piéton, passa devant la mairie de Kyôto.

Le bâtiment imposant, aux couleurs fades, contrastait avec la mairie moderne de Kôbe, où Megumi et lui s'étaient rendus lors d'un petit voyage en mai. Les deux villes abritaient sensiblement le même nombre d'habitants, mais leurs conceptions du développement urbain étaient radicalement différentes.

Avant d'arriver à Kyôto, Wakatsuki pensait que toutes les villes du Kansai se ressemblaient. Il avait appris à les différencier, à leur reconnaître des tempéraments spécifiques.

Il avait aussi appris à aimer Kyôto. Raison pour

laquelle il ne pouvait se résoudre à suivre la recom-
mandation de Kanaishi, à savoir partir…

L'assistant professeur lui avait fortement conseillé
de demander sa mutation. D'après lui, tant que
Wakatsuki resterait dans la succursale de Kyôto,
il demeurerait dans la ligne de mire de Komoda.
L'agent d'assurances avait été touché de constater
que le psychologue semblait sincèrement se préoccuper de sa sécurité.

Il pouvait la demander, sa mutation. Il pouvait très
bien demander au directeur général adjoint d'appuyer
sa requête auprès des ressources humaines, et on lui
trouverait sans doute un petit poste vacant et tran-
quille au sein de la maison mère.

Mis à part pour Megumi, l'idée de retourner à
Tôkyô n'était pas pour lui déplaire.

Mais le moment était mal choisi. Il se souvenait
d'avoir croisé, lorsqu'il y travaillait, certains employés
parachutés en dehors des mouvements habituels de
saison. Des salariés qui tentaient de se faire petits,
rasaient les murs, prenaient leur déjeuner seuls. Il
était bien placé pour savoir que ces déracinés ino-
pinés alimentaient tout un tas de ragots parmi leurs
collègues…

Et encore, s'il pouvait s'enorgueillir d'être parti
pour échapper à une bande de yakuzas, ou après avoir
été blessé par un client violent… cela aurait au moins
l'avantage de lui conférer l'aura d'un homme qui
n'a pas démérité en fuyant le danger. Or, de quoi
pouvait-il légitimement se plaindre ? Qu'un client
se présentait chaque jour au guichet pour demander quand il recevrait son argent ? On rirait de lui,

aux ressources humaines, on finirait par décréter qu'il n'avait pas les épaules assez solides pour l'emploi.

Eh merde...

Il shoota dans une canette abandonnée sur le trottoir. Le récipient, emporté par le vent, s'envola au loin dans un tintamarre assourdissant.

Dans le hall d'entrée de son immeuble, il attrapa son journal du soir qui dépassait de la fente de la boîte aux lettres. Sentant qu'il y avait autre chose, il composa le code et ouvrit le vantail. Il avait trois lettres. Une publicité pour une voiture étrangère ; une lettre de la femme qu'avait contactée sa mère ; l'écriture de la troisième était reconnaissable entre toutes : celle de Megumi.

Il grimpa l'escalier jusqu'à son appartement d'un pas léger. Après avoir fermé la porte d'entrée à clé, debout dans la cuisine, il ouvrit la missive.

Elle ne racontait rien d'extraordinaire. Megumi avait dû l'écrire dans l'espoir d'apaiser les tensions après leur séparation houleuse à la sortie du Papyrus. Sur les deux pages couvertes de son écriture fine et méticuleuse, elle ne mentionnait pas directement l'incident, préférant lui parler de ses chats, Schrödinger et Petrossian, qui avaient fait des petits.

La date de la missive retint son attention. Samedi 15 juin. Si Megumi l'avait envoyée dans la foulée, elle aurait dû lui parvenir lundi dernier. Elle avait trois jours de retard.

Il se souvint que l'enveloppe lui avait paru bizarre au toucher. Il la ramassa et l'examina de plus près. L'ouverture était un peu boursouflée, comme si on l'avait mouillée. En cette période de saison des pluies, ce n'était pas complètement surprenant.

Il inspecta le rabat interne et s'aperçut qu'il était collant, même en dehors des bandes autocollantes.

Megumi fermait toujours ses enveloppes avec un trait d'eau appliqué soigneusement sur les bandes ; Wakatsuki ne l'avait jamais vue utiliser de colle.

Il n'aurait pas pu l'affirmer avec certitude, mais tout indiquait qu'on avait ouvert l'enveloppe en l'humidifiant, et qu'on l'avait ensuite scellée avec de la colle...

Il devait en avoir le cœur net... Il s'empara de son courrier et dévala l'escalier. Il glissa les enveloppes par la fente de sa boîte aux lettres, puis y fourra la main autant que le permettait l'étroit interstice.

Il sentit le papier sous ses doigts. Dans la boîte, les plis restaient à la verticale. Il pinça une enveloppe entre l'index et le majeur, et réussit à la hisser à l'extérieur. Cela ne lui avait pas pris plus de dix secondes.

Son sang ne fit qu'un tour. En pensant que Komoda avait lu la lettre de Megumi, il sentit tout son être bouillonner.

Mais au fait...

Était-ce seulement la première fois que le scélérat agissait ainsi ?

Il tenta de se rappeler... Cela faisait quelque temps qu'il n'avait rien reçu de ses amis ou connaissances...

Son relevé bancaire. Il ne l'avait pas encore reçu ce mois-ci.

C'était donc ainsi que Komoda avait obtenu son numéro de téléphone ! Il s'était probablement dit que Wakatsuki ne remarquerait pas l'absence de son relevé et n'avait pas pris la peine de le remettre, alors que la disparition de la lettre de Megumi aurait été trop voyante…

Wakatsuki comprit ce qui se tramait, et pourtant il ne vit aucune issue, aucun moyen de se sortir de cette situation. Avant tout : téléphoner à Megumi, lui demander d'adresser ses lettres au bureau pendant un certain temps.

8

24 juin (lundi)

Le temps était changeant, instable, gris depuis plusieurs jours.

Wakatsuki mâchonnait mécaniquement ses toasts à la confiture tout en se remplissant l'estomac d'un café Blue Mountain trop dilué.

Son radiocassette Panasonic, posé devant lui sur la table, crachait du rock progressif des années 1970.

La voix gutturale et névrotique de Peter Hammill n'était peut-être pas ce qu'on pouvait trouver de mieux pour accompagner un petit déjeuner, mais Wakatsuki ne parvenait plus à se sortir du lit sans musique. De plus, les airs joyeux ne faisaient qu'assombrir ses idées.

Il avait déployé son journal économique à plat devant lui. Il en parcourut les gros titres. Le reste lui semblait hors de portée.

Où donc avait-il entendu dire que pour un employé, ne plus lire le journal était le premier signe de la dépression ?

Un toast toujours coincé entre les dents, Wakatsuki

jeta un œil à sa montre, enfila sa veste et jeta ses couverts dans l'évier. Une nouvelle journée de déprime en perspective. Il essaya de ne pas y penser, mais il savait très bien ce qui l'attendait, aux alentours de midi.

Komoda allait apparaître dans les locaux. S'il ne s'était jamais montré très loquace, son débit faible s'était peu à peu tari. Il s'asseyait au guichet et se contentait de fixer Wakatsuki.

En apparence, il était calme. Il n'avait pas recommencé de tours comme celui du doigt mordu. Pourtant, on sentait qu'en souterrain, l'eau s'accumulait, la pression se faisait plus forte. Les mises en garde de Kanaishi n'étaient pas tombées dans l'oreille d'un sourd.

Cet homme peut vouloir me tuer.

Kasai lui avait raconté qu'un jour, un homme s'était pointé à l'accueil armé d'un poignard. Ça avait été le chaos.

Komoda aussi allait-il choisir de l'attaquer avec une lame ? Sa main gauche était presque inutilisable, et l'autre était encore bandée. S'il devait sortir une arme de quelque part, cela ne se ferait pas de manière fluide, et le temps qu'il passe par-dessus le comptoir, Wakatsuki aurait celui de prendre ses jambes à son cou.

Mais il ne fallait pas oublier les femmes qui travaillaient à l'accueil… Et si Komoda détournait sa rage sur elles ?

Idiot. Tu délires complètement.

Il coupa la musique comme pour mettre fin à ses élucubrations morbides. Quand le bruit cessa, tout lui sembla soudain moins menaçant.

Il vérifia plusieurs fois avec ardeur que la petite fenêtre de la cuisine ainsi que la porte-fenêtre donnant sur le balcon étaient bien fermées. Puis, s'assurant par le judas que personne ne se tenait derrière sa porte, il sortit pour se rendre au travail. Il arriva avec vingt minutes d'avance. À cette heure-ci, seul Kasai était déjà à son poste. Wakatsuki l'entendit discuter au téléphone. Avec quelqu'un de la boîte, apparemment.

— Oui, j'entends bien mais... Vous devez comprendre qu'on ne va pas pouvoir continuer comme cela. Bien sûr, bien sûr, je suis conscient que... D'accord, j'attendrai la décision de votre côté.

Autour de lui gisaient plusieurs gros sacs en coton à la propreté douteuse, éventrés à tous vents. Un enfant pouvait facilement tenir dans un de ces sacs qui transportaient le courrier interne.

Sur le bureau du directeur se trouvaient éparpillées des montagnes d'enveloppes. Il était en train de les ouvrir pour tamponner la date sur les documents à l'intérieur. C'était, en temps normal, le travail d'une des employées, mais lorsqu'il arrivait tôt, Kasai aimait à s'en charger.

Le combiné toujours à l'oreille, le directeur pointa du doigt une enveloppe en papier épais.

Wakatsuki s'en empara : il s'agissait de la confirmation de paiement de l'assurance de Kazuya Komoda. Le document était rempli au stylo à bille noir.

Kazuya Komoda
né le 28 mai 1985
assurance « Enfance »
n°...
Wakatsuki manqua s'étrangler.
Les abrutis !

La compagnie avait décidé de payer Shigenori. Qu'est-ce qui avait bien pu leur passer par la tête ?

Kasai raccrocha, l'air profondément désemparé.

— Qu'est-ce que ça veut dire ? lui lança Wakatsuki d'un ton qu'il espérait neutre.

Il savait pertinemment que son supérieur n'y était pour rien, mais sa colère était difficile à contenir.

— Comme tu peux le voir. La compagnie a décidé de payer. Et apparemment, ce n'est pas une erreur.

— Mais pourquoi ?

— La police nous a répondu : elle a transmis une note selon laquelle la mort de Kazuya Komoda était de toute évidence due à un suicide. Et si la police en a décidé ainsi, on peut s'en offusquer autant qu'on veut toi et moi, cela ne sert à rien. Si l'on poursuit au tribunal, nos chances de gagner sont de zéro.

Les abrutis...

Wakatsuki se laissa tomber sur sa chaise. À quoi bon avoir enduré tout cela ? Si c'était pour, à la fin, arroser d'argent un assassin ?

Cette désastreuse nouvelle eut au moins le mérite de balayer d'un coup tous ses soucis. Komoda ne viendrait plus à l'agence tous les midis, et personne n'irait plus fouiller dans son courrier. Enfin, plus la peine de s'inquiéter à l'idée de demander une mutation.

Et cependant, il restait déçu. Il avait supporté un tel niveau de stress les semaines passées qu'il était à deux doigts de l'ulcère à l'estomac, mais la catharsis finale tant espérée lui était refusée. Ne restait qu'un horripilant sentiment d'inanité.

— Je te comprends, crois-moi. Attends un peu, puis va l'appeler. « Désolé de vous avoir fait attendre, la décision est tombée, vous allez recevoir l'argent, il n'est plus nécessaire de venir au bureau. » Et voilà, ce sera fait.

Le directeur, sous son air dégagé, semblait avoir autant de mal que lui à avaler la pilule.

L'image de l'enfant suspendu dans le vide, les yeux retournés dans leurs orbites, lui revint en mémoire.

Je suis désolé. Je n'aurais jamais pensé que cela finirait comme ça.

Il ferma les yeux et, dans le secret de son cœur, joignit les mains pour lui demander pardon.

Shigenori Komoda, au téléphone, sembla une personne complètement différente à l'annonce de la nouvelle. Il y avait une certaine chaleur dans sa voix.

— Ah bah, merci, hein ! Ah, ça alors, merci ! Oh, là, là, enfin !

On aurait dit que Wakatsuki venait de lui sauver la vie.

L'agent d'assurances dut se mordre la langue tant il lui répugnait de s'entendre remercier par un assassin. Il se demanda si Komoda ne faisait pas exprès d'éterniser ses remerciements.

Cet après-midi-là, cinq millions de yens furent transférés à la banque Shinkin sur le compte de Sachiko Komoda.

— Écoutez, c'est une bonne nouvelle, non ? lança Ôsako. Ça nous enlève une sacrée épine du pied.

Kasai et Wakatsuki avaient contacté Kitani et Ôsako, tous deux impliqués dans l'affaire Komoda depuis le début, pour une réunion informelle. Le directeur général adjoint aux ventes s'était mis en devoir d'alléger l'atmosphère en prenant les choses du bon côté.

— Ça ne me fait certainement pas plaisir de donner à ce type ce qu'il voulait, mais... c'est la seule façon que nous ayons de nous débarrasser de lui.

— Oui. Mais enfin... Je... Je sais pas...

Les balbutiements de Wakatsuki firent apparaître un sourire amer sur le visage du directeur général adjoint.

— Allons, Wakatsuki, on sait quelle est ta conviction. Si j'avais été là, moi aussi j'aurais probablement pensé comme toi. Mais dès lors que la police nous dit que Komoda est blanchi, on doit le considérer comme tel.

— La police n'a pas prouvé qu'il était innocent, grommela Wakatsuki. Elle a seulement échoué à montrer sa culpabilité.

Depuis sa prise de fonction, c'était bien la première fois que l'agent osait tenir tête à ses supérieurs.

Tandis que Kitani restait penaud, Ôsako reprit la parole.

— Quoi qu'il en soit, c'est derrière nous ! On n'aura plus jamais à entendre parler de Komoda.

— Vraiment ? rétorqua Wakatsuki, dans un état second.

— Comment ça ?

Kasai, qui n'avait pas décroisé ses avant-bras puissants, répondit pour son subordonné.

— Laissez-lui un moment, à ce Komoda, et il est possible qu'on en entende reparler... dit-il d'un air sombre.

— Qu'est-ce que tu veux dire ?

Kasai leur désigna une pile de documents qu'il avait posée sur la table.

— Il reste encore deux contrats : Sachiko et Shigenori Komoda. De trente millions de yens, cette fois… Ils avaient quelques soucis pour payer les cotisations, mais avec ce qu'on vient de leur offrir, ça ne devrait plus leur poser de problème…

— Attends un peu… s'indigna Ôsako. Tu ne sous-entends tout de même pas qu'il va recommencer ? Même s'il a réussi à s'en sortir cette fois, c'est de justesse, il ne va pas s'y risquer alors que les flics l'ont à l'œil !

— Ce genre de personne, continua Kasai, ne réfléchit pas selon notre logique. Bien au contraire : si le coup a marché une fois, il doit se dire qu'il suffit de ne pas laisser de traces pour que ça passe. Cette histoire n'a fait que le renforcer dans ses desseins. En tout cas, c'est une possibilité à ne pas écarter.

Wakatsuki réprima à grand-peine le frisson qui lui remontait le long du dos. Comment se faisait-il que cette éventualité ne l'ait pas encore effleuré ?

— Moi aussi, je pense que c'est tout à fait possible… que ce n'est qu'une question de temps, même.

— Tu ne vas pas t'y mettre, Wakatsuki !

— Avez-vous la moindre preuve ? demanda sèchement Kitani.

— Le couple est venu de lui-même en agence contracter ces assurances dont ils n'avaient pas besoin ; ils devaient se saigner aux quatre veines pour payer les mensualités ! Dès le début, ils auraient dû être soupçonnés… Ils n'avaient aucune raison de souscrire des assurances, leurs contrats auraient dû être annulés.

L'une des particularités des arnaques aux assurances consistait dans le fait qu'elles incitaient à la récidive : s'ils ne se faisaient pas pincer la première fois, beaucoup d'escrocs remettaient le couvert. C'était d'ailleurs ce qui permettait de les remarquer...

Étant donné la situation financière du foyer Komoda, les cinq millions de yens ne feraient pas long feu. La somme serait engloutie en un an, tout au plus. Dès lors, il leur deviendrait difficile de continuer à payer pour les deux assurances du couple...

— Vous me faites froid dans le dos... Vraiment ! Mais enfin, nous savons malheureusement que c'est envisageable... Ce serait la femme, alors, la prochaine sur la liste ?

— Ne dites pas ça, Ôsako, le réprimanda Kitani. Comme je vous l'ai dit, Komoda a été innocenté : s'entêter à affirmer le contraire, c'est de la diffamation.

— Qu'est-ce que ça change, s'il s'apprête vraiment à...

— Regarde-moi bien, Wakatsuki : est-ce que j'ai l'air d'un policier ? Si c'était le cas, ce serait mon boulot de prévenir le crime. Nous sommes assureurs, nous n'avons pas cette responsabilité !

Le ton du directeur général adjoint ne souffrant aucune réplique, la réunion fut levée.

Depuis quand Wakatsuki avait-il commencé à ressentir de la pitié pour Sachiko Komoda, cette femme plus toute jeune, au visage apathique ?

Après qu'elle s'était unie à cet homme terrifiant, son enfant avait été assassiné, et sa propre vie semblait aussi fragile qu'une bougie qu'on s'apprête à moucher.

Pouvait-il réellement lui tourner le dos ?

Certes, cela dépassait les fonctions d'une compagnie d'assurances. Mais pouvaient-ils pour autant se décharger de toute responsabilité ?

D'ailleurs, c'était bien la faute de la compagnie d'assurances si Shigenori Komoda avait réussi à décrocher ces contrats, qui n'auraient jamais dû être acceptés si le travail d'enquête avait été correctement effectué... Pouvait-on dire, dans ce cas, que cette faute professionnelle était la cause indirecte du crime ?

Ces questions hantèrent Wakatsuki toute la journée.

28 juin (vendredi)

Cela faisait un bon mois et demi que le calme était revenu. Depuis que l'argent avait été délivré au couple Komoda, Shigenori n'était pas revenu au bureau. Chez lui, les appels incessants en soirée avaient cessé du jour au lendemain.

L'angoisse avait quitté Wakatsuki, qui avait peu à peu repris une vie normale. Il écoutait de la musique chez lui et ne passait plus son temps à vérifier que portes et fenêtres étaient fermées.

— Ton visage est redevenu comme avant, lui dit Kasai ce matin-là. Tu ne t'en étais peut-être pas aperçu, mais pendant quelque temps on aurait dit que tes muscles se contractaient... Tu avais des sortes de tics. Franchement, j'ai cru que tu frôlais la névrose.

Wakatsuki ne se sentait pas sorti d'affaire pour autant. À mesure que la menace s'estompait, son inquiétude grandissait. Il ne pensait pas être capable d'oublier qu'il avait été manipulé par un criminel afin de servir de témoin à son crime parfait.

D'ailleurs, les cauchemars d'arachnides continuaient d'envahir ses rêves chaque nuit.

Dans les toiles blêmes pendaient deux cadavres d'enfant desséchés...

La non-résolution du crime de Komoda avait ravivé chez Wakatsuki le sentiment de culpabilité engendré par le suicide de son frère. C'était, pensait-il, la raison pour laquelle apparaissaient ces deux momies.

La toile se mettait à vibrer. Une nouvelle proie venait de se prendre dans les fils... Wakatsuki ne pouvait la voir, mais plus elle se débattait, plus il devinait le piège qui se resserrerait sur elle. La toile soudain se mettait à tanguer. Faiblement au départ, puis de plus en plus fort, jusqu'à ce que tout l'enchevêtrement se balance de haut en bas. Sentant une nouvelle proie prisonnière, l'araignée revenait la dévorer.

La toile projetait son ombre noire sur le sol. Wakatsuki y voyait l'araignée, énorme, difforme, arriver à toute vitesse.

Lorsqu'il se réveillait, il était immanquablement couvert de sueur et son cœur cognait dans sa poitrine.

Il croyait comprendre la signification de ce rêve. Son inconscient lui criait d'agir avant que la prochaine victime ne soit sacrifiée. Un mécanisme d'autodéfense sans aucun doute : si un nouveau malheur survenait, ses blessures psychiques s'aggraveraient encore.

Mais comment agir ?

Il avait retourné le problème dans tous les sens. Sa décision était prise.

Ce soir-là, dès qu'il fut rentré chez lui, il alluma

son traitement de texte électronique. Ces machines faisaient fureur depuis six ou sept ans, il en existait un éventail infini de modèles et de marques ; impossible de remonter jusqu'à lui. De toute manière, il y avait peu de chances qu'un meurtrier aille se plaindre à la police…

Il dut s'y reprendre à une centaine de fois, écrivant un mot, en effaçant trois. Finalement, il imprima ceci :

Madame Sachiko Komoda,

Merci de prendre le temps de lire cette lettre.

La mort de votre fils, Kazuya, en mai dernier, a dû être une terrible épreuve pour vous. Toutes mes condoléances. Vous devez savoir la vérité au sujet de ce drame : Kazuya ne s'est pas suicidé.

Je suis de la police et je dois vous dire que, pour une certaine raison, je suis convaincu que Shigenori Komoda a tué votre fils.

Saviez-vous qu'autrefois, afin de recevoir l'argent des assurances, cet homme s'est coupé le pouce lui-même ?

Vu le peu de cas qu'il fait de son intégrité physique, attaquer celle des autres, les blesser ou les tuer ne lui fait sûrement pas peur non plus.

Kazuya n'était pas le fils de Shigeru. Votre mari a tué votre fils afin de toucher l'argent.

Si je vous contacte aujourd'hui, c'est que je m'inquiète pour vous. En effet, vous avez également souscrit une assurance en cas de décès. Et il semble logique que Shigeru pense à se débarrasser de vous aussi.

Nous avons cherché en vain, aucune preuve ne nous a permis d'arrêter votre mari. Cependant je dois vous prévenir, car vous êtes en danger.

Cela vous semble peut-être difficile à croire, mais réfléchissez bien. Si vous ne pouvez vraiment pas vous séparer de Shigenori, changez au moins le bénéficiaire de votre contrat au profit de quelqu'un d'autre, ou bien résiliez-le.

Soyez prudente.

Cordialement

Fausse identité, calomnies sans preuve... L'exercice ne manquait pas de charme aux yeux de Wakatsuki. Il sourit, fier du résultat. Il avait pris soin de ne pas mettre de caractères trop compliqués afin de faciliter la lecture, ce qui donnait à la missive un air encore plus mystérieux. Jamais il n'aurait imaginé écrire une chose pareille.

Les mains gantées pour plus de précaution, il plia le papier imprimé et le glissa dans une enveloppe marron bon marché, extrêmement classique. Puis il y colla un timbre et y apposa un autocollant où était imprimée l'adresse tapée à la machine.

D'où l'envoyer ? Il avait un stage à Tôkyô dans trois jours, il pourrait poster la lettre à la gare de Kyôto en attendant le Shinkansen. Il ne se passerait probablement rien durant ces trois jours...

Les limites de son rôle en tant qu'employé dans une compagnie d'assurances avaient été outrepassées depuis longtemps. Si jamais les choses tournaient mal et qu'on le démasquait, il pouvait dire adieu à son job.

Au moins, se répétait-il en boucle, *j'aurai agi selon ma conscience.*

Si Sachiko ne prenait pas la lettre au sérieux, si elle n'agissait pas, elle allait probablement connaître une fin tragique. Mais ce n'était plus de son ressort. Il l'aurait prévenue, là s'arrêtait son devoir.

En serait-il toujours convaincu, le jour fatidique où il apprendrait un nouveau drame ? C'était une autre histoire...

1ᵉʳ juillet (lundi)

Wakatsuki descendit du Shinkansen complètement désorienté. En son absence, la capitale s'était métamorphosée en un pays étranger dans lequel il n'aurait jamais mis les pieds.

Pour être honnête, même en cette époque où tout évoluait à une vitesse hallucinante, il ne suffisait pas d'un an et demi pour opérer une telle transfiguration... C'était probablement lui-même qui avait changé, pas Tôkyô.

Kyôto avait beau être devenue une grande ville, elle était traversée de rivières et ponctuée de végétation. Il fallait au moins cela pour conserver une atmosphère vivable – voilà ce dont se rendait compte l'agent d'assurances.

De retour au centre de séminaires de la maison mère de sa compagnie, il retrouva avec bonheur certains anciens collègues, des agents qui avaient été envoyés dans des succursales un peu partout, de l'extrême nord du Japon, à Watsukanai, à son extrême sud, à Okinawa.

Plus ils venaient de loin, plus les collègues étaient

excités. Au contraire, ceux qui travaillaient dans la capitale ou sa banlieue affichaient un air blasé.

Moi aussi, il y a un an et demi, j'avais la même tronche, songea Wakatsuki.

L'organisation du stage était réglée au millimètre près. Il y avait d'abord une soirée de réflexion intitulée : « Quelle stratégie adopter lors de la levée de l'interdiction d'entrée mutuelle en assurance-vie ou dégâts ? », dont les résultats des différents groupes seraient inscrits sur un panneau d'un mètre sur un mètre. Le lendemain, les représentants de chaque groupe exposeraient leurs idées, puis une séance de questions-réponses était censée ouvrir sur des débats. Enfin, il y aurait un vote pour décider des meilleures solutions.

Faire venir des agents de l'archipel entier pour si peu, avec une telle démesure de moyens, cela semblait assez surréaliste. Tous ces frais de déplacements et d'hôtel… Wakatsuki songea qu'il s'agissait plus d'une sorte de voyage de récompense pour les salariés des provinces reculées, qui chaque jour ne ménageaient pas leur peine.

Certains parmi eux ne bougeraient pas de leur poste avant la retraite et, sans ce « stage », n'auraient probablement jamais eu le loisir de monter à la capitale.

Armé de son stylo magique à sept couleurs, discutant jusque tard dans la nuit avec ses confrères passionnés, Wakatsuki se sentit peu à peu envahi d'une sérénité qu'il n'avait plus connue depuis de longs mois. Il eut l'impression de revivre les heures insouciantes du lycée, lorsqu'il préparait la fête annuelle avec ses camarades.

L'après-midi suivant, tandis que ses collègues rendus à la liberté envahissaient les bars, il retourna au siège de l'entreprise. Il avait déjà salué ses connaissances et supérieurs la veille. C'était cette fois pour des raisons personnelles qu'il revenait.

Parmi les départements les plus connus de la Shôwa Seimei figuraient ceux des ressources humaines et de la comptabilité, mais il y avait aussi la division des finances, celles des titrisations, de l'immobilier, des investissements étrangers. De manière plus inattendue, la compagnie abritait aussi un département médical et un autre de mathématiques.

Ces disciplines, qui nécessitaient des connaissances pointues, occupaient la majeure partie de la bibliothèque du premier sous-sol.

Il arpenta les allées entre les rangées d'étagères qui tutoyaient le plafond et finit par trouver ce qu'il cherchait. Bien que le livre ne soit pas très ancien, sa couverture noire était déjà gondolée et les pages, sur la tranche, avaient viré au marron. Couleur, Wakatsuki s'en aperçut en ouvrant l'ouvrage, due à une tache de café.

Il inscrivit son nom et le titre sur le registre et ressortit avec le *Recueil des crimes liés aux assurances-vie*. Techniquement, il n'était pas autorisé à emporter le bouquin hors du siège, mais il s'octroya cet écart : le règlement n'était pas toujours suivi à la lettre. Il le retournerait par le courrier interne dès qu'il en aurait fini la lecture.

Il n'était pas sûr des raisons qui l'avaient poussé à emprunter ce livre.

L'affaire Komoda appartenait au passé. Une montagne d'autres affaires courantes n'attendaient que son retour pour l'engloutir. Pourquoi diable se replonger dans des histoires sordides ?

Incapable de répondre à cette question, il fourra le livre dans son sac en bandoulière et prit la ligne Sôbu. Par chance, il trouva une place assise, toutefois il se refusa à ouvrir le livre pour commencer à le feuilleter. Il ne repenserait pas à ces personnes tant qu'il serait à Tôkyô.

Lorsqu'il arriva à la gare de Funabashi, dans la préfecture de Chiba, l'après-midi était déjà bien entamé, bien qu'il fasse encore jour.

Wakatsuki avait prévu de rentrer chez lui directement, mais n'avait pu s'empêcher de penser que sa mère devait encore être à son bureau à cette heure. Il ne lui en coûterait que dix minutes de marche pour le savoir.

Le bureau de la Shôwa Seimei de Funabashi était légèrement excentré, situé au rez-de-chaussée d'un immeuble. À son arrivée, une nouvelle employée, qui portait des lunettes, le salua et lui souhaita la bienvenue.

— Bonjour. Je suis Wakatsuki, de l'agence de Kyôto. Je suis le fils de Nobuko…

La femme parut déconcertée.

— Ah bon ? Ça alors… Eh bien…

Elle ne lui offrit ni de s'asseoir ni une tasse de thé. De toute évidence, elle ne savait que faire de lui, ce qui l'irrita passablement.

La mère de Wakatsuki apparut à ce moment-là, de retour de déplacement.

— Shinji ?

— Salut.

— Que fais-tu ici ?

Il sentait déjà ses nerfs se crisper.

— Je t'avais dit que je venais pour un stage !

— Aujourd'hui ?

— Oui...

— Ah bon, ah bon.

Elle se tourna vers sa collègue à l'accueil.

— Le directeur n'est pas là ?

— Non, il ne reviendra pas ce soir.

— D'accord, d'accord... murmura-t-elle en griffonnant quelques notes de compte rendu. Bien, allons-y, dit-elle à Wakatsuki.

Elle ne semblait vraiment pas faire partie des meilleurs de son bureau, et pourtant... Son chef avait un jour révélé à Wakatsuki que la grande force de sa mère, c'était de toujours se souvenir des promesses qu'elle faisait à ses clients, même les plus insignifiantes.

— Je ne savais pas que tu venais ce soir, je n'ai rien préparé.

— Tu ne savais pas ? Dis plutôt que tu as oublié !

Elle ne releva pas.

— Si on allait manger des grillades ?

En entrant dans le restaurant, elle donna son nom et on la conduisit à une table à la japonaise, où l'on s'asseyait à même le sol. Wakatsuki comprit qu'elle avait réservé.

Elle avait dû se faire une joie du retour de son fils, mais, trop timorée pour le laisser paraître, elle avait préféré feindre de l'avoir oublié.

Ils trinquèrent à la bière, après quoi elle l'encouragea à manger tant et plus.

— Ça va, maman, je ne suis plus un gamin. Tu n'as plus besoin de faire attention à mon poids, tu sais.

217

— Tu pèses combien ?

— Soixante-quatorze kilos.

— Hum, apprécia-t-elle avec une moue dubitative. Tu as maigri ces derniers temps, non ?

— Tu trouves ?

— Tu as les joues creuses.

— Ne t'en fais pas, j'ai pris du ventre.

Elle ajouta des morceaux de viande dans le bol de son fils.

— C'est pas trop dur, les assurances ?

— Non, ça va.

— Même avec tout ce qui se passe en ce moment ? On en voit même ici, chez nous… On a eu un crime lié aux assurances…

— Un meurtre ? s'exclama Wakatsuki, bouche bée.

— Non, une arnaque. Un couple qui s'est disputé, le mari a laissé son testament avant de se volatiliser. La femme a réclamé son assurance-vie. En fait, on a découvert qu'elle était de mèche avec lui depuis le début, et que celui-ci, pendant ce temps-là, travaillait dans un pachinko à Tôkyô, sous un faux nom.

— Ah oui, ce genre d'histoire… On en entend souvent parler. De toute façon, en cas de fuite, l'argent ne peut pas être débloqué avant sept ans, alors…

— Ça arrive si souvent que ça ?

— Plutôt, oui. Enfin, pas chez nous, pas vraiment. Ici tu es en banlieue de Tôkyô. On n'a pas la même ambiance à Kyôto, la capitale millénaire… Chez nous les gens sont raffinés, ils ne s'adonnent pas souvent au crime.

— Voyez-vous ça. Tu dois en avoir du temps libre, alors.

— Oui, ça va.

— Et tu gagnes plutôt bien. C'est une bonne position.

— Je ne peux pas me plaindre !

Sa mère n'était pas dupe. Cependant, cela valait toujours mieux que de lui raconter les événements des derniers mois.

Dix-neuf ans avaient passé, mais il n'était pas nécessaire de réveiller les souvenirs douloureux que l'affaire Komoda ne manquerait pas de raviver.

3 juillet (mercredi)

Wakatsuki, son sac en bandoulière, s'arrêta net devant la porte de son appartement. On y avait déposé un sac-poubelle noir.

Contenance d'environ quarante-cinq litres, la même taille que ceux qu'il utilisait. Il était noué à mi-hauteur par un lien en nylon blanc. Visiblement, le sac avait été doublé.

Wakatsuki testa le contenu du bout du pied. Il ne semblait pas y avoir grand-chose à l'intérieur, c'était léger.

Qu'est-ce que cela peut être ?

Un voisin avait-il eu la flemme de descendre ses déchets ?

L'agent d'assurances se baissa, attrapa le fil. Il n'arrivait pas à desserrer le nœud et s'apprêtait à déchirer le plastique lorsque le téléphone sonna chez lui. Il se releva, cherchant la clé dans sa poche.

Tout à son excitation de partir pour la capitale, il avait apparemment oublié de mettre en marche le répondeur ! Plus de dix sonneries plus tard, l'engin ne voulait toujours pas se taire.

Le bruit métallique de la serrure détonna dans le couloir nocturne. Wakatsuki se débarrassa de ses chaussures en un éclair et gagna sa table de nuit, où se trouvait le combiné, à grandes enjambées.

— Allô ?

Il se raidit lorsqu'il entendit à l'autre bout du fil des sanglots.

— Waka… tsuki ?

La voix de Megumi.

— C'est moi. Qu'y a-t-il ?

Elle se mit à parler tout bas, ses propos entremêlés de gémissements. Il n'en comprit pas un mot.

— Je ne t'entends pas bien… Calme-toi, respire… Dis-moi, dis-moi ce qui s'est passé.

— Les enfants… les petits de Petro… Petro…

Elle éclata en sanglots. Wakatsuki, nerveux, ne put qu'attendre qu'elle se reprenne. Petro ? La chatte de Megumi, Petrossian. Elle avait donné naissance à une portée de chatons quelque temps auparavant, Megumi le lui avait appris dans sa lettre.

— Chérie, si tu ne me parles pas, je ne peux pas savoir ce qui se passe. Petrossian, c'est ta chatte, n'est-ce pas ? Il lui est arrivé quelque chose ?

Elle redoubla de pleurs.

— Comment ? se lamenta-t-elle. Comment a-t-on pu faire une chose pareille ?

Le pouls de Wakatsuki s'accéléra, comme s'il s'attendait à recevoir un choc. Il comprenait petit à petit qu'un drame s'était produit. Quelqu'un d'autre prit la parole à l'autre bout du fil.

— Monsieur Wakatsuki ? Je vais parler pour elle. Je suis Mme Ishikura. Vous m'entendez ?

Naoko Ishikura, la dame chez qui vivait Megumi depuis qu'elle avait commencé ses études. Wakatsuki l'avait déjà rencontrée plusieurs fois. C'était une femme gaie et énergique, qui partageait avec Megumi une passion pour les chats. Le fait qu'elle autorise sa locataire à en avoir expliquait que Megumi n'ait jamais changé de domicile.

— Oui, je vous entends. Bonsoir. Pouvez-vous me dire ce qui se passe ?

— Oui, oui. C'est tellement horrible… Les chats de Megumi… on leur a… coupé la tête.

Derrière elle, les sanglots de la jeune femme s'amplifièrent.

— Pas que la maman, mais aussi… tous les petits. Je viens d'appeler la police, qu'ils mettent la main sur celui qui a fait ça… Figurez-vous qu'on m'a fait remplir une déclaration de dégradation de biens ! Les chats, on m'a dit, sont considérés comme des biens matériels… Mais enfin, c'est un meurtre ! s'écria-t-elle, la voix tremblante. Quelle différence avec l'assassinat d'un être humain ?

Elle sembla se calmer après avoir craché ce qu'elle avait sur le cœur.

— J'arrive tout de suite, madame Ishikura.

Celle-ci sembla rassurée.

— Vraiment ? Merci… Megumi n'arrête pas de pleurer…

Il promit qu'il partait d'ici vingt minutes, et raccrocha.

Il devait vérifier quelque chose avant de se mettre en route. Il se dirigea vers le couloir. Ou plutôt, il avait *décidé* de s'y rendre, mais ses jambes demeu-raient paralysées. Il fallait qu'il se dépêche, qu'il vole au secours de Megumi… Or, il eut besoin de plusieurs minutes pour faire le premier pas.

Il ouvrit doucement la porte d'entrée et se saisit du sac. Prenant une grande inspiration, il déchira le plastique juste sous le lien.

Une émanation humide s'en éleva. Ça puait le sang.

Wakatsuki retint sa respiration et écarta l'ouver-ture. Il n'eut besoin que d'une seconde avant de détourner le regard du contenu. Pourtant, la scène s'imprima sur ses yeux avec autant de précision que s'il venait de prendre une photographie.

Une série de boules blanchâtres. Une plus grosse que les autres, entourée des plus petites. Des têtes de chat, coupées à la naissance du cou. La plupart des petits avaient encore les yeux fermés. Ils étaient probablement morts sans avoir compris ce qui leur arrivait.

Les yeux de la mère, eux, étaient bien ouverts et brillants. Ses crocs étaient sortis. Son expression terrible, figée, laissait penser qu'elle continuait de vouloir protéger ses petits.

4 juillet (jeudi)

Le brigadier Matsui tira sur sa cigarette d'un air ennuyé. Sa troisième depuis le début de son entrevue avec Wakatsuki.

— Puisque je vous dis que je ne suis pas autorisé à vous en parler ! Il s'agit d'un détail de la vie privée, vous n'avez aucun droit de vous enquérir à ce sujet.

En ce qui concerne les... les chats, là. Nous avons déjà reçu la plainte de Mlle Kurosawa. Nous enquêtons sur ce qui a tout l'air d'être une plaisanterie de mauvais goût. Vous n'avez aucune preuve que cela puisse être relié à votre précédente affaire, oui ou non ?

Le policier jeta un coup d'œil à la photographie posée sur son bureau. Prise avec un appareil jetable et sans lumière adéquate, elle détaillait tout de même avec une acuité morbide les sept têtes de chat.

— Une « plaisanterie » ? À la police, c'est ce que vous appelez une « plaisanterie » ?

— Non, bien entendu, ce n'est pas une simple plaisanterie... Nous avons affaire à un acte de malveillance, je suis d'accord, ajouta-t-il, l'air profondément ennuyé.

— Donc vous allez laisser faire, jusqu'à ce que des humains meurent, c'est cela ?

— Qui va mourir, d'après vous ?

— Je vous en ai déjà parlé... Sachiko Komoda. Elle a une assurance-vie de trente millions de yens sur la tête. Et vous voyez bien qu'ici, avec les chats, Mlle Kurosawa et moi-même sommes devenus des cibles !

— Attendez un peu, fit Matsui en levant la main droite, d'où s'élevait la fumée de sa cigarette. Je ne vous suis plus. Mettons que Komoda veuille tuer sa femme, pourquoi diable s'en prendrait-il à vous en attendant ?

— Eh bien...

Wakatsuki hésita. En effet, les motivations du criminel étaient difficiles à expliquer.

— Vous voyez ? reprit le brigadier. Puisqu'il a reçu l'argent de la mort de l'enfant, il n'a aucune raison de vous persécuter. Vous devez reconnaître que lorsqu'on prépare un assassinat, on n'envoie pas d'avertissement à ses futures victimes, hein ?

La lettre.

Wakatsuki comprit enfin. La lettre qu'il avait envoyée à Sachiko avait dû tomber entre les mains de Shigenori. Il l'avait envoyée tôt le matin à la gare, elle était donc arrivée le jour même, ce qui avait laissé à Komoda une journée pour agir…

Bien sûr qu'il ouvre le courrier de sa femme.

C'était ce genre d'homme… Comment avait-il pu ne pas y penser ?

Komoda avait dû immédiatement comprendre que l'auteur de la lettre anonyme n'était pas un policier. Et qui d'autre avait connaissance de l'affaire ? Komoda venait de riposter. *Si tu tentes quoi que ce soit, voilà ce qui va t'arriver.* Tel était son message.

L'agent d'assurances frémit. Cette fois, il en était sûr : Komoda avait l'intention de supprimer sa femme. Sinon il n'aurait pas pris la peine de le prévenir.

Mais comment le dire à Matsui sans révéler l'existence de cette lettre ? Et même s'il se jetait à l'eau, rien ne garantissait qu'il serait écouté.

— Vous devez comprendre que cet homme est un assassin qui tue de sang-froid. La logique qui est la sienne est différente de celle du commun des mortels. Vous devez me dire pour quelle raison vous avez écarté l'hypothèse du meurtre. Pourquoi il n'est plus considéré comme suspect. Si vous ne le faites pas, je penserai toute ma vie que je suis la cible de ce tueur. Mlle Kurosawa est proche de la névrose à cause de ce qui est arrivé. Je dois pouvoir lui dire que le drame qu'elle vient de subir n'a pas de lien avec un meurtrier, que c'était un acte de malveillance gratuit, qu'elle n'est pas en danger !

Il posa les mains à plat sur la table et inclina profondément la tête.

— Aidez-moi ! S'il vous plaît !

— Allez, allez, pas de ça ici... dit l'autre d'un ton dur.

Mais Wakatsuki ne bougea pas.

Habitué aux incidents au guichet, quoique de l'autre côté, il savait naturellement ce qui mettrait son interlocuteur dans l'embarras. Pour une raison inconnue, Matsui semblait détester que l'on vienne le rencontrer sur son lieu de travail. Encore aujourd'hui, il s'était ingénié à parler assez bas pour que personne d'autre ne puisse entendre leur conversation.

Il ne supporterait pas longtemps d'être au centre de l'attention, possiblement la cible des plaisanteries de ses collègues.

— Arrêtez tout de suite !

Des rires étouffés s'élevèrent du commissariat. Tout le monde devait les regarder. Sans même relever la tête, Wakatsuki pouvait deviner qu'il était extrêmement gêné.

— S'il vous plaît ! relança-t-il, encore plus fort.

Matsui resta sans voix.

— S'il vous plaît !

Redoublement des rires.

Cède... Regarde, tu es la risée de toute une assemblée de flics...

Il s'avérait que l'on ne pouvait dégager par la force quelqu'un qui gardait humblement la tête baissée devant vous... L'agent d'assurances décida de beugler « S'il vous plaît ! » toutes les dix secondes environ.

Si cela ne suffisait pas, il se mettrait à genoux, le front contre le sol.

— D'accord. D'accord ! siffla le policier. Redressez-vous.

Wakatsuki releva les yeux.

— Il avait un alibi, compris ?

— Hein ?

— Je vous ai parlé l'autre fois de l'alibi de Komoda. L'homme avec qui il a passé sa matinée jusque dans l'après-midi : on l'a retrouvé.

Wakatsuki en resta abasourdi.

— Mais… il a pu mentir pour le couvrir, non ? balbutia-t-il.

— C'est impossible, trancha le brigadier avec sévérité. L'homme a rencontré Komoda au bar, il ne le connaît pas. On a fini par le retrouver, mais il ne savait même pas le nom de notre lascar. Il l'a reconnu sur photo.

— Mais…

— Laissez-moi finir. Nous avons retracé le déroulement de cette journée selon ses dires. Ils étaient tous deux en train de jouer aux dés dans un établissement de Kawara dès le matin, assis côte à côte. Ils ont discuté. D'ailleurs, ils n'étaient pas les seuls à s'amuser : on a retrouvé d'autres gars qui corroborent leur version. En d'autres termes, Shigenori Komoda a, pour la journée du 7 mai, un alibi en béton armé.

Les certitudes de Wakatsuki se mirent à vaciller.

Impossible… Il y a forcément une explication…

Komoda avait payé tous ces hommes. Il avait tout préparé. C'était très peu plausible, et pourtant…

— Et Kazuya ? demanda-t-il. Que savez-vous de ses dernières heures ?

226

Matsui opina en s'allumant une nouvelle cigarette.

— Au point où j'en suis, pourquoi ne pas vous l'apprendre aussi... Apparemment, il était à l'école ce matin-là. D'après ce qu'on sait, il avait du mal... des retards d'apprentissage, si vous voulez. À son âge, il était incapable de retenir les tables de multiplication. Et parfois, ça lui prenait de partir on ne sait où, sûrement parce qu'il était perdu en cours. Ce jour-là, il n'est pas réapparu pour la deuxième heure du matin. Comme il était coutumier de ces disparitions, personne n'a donné l'alerte. Son professeur a bien passé un coup de fil à la maison, mais personne n'a répondu.

— Où était sa mère ?

— Au pachinko. Elle est accro, semble-t-il. Dès qu'elle a un peu d'argent, elle part « faire les courses » et on la retrouve scotchée aux jeux jusque tard dans la nuit. Kazuya avait l'habitude de se nourrir de nouilles instantanées.

La misère de l'existence du garçon mort frappa Wakatsuki au cœur. Abandonné à l'école comme à la maison, sa vie n'avait jamais dû lui apporter le moindre moment de bonheur.

Matsui sembla comprendre son émotion.

— Pauvre gosse. La veille de son suicide, sa mère l'a grondé sévèrement. Il avait encore eu un zéro, mais ce qu'elle lui a dit, c'est pas ce qu'une mère dit à son enfant... Ce jour-là, en classe, il a levé la main. La première heure, c'était un cours de maths. Sa mère lui avait ordonné de lever la main. Le prof lui a demandé ce qu'il voulait, mais le gosse n'a pas su répondre. Il a gardé le bras levé comme ça jusqu'à ce que le prof, excédé, lui intime d'aller dans le couloir. « Tu gênes toute la classe », il lui a dit…

Wakatsuki ne sut que répondre. L'enfant s'était-il réellement suicidé ?

— Vous avez eu ce que vous vouliez entendre ?

L'agent d'assurances le remercia et se leva. Certes, la mort de Kazuya était un suicide, il en était convaincu désormais… Mais les menaces, elles, persistaient. Les têtes de chat étaient là pour en témoigner.

Peut-être était-ce sa lettre qui avait tout déclenché. L'homme était innocent, mais la lecture de la missive pouvait l'avoir mis en rage, après quoi il avait décidé de représailles, et tué les chats… La lettre était une erreur !

Non, c'est impossible.

Un homme qui n'a rien à se reprocher n'agirait pas de la sorte. Tuer sept chats, emballer leurs têtes pour les déposer chez quelqu'un tout en prenant mille risques… Ce n'était pas la réaction d'un homme en colère. C'était un avertissement, et rien d'autre.

Mais pourquoi ?

De retour de sa visite au commissariat, Wakatsuki passa un coup de fil au bureau de Kanaishi. Il avait désespérément besoin de l'avis d'un spécialiste en criminologie pour décortiquer la trame menaçante qui l'enveloppait.

Or, la secrétaire qui répondit lui apprit que le jeune homme était absent. Cela faisait plusieurs jours qu'il n'était pas venu à l'université, sans avoir donné la moindre explication.

9

Wakatsuki reposa le combiné et resta un moment abasourdi. Ces trois derniers mois, les événements les plus incroyables s'étaient succédé, si bien qu'il n'avait plus l'impression de vivre dans la réalité.

Autour de lui, des collègues féminines se relayaient au poste d'ordinateur, vérifiaient des documents, accueillaient des clients au guichet.

Il consulta sa montre. Il n'était que 9 h 30. Une heure qui ne rimait à rien. Le moment de la journée où l'ennui le plus féroce régnait sans partage sur l'écoulement du temps.

Cesse de t'apitoyer.

Un an et demi auparavant, il menait une vie d'employé de bureau tout ce qu'il y avait de plus banal. À cette époque, les tâches qu'on lui attribuait pouvaient être variées : assister à une conférence sur le risque pays, rédiger un rapport sur les tendances sur le marché des changes. S'il y avait bien une chose qu'on ne lui aurait pas demandée, c'était de contrôler des cadavres. Non, ce n'était pas le genre de tâche dont il aurait pu se retrouver affublé au beau milieu de la matinée un an et demi auparavant.

Parcourir des rapports de décès et voir les cadavres étaient deux choses complètement différentes. Pour autant qu'il s'en souvienne, Wakatsuki n'avait jamais vu de cadavres avant mai dernier.

Or, en seulement deux mois, c'était déjà son deuxième macchabée. Et cette fois-ci, peut-être l'avait-il connu de son vivant.

Une pensée lui vint. Et si on confiait l'identification des cadavres à une société indépendante qui aurait pour mission de traiter les dépouilles à la chaîne, littéralement ? Le boulot consisterait à s'asseoir sur une chaise et à regarder les morts passer. Encore un pendu, avec sa corde toute neuve encore enroulée d'un côté. Le corps grillé et racorni d'un brûlé. Voici une noyée, dont le corps putréfié a triplé de volume. Après avoir noté la description du corps, pris quelques clichés et déterminé les causes du décès, il n'y aurait plus qu'à accrocher une étiquette à un doigt de pied et à apposer un tampon sur le dossier, avant de passer au macchabée suivant.

À quoi bon échafauder ce genre de théories illusoires ? Il n'y échapperait pas, autant l'accepter.

Wakatsuki se leva à contrecœur et se dirigea d'un pas lourd vers ses supérieurs, Kasai et Kitani, à qui il rapporta la conversation téléphonique qu'il venait d'avoir avec la police.

— Donc, ils ont besoin de moi comme témoin.

— D'accord, euh… Ben, tiens bon hein, dit Kitani en guise d'encouragement.

Il n'avait de toute évidence jamais eu affaire à ce genre de démarche.

— Ils ne savent pas du tout qui ça peut être ? lui demanda Kasai.

— Non… mentit Wakatsuki. J'ai distribué des centaines de cartes de visite cette année. Je verrai bien si je reconnais son visage.

Il avait l'impression qu'en dissimulant les faits, il pouvait influencer la réalité. Il préférait rester dans cette bulle d'incertitude le plus longtemps possible, jusqu'à ce qu'elle éclate malgré lui, lorsque l'évidence s'imposerait.

— Désolé de vous avoir dérangé pendant votre travail, lui dit Matsui tout en s'éventant.

Des perles de sueur affleuraient à la surface de son visage.

Depuis le matin, la pluie tombait sans relâche et, si les températures n'étaient pas trop élevées, le taux d'humidité rendait l'air excessivement lourd. L'air conditionné fonctionnait à plein régime, à en croire le ronronnement du moteur, mais cela ne suffisait pas pour se débarrasser de l'odeur douceâtre de pourriture qui flottait dans la morgue.

— On n'a pas d'autre moyen d'identification pour le moment, vous comprenez. Ses vêtements ont été arrachés, il ne portait ni montre ni lunettes ou quoi que ce soit d'autre. La seule chose qu'on a retrouvée autour de lui, c'est votre carte de visite. Bon, ce n'est pas suffisant pour établir un lien direct avec vous, mais il se peut qu'il se soit rendu à votre bureau, donc… Alors voilà, si vous voulez bien regarder…

Le policier souleva le tissu qui recouvrait le visage du cadavre étendu devant eux.

Wakatsuki écarquilla les yeux. Puis il se détourna, une main sur la bouche. De l'autre, il fouilla frénétiquement dans la poche de son pantalon, à la recherche de son mouchoir.

— Ah… ah, oui… dit le brigadier d'un ton nonchalant. Je pense que j'aurais dû vous prévenir…

Il héla un policier plus jeune qui assistait à la scène en retrait.

— Eh, toi ! Accompagne-le aux toilettes.

Wakatsuki repoussa d'un geste le bras que lui tendait le jeune homme et courut au lavabo, où il vomit.

Le liquide gastrique lui remonta par le nez. Même après que les restes acides de ses toasts au café eurent été rendus, son estomac continua de se soulever à vide.

— Ah, mais non, enfin ! se lamenta Matsui. Ne faites pas ça ici, vous allez boucher les canalisations…

Au ton de sa voix, Wakatsuki comprit que le policier se vengeait de la scène qu'il lui avait jouée quelques jours plus tôt. Cela n'avait plus vraiment d'importance.

— Désolé. Mais lorsque vous m'avez dit au téléphone que vous souhaitiez que je *reconnaisse* quelqu'un, je m'attendais légitimement à ce qu'il lui reste un visage, vous comprenez ?

Il s'essuya la bouche et tenta de retrouver sa maîtrise de soi.

— Pardonnez-moi. Je peux le revoir ?

— Oui, certainement, mais ça va aller ?

— J'ai rendu mon petit déjeuner, le pire est passé.

Matsui, qui l'observait d'un air différent, souleva de nouveau de linge.

Wakatsuki, le visage tourné vers le plafond, la main plaquée sur la bouche, consentit à jeter un œil en coin à ce qui se trouvait sur la table.

Il s'était déjà fait une idée dès la première vision, mais il ne pouvait être certain à cent pour cent, étant donné que le visage avait été complètement démoli.

— J'aimerais voir ses dents du fond, s'il en reste, dit-il.

Cette fois, ce fut Matsui qui sembla perdre contenance. Il ne dit rien, cependant, enfila des gants en caoutchouc et attrapa le menton du cadavre.

Les débris de mâchoire s'ouvrirent sans résister. L'état de rigidité cadavérique était déjà passé.

Il ne restait ni dents de devant, ni canines, mais l'on pouvait voir une prémolaire en haut à droite. Une couronne en or.

Alors c'est bien lui...

— Encore une chose. J'aimerais voir son poignet gauche.

— Vous avez une idée de son identité ? le pressa Matsui en soulevant le tissu sur le côté du corps.

La main, coupée net au niveau du poignet, reposait près du bras, paume levée vers le ciel.

— C'est n'importe quoi, les pieds et les mains... On ne sait plus quoi est quoi. Tenez, c'est la gauche, celle-là ?

Il brandit une main humaine, blanche et rouge. Elle pivota d'avant en arrière sur son articulation, comme animée... Et au-dessus du radius exposé, ce grain de beauté aussi large qu'une pièce de cinq cents yens. Sa taille et son emplacement laissaient peu de place au doute dans l'esprit de l'agent d'assurances.

— C'est bon, j'en ai assez vu.

Il ferma les yeux. La nausée le reprit, même s'il n'avait plus rien à rendre.

— Alors, vous savez qui c'est ?

— Katsuyuki Kanaishi. Il enseigne à l'université
où j'ai étudié.

Les yeux du brigadier brillèrent comme ceux d'un
chat venant d'aviser une proie.

— Venez, vous allez me raconter tout ça…

Dès qu'il eut passé la porte de son appartement,
Wakatsuki se retourna pour donner un tour de clé. Le
cliquetis froid du mécanisme résonna dans le couloir
désert.

Il n'y avait pas si longtemps encore, cela lui arrivait
de laisser la porte ouverte sans même y penser, comme
lorsqu'il était dans sa chambre d'étudiant… Désormais, il s'enfermait systématiquement à double tour.

Il alla ensuite droit au réfrigérateur. Une canette de
cinquante centilitres de bière : voilà ce dont il avait
besoin. Le liquide frais glissa le long de son œso-
phage et apaisa son estomac irrité. Enfin, il poussa
un soupir de soulagement.

La fenêtre de la cuisine, qui donnait sur le couloir
extérieur, était-elle aussi fermée ? Il alla vérifier.

En plus du loquet en demi-lune prévu pour sécuri-
ser l'ouverture, Wakatsuki avait ajouté deux verrous à
pêne, en haut et en bas, tous deux bien tirés. Il avait
rêvé un soir que Shigenori Komoda cassait la vitre
pour accéder au petit loquet et s'était réveillé avec la
ferme intention de prévenir cette éventualité. Il était
passé par une quincaillerie le matin même, avant de
se rendre au travail, pour acheter les verrous.

En y réfléchissant à tête reposée, étant donné que
la vitre était renforcée par des barres de fer, cette
précaution était peut-être inutile.

Malgré tout ce qu'il venait de voir, il se sentit soudain honteux de son comportement paranoïaque. Il se débarrassa de sa veste, qu'il lança sur son lit, desserra sa cravate et s'assit à sa table.

Les mots de Matsui se répétèrent dans sa mémoire.

« *En considérant son état de malnutrition et ses blessures, nous pensons qu'il a été retenu entre une semaine et dix jours. Pendant tout ce temps, on ne lui a donné que de l'eau, et il a été soumis à des actes de torture ignobles.* »

Wakatsuki pencha la tête pour se verser la bière au fond du gosier.

« *Il est aisé de déterminer quelles blessures lui ont été infligées de son vivant, et lesquelles l'ont été post mortem. Et la plupart l'ont été de son vivant, y compris le découpage de ses mains et de ses pieds.*

« *L'arme utilisée : une lame acérée de plus de quarante-cinq centimètres de long. Un sabre japonais, c'est pratiquement sûr. Le coupable a probablement des accointances avec le crime organisé. La victime a subi des lacérations de quelques centimètres, peu profondes, sur le dos, le ventre, la paume des mains et la plante des pieds. Chez l'humain, la plupart des nerfs qui contrôlent la douleur sont situés à la surface de la peau. Celui qui a fait ça n'agissait pas au hasard. La victime a connu des souffrances inimaginables ailleurs qu'en enfer.* »

Des images de Kanaishi lui revinrent en mémoire. Wakatsuki avait été rebuté par son pessimisme extrême envers l'humanité, tout comme par son homosexualité, mais le jeune homme avait tenu à le prévenir, car il s'inquiétait pour lui.

Wakatsuki, même dans ses cauchemars les plus

sombres, n'aurait jamais imaginé qu'une personne qu'il connaissait se ferait un jour massacrer de la plus cruelle des façons.

Qui avait pu faire subir un tel calvaire au spécialiste en psychologie criminelle ? Malgré son désir de refouler cette histoire à jamais, Wakatsuki se devait de tenter de relier les faits.

C'était cet homme le coupable, aucun doute. Komoda. Kanaishi avait montré un intérêt professionnel démesuré pour lui. Il l'avait approché de manière trop imprudente, était tombé dans un piège, s'était fait capturer pour finir émincé au sabre japonais.

Mais pourquoi Komoda aurait-il fait une chose pareille ? Hormis qu'il était maladivement hargneux et prompt à vouloir se venger, il fonctionnait sur un système de pertes et profits. Si c'était bien lui qui avait assassiné Kazuya, pourquoi se serait-il compromis dans le massacre des chats ou, encore pire en termes de risques, dans le meurtre d'un humain ? C'était absurde…

Incompréhensible aussi la façon dont le corps avait été retrouvé. Jeté sans le moindre égard sur les rives à sec de la rivière Katsura. Bien sûr, ce n'était pas au pied du célébrissime pont Togestu, mais tout laissait croire qu'on l'avait déposé là pour qu'il soit trouvé.

Et la propre carte de visite de Wakatsuki qui se trouvait non loin…

Était-ce à nouveau une forme de menace ?

Mais pourquoi ?

Reprenons depuis le début.

Pourquoi Shigenori Komoda avait-il été innocenté ? Parce que la police avait vérifié son alibi. Or, si Wakatsuki continuait d'avoir la ferme conviction que cet homme était coupable, c'était parce qu'il avait croisé son regard devant le corps de l'enfant pendu. Cet instant n'avait-il été qu'une illusion ? Avait-il imaginé cet échange ?

Plus de deux mois avaient passé depuis ce jour, mais la vivacité de son souvenir ne s'était pas émoussée, bien au contraire. Il se rappelait la scène avec de plus en plus d'acuité.

Mais si tous ces détails, qu'il voyait aussi en rêve, étaient issus de son imagination ?

Une lueur de doute s'infiltra en lui. Il n'ignorait pas que les souvenirs humains étaient peu fiables. Se pouvait-il qu'il n'ait fait qu'amplifier, au fur et à mesure de ses ressassements, ce détail qu'il aurait inventé, ancrant chaque fois un peu plus la sensation de réalité qui s'en dégageait ?

S'était-il fourvoyé depuis le début dans cette affaire ? *Non, impossible.*

Il était sûr d'au moins une chose : le frisson qui l'avait parcouru lorsque son regard avait glissé du cadavre de Kazuya pour croiser les yeux de Shigenori Komoda.

À suivre un raisonnement logique, il ne faisait que tourner en rond. Il se rappela ce que Megumi avait dit un jour à ce sujet :

« *Lorsqu'on est coincé entre la logique et les émotions, il faut se recentrer sur les intuitions et les ressentis.* »

Bien sûr. Recommençons.

S'il suivait son intuition, Komoda était coupable. Or, Matsui avait dit que Komoda avait un alibi. Était-il possible de rouler la police à ce point ?

Wakatsuki passa consciencieusement en revue

toutes les éventualités auxquelles il pouvait penser, mais finit par se heurter aux mêmes écueils et se trouva à nouveau encerclé de thèses qui ne s'emboîtaient pas.

Il tira de son sac le *Recueil des crimes liés aux assurances-vie* et le posa sur la table.

Il resta immobile, à contempler la couverture d'un air absent pendant plusieurs minutes. À quoi cela rimait-il, désormais ? Que pouvait-il bien découvrir qu'il ne sache déjà ?

Mais que faire ?

Il se lança dans la lecture des affaires des crapules en tous genres qui avaient imaginé tous les coups possibles afin de piller leurs assurances-vie. Au bout de quelques comptes rendus, il prit conscience qu'il était happé par sa lecture. Il s'accorda une deuxième canette et se concentra. Lui qui ne fumait pratiquement jamais, il alluma une cigarette, faisant tomber les cendres dans la canette vide.

Les crimes liés aux assurances étaient variés. Meurtres, suicides, assassinats déguisés en disparitions ou en meurtres, décès falsifiés, et même fraudes liées à la manière dont les contrats étaient conclus…

À ce titre, une affaire titrée « Meurtre du marchand de céréales A. M. » semblait faire figure de classique.

Le lieu et la date exacts étaient inconnus, mais le drame s'était produit en 1880, quelque part en Europe.

A. M., marchand de céréales de son état, avait été retrouvé mort un matin, une balle dans le crâne, au beau milieu d'un pont. Son portefeuille avait disparu et sa montre avait été arrachée : on conclut assez vite à un meurtre pour vol. On suspecta un homme qui séjournait dans le même hôtel que le marchand. Celui-ci fut arrêté, bien qu'il clamât son innocence.

Le faisceau de suspicions à son encontre semblait solide, cependant on découvrit une éraflure inexpliquée sur la rambarde du pont. En draguant la rivière en dessous, on repêcha un fusil attaché à une ficelle au bout de laquelle était noué un rocher. Un ingénieux stratagème qui avait permis à notre marchand de céréales de se tirer lui-même une balle dans le crâne tout en laissant croire à un assassinat : le rocher en suspension dans le vide de l'autre côté du parapet avait entraîné le fusil dans sa chute dès que l'homme l'avait lâché.

Après enquête, il apparut que le marchand de céréales A. M. était ruiné. Il avait contracté une assurance-vie fort chère au bénéfice des membres de sa famille. Sachant qu'un suicide annulerait le déblocage des fonds, il avait imaginé cette mise en scène censée faire croire à un meurtre…

La teneur romanesque de cette affaire n'avait pas échappé à Conan Doyle, qui avait plus tard écrit *Le Problème du pont de Thor*, un épisode de Sherlock Holmes s'en inspirant.

La maxime selon laquelle la réalité dépasse la fiction vint à l'esprit de Wakatsuki. Tout peut arriver, ce n'est pas un mystère.

S'il s'agissait dans ce cas d'un suicide maquillé en meurtre, qu'en était-il des exemples de meurtres maquillés en suicides ?

L'agent tourna plusieurs pages. Rédigé entre 1978 et 1985, ce livre déjà un peu ancien rassemblait les meurtres maquillés en plusieurs catégories, se fondant sur les chiffres de la police.

Sur soixante-huit cas, vingt-cinq décrivaient des crimes où le meurtrier avait prévu de faire retomber la culpabilité sur un tiers. On en dénombrait ensuite vingt-trois où le meurtrier avait simulé un accident de voiture. Dix-huit relevaient de la catégorie « autres », où l'on retrouvait de faux accidents : sept noyades, quatre intoxications au gaz, autant d'incendies, trois chutes mortelles. Enfin, il y avait deux affaires où le meurtre avait eu l'apparence d'une mort naturelle.

Autrement dit, et à la plus grande surprise de Wakatsuki, il n'y avait pas un seul cas dans les statistiques présentées de meurtre déguisé en suicide. Les décès à la suite de suicides étaient très nombreux et les homicides, rarissimes. Pourtant, en termes de contrefaçon, l'inverse semblait prévaloir : les meurtres déguisés étaient légion, et les faux suicides, apparemment inexistants. Comment expliquer ce paradoxe ?

On pouvait tout d'abord invoquer le hasard : le panel de soixante-huit cas présentés dans ce recueil n'était pas exhaustif, et peut-être qu'aucune occurrence ne s'était présentée durant les recherches des auteurs. Ou alors... Il s'agissait d'un recueil des crimes percés à jour ; se pouvait-il que les meurtres maquillés en suicides se révèlent être des crimes parfaits, si bien que les criminels ne s'étaient jamais fait prendre ?

Non, il devait y avoir une explication logique. Les faux suicides étaient probablement véritablement rares, pour plusieurs raisons. Premièrement, de nombreux contrats comprenaient une clause de non-responsabilité en cas de suicide ; dans le cas des assurances-vie par exemple, il y avait ce délai d'un an. Ensuite, faire passer un suicide pour un meurtre requérait un énorme effort d'organisation ; c'était bien plus compliqué qu'il n'y paraissait.

L'agent d'assurances trouva, parmi les cas documentés plus en détail, une histoire qui s'était déroulée dans un pays étranger. Celle d'une femme qui avait consulté un psychiatre après avoir été soudain, de manière inexpliquée, prise d'un désir de se tuer. Il était apparu que son mari, qui était médecin, après l'avoir persuadée de prendre une assurance-vie onéreuse à son profit, pratiquait chaque nuit sur elle de l'hypnose, lui insufflant la volonté de mettre fin à ses jours... C'était, il allait sans dire, un exemple rarissime.

Wakatsuki trouva une autre affaire qui, pour une raison inconnue, ne figurait pas plus que la première dans les chiffres de la police présentés en début d'ouvrage. En 1980, au Japon, deux dirigeants d'une entreprise au bord de la faillite avaient contracté une assurance-vie sur la tête de l'ancien patron de la boîte, à hauteur de deux cents millions de yens. Ils l'avaient ensuite invité à boire, avaient pris soin de le griser puis l'avaient étranglé et pendu à un arbre. L'enquête avait rapidement décelé des incohérences dans ce prétendu suicide et les criminels avaient été arrêtés.

L'étranglement et la pendaison donnaient deux cadavres bien différents, se rappela l'assureur. Comment Shigenori Komoda avait-il contourné cet écueil ?

Toutes ses certitudes vacillèrent soudain. Et si l'homme de la maison noire était, en fin de compte, innocent ?

On pouvait imaginer, par exemple, qu'il était rentré du travail et avait découvert le corps sans vie du garçon. Il savait qu'avec son passif de Faucheur de Pouce, la police pourrait le suspecter. Il aurait alors monté un stratagème afin de mettre toutes les chances de son côté, appelant Wakatsuki pour « découvrir » le cadavre et jouant lui-même la surprise.

Ce jour-là, Komoda avait appelé au bureau pour demander son rendez-vous, vers 13 h 30. Considérant que l'enfant était probablement mort dans la matinée, c'était réaliste.

Mais non, c'est impossible !

Si Komoda était innocent, alors pourquoi les chats décapités ? Pour quelle raison un homme innocent et innocenté aurait-il agi de la sorte ? D'autant qu'il avait déjà reçu son argent… Seule la lettre anonyme qu'il avait envoyée à Sachiko Komoda avait pu déclencher ce crime.

Et le message derrière ce massacre était clair : « Mêle-toi de tes affaires. » Donc, Shigenori était bien un meurtrier.

Et pourquoi Kanaishi ?

Si Shigenori Komoda est innocent…

Wakatsuki feuilleta compulsivement les pages du recueil, un sixième sens le faisant s'arrêter sur un cas intitulé : « Affaire Tiltmann : infanticide au poison, Allemagne de l'Ouest, 1951. »

Il parcourut les lignes d'un œil fébrile.

Août 1950. Kurt Tiltmann signe un contrat d'assurance-vie au profit de sa femme, Elfriede, pour une somme de cinquante mille Deutsche Marks. Il accepte d'en signer d'autres, pour la même bénéficiaire. La même année, en septembre, Kurt décède.

En février de l'année suivante, Elfriede contracte trois assurances-vie auprès de trois compagnies différentes au nom de son fils, Martin. Or, à l'époque, en Allemagne, la réglementation stipule que si la mort de l'enfant survient avant ses quatorze ans, l'argent ne peut être débloqué. Elfriede, en insistant de manière ostentatoire pour que cette clause soit levée lors de l'élaboration des contrats, éveille des soupçons chez les agents.

En mars, Martin fête ses quatorze ans. En juin, il meurt. À l'enterrement, Elfriede joue la mère éplorée, se tamponnant les yeux de son mouchoir… Jusqu'à ce que l'on découvre qu'elle a sciemment empoisonné son fils au plomb sous couvert de lui administrer des médicaments…

Soudain, la voix de Kanaishi résonna dans le crâne de Wakatsuki. Exactement comme s'il revenait d'entre les morts pour lui souffler ces mots, qu'il lui avait dits lors de leur rencontre au bar :

« Ces personnes ne ressentent pas d'attachement envers leurs propres enfants. »

Un éclair de compréhension jaillit.

Se pourrait-il que je me sois fourvoyé à ce point ?

Un terrible préjugé l'avait peut-être aveuglé. Kazuya était l'enfant naturel de Sachiko, il avait donc considéré d'emblée que c'était le beau-père le meurtrier.

Mais si c'était la mère ?

Dans le contexte d'un nouveau couple, les exemples de meurtres d'enfants issus d'une précédente union étaient nombreux. Mais Wakatsuki n'avait pas imaginé que la mère biologique de l'enfant pourrait avoir assassiné sa propre progéniture.

Si cette Tiltmann avait existé, elle ne devait pas être la seule. Une mère pouvait décider de se débarrasser d'un enfant devenu trop encombrant dans son nouveau mariage… Lui tirer une balle dans la tête et jeter le corps dans un lac. L'enfermer dans la salle de bains et mettre le feu à la maison...

Cette hypothèse expliquait toutes les incohérences qui jusque-là résistaient à sa logique. Si Shigenori n'avait pas pu perpétrer le meurtre, Sachiko en avait eu tout le temps.

Wakatsuki imagina la scène. Sachiko attache la corde autour du linteau de la porte, fait un nœud coulant à l'extrémité. Puis elle appelle Kazuya, pour un motif quelconque. Lui demande de monter sur une chaise elle-même juchée sur un plateau à roulettes. Peut-être lui demande-t-elle d'attraper quelque chose posé en hauteur. Si c'est sa mère qui le lui demande, l'enfant n'a aucune raison de se douter de quoi que ce soit. Si ç'avait été Shigenori, il aurait pu se méfier.

Sachiko se glisse derrière son fils et lui passe la corde au cou. La chaise étant posée sur un plateau amovible, rien n'est plus simple que de l'envoyer bouler d'un coup de pied. Étranglé, l'enfant perd vite conscience, il n'a pas le temps de se débattre.

Wakatsuki resserra ses bras autour de lui, comme s'il avait froid. De fait, même s'il n'avait pas allumé l'air conditionné, il avait la chair de poule.

Quelque chose en lui refusait d'admettre cette hypothèse.

Il pensa à sa mère, qui après la mort de leur père avait travaillé d'arrache-pied pour élever ses fils.

Il pensa à la chatte qui avait protégé ses petits au prix de sa vie.

C'était ce que faisaient les mères, non ? L'instinct les poussait à tout donner, sans réfléchir et sans compter, et même à se sacrifier pour leurs enfants.

Or, d'après Kanaishi, certaines personnes ne ressentaient pas d'attachement envers leur progéniture. Comment, dès lors, considéraient-elles leurs enfants ? Tout au plus comme les araignées considèrent leurs œufs…

Et les bébés s'endorment en paix dans les bras de ces monstres qui pourraient les dévorer sur un coup de tête, rassérénés par la seule odeur de leur mère…

L'odeur !

Un souvenir olfactif revint à Wakatsuki : le parfum de Sachiko. L'odieuse puanteur qui stagnait dans la maison des Komoda.

Les connexions s'établissaient à toute allure. L'agent d'assurances se précipita vers le combiné téléphonique et tapa le numéro de Megumi à toute vitesse. Pourquoi diable n'avait-il pas fait le lien plus tôt ?

— Allô ? répondit-elle à la septième sonnerie.

Il n'était pas encore minuit, mais elle avait déjà la voix endormie. Elle accusait toujours le coup pour la mort tragique de ses chats.

— Allô, c'est Wakatsuki. J'ai un truc important à te demander, je ne te dérange pas ?

— Non, fit-elle d'une voix sombre. Quoi ?

— L'autre jour, dans le bureau de la professeure Daigo, elle nous a dit quelque chose à propos d'un handicap de l'odorat…

— Un handicap ?

— Oui, tu sais, une incapacité à sentir les odeurs. Qui serait liée au phénomène de psychopathie. Elle nous a raconté l'histoire de son étudiant qui ne buvait pas de café…

— Je ne m'en souviens plus très bien. Ce n'est pas ma spécialité… Quoique. (Elle sembla soudain sortir

245

de la torpeur du sommeil.) Attends, ça me dit quelque chose, je crois que j'ai lu ça dans un bouquin…

Wakatsuki écouta, impatient, les bruits d'une bibliothèque qu'on fouille à l'autre bout du fil.

— J'ai trouvé. Bon, ce n'est qu'une observation, pas encore scientifiquement expliquée.

— Je t'écoute.

— Il apparaît que, parmi les personnes diagnostiquées d'un déficit émotionnel, il s'en trouve plusieurs qui sont, de naissance, frappées d'anosmie.

Megumi mettait un point d'honneur à ne pas utiliser le mot « sociopathes ».

— Il y a une explication ?

— Une des hypothèses veut que ce déficit soit lié à l'impossibilité, aux premiers stades de la vie du bébé, de sentir l'odeur de sa mère et du lait maternel. Une situation qui empêcherait un bon développement des émotions chez l'enfant.

Si c'est vrai, en déduisit Wakatsuki, *le mal se propage d'une génération à l'autre, puisque ces personnes devenues adultes ne doivent pas rester proches de leurs propres enfants.*

— Pourquoi tu me demandes ça ?

Il lui raconta la conclusion de ses réflexions, qu'elle écouta sans rien dire. Cependant, il y avait dans cette hypothèse trop de paramètres humains qu'elle n'était pas prête à admettre. Il n'insista pas.

— Tu m'avais dit que cette dame avait des cicatrices au poignet, non ?

— Oui, pourquoi ?

— Il y a écrit que les personnes aux sentiments sous-développés ne présentent pas seulement un manque d'intérêt pour la vie d'autrui, mais aussi pour

246

la leur ; des cas ont été documentés de tentatives répétées de suicide. Je ne sais pas si ça peut t'aider…

Wakatsuki écarquilla les yeux.

Les traces de lacérations sur le poignet de cette femme… Il les avait interprétées à travers le prisme de son biais de jugement à l'égard de Sachiko, qui lui était apparue comme une victime. Elle avait téléphoné pour se renseigner sur les modalités de paiement d'une assurance après un suicide, et elle avait tenté de mettre fin à ses jours… Voilà ce qu'il avait pensé.

Or, elle n'avait pas appelé parce qu'elle pensait mettre fin à ses propres jours, mais à ceux de son fils…

Alors, en parlant avec l'agent d'assurances – Wakatsuki lui-même – au téléphone, elle s'était rendu compte que l'homme compatissait, s'inquiétait pour elle. C'était probablement à ce moment-là qu'avait germé, dans les abysses pervers et sombres de son esprit, l'idée de se servir de lui comme d'un témoin…

Wakatsuki resta interdit longtemps après avoir raccroché. Tout cela n'était encore que des suppositions. Une hypothèse. Et pourtant…

La sonnerie du téléphone le fit sursauter.

La période pendant laquelle il avait été l'objet de coups de fil silencieux et répétés était terminée, mais il en avait conservé une terreur particulière qui se manifestait dès le retentissement de la sonnerie. Megumi avait-elle oublié de lui dire quelque chose ?

Il prit le temps de respirer profondément et tenta de se calmer avant de décrocher.

— Allô ?

— Je suis bien chez M. Wakatsuki ?

Il reconnut immédiatement la voix, malgré la profonde tristesse qui la teintait.

— C'est moi-même. Bonsoir, professeure Daigo.

— Pardonnez-moi de vous appeler si tard. Je ne vous ai pas réveillé ?

— Non, j'étais encore debout.

— J'étais en train de relire les rédactions que vous m'avez laissées, et je viens de me rendre compte de quelque chose. Je pense qu'il faut que je vous en parle au plus vite… Le rêve décrit là est, à plusieurs égards, anormal.

Quelle coïncidence… La spécialiste en psychologie s'était replongée dans cette histoire au moment même où il la considérait sous un angle nouveau. Peut-être l'horrible assassinat de son assistant l'avait-il inconsciemment ramenée vers ces textes.

— Cependant, professeure, vous disiez que « Mon rêve » ne semblait pas écrit par un enfant présentant un manque d'émotions.

— En effet. Je ne parle pas de « Mon rêve », mais du « Rêve de la balançoire ». Je viens de me souvenir à quoi il me faisait penser : un passage d'un livre de Marie-Louise von Franz.

La chercheuse lui expliqua que cette psychologue avait été l'élève de Carl Jung. Daigo elle-même avait bénéficié de l'enseignement de von Franz durant ses études à Zurich.

— Cela aurait dû me sauter aux yeux dès la première lecture. Le problème n'est pas la balançoire, mais le manque de réaction émotionnelle.

— Comment cela ?

— Si vous relisez bien, vous comprendrez très vite :

« Alors, j'ai monté sur une balançoire, et je bouge.

« Je bouge les jambes, et les bras, et petit à petit,

c'est allé plus vite, et plus haut, le plus haut. Et même après, encore, encore, encore plus haut.

« Alors, c'est amusant, alors, j'ai encore bougé les jambes, et les bras, de plus en plus, et petit à petit, je suis allée hyper haut.

« Alors, je suis allée encore plus haut, au point que j'allais faire le tour.

« Et alors, du tout en haut, je glisse, et je suis tombée. Et j'ai continué, dans le noir, là où il y avait rien, j'ai tombé encore, et encore. »

Daigo laissa à Wakatsuki le temps de s'imprégner du texte.

— Si vous le comparez à « Mon rêve », c'est plus précis, c'est plus descriptif, mais ce n'est qu'une accumulation de mouvements. Il n'y a pas une seule expression relevant du domaine de l'émotion. À part, si l'on veut, « c'est amusant ».

Après un instant de silence, elle reprit :

— Vous le savez peut-être, mais selon Jung, le ciel et la terre représentent les extrémités du spectre de l'inconscient. Celui-ci comporte en effet deux aspects : l'inconscient collectif, représenté par le ciel, et l'inconscient personnel, par la terre. Tout mouvement brusque entre l'un et l'autre provoquerait chez l'individu un stress incommensurable. Or, l'enfant qui passe à toute vitesse de l'un à l'autre de ces extrêmes dans le rêve ne semble pas souffrir du moindre inconfort. Bien au contraire : elle s'en amuse. C'est tout à fait extraordinaire. D'ailleurs, la fin du rêve, où elle raconte sa chute dans les ténèbres, suffirait à inspirer de la terreur à toute personne ordinaire : cela n'est apparemment pas son cas. C'est en tout point semblable à ce rêve analysé par von Franz !

Wakatsuki avala sa salive.

— Et... quelle conclusion von Franz en a-t-elle tirée ? demanda-t-il, anxieux.

— « Cet homme n'a pas de cœur » !

— Il « n'a pas de cœur » ?

— Exactement. C'est ce qu'elle a conclu de son analyse du rêve d'un homme. Ce qu'elle ne savait pas alors, c'est que c'était le rêve d'un redoutable meurtrier.

Ce soir-là, lorsque Wakatsuki se mit au lit, il avait déjà eu recours à une grande quantité d'alcool. Les premières lueurs de l'aube éclaircissaient le ciel quand son esprit fut aspiré dans les méandres obscurs de son inconscient.

Il se retrouva dans ce qui ressemblait à une grotte. Devant lui s'étirait une immense toile d'araignée. Derrière lui, le tunnel aveugle où les fils s'emmêlaient continuait à l'infini. Il était encerclé. Ne pouvait rien toucher. Ne pouvait plus bouger.

Oh non, pas encore, pensa-t-il.

Il était de retour dans ce qu'il savait être le « Territoire de mort », où les morts erraient dans la noirceur la plus totale avant de se prendre dans la toile gluante pour devenir des proies.

Des formes blanches pendaient non loin de lui. Des dépouilles, il le savait.

Les cadavres prisonniers de la toile regardaient misérablement dans sa direction. Il y avait le visage de Kazuya. Celui de son propre grand frère, aussi. Ils étaient morts depuis longtemps, et il ne subsistait aucune étincelle de vie en eux. Et pourtant, ils avaient conscience, d'une certaine manière, qu'ils allaient mourir une seconde fois, jetés en pâture à l'araignée. Ces morts étaient terrifiés à l'idée du destin qui les attendait.

La toile se mit à vibrer. Doucement d'abord, avant de prendre très vite de l'amplitude. L'araignée revenait.

D'habitude, le cauchemar se terminait là. Pas cette fois. Wakatsuki attendit, la terreur se resserrant autour de ses tripes. Alors il la vit : une créature hideuse à un point inimaginable, abominable.

Un être au ventre énorme, gonflé comme un ballon, doté de huit pattes crochues. Une araignée immense… dont le visage déroutait plus que tout. C'était celui d'une femme humaine aux traits sombres et lourds. Les yeux comme taillés au burin.

Par une association d'idées propre aux rêves, il décida que c'était une *Trichonephila clavata*, une de ces araignées aux couleurs vives assez communes au Japon.

La *Trichonephila*, pendue à son fil dans les ténèbres, se balançait. Une voix sortie de nulle part proféra : « Aucune réaction émotionnelle notable. » Le monstre se balançait de plus en plus fort, pourtant Wakatsuki ne ressentait aucune vibration.

Le visage humain s'approcha du cadavre de Kazuya et le mordit au niveau du cou.

L'enfant mort écarquilla soudain les yeux. Du sang frais jaillit de sa blessure, dégoulinant des mâchoires de la bête.

Malgré les mouvements saccadés du cadavre qui se tordait de douleur, l'araignée continua de le dévorer, morceau par morceau, claquant la langue de satisfaction, grognant de plaisir.

« Ces gens-là ne ressentent rien envers leurs enfants », reprit la voix.

« Ils n'ont pas de cœur. »

Le monstre se figea soudain et tourna la tête vers Wakatsuki.

Celui-ci hurla de terreur. Un trou s'ouvrit sous ses pieds et il tomba, tomba, tomba encore dans une chute sans fin.

Lorsqu'il reprit conscience, il était étendu au pied de son lit. Ses sous-vêtements étaient trempés de sueur. Il avait la bouche sèche comme du carton, le cœur au bord des lèvres, la tête douloureuse.

Le souvenir du rêve était encore prégnant, à tel point qu'il n'était pas sûr d'être réellement réveillé.

Toujours nauséeux, il se releva et tituba vers les cartons entassés dans le coin de sa chambre. L'un d'entre eux contenait plusieurs livres de psychologie qu'il s'était procurés, sous l'influence de Megumi, durant ses années de fac. Lui qui était certain de ne jamais plus avoir l'occasion de les consulter...

Il trouva le carton en question, bourré de livres et très lourd, et le posa au sol, non sans peine. Chacun des ouvrages avait une couverture de protection, il lui fallut donc les ouvrir un à un pour vérifier leur titre. Enfin, il crut apercevoir le volume qu'il cherchait, relié de blanc, coincé sous quelques autres. Il retourna la boîte, éparpillant les livres au sol, et se saisit de *Sur l'interprétation des rêves*, de Jung.

Il le parcourut et comprit enfin la signification de l'apparition répétée d'une araignée dans ses rêves...

Mais oui...

L'araignée, c'était le monde, le destin, la croissance et la mort, la destruction et la renaissance, mais en particulier, dans les rêves, c'était le symbole de la « Grande Mère » dans l'inconscient collectif.

La Grande Mère, selon Jung, est une figure maternelle qui veille sur chacun. Une autorité féminine magique. Une élévation intellectuelle et spirituelle qui dépasse la raison, l'impulsion et l'instinct de secourir. La miséricorde profonde. En somme, elle symbolise tout ce qui soutient, nourrit, favorise la croissance et la fertilité. Par ailleurs, elle peut aussi représenter le plus grand des mystères, la dissimulation, les ténèbres. L'enfer, le territoire des morts. Ce qui avale, séduit, blesse, et à quoi l'on ne peut échapper, pas plus qu'au destin.

La figure duale de la Grande Mère était parfaitement incarnée par la déesse bouddhique Kishimojin qui, après avoir enlevé des enfants dans le dessein de les dévorer, fut prise de remords et les éleva.

Était-ce vraiment un hasard s'il avait fait, encore et encore, chaque nuit ou presque depuis le drame, le rêve de l'araignée ? Avait-il, de manière inconsciente, pressenti que la mère était la coupable ?

Wakatsuki alla à la salle de bains et se rinça la bouche à la Listerine. En se redressant, il croisa son regard dans la glace. Il avait le teint blême.

Il s'aspergea le visage d'eau tiède et partit en quête de vêtements propres. Dès qu'il eut passé son costume, il se sentit enveloppé d'une chaleur détestable. Quand il eut atteint le rez-de-chaussée avec son vélo, il était déjà, de nouveau, en nage.

Pédaler dans l'air doux de l'avenue Oike lui permit de sécher la sueur sur sa figure.

Il n'avait jamais imaginé, consciemment du moins, que Sachiko Komoda puisse être la tueuse. Pourtant, plus il y pensait, plus cette hypothèse lui semblait tenir la route. Son erreur avait été, dès le départ, d'avoir été comme hypnotisé par l'attitude de Shigenori.

Rétrospectivement, il comprenait que la femme se tenait dans l'ombre de chacun des comportements de l'homme.

C'était probablement elle qui avait mis au point ce stratagème consistant à faire de Wakatsuki le découvreur du cadavre, après lui avoir parlé au téléphone. Quant à cette façon de revenir au bureau chaque jour à la même heure afin de faire pression sur les employés, cela s'accordait moins avec la personnalité impulsive de Shigenori qu'avec celle, lourdement obstinée, de Sachiko. Peut-être le mari avait-il agi sur ordre de sa femme lorsqu'il s'était mordu la main au sang.

Solliciter ses muscles à l'air libre eut aussi l'effet de raviver les facultés de réflexion Wakatsuki.

Et pour ce qui est de l'école...

L'école de K., où tant de morts inexpliquées – celle des animaux, celle de la petite fille noyée – avaient eu lieu. Si ce n'était pas Shigenori le coupable mais bien Sachiko ? Ce serait alors une tout autre histoire...

C'était elle qui avait massacré les animaux sans défense, les uns après les autres. Malgré son caractère hostile à l'excès, elle était assez rusée pour demeurer hors de tout soupçon.

Ceux qui vivaient en se repaissant d'autrui possédaient, tels des prédateurs, la faculté de sentir la faiblesse chez leurs victimes.

Sachiko avait sans doute dès le début décelé chez le « garçon à problèmes » de la classe, Shigenori, une personnalité docile, qui manquait de volonté propre. Elle s'était rapprochée de lui, pas à pas. Quant au gamin, comment aurait-il pu ne pas s'attacher à la seule personne qui lui montrait un peu d'intérêt, lui qui était si isolé ? Il n'avait probablement pas été difficile à la petite fille de le manipuler à loisir. Et lorsqu'elle assassinait un animal, elle se débrouillait pour que Shigenori soit repéré non loin…

Quant au mobile qui avait conduit Sachiko à noyer une de ses camarades, il pouvait tout à fait s'agir de jalousie pure. Comment supporter de côtoyer une enfant aimable, aussi jolie qu'elle-même était laide, aussi bien née et choyée qu'elle-même était démunie ? Le fait que Shigenori ait pu tomber amoureux de cette fille avait dû envenimer le sentiment de haine qu'elle éprouvait.

À l'occasion de la sortie scolaire, Sachiko avait dû inviter, sous un prétexte quelconque, la fillette à s'aventurer dehors. Quoi de plus simple, pour un être aussi retors, que d'embobiner une enfant naïve ? Elle l'avait emmenée jusqu'au lac bourbeux et l'avait poussée dedans.

Le fait que Shigenori s'éloigne souvent du groupe lors des sorties avait facilité son odieux dessein. Si elle avait témoigné pour lui, c'était plus pour *se* forger un alibi que pour assurer celui de Shigenori…

Wakatsuki savait qu'il ne faisait qu'élaborer des hypothèses. Ce n'étaient que des théories fantaisistes, des histoires à dormir debout. Tout cela s'était déroulé il y avait fort longtemps et sans témoin, et il n'avait pas le moindre début de preuve à avancer pour étayer son histoire.

Il arriva au pied de l'immeuble de la compagnie

d'assurances, salua le gardien aux cheveux blancs et partit garer son vélo à l'arrière du bâtiment. En lieu et place d'un petit déjeuner, Wakatsuki se contenta d'un café en canette délivré par le distributeur du rez-de-chaussée. La sueur dégoulinait de ses tempes.

Quoi qu'il en soit, au regard de la compagnie, l'incident était clos. Le mieux, c'était encore de tout oublier.

Pourtant, il lui restait une chose à faire. Une seule chose, qu'il devait vérifier à tout prix sous peine de nourrir de puissants regrets. Cela ne serait pas compliqué. Dès qu'il en aurait terminé, il pourrait retourner se plonger corps et âme dans ses paperasses habituelles. Leur tas ne diminuait jamais, quelle que soit la quantité de travail accomplie.

Wakatsuki souffrit toute la matinée d'une gueule de bois féroce doublée d'un mal de crâne intense. Il remplit une théière à la fontaine et se versa des tasses d'eau en continu. Entre deux goulées, il classait autant de dossiers qu'il le pouvait.

Vers 11 heures, lorsque la pile sembla enfin commencer à baisser, il releva la tête. Kasai était au guichet, en conversation avec une personne apparemment dure de la feuille. De son bureau, Wakatsuki pouvait l'entendre expliquer poliment comment il fallait remplir un certain document. Par chance, les ordinateurs étaient inoccupés.

Wakatsuki ouvrit l'enveloppe qu'il avait reçue du bureau d'aide sociale ; celui-ci le sollicitait pour une demande de renseignements.

Le bureau voulait connaître les noms et dates de

naissance d'une famille de six personnes, et accompagnait sa demande d'un document signé par les parents qui autorisait à divulguer les résultats d'une recherche de contrats. La famille avait probablement fait une demande. Wakatsuki devait lancer une recherche sur les noms en question, et s'il apparaissait que personne n'avait de contrat d'assurance, il marquerait « Inconnu » ; s'il en trouvait, il était prié d'en donner tous les détails avant de renvoyer le formulaire.

Or, il n'entra ni le nom ni la date de naissance d'aucun des membres de cette famille.

« Sachiko Shirakawa, 4 juin 1951 »

Shirakawa était le nom de Sachiko Komoda à l'époque de son premier mariage. Il avait déjà lancé des recherches avec les noms de « Sachiko Komoda », « Shigenori Komoda », et « Shigenori Kosaka », mais n'était jamais remonté aussi loin.

À son plus grand étonnement, un résultat apparut. Un contrat clos, vieux de dix-sept ans.

Dans les raisons de sa clôture, Wakatsuki lut : « Décès de l'assuré, prime payée. »

L'assuré était le fils de Sachiko, un garçon du nom de Yoshio.

Comment avait-il trouvé la mort ?

Dans l'ordinateur de la compagnie d'assurances, les mille et une façons de mourir des innombrables assurés du passé étaient regroupées en plusieurs catégories.

Le contrat de Yoshio Shirakawa était trop ancien pour en retrouver les détails, cependant la « cause de décès » indiquait le « code 497 », et plus précisément une « cause accidentelle code 963 ».

Ces codes se basaient sur la *Classification statistique des maladies, blessures et causes de décès,* dont l'adaptation avait été réalisée par le comité d'enquête sur la mortalité au Japon de l'Association des assurances-vie.

Wakatsuki connaissait bien la « cause de décès code 497 ». Le 497, c'était le meurtre.

Il retourna à son bureau et extirpa du plus bas tiroir son *Code des causes d'accident*.

Ce petit fascicule contenait absolument toutes les morts accidentelles possibles et imaginables, dont les descriptions étaient très spécifiques. Ce qui n'aidait pas forcément à comprendre aisément de quoi il était question. Par exemple, le code 816 correspondant à « Perte de contrôle du véhicule occasionnant un accident de la route sans collision », et le 976 à « Invalidité entraînée par moyens non spécifiés durant une intervention judiciaire ».

En outre, certains codes n'avaient encore jamais été utilisés, comme le 845, « Accident de vaisseau spatial », ou bien le 996, « Handicap causé par une arme nucléaire dans le cadre d'une guerre ». Des « codes vierges », comme on les appelait, qui n'attendaient que leur tour de briller sous les projecteurs…

Le doigt de Wakatsuki glissait sur le papier. Il s'arrêta soudain. Voilà le code qu'il cherchait : « 963 – Dommages causés par pendaison. »

Ce ne fut que lorsqu'il se retrouva assis devant le lecteur de microfiches de la bibliothèque, à scruter des journaux vieux de dix-sept ans, que Wakatsuki se demanda ce qu'il faisait.

Qu'est-ce que cela changerait, de remuer ces vieilles affaires ? Même si, par chance – une chance tellement inconcevable qu'elle relèverait du miracle –, il trouvait la moindre preuve, il serait trop tard : il y avait prescription.

Pourtant, l'agent d'assurances n'avait pas pu se refréner. Il fallait qu'il vérifie. Les documents internes de la compagnie avaient déjà été détruits, aussi ne restait-il que le recours aux archives de la bibliothèque. Sa pause déjeuner allait y passer, mais qu'importe : l'appétit le fuyait, de toute manière.

Le 4 juin 1951, vers 11 h 30, à Higashi Ôsaka, dans le quartier de Kanaoka 5-chôme, au domicile de M. Isamu Shirakawa (trente ans), Mme Sachiko Shirakawa (vingt-huit ans) rentrait des courses lorsqu'elle a retrouvé son fils Yoshio, âgé de six ans, mort, et alerté la police. D'après le commissariat, le cadavre de Yoshio portait autour du cou des traces de ce qui pourrait s'apparenter à une corde ; devant la probabilité d'un assassinat, une enquête a été ouverte, avec demande d'autopsie, afin d'en savoir plus sur les circonstances du décès.

Mme Shirakawa a déclaré qu'au moment où elle entrait dans la maison, son mari en était sorti en courant ; elle ne l'aurait plus revu depuis. La police considère que l'homme pourrait détenir des informations sur le drame.

Le numéro du journal daté du lendemain comportait un article laconiquement titré : « Affaire de l'infanticide : le profil du père diffusé. »

Dans l'affaire de l'enfant retrouvé étranglé le matin du 4 juin à Higashi Ôsaka, dans le quartier

de Kanaoka 5-chôme, le père de l'enfant (I., trente
ans) est devenu le principal suspect.

Sa femme S. affirme l'avoir vu s'enfuir de la mai-
son juste avant qu'elle n'y découvre le cadavre de
son fils, et n'avoir depuis plus de nouvelles de lui. I.,
qui avait fréquenté l'hôpital psychiatrique de Higashi
Ôsaka il y a deux ans, ne se rendait plus à son tra-
vail et buvait de l'alcool dès le matin ; il lui arrivait
d'avoir des accès de dépression.

À lire l'article, l'épisode psychiatrique du mari
suffisait à expliquer le drame, le coupable était tout
trouvé. En revanche, le fait que le petit Yoshio ait
eu une assurance-vie à son nom n'était mentionné
nulle part… Les journalistes n'avaient fait que relayer
les détails divulgués par la police, personne n'avait
cherché plus loin.

Wakatsuki consulta les numéros suivants mais ne
trouva aucun article relatant l'arrestation du suspect.
Avait-il été interpellé dans un autre département, si
bien que l'info n'avait pas été relayée dans la presse
locale ? Avait-on étouffé l'affaire afin de respecter les
droits du suspect, atteint de troubles psychiatriques ?

Ou bien… Se pouvait-il qu'Isamu Shirakawa soit
toujours en fuite ?

L'agent d'assurances retint sa respiration. Ce drame
s'était déroulé dix-sept ans plus tôt… Soit exactement
l'année où Sachiko Komoda avait emménagé dans
la maison noire. Y avait-il un lien entre ces deux
événements ?

10

15 juillet (lundi)

Depuis début juillet, une chaleur intense s'était abattue sur Kyôto.

On venait de découvrir que l'empoisonnement collectif qui avait frappé une école de la préfecture d'Ôsaka était dû à la bactérie *Escherichia coli*. Les demandes d'indemnisation concernant les hospitalisations allaient probablement commencer à affluer et les compagnies d'assurances se tenaient prêtes à faire face.

Peu après 14 heures, Wakatsuki retourna à son bureau en s'épongeant le front. Il avait accompagné le directeur de l'agence de Fushimi pour une visite à un client afin de lui présenter des excuses. L'homme avait failli perdre son contrat parce que l'encaisseur ne s'était pas présenté à la date convenue.

L'agent d'assurances n'avait pas fait un pas vers son siège qu'il comprit immédiatement que quelque chose n'allait pas.

Kasai et Ôsako entouraient le bureau de Kitani, et tous les trois devisaient à voix basse. Leurs collègues féminines, conscientes de la gravité de la situation, ne discutaient même pas : elles vaquaient à leurs tâches avec un sérieux de circonstance.

— Wakatsuki ! l'interpella Kasai, l'air sombre. Vous avez un instant ?

Ôsako lui-même semblait mécontent. Wakatsuki s'approcha et découvrit ce qui semblait chagriner ses collègues : une demande d'indemnisation pour accident de la vie entraînant une invalidité à taux maximal. Le directeur général adjoint, bras croisés, la contemplait comme s'il n'en avait jamais vu. Kasai tendit le document à Wakatsuki.

— Regarde ça. Je n'arrive pas à le croire.

Lui qui conservait son calme en toutes circonstances avait cette fois toutes les peines du monde à afficher son sourire habituel ; une de ses joues semblait paralysée.

Wakatsuki lut le papier. La bénéficiaire n'était autre que Sachiko Komoda. Elle avait rempli le formulaire de cette écriture grossière qu'il reconnaissait désormais. Le sceau qu'elle avait utilisé pour signer, peut-être neuf, était étrangement massif. Elle avait visiblement appuyé bien trop fort, faisant pénétrer l'encre dans le papier aussi profondément que si ç'avait été du sang.

Un trouble sinistre étreignit l'agent d'assurances.

Les documents requis avaient été attachés au formulaire à l'aide d'un trombone lors de l'ouverture du courrier, qui venait tout juste d'arriver. Sur le formulaire destiné à l'examen médical, un dessin illustrait mieux que mille mots de quoi il retournait.

En le voyant, Wakatsuki sentit son corps se changer en plomb.

— Comment peut-on... à ce point-là ? balbutia Ôsako.

Il n'avait aucune réponse à lui apporter.

— Puisque nous avons reçu la demande, nous devons réagir, dit enfin Kitani, qui semblait toujours absent. Qui y va ?

— Moi, dit Kasai à voix basse. Cette fois, c'est moi qui y vais.

— Non, rétorqua Wakatsuki. Cette affaire me revient depuis le début, c'est à moi de m'en charger jusqu'au bout.

Il ne souhaitait pas laisser son supérieur le protéger encore une fois.

— C'est une affaire particulière, trancha Kitani. Je vous envoie tous les deux. On s'occupe de faire tourner la boutique.

Il ferma les yeux et se massa la nuque.

— Quant à moi, je contacte le service comptabilité. Shidara ne va pas me croire...

— Envoyer un formulaire, je ne dis pas : c'est la procédure habituelle, grommela Kasai.

À bord du taxi qui les emmenait, il occupait plus de la moitié de la banquette arrière.

— Mais ce que je ne comprends pas, c'est comment elle a mis la main sur ce formulaire. Ça me travaille depuis le début.

Sa voix tremblait d'une colère contenue.

— Du coup, avant de sortir, j'ai passé un coup de fil à Uzumasa. Là-bas, ils m'ont confirmé que Sachiko Komoda était venue, il y a quelques jours, retirer ce fichu papier.

— Et ils le lui ont donné ? Sans lui poser de questions ?

— Exactement. Sans même lui demander pourquoi elle en avait besoin. Et pire : sans rien nous dire, à nous. Ils n'ont pas réfléchi une seule seconde.

— C'était quand, exactement ?

— Mardi dernier. Le lendemain de l'« accident ».

Kasai se tut. Wakatsuki ne trouva rien à ajouter. Il n'avait pas l'habitude de se déplacer en taxi, ce qui ne faisait que renforcer son malaise, qui grandissait à mesure qu'ils approchaient de leur destination.

L'établissement où était hospitalisé Shigenori Komoda, dans l'arrondissement de Nishikyô, ne faisait pas partie des lieux « à risque moral », pour autant que Wakatsuki s'en souvienne. À en croire le conducteur, c'était un hôpital renommé dans le secteur, regroupant d'éminents médecins et avec un équipement de pointe.

D'après le compte rendu médical, Shigenori avait été transporté en urgence dans l'établissement de soins le plus proche : il n'avait pas pu choisir celui-ci en particulier.

Le véhicule dépassa la gare de Katsura et bientôt, l'hôpital fut en vue. S'il n'avait que deux étages, il était bien plus vaste que celui de Yamashina, et son revêtement extérieur était flambant neuf.

Le taxi s'arrêta sur le rond-point central, devant l'entrée, afin de les laisser descendre. Les visiteurs affluaient depuis le parking plein à craquer.

Ils s'adressèrent à l'accueil, où on leur apprit que le patient se trouvait au deuxième étage. L'ascenseur de luxe n'aurait pas déparé dans un grand magasin. Kasai, de plus en plus nerveux, se mit à tousser.

Une fois qu'ils furent arrivés devant la porte, Wakatsuki eut envie de s'enfuir.

Il ne voulait plus jamais avoir affaire à ces personnes. Il voulait simplement faire un travail décent, où il serait confronté à des personnes décentes, dotées de sens commun.

Cette affaire avait déjà jeté beaucoup de ténèbres sur sa vie privée. Il eut l'impression terrifiante que, s'il continuait à être attiré contre son gré dans les combines de ce couple, il ne pourrait jamais revenir en arrière.

Mais pour lors, il n'y avait pas d'échappatoire. L'écriteau sur la porte indiquait que la chambre n'était pas partagée. Kasai toqua.

— Entrez !

Cette voix. À n'en pas douter, celle de Sachiko Komoda.

Kasai ouvrit la porte en s'excusant, Wakatsuki sur les talons.

— Bonjour. C'est une terrible…

Il laissa sa phrase en suspens et fut pris d'une sourde quinte de toux. Wakatsuki le contourna et vit Shigenori Komoda, assis dans son lit médicalisé.

Ses yeux étaient troubles, comme si une membrane les recouvrait. Impossible de savoir s'il avait perçu l'arrivée des agents d'assurances. Sa peau avait perdu toute coloration ainsi que le lustre qu'on lui voyait lorsqu'il venait à l'agence. On aurait dit une forme humanoïde en papier, dénuée de la moindre étincelle de vie.

Le regard de Wakatsuki fut aspiré par la vision des bras bandés de l'homme.

Tous deux coupés net, à mi-chemin entre le poignet et le coude.

Kasai et lui avaient lu le rapport. Ils avaient vu le dessin, parfaitement explicite. Ils savaient ce qu'ils allaient trouver dans cette chambre. Pourtant, le voir en vrai fut un véritable choc, à leur soulever le cœur.

Kasai se reprit le premier.

— Eh bien, je… je ne sais que dire… parvint-il à articuler. C'est absolument terrible… Et donc, nous sommes venus vous voir.

Il tendit une boîte de chocolats, que Sachiko accepta avec un plaisir évident.

— Le compte rendu nous a renseignés dans les grandes lignes, cependant nous aimerions savoir ce qui s'est exactement passé. Pourriez-vous nous expliquer les circonstances exactes de l'accident ?

— Ce qui s'est passé, c'est qu'il travaillait à la machine à découper, à l'usine, depuis quelque temps. Et puis, mardi dernier, il y avait un truc qui marchait pas bien dans la machine, à ce qu'il a dit. Alors, quand il a eu fini le boulot, il était tout seul, il a fait un contrôle. Mais, comme il a rien dans le crâne, il a oublié de mettre la sécurité sur la lame. Et puis le bouton s'est déboîté ou quelque chose comme ça, et voilà le travail…

Sachiko Komoda s'était immédiatement exécutée, visiblement fière de répondre à la question. Rien, dans son « explication », ne laissait entendre qu'elle ressentait la moindre compassion pour Shigenori, ni la moindre colère devant l'enchaînement tragique des événements.

— C'est son supérieur qui lui a demandé de faire des heures supplémentaires tout seul ? demanda Kasai.

Sachiko se tourna vers lui et se mit à pérorer de sa voix rauque.

— Qu'est-ce que ça change ? Ordre ou pas, ça se fait. Lui, là, il s'est inquiété pour la machine, alors il a voulu vérifier. Il a un grand sens des responsabilités, ça oui.

— Et qui a découvert l'accident ?

— C'est moi. Il se faisait tard. Il y avait personne d'autre qui était resté à l'usine.

— Que faisiez-vous là-bas ?

— Eh bien, il était pas rentré, il se faisait tard, alors j'ai décidé d'aller voir. Quand je suis arrivée, c'était juste après l'accident. Heureusement, sinon, il y restait ! Mais dites-moi, c'est pas fini les questions ? Vous avez encore un problème ou quoi ?

— Pas du tout, pas du tout, c'est la procédure. Notre mission est d'informer la hiérarchie des moindres détails.

Écœuré par le ton vindicatif de la femme, Wakatsuki reporta son attention sur le mari.

Celui-ci n'avait pas bougé, regardant fixement un point sur les draps de son lit. Il semblait aussi fragile qu'un fétu de paille.

L'agent d'assurances réalisa à quel point il s'était trompé : Shigenori Komoda n'était pas un meurtrier sanguinaire, mais un être dépourvu de volonté propre.

Privé d'amour familial dès la prime enfance, il avait dû passer sa vie à rechercher désespérément des figures parentales de substitution. Il suffisait qu'une personne se présente à lui avec un peu d'autorité pour qu'il se conforme à ses exigences sans rien demander en retour.

Si cette personne avait été bonne, alors tout serait allé pour le mieux. Mais le destin avait eu d'autres plans pour Shigenori ; il avait croisé le chemin de la plus horrible des créatures, qui le tenait entre ses griffes et connaissait sur le bout des doigts ses moindres faiblesses.

L'homme assis dans son lit était une misérable loque. Une proie. On lui avait mangé le pouce, et désormais dévoré les deux mains.

— Bon, et pour l'assurance, ça monte à combien ?

Kasai luttait visiblement de toutes ses forces pour ne pas laisser paraître le dégoût qu'il ressentait face à Sachiko Komoda.

— Eh bien… S'il n'y a pas de problème à l'authentification de l'accident… il s'agit d'une invalidité à taux maximal. Vous pourriez recevoir trente millions de yens, dans ce cas.

Une clause de l'assurance-vie prévoyait qu'en cas d'accident entraînant une invalidité à taux maximal, l'assuré devait recevoir le solde total de sa souscription, celle qui aurait dû être débloquée à sa mort. « Perte de la vue aux deux yeux de façon irréversible », « Perte du langage ou de la capacité de mastication de manière irréversible », « Dommages importants au système nerveux central, cognitif, ou aux organes abdominaux nécessitant des soins à vie », prévoyaient les contrats avec une précision déroutante. Ou encore, dans ce cas précis : « Perte des deux bras à partir des articulations du poignet, ou perte de manière irréversible de leur usage. »

Sachiko se montra aussitôt satisfaite, à donner la nausée à ses interlocuteurs.

— Oh… Mais c'est bien, ça. C'est normal. Regardez : il ne peut plus travailler, lui, là, lança-t-elle en décochant un regard à son mari comme on regarde un objet dont on n'a plus l'utilité.

Wakatsuki frissonna. Sans ses mains, Shigenori avait perdu toute valeur aux yeux de sa femme, qui ne le considérait plus que comme un bagage encombrant.

Cet homme va se faire tuer.

Le pressentiment était si fort que Wakatsuki pouvait presque le palper.

— Mais j'espère que cette fois, ça va pas faire comme pour Kazuya. Faut pas m'embêter encore. (Elle plongea ses petits yeux dans ceux de Wakatsuki.) Cette fois, payez vite.

L'agent d'assurances fut comme pétrifié. Pour la première fois de sa vie, il ressentit une terreur sans nom face à cette femme entre deux âges, au visage lourd et inexpressif.

— Aaah… Uuuh…

Tout le monde se tourna vers l'homme alité, que l'on aurait jusque-là pu confondre avec une statue. Il ouvrait et fermait la bouche à la manière d'un poisson.

— Eh bien alors ? Qu'est-ce que tu as ?

Sachiko approcha l'oreille de la bouche de Shigenori. Wakatsuki l'entendit gémir mais ne put déchiffrer ses paroles. Il le vit lancer à cette femme terrifiante un regard qui implorait désespérément son aide.

Wakatsuki fut frappé de stupeur. Même après ce qu'il venait de subir, cet homme était toujours sous l'emprise de sa tortionnaire.

Allait-il rester ainsi jusqu'à la fin de sa vie ? La laisser le dévorer jusqu'à l'os sans réagir ?

— J'ai… mal, réussit enfin à dire le patient, au prix d'un effort considérable.

— Où ça ?

— La… main…

— La main ?

— Aux doigts, j'ai mal !

Le visage de Sachiko vira au rouge en un instant. Elle se retenait comme elle pouvait, mais si les assureurs n'avaient pas été là, elle serait partie d'un formidable fou rire.

— Qu'est-ce que tu racontes là ? Ha ha ha... Tes mains... T'en as plus, déjà !

— J'ai mal... aux mains... répéta Shigenori, comme s'il divaguait.

La douleur fantôme, songea Wakatsuki.

Kasai lui en avait parlé lors de leur discussion sur les Faucheurs de Pouce, et lui-même avait cherché la référence dans une encyclopédie pour en savoir plus. Le phénomène de sensation de membre fantôme survenait assez souvent chez les personnes amputées des bras ou des jambes et leur donnait l'impression que leurs membres étaient toujours reliés à leur corps. Si une douleur était présente sur le membre avant l'amputation, elle pouvait persister au niveau du système nerveux. Une douleur qui n'existait pas, mais qui demeurait pourtant bien réelle...

Wakatsuki avait lu que chez les adultes, la douleur fantôme pouvait perdurer des années. Shigenori ne venait pas seulement de perdre ses deux mains ; il allait souffrir de cette douleur insensée pour le restant de ses jours.

— Je t'ai dit que tu n'avais plus de mains. Tiens, regarde. Hein !

Elle lui fit baisser la tête, afin qu'il voie ses deux moignons enrubannés.

— Bien, nous... nous allons vous laisser, intervint Kasai d'une voix étouffée.

Il était évident qu'il ne pouvait supporter davantage la vision de cet homme impotent à la merci de son bourreau. Wakatsuki le suivit sans demander son reste.

— Hé, dites ! appela Sachiko avant qu'ils atteignent la porte.

Kasai se retourna avec la plus grande réticence.

— Je vais toucher la prime des handicapés, ou je sais plus quoi, aussi ? Ah, et s'il meurt : je reçois encore l'argent des assurances ou pas ?

Le docteur Hatano, qui avait supervisé les soins apportés à Shigenori Komoda, fit de son mieux pour renseigner Wakatsuki et son supérieur.

— L'accident est survenu le 9, vers 23 heures. Les urgences ont reçu un appel en provenance d'une usine de l'arrondissement d'Ukyô et l'ambulance est partie immédiatement. Cependant, quand elle est arrivée, les deux extrémités étaient manquantes.

— Les deux extrémités ? répéta Wakatsuki. Vous voulez dire…

— Les parties sectionnées, oui. Ni la main gauche ni la main droite n'ont été retrouvées. M. Komoda se trouvait dans un état critique, il fallait le transporter en urgence. Malheureusement, nous n'avons pas eu le temps de chercher les extrémités.

Il semblait profondément peiné.

— C'est vraiment dommage. Vous voyez, du fait de la conception de la découpeuse, l'ablation était nette, très belle, les chairs n'ont pas été écrasées ou endommagées. Et dans ces cas-là, en règle générale, une intervention en microchirurgie offre de bons pronostics. En d'autres termes, si on avait retrouvé les mains très vite, on aurait pu tenter de les rattacher au corps, avec de bonnes chances de réussite.

Le problème, c'est que la personne qui était là n'avait pas la moindre envie que ces mains soient réattachées à leur propriétaire, pensa amèrement Wakatsuki.

— Nous avons donc été obligés de refermer les plaies. Comme je l'ai dit, la coupure étant nette, il s'agissait surtout de ligaturer les veines.

— Les mains ont-elles été retrouvées, finalement ?

— Oui. M. Komoda était hospitalisé depuis quatre ou cinq heures lorsque sa femme est réapparue avec les deux extrémités. Mais avec la chaleur humide qu'il fait ces temps-ci, c'était déjà trop tard : les mains n'étaient plus utilisables.

Cette fois, le visage du docteur Hatano exprimait un profond dépit.

— Les membres coupés, enfermés dans un sac plastique et placés au congélateur peuvent se conserver entre six et douze heures. Mais elle… elle les a apportées dans un vieux carton de mandarines ou je ne sais quoi, plein de bactéries… Bon, vous me direz, c'était probablement déjà trop tard pour les congeler, mais enfin…

— Cette femme est un monstre ! rugit enfin Kasai en s'épongeant le front à l'aide de son mouchoir fripé.

Il n'avait pas ouvert la bouche depuis qu'ils étaient sortis de l'hôpital, marchant à grands pas sous le soleil brûlant. Wakatsuki l'avait suivi comme il pouvait jusqu'au bureau, sa chemise dégoulinant d'humidité.

— C'est donc elle la coupable ? demanda Ôsako,

perturbé de voir son collègue perdre son sang-froid pour la première fois depuis qu'il le connaissait.

— La coupable ? Non mais on n'en est même plus là : elle est inhumaine… Elle n'a pas une once d'humanité en elle !

On en revenait à ce problème d'humanité… Wakatsuki eut l'impression de revivre une ancienne conversation. La surface du vernis le plus consciencieusement appliqué pouvait se fissurer, et un simple aperçu du vrai visage de la personne qui se cachait en dessous suffisait à glacer d'effroi le plus aguerri des agents d'assurances.

— Les femmes… rétorqua Ôsako. Toutes des démones, pas vrai ? J'imagine que certaines le sont plus que d'autres, en effet… Mais ce que je ne comprends pas, c'est ce bonhomme…

Le directeur général adjoint aux ventes pencha la tête, l'air dubitatif.

— Se faire complice d'un meurtre sur les ordres de sa femme, passe encore… Mais se laisser couper les deux mains ? Même les yakuzas refusent de se sectionner les pouces de nos jours : ça les empêche de jouer au golf.

— Il existe des précédents, affirma Wakatsuki en montrant le *Recueil des crimes liés aux assurances-vie*, dont dépassaient plusieurs marque-pages. Autriche, 1925. L'affaire Mark Emil défraie la chronique : l'homme s'est coupé la jambe gauche à la hache.

— Comment a-t-il pu faire une chose pareille ?

— Cet ingénieur viennois a prétendu s'être coupé la jambe au niveau de la cuisse par erreur alors qu'il coupait du bois. Or, il venait de signer un contrat d'assurance seulement vingt-quatre heures auparavant, et d'après les spécialistes, couper de la sorte sa propre jambe, d'un seul coup franc, par erreur, était hautement improbable. De plus, un infirmier a témoigné que les cicatrices de la blessure avaient été effectuées artificiellement à l'hôpital. Mark Emil a fait l'objet d'une procédure pénale, et le scandale a secoué tout le pays. Cependant, sa femme, Marta Emil, une blonde d'une beauté sans égale de l'avis général, s'est démenée dans les journaux, clamant haut et fort l'innocence de son mari. L'opinion a pris son parti, et au final, les charges ont été abandonnées, l'assurance lui a versé une somme colossale pour résoudre l'affaire à l'amiable.

— Est-ce qu'on est sûrs que ce n'était pas un accident ?

— Les experts qui ont réanalysé les faits récemment sont formels : c'était un faux accident, une amputation volontaire.

Wakatsuki feuilleta le volume pour atteindre un autre marque-page.

— Cette… Marta Emil était une orpheline des rues de Vienne, récupérée et élevée par un couple de bienfaiteurs. En grandissant, il est devenu évident qu'elle était d'une beauté à couper le souffle. Elle avait tapé dans l'œil d'un riche vieillard qui est devenu son amant et n'a pas tardé à faire d'elle son héritière. Peu de temps après, le vieillard a cassé sa pipe. Quelques mois plus tard, Marta s'est remariée à Mark Emil. Menant un grand train de vie, ils n'ont pas tardé à dilapider la petite fortune du défunt. C'est alors qu'est intervenu l'« accident » de la jambe coupée à la hache… Lorsque l'argent des assurances a été dépensé, le sort s'est de nouveau abattu sur Mark, qui y a laissé sa peau. Officiellement, à l'époque, il est mort d'un « cancer du poumon ». Un mois plus tard, leur fille décédait. Marta est partie habiter avec une vieille femme de sa connaissance, qui elle aussi est décédée un peu plus tard. C'est ainsi, en quelque sorte, que Marta gagnait sa vie.

Son auditoire resta interdit. Exactement comme l'avait été Wakatsuki en lisant ces lignes la première fois : la similitude avec ce qui se passait sous leurs yeux était trop forte.

Difficile, pour lui, de ne pas penser à la veuve noire : cette araignée, la *kurogoke-gumo*, était une proche parente de la veuve noire à dos rouge et de la veuve brune, implantées dans l'archipel. C'était l'araignée qui contenait la plus haute concentration de poison dans son venin, si bien qu'il ne lui était pas impossible, apparemment, de tuer un être humain adulte en une seule morsure.

Si l'araignée avait reçu ce surnom de « veuve noire », c'était en référence à la légende qui voulait qu'elle dévore le mâle après l'accouplement. Un titre qui allait comme un gant à Marta Emil comme à Sachiko Komoda. Tous ceux qui les approchaient connaissaient un destin tragique, tandis qu'elles édifiaient leur nid sur un monceau de cadavres sacrifiés sur l'autel de leur avidité.

— Marta a ensuite loué une chambre chez une autre dame âgée, qui est morte très vite. Une autopsie a alors révélé la présence d'un métal lourd, le thallium, dans le corps de la femme. Un composant que l'on retrouve par exemple dans la mort-aux-rats. Dès lors, la police a exhumé les corps de Mark, de leur fille et de la vieille parente, qui contenaient tous des traces de poison. On en a même retrouvé chez le fils de la dernière victime, qui ne vivait plus à la maison mais revenait y manger de temps en temps… Le jeune homme a été sauvé de justesse, et Marta, reconnue coupable, a été condamnée à mort.

Wakatsuki releva enfin le nez du livre.

— Si je comprends bien, résuma Ôsako, cet Emil s'est coupé la jambe de son propre chef uniquement parce que sa femme le lui a demandé ?

— Exactement. Et ce n'est pas tout : cet homme était un brillant ingénieur, plus intelligent que la moyenne. Ce qui ne l'a pas empêché de se laisser manipuler par son épouse. Une créature diabolique qui l'a ensorcelé, il faut croire…

La porte de la salle de réunion s'ouvrit sur Kitani, qui venait de terminer un long échange téléphonique avec le responsable de la comptabilité.

— Alors ? le pressa Kasai. Ils en disent quoi, au siège ?

— Ils ont rechigné, mais au final, on ne paie pas. Avec ce que ça va déclencher, des poursuites seront inévitables. (Il se tourna vers Wakatsuki.) Préviens la police, d'accord ?

— Oui, répondit-il, même s'il doutait sérieusement de l'utilité de cette tâche.

Kitani lut son expression.

— Cela ne nous empêche pas de prendre les devants ; on ne peut pas attendre qu'ils réagissent en restant les bras croisés. J'ai demandé un privé.

— C'est Mizen qui vient ?

— Oui, il arrive d'ici demain.

On en est réduits à ce procédé… déplora Wakatsuki. En face de lui, Kasai, les sourcils froncés, semblait très préoccupé. Il n'aimait pas avoir recours à ce genre de méthodes.

« Quand ça fonctionne, disait-il, ça va vite. Mais quand ça patine, ça enlise tout le processus… »

Il avait sûrement raison, mais que pouvaient-ils faire d'autre ? La police ne bougerait pas tant qu'elle n'aurait pas de preuve flagrante. Parfois, on ne pouvait que guérir le mal par le mal…

Et avec Sachiko Komoda d'un côté et Mizen de l'autre, on n'aurait pu mieux décrire la confrontation qui s'annonçait.

La police, comme on s'y attendait, ne fut d'aucun secours.

Le brigadier Matsui était en déplacement, injoignable, et l'agent qui accueillit Wakatsuki ne l'écouta que d'une oreille méprisante. Cet homme à peine plus jeune que lui arborait une coupe « sportive » : cheveux rasés sur les côtés, un peu plus longs sur le haut du crâne. On aurait dit qu'il sortait tout juste de son club de foot.

— On a bien reçu votre signalement, et nous avons enquêté sur ce qui était nécessaire.

— Et votre conclusion, si je comprends bien, c'est que cette affaire n'est pas de nature criminelle ?

L'agent de police se carra dans son siège et lui lança un regard en biais.

— Question de protection de la vie privée. Nous ne pouvons renseigner les civils sur l'avancement de l'enquête.

Wakatsuki fit de son mieux pour contenir sa rage.

— Je vous parle d'un accident en usine, qui a eu

lieu le soir. Vous pensez vraiment qu'il n'y a rien de suspect ?

— Puisque je vous dis que nous ne sommes pas autorisés à faire part de ces éléments aux personnes extérieures à l'affaire…

— Je suis peut-être extérieur à l'affaire, comme vous dites, mais je peux vous confirmer que Shigenori Komoda est assuré à hauteur de trente millions de yens. Si vous décrétez une fois de plus que ce qui est arrivé n'est qu'un regrettable accident, nous serons obligés de payer trente millions de yens, vous comprenez ?

— Vous me l'avez déjà dit. Ça vous regarde. Désolé de vous décevoir, mais la police ne travaille pas pour des compagnies d'assurances privées.

Il s'alluma une cigarette avec des gestes irrités. Derrière lui, un autre policier se retourna et aboya quelques mots incompréhensibles à l'intention de son collègue. C'était une sorte de plaisanterie d'initiés dont le sens échappa complètement à Wakatsuki, tandis que dans le commissariat quelques rires s'élevaient ; certains agents levèrent la main en signe d'adhésion.

Le policier en face de lui aspira quelques bouffées sans plaisir, les jambes comme agitées par un ressort nerveux. Il était à deux doigts de mettre Wakatsuki à la porte manu militari, mais ce dernier ne comptait pas lâcher le morceau si facilement.

— Mais enfin, s'il s'avérait que c'était bien un crime et que vous n'ayez rien fait pour empêcher le paiement de la prime d'assurance, ce serait comme si vous aviez encouragé le crime !

— Oui, certes, on peut le voir comme ça…

— Avez-vous seulement auditionné Shigenori Komoda ou sa femme, Sachiko ?

— On a fait tout ce qui devait l'être, grogna le policier.

— Et donc, vous en avez déduit que ce drame n'est rien d'autre qu'un accident ?

— Je vous ai déjà répondu !

Wakatsuki sortit ses dernières munitions. Puisque son interlocuteur semblait sur le point de se mettre en colère sans raison, autant lui en donner de bonnes.

— J'ai moi-même parlé avec Sachiko Komoda, et son histoire m'a paru contenir beaucoup trop de détails suspects. La raison pour laquelle son mari est resté si tard le soir est vague, tout comme le fait qu'il ait « oublié » de mettre la sécurité… Lorsque l'on travaille sur une découpeuse, c'est dommage ! Et que pensez-vous du fait que madame se soit trouvée sur les lieux juste après l'accident ? N'est-ce pas une coïncidence un peu trop opportune ? J'ai beau ne pas être détective, je sais reconnaître un baratin. Mais chez vous, à la police, on se laisse mener en bateau ? La vie suit son cours, on n'intervient pas ?

Le policier était sur le point d'éclater.

— Bien sûr que si ! fulmina-t-il, son accent du Kansai remontant à la surface. Mais le bonhomme lui-même affirme que c'était un accident ! Que voulez-vous faire de plus, hein ? Vous pouvez dire ce que vous voulez, je ne crois pas que quiconque se couperait les mains de son plein gré, même pour une grosse somme de pognon !

Wakatsuki se retint de lui rétorquer que si, justement, il existait des personnes prêtes à le faire. Un homme l'avait fait en 1963, cas décrit dans le *Recueil des crimes liés aux assurances-vie*. Un Japonais s'était sciemment coupé les deux mains. Mais il ne servirait à rien d'insister, il le sentait : quoi qu'il puisse dire, le policier ne changerait pas d'avis.

Il se leva, remercia l'homme pour le temps qu'il lui avait accordé et sortit du commissariat central de Kyôto. Au moins, il savait désormais quelle était la posture des forces de l'ordre au regard de cette affaire… Elles n'y voyaient rien d'autre qu'une affaire civile et avaient décidé de ne pas intervenir. La compagnie d'assurances allait devoir affronter la situation sans son soutien.

17 juillet (mercredi)

Debout devant la porte de la chambre d'hôpital, Wakatsuki sentit une forte angoisse lui serrer le cœur. Il se retourna vers Mizen. Sur la peau tannée comme du cuir du privé, un sourire creusa une multitude de minuscules ridules. Cet homme-là aussi était un monstre, dans son genre. S'il n'avait tenu qu'à lui, Wakatsuki aurait tout fait pour éviter d'avoir à recroiser sa route.

Néanmoins, la situation était exceptionnelle, et l'assureur ne pouvait laisser Mizen s'en occuper seul. Si le privé dérapait, si la situation lui échappait, cela ne ferait qu'aggraver le problème au lieu de le dénouer, et la compagnie d'assurances ne pouvait pas se le permettre. Kasai et lui avaient donc jugé nécessaire que l'un d'entre eux l'accompagne, au moins lors de la première rencontre, afin de garder la main sur l'entrevue.

Wakatsuki prit une grande inspiration, se raidit, et toqua à la porte.

— Oui !

Comparée à l'avant-veille, la voix de Sachiko Komoda était nettement moins guillerette.

— Bonjour, salua l'agent d'assurances en entrant.

Il découvrit la femme assise sur une chaise près du lit de son mari, un tricot à la main, le regard braqué sur lui. Une étincelle de haine farouche brillait entre ses paupières lourdes. On ne lui avait encore rien dit, mais elle sentait, par un instinct animal, que les événements ne tournaient pas en sa faveur.

La soif de sang qui émanait de tout son corps était comparable à celle d'un prédateur face à un ennemi venu envahir son territoire.

— Comment se porte votre mari ?

Sachiko ignora la question de Wakatsuki, absorbée qu'elle était par Mizen, qui venait d'entrer à sa suite. Elle le jaugeait intensément.

— Ah, je vous présente M. Mizen, de la commission d'enquête.

— Bonjour, madame, lança ce dernier avec désinvolture.

Il ne lui proposa pas sa carte de visite, bien que la situation l'eût exigé. Il dévisagea un certain temps la femme sans cligner des yeux, avant de reporter son attention sur le convalescent.

— Oh, oh ! Bon sang, vous ne vous êtes pas raté, hein ! s'écria-t-il, à demi hystérique.

Il s'approcha du lit et examina les moignons de Shigenori Komoda sans la moindre gêne. Puis il se pencha à son oreille et dit à voix basse, mais avec assez de puissance pour que personne dans la pièce n'en perde une miette :

— Ça a dû faire mal, pas vrai ? Sans anesthésie…

Pour la première fois, à la grande surprise de Wakatsuki, Shigenori sortit de sa torpeur. Il tourna lentement la tête vers Mizen.

Le visage de ce dernier se plissa sous l'effet d'un grand sourire dévoilant ses dents parfaitement blanches. Il paraissait d'une bonne humeur insensée, mais ses yeux demeuraient froids comme l'eau d'un lac.

Shigenori, visiblement terrifié, se renferma sur lui-même sans demander son reste et redevint absent, comme un robot débranché.

— Eh ben, c'est la première fois que je vois un type aller jusque-là ! poursuivit Mizen avec engouement. À croire qu'il en faut, du courage. Enfin, si on peut appeler ça comme ça...

Sachiko, assise derrière lui, ne dit rien mais son teint était livide.

— Allons, madame, vous avez dépassé les bornes. Ce n'est pas acceptable, ça...

Le privé allongea le bras, posa doucement sa main sur l'un des moignons. Wakatsuki se hérissa.

— Pour un pouce, allez, même moi ça m'arrive de fermer les yeux. Toute peine mérite salaire. Mais ça... Deux bras coupés pour trente millions de yens ? C'est plus de l'avarice à ce niveau, c'est carrément répugnant.

— Qui... Qui êtes-vous ?

Le regard de Sachiko ne cessait d'aller et venir entre les deux visiteurs. La différence d'attitude entre Wakatsuki et Mizen était difficile à appréhender.

— Il y a plusieurs clauses dans les contrats d'assurance. Ces trucs écrits en tout petit... On les trouve aussi dans les versions abrégées. Dites-moi, vous les avez bien lues, madame ?

— Des clauses ?

— Je vais vous montrer.

Il tira de son attaché-case un petit fascicule intitulé *Guide de mon contrat* et le secoua sous ses yeux.

— C'est écrit là, dit-il après avoir feuilleté le document. « Clauses de non-responsabilité concernant la prime d'invalidité à taux maximal. » Voyons ce que ça dit : « Sont concernés les cas suivants, lorsque l'invalidité est reconnue relever... »

Mizen énuméra les différents cas prévus par le contrat.

— « Du fait de la personne bénéficiaire du contrat ; du fait de la personne assurée ; du fait d'un comportement suicidaire de la personne assurée ; du fait d'un comportement criminel de la personne assurée ; des conséquences d'une guerre. »

Le privé précisa :

— Cependant, dans ce dernier cas, la compagnie d'assurances conserve la possibilité de payer la prime à condition qu'elle ait peu souffert des effets de la guerre.

— Et alors, qu'est-ce que ça fait ? finit par demander Sachiko, jusque-là restée muette, comme subjuguée.

— Ça fait que dans votre cas, madame, vous tombez pile-poil dans la catégorie « du fait de la personne bénéficiaire du contrat », ou même dans celle « du fait de la personne assurée », c'est pas clair... Dans tous les cas, la compagnie n'a aucune raison de vous verser le moindre yen.

— Qu'est-ce que... Qu'est-ce que vous racontez ? s'emporta Sachiko, crachant des postillons à tout-va.

Vous avez la preuve ? Montrez-moi, si vous avez la preuve !

— Vous voulez une preuve ? Bah, des preuves, quand on en cherche, on en trouve. D'ici à ce que le jugement soit porté au tribunal, on va en trouver des brouettes, de preuves.

— Le tribunal ?

Wakatsuki entendit clairement un trémolo dans la voix de la femme, mais il n'aurait su dire s'il était provoqué par la rage ou la peur.

— Je vais vous dire comment ça va se passer. Vous allez intenter un procès civil pour recevoir votre prime. Et ça peut prendre des années, mais ça, c'est votre problème : nous, on ne le sentira même pas passer. Mais avec ce qu'on a à dire, ça finira aux assises. Et je peux vous dire que là-bas, ça ne rigole plus du tout.

Il poussa soudain la voix.

— Alors, madame ? vociféra-t-il. On coupe les mains de son mari comme si c'était du beurre, mais on n'a pas trop pensé au reste, hein ? Vous êtes au courant du châtiment requis pour coups et blessures entraînant une invalidité ? Une dizaine d'années de travaux forcés ! Alors ? Vous ferez toujours la maligne, quand vous serez à l'ombre ? Hein ?

Sachiko Komoda semblait vidée de son sang tant elle était pâle. La bouche entrouverte, elle haletait, sa poitrine se soulevant et se baissant à toute vitesse.

— Monsieur Mizen, s'il vous plaît…

Wakatsuki avait cru bon de couper court à la fougue de son acolyte. Ses tympans vrillaient. Les murs avaient beau être épais, il était impossible de ne pas l'avoir entendu depuis le couloir ou les chambres contiguës.

— Ha ha, désolé ! Ma voix porte naturellement loin, s'amusa le privé, pas tracassé pour deux sous.

Il se retourna vers Sachiko.

— Vous comprenez les enjeux, n'est-ce pas, madame ? Si on part au tribunal, ça va nous coûter du temps et de l'argent, des deux côtés. Alors que si vous signez ce document, on limite immédiatement les dégâts.

Il sortit cette fois de son attaché-case un formulaire de rupture de contrat.

— C'est un accord qui revient à faire comme si le contrat n'avait jamais existé. On ne va pas vous payer la prime d'invalidité, mais toutes les mensualités que vous avez payées, on va vous les rembourser intégralement. Qu'est-ce que vous en pensez, ça tombe à point nommé, pas vrai ? Ça ne rendra pas ses mains à votre mari, c'est fort dommage, mais si ça peut vous éviter la prison…

Sachiko ne fit pas un mouvement pour prendre le papier que lui tendait Mizen. Ce dernier le déposa sur les moignons de Shigenori, aussi figé qu'une statue de pierre.

— Je reviendrai, conclut Mizen. D'ici là, réfléchissez bien à votre décision. Autant vous le dire tout de suite : si vous poussez plus loin, vous le regretterez !

Sur ce dernier éclat, il sortit de la chambre en trombe. Il était difficile de lire un quelconque changement dans l'expression de Sachiko, dont les traits étaient peu mobiles, mais Wakatsuki remarqua que ses doigts, agrippés aux bords de sa chaise, étaient blancs aux jointures. Elle tremblait imperceptiblement.

Peu désireux de rester seul face au couple Komoda, il s'excusa auprès d'eux avant de se précipiter à la suite de Mizen.

Il le rejoignit devant l'ascenseur et se rendit compte alors qu'il ne savait quoi lui dire. Devait-il lui parler de ce qu'il avait pensé de sa prestation ?

Il n'eut pas à tergiverser longtemps car l'autre prit l'initiative.

— Eh bien, on peut dire qu'aujourd'hui, je l'ai jouée raffinée, en votre présence.

— Ah bon ?

— Les négociations d'annulation offrent des situations variées. Bah, j'imagine qu'un mouchoir de soie tel que vous, monsieur Wakatsuki, n'apprécie pas au mieux mes performances. Mais dans ce bas monde, certaines affaires ne sont pas reluisantes, et là, c'est le moment de sortir les torchons en toile de jute comme moi-même.

— Oh, vraiment je…

— Mais cette femme… c'est un cas. Excusez-moi de vous le dire aussi abruptement, mais vous n'êtes pas de taille. Cette femme… (Il baissa la voix.) Elle a tué, cela ne fait aucun doute.

Wakatsuki sentit un frisson lui parcourir le dos tandis qu'il cherchait, en vain, les mots pour répondre à cette affirmation.

— Si j'ai bien compris, vous ne deviez m'accompagner que pour la prise de contact, n'est-ce pas ? Me laisserez-vous me débrouiller seul pour la suite ?

La supervision n'était pas de son goût, et il le faisait savoir. Il se considérait comme un professionnel qui n'avait pas besoin d'être chaperonné.

Wakatsuki n'essaya même pas d'imaginer les méthodes que Mizen emploierait s'il le laissait libre de ses mouvements. Mais après tout... Autant se débarrasser de cette affaire, si c'était ce qu'il voulait...

Laissons opérer le spécialiste.

Il avait observé Mizen et Sachiko Komoda durant leur affrontement et s'était souvenu d'un documentaire qu'il avait vu à la télévision.

Scolopendra gigantea, une scolopendre géante issue du désert de l'Arizona, s'attaquait à tout animal plus petit qu'elle afin de le dévorer. Il n'était pas rare, de fait, qu'elle se mesure à des scorpions géants.

La scolopendre se ruait sur le scorpion, qui prenait la fuite, lui montait dessus et, à l'aide de ses innombrables pattes, l'immobilisait, l'aplatissant au sol, y compris la queue empoisonnée. Alors elle enroulait sa tête sous celle du scorpion et plantait ses longs crocs venimeux dans le cœur de sa proie.

Dans un affrontement entre prédateurs, le moindre écart entre les forces opposées décidait de l'issue du combat. D'après Jean-Henri Fabre dans ses *Souvenirs entomologiques*, c'était le plus souvent le scorpion qui prenait le dessus, réussissant à coincer la scolopendre entre ses pinces avant de lui administrer un coup de queue au poison mortel.

Probablement en allait-il de même pour les humains. Chacun devait se mesurer à un adversaire à sa taille. À en croire Mizen, il s'agissait d'une répartition du travail tout ce qu'il y avait de plus naturel.

Lorsque Wakatsuki rentra chez lui ce soir-là, à 23 heures passées, son répondeur affichait complet.

Il appuya sur le lecteur, et la machine lut, un à un, les trente messages identiques. Tous muets, comme il l'avait pressenti. Des appels émis entre 14 et 15 heures cet après-midi. Il était bien possible que Sachiko les ait passés depuis l'hôpital.

C'est pas vrai, encore ?

Cette folle répétait les mêmes actes avec une obstination confondante. À force, il devait bien reconnaître qu'ils perdaient de leur effet sur lui. Comment pouvait-elle l'ignorer ? Il semblait bien qu'elle soit à court de munitions, peut-être était-ce le signe qu'elle était acculée.

Pour autant, qu'est-ce qui l'avait poussée à donner ces trente coups de fil ? Était-ce simplement histoire de se détendre les nerfs, après avoir été recadrée par Mizen ? À part cela, il ne voyait pas pourquoi elle continuait de le prendre, lui, pour cible.

Faut que j'arrête de penser à ça, se dit-il en accrochant sa veste sur un cintre.

À quoi bon tenter de comprendre ce qui se passait dans la tête d'une personne qui ne trouvait rien d'autre à faire que d'inonder son répondeur de silence ? Il décida de renoncer à chercher la moindre trace de logique dans le comportement des Komoda. Il allait les ignorer, et bientôt Mizen aurait réglé le problème.

Il effaça tous les messages, alla au réfrigérateur et s'octroya une canette de bière.

Ça y est, je suis alcoolique.

Il n'arrivait plus à s'endormir sans quelques degrés

dans le sang. Peut-être ferait-il bien de rejoindre un groupe d'Alcooliques anonymes dans son secteur.

La petite fenêtre de la cuisine traversa son champ de vision. Rien qu'un instant, alors qu'il tournait la tête… Puis il reposa son regard dessus. Quelque chose n'allait pas.

Le loquet en demi-lune était débloqué. Ouvert.

Wakatsuki reposa sa bière. Impossible de croire qu'il ait pu oublier de le fermer. Cela faisait bien deux ou trois mois qu'il n'avait même plus ne serait-ce qu'entrouvert cette fenêtre.

Il s'approcha et remarqua que ce n'était pas la seule anomalie… L'ouverture était sécurisée par des barreaux métalliques. Or, entre deux d'entre eux, une ligne dans le verre avait été tracée, comme avec un coupe-verre. Wakatsuki exerça une pression, et un carré découpé tomba à l'extérieur.

On avait manifestement tenté d'actionner le loquet, à l'aide d'une baguette ou autre, par le trou effectué. Cependant, les verrous que l'agent d'assurances avait posés en haut et en bas de la fenêtre avaient arrêté là cette tentative d'intrusion…

Sachiko Komoda, à l'hôpital, avait des aiguilles à tricoter entre les mains… Elle avait peut-être l'air empotée, mais il se pouvait qu'elle soit en réalité habile de ses doigts.

Et dire qu'il s'était cru devenu paranoïaque !

Mais alors, que penser de la signification de ces messages vocaux ? Était-ce un leurre destiné à détourner son attention ? Et si, tandis qu'il était en train d'écouter les enregistrements silencieux, cette femme, cachée quelque part dans son appartement… Hypothèses, hypothèses, rien d'autre que des hypothèses…

Une seule chose était certaine : le stade des menaces avait clairement été dépassé. Wakatsuki pouvait presque sentir physiquement que cette fois, on désirait lui nuire.

Il hésita un instant et se décida finalement à appeler la police. Le commissariat ne reviendrait pas sur sa position, c'était à craindre, mais au moins sa déposition serait-elle enregistrée, à toutes fins utiles.

Dix minutes plus tard, un binôme de flics frappa à sa porte. Dès qu'ils constatèrent que la fenêtre avait bien été cassée mais qu'il n'y avait pas eu de vol, l'affaire perdit tout caractère d'urgence à leurs yeux. Ils examinèrent le trou pour la forme, avancèrent qu'il pouvait très bien s'agir d'une simple plaisanterie.

Néanmoins, à travers leur attitude et les mots qu'ils échangeaient, Wakatsuki devina qu'il n'y avait pas eu de cas similaire dans le voisinage. Ce qui ne pouvait signifier qu'une chose : il n'avait pas eu affaire à un voleur ordinaire, mais à Sachiko Komoda.

Il leur expliqua qu'il était probablement la cible de malveillances à la suite d'une affaire à son travail, ce qui n'éveilla pas l'intérêt des policiers. Et comme il avait effacé tous les messages audio, il n'osa même pas en parler, incapable de démontrer le harcèlement dont il était victime. Enfin, il les pria de bien vouloir contacter le brigadier Matsui, mais les hommes refusèrent catégoriquement.

Demain, se promit-il, *je lui téléphone à la première heure.*

11

20 juillet (samedi)

Wakatsuki ouvrit les yeux.

Il passa une main sur sa nuque, arrachant au passage ses écouteurs devenus silencieux. Il se frotta les yeux et consulta sa montre. 1 h 54. Son dernier souvenir avant de tomber dans les bras de Morphée : s'être écroulé dans son lit, un CD dans les oreilles.

Il se demanda ce qui l'avait tiré du sommeil. Il était en plein cauchemar, il s'en souvenait, mais impossible d'en repêcher les détails. Il posa une main sur son cœur. Pour quelqu'un qui venait de se réveiller, son pouls était bien trop rapide. Comme s'il était en train de marcher à vive allure.

La télécommande de l'air conditionné, à côté de son oreiller, affichait une température de vingt-huit degrés. Il avait eu froid, avait augmenté le chauffage, et s'était endormi en l'état. Pas étonnant qu'il soit assoiffé, avec tout ce qu'il avait transpiré. Il se leva, alla à la cuisine restée allumée et ouvrit la porte du réfrigérateur. Sur les étagères blafardes, des dizaines de canettes de bière se pressaient les unes contre les autres. Il appuya l'aluminium froid contre sa peau, fit rouler la canette sur son visage avant de l'ouvrir.

Dès la première gorgée, il prit conscience qu'il avait faim. Il aurait bien grignoté un petit quelque chose pour accompagner sa boisson, mais il ne trouva rien à se mettre sous la dent, ni au frais ni dans ses placards. Trop accaparé par le boulot, il n'était pas allé faire les courses depuis un bon bout de temps.

Quelle poisse...

Pas le choix : il devait se rendre à la supérette du coin, ouverte vingt-quatre heures sur vingt-quatre. D'ailleurs, il avait aussi cruellement besoin de renouveler ses stocks de sacs-poubelles, de liquide vaisselle et de rasoirs jetables. Sa bière vidée, il passa un jean dans la poche duquel il fourra son portefeuille puis enfila ses baskets sans mettre de chaussettes. Fidèle à ses nouvelles habitudes, il éteignit tout et ferma la porte à double tour.

Il sortit de l'ascenseur. Une fois dehors, il remarqua que l'air était chargé, plus que d'ordinaire, de l'odeur du béton. Le taux d'humidité devait être élevé. Ça sentait la pluie, cette odeur particulière juste avant qu'elle ne tombe.

Au beau milieu du ciel, un mince croissant de lune perçait les nuages. Wakatsuki songea à retourner chercher son parapluie, mais la perspective de remonter les six étages l'en découragea. Ses vêtements, T-shirt et jean, ne s'abîmeraient pas pour quelques gouttes. Et puis, l'air était doux, même trempé il ne risquait probablement pas d'attraper un rhume.

Il ne lui fallut que cinq ou six minutes de marche pour atteindre l'enseigne Lawson du croisement entre l'avenue Oike et la rue Horikawa.

Il se trouvait toujours des gens pour déambuler entre les rayons, même à une heure pareille. Une femme d'âge indéfinissable, aux airs de prostituée, étudiait la composition d'un yaourt à boire à l'aloé véra.

Au grand dam de Wakatsuki, les plateaux de sushis étaient en rupture de stock à cette heure-là, aussi dut-il se rabattre sur un plat de spaghettis, plus un sachet de graines et noix qu'il ajouta dans son panier. Enfin, il se posta devant le présentoir des magazines et s'absorba dans leur contemplation.

Lorsqu'il sortit de la supérette, lesté d'un sac en plastique, il était 2 h 27.

Devant l'entrée de son immeuble était garée une bicyclette qui n'y était pas lorsqu'il était descendu. Un vélo de ville confortable, agrémenté d'un panier à l'avant, mais clairement négligé par la personne qui le conduisait. Il était couvert, du guidon à la selle en passant par la chaîne et les pédales, d'une crasse noire.

Pour Wakatsuki, qui bichonnait son VTT rutilant, c'était une vision difficile à supporter. Au moins, celui-ci avait l'avantage qu'on pouvait le laisser n'importe où sans se soucier de l'attacher : personne ne vous le volerait.

L'ascenseur montait. Il venait tout juste de le rater. Encore une fois, il s'étonna de l'activité de ses voisins à une heure aussi tardive.

Autant en profiter pour faire un peu d'exercice, pensa-t-il en se dirigeant vers l'escalier.

Il se contraignit à augmenter l'effort musculaire de cette montée en contractant les abdominaux et s'efforça de se mouvoir sans bruit, avec la souplesse d'un chat. Ainsi, ses mollets ne seraient pas les seuls à profiter de la séance.

Cependant, à peine arrivé au premier, il sentit ses jambes s'alourdir. Son cœur battait la chamade et son front était couvert de sueur. Il se sentit ridicule… Pourquoi, alors qu'il avait pris du poids et manquait cruellement d'entraînement, s'était-il lancé un défi aussi dur ?

Au deuxième, il entendit l'ascenseur s'ouvrir quelque part plus haut. Vers le quatrième, conjectura-t-il. Aussitôt après, on entrait dans la cage d'escalier. Il comprit que c'était la personne descendue de l'ascenseur qui continuait son ascension à pied. Ce qui était étrange…

Dans cet immeuble, l'ascenseur s'arrêtait à tous les étages. Rares étaient les personnes qui prenaient l'escalier. Quant à descendre à mi-parcours pour continuer à pied, c'était incompréhensible.

Wakatsuki ralentit instinctivement, jusqu'à s'arrêter totalement. Il se rendit compte qu'il était tout entier tendu vers ce qui se passait au-dessus. Il pouvait clairement entendre la personne traverser le palier entre le cinquième et le sixième étage.

Une démarche lente, un pied qui traînait. C'est ce que les échos du béton, dans le silence assourdissant, lui rapportèrent.

Cela lui rappelait quelqu'un. La boiterie produisait une espèce de rythme lancinant. Tout comme un certain genre d'araignée, qui allait et venait pour se rapprocher en douce de sa proie.

Wakatsuki hoqueta de stupeur.

S'arrêter au quatrième pour monter à pied jusqu'au sixième… Comment ne pas penser à un chasseur s'approchant furtivement de sa proie ? Aller directement jusqu'au sixième en ascenseur présentait le risque de tomber par hasard sur la personne visée à l'ouverture des portes…

De là où il était, Wakatsuki osa jeter un regard vers le haut de l'escalier. Celui ou celle qui marchait, en haut, venait de s'engager dans le couloir du sixième. Il décida de grimper à pas de loup jusqu'à cet étage. De là, il pouvait désormais entendre clairement les pas dans le couloir.

Oui, il se souvenait de cette démarche.

Caché dans le renfoncement de la cage d'escalier, il risqua un œil dans le couloir. Pas même une seconde avant de se rétracter. Mais c'était suffisant.

Sachiko Komoda.

Il avait reconnu sa silhouette de dos. Ses cheveux ternes tenus en queue-de-cheval par un simple élastique. Sa silhouette sans forme enroulée dans une robe brun-rouge. Un sac à provisions qui devait lui servir de sac à main, comme en portaient les démarcheuses à domicile.

Lorsqu'elle marchait, sa jambe gauche traînait légèrement au sol. Il l'avait déjà remarqué quand elle était venue à l'agence ainsi qu'à l'hôpital. Probablement les séquelles d'une ancienne blessure.

Au nombre de ses pas, Wakatsuki pouvait sans peine deviner où elle se trouvait. Elle s'était arrêtée devant la porte du numéro 5. Devant chez lui.

Qu'allait-elle faire ? Allait-elle sonner ? Ou bien… Le cœur de Wakatsuki se mit à battre plus fort. Allait-elle forcer la porte pour s'introduire dans l'appartement ?

Mais ce qu'il entendit ensuite… jamais il n'aurait pu le prévoir.

Le bruit d'une clé que l'on insère dans une serrure.

Mais c'est pas vrai !

Il écarquilla les yeux de stupeur.

Impossible… Elle ne peut pas…

Contre toute attente, la clé tourna sur elle-même, le cliquetis du mécanisme résonna dans l'immeuble endormi comme un tir de carabine.

Il en resta interdit.

Mais comment ? Comment ?

Comment a-t-elle pu se procurer mes clés ?

Il se tendit tout entier vers le bout du couloir, comme s'il n'était plus qu'une immense oreille. La porte s'ouvrit, puis se referma dans un cliquètement plus sobre. Alors il entendit le bruit du verrou que l'on tire de l'intérieur. Lorsque les échos métalliques moururent dans le couloir, Wakatsuki sortit de sa torpeur et descendit l'escalier en trombe. Il nageait en plein cauchemar. Il ne comprenait plus rien. Sinon que quelque chose d'impensable venait de se dérouler sous ses yeux.

Il sortit de l'immeuble et s'en éloigna aussi vite que possible avant de se retourner pour lever les yeux vers la fenêtre de son appartement. Depuis quelques jours, la nuit était noire, encombrée de nuages, traversée d'une légère brise.

Il n'avait pas rêvé. Chez lui la lumière, qu'il avait pourtant pris soin d'éteindre en partant, était allumée. Une forme humaine passa devant la fenêtre, dont les rideaux n'étaient pas tirés.

Puis, la lumière s'éteignit.

Elle avait compris qu'il était absent et avait décidé d'attendre son retour…

Il y avait une cabine téléphonique plus bas dans la rue, à vingt, trente mètres de là. Wakatsuki y courut en essayant de ne pas faire de bruit. Lorsqu'il décrocha le combiné, il réalisa qu'il s'était tout ce temps agrippé à son sac de courses comme si sa vie en dépendait.

Il le déposa au sol pour composer le numéro de la police. Mais il suspendit son geste, envisageant soudain une autre possibilité.

Il brûlait de savoir ce que Sachiko Komoda trafiquait chez lui.

Ne sois pas idiot ! s'indigna une voix en lui. *Appelle donc les flics, dépêche-toi !*

Cette histoire le dépassait. Et s'il continuait à tergiverser, il augmentait ses chances de tomber nez à nez avec la femme.

Pourtant, après avoir inséré une pièce de cent yens, c'est le numéro de son appartement qu'il tapa sur le clavier.

La sonnerie retentit. Comme prévu, Sachiko ne décrocha pas.

Le répondeur prit le relais, inondant l'oreille de Wakatsuki de sa propre voix.

« Je ne suis pas disponible pour le moment, mais vous pouvez me laisser un message après le bip sonore. »

Ne jamais donner son nom dans l'annonce d'accueil. L'agent d'assurances considérait comme potentiellement dangereux de divulguer cette information à n'importe qui composant son numéro. Sa famille et ses amis, eux, le reconnaîtraient sans mal à sa voix.

Après l'annonce, il appuya sur #4, puis composa son code secret : 9630*.

« Pas de réponse », articula la voix automatique du répondeur. Il appuya à nouveau sur le 9, et cette fois, un bruit blanc passa à travers le combiné. La base du téléphone captait désormais les sons de l'appartement.

Il avait tablé sur le fait que Sachiko ne connaîtrait pas les fonctionnalités nouvelles des téléphones dernier cri. Même si elle avait entendu parler des répondeurs, elle n'imaginait probablement pas que ces appareils puissent se contrôler à distance...

Des bruits divers se firent entendre, des grognements à voix basse, des bruits de pas. Il semblait que Sachiko faisait les cent pas dans l'obscurité. Elle déversait un flot constant de reproches, qu'il captait plus ou moins bien selon qu'elle s'approchait ou s'éloignait du terminal.

« Oh... Me venger... » « ... faut bien manger... » « ... qu'est-ce qu'ils viennent m'embêter... » « ... veulent que je meure de faim ? » « ... les assureurs... » « ... pue le pognon... » « Regardez-moi cet immeuble, juste devant la gare... » « ... rien que du luxe pour eux... » « ... pas pareil... » « ... des magouilles, que des magouilles... » « ... pas grand-chose... » « Idiots... » « Qu'est-ce qu'ils ont à discuter ? » « Fermez-la et payez. » « "Et moi j'ai un bon salaire"... Oh, la ferme... » « Sale petit con... » « Où t'es allé ? » « Reviens... » « Tu vas revenir, oui ? » « Je vais l'écrabouiller... »

La haine et la volonté de nuire qui émanaient de ses propos ne laissaient plus aucune place au doute. Wakatsuki fut surpris de ressentir la fureur de cette femme alors même qu'elle parlait d'une voix terriblement monocorde. Plutôt que la voix d'une personne en colère, son babillage rappelait le bourdonnement d'un frelon devenu fou. Rien qu'à l'écouter, Wakatsuki sentit ses jambes devenir cotonneuses.

Soudain, un bruit indéfinissable, comme si on grattait du velours, ou du vent dans le combiné, couvrit la rengaine de Sachiko. Puis ce fut un déferlement de violence furieuse : elle donnait des coups, on entendait des objets se briser.

Wakatsuki, comme envoûté, pressa plus encore le combiné contre son oreille. Après environ trois minutes de chaos, il y eut un choc sourd. L'écoute stoppa net, laissant place à la tonalité d'un appel occupé.

Il raccrocha et leva la tête vers sa fenêtre. Alors qu'il se décidait enfin à appeler la police, un son métallique déchira le silence parfait de la rue. Elle avait déverrouillé la porte de son appartement.

En tendant l'oreille, il pouvait presque l'entendre descendre l'escalier. Il laissa tomber le téléphone et se rua vers un distributeur de boissons non loin afin de se cacher dans son ombre.

Pourquoi diable n'avait-il pas téléphoné à la police en premier, avant de courir se mettre en sûreté ? Où était passé son bon sens coutumier ? Et que faire si, en sortant de l'immeuble, Sachiko partait dans sa direction ?

Le silence retomba. Alors qu'il se demandait s'il n'avait pas imaginé les bruits de pas, il vit Sachiko Komoda surgir du bâtiment.

Elle s'approcha du vélo crasseux, déposa son grand sac dans le panier à l'avant. Puis elle y glissa un objet long et fin.

Elle se mit en selle et commença à pédaler laborieusement. La bicyclette, probablement jamais huilée, grinça dans la nuit. Il se liquéfia à l'idée qu'elle allait se diriger de son côté, mais elle partit dans l'autre direction, vers l'ouest.

Quand elle approcha du croisement, ses freins actionnés à répétition protestèrent par des cris stridents qui résonnèrent comme un rire sardonique. Wakatsuki attendit qu'elle ait complètement disparu au loin et courut à son immeuble, prit l'ascenseur et rentra chez lui.

Elle n'avait pas pris la peine de refermer la porte à clé. Il s'arrêta instinctivement alors qu'il était sur le point d'allumer la lumière. Si jamais Sachiko revenait sur ses pas et qu'elle voyait sa fenêtre briller dans la nuit, elle saurait qu'il était rentré.

Il attrapa une lampe de poche sur l'étagère de l'entrée et éclaira devant lui. Le cercle de lumière révéla un carnage encore pire que ce qu'il avait imaginé.

Sa vaisselle en verre, le boîtier de l'air conditionné, sa chaîne hi-fi, sa télé, ses appareils électriques… rien avait été épargné. Chaque chose avait été méticuleusement détruite. Quant à ses rideaux, ses vêtements, ses costumes, ses draps et jusqu'à son matelas, ils avaient été lardés, réduits à l'état de loques par un objet tranchant.

Sachiko était venue armée. Wakatsuki resta un instant écrasé sous le poids du choc. S'il était encore en vie, c'était par le plus pur des hasards. S'il ne s'était pas réveillé, ou s'il avait décidé de se serrer la ceinture pour la nuit, il aurait été massacré et on l'aurait retrouvé dans le même état que le cadavre de Kanaishi.

Il était effarant de constater combien, en quelques minutes seulement et dans l'obscurité, cette femme avait fait de dégâts chez lui...

Son pied frôla quelque chose. Il ramassa l'objet et l'éclaira : il s'agissait d'un cadre photo en cristal brisé en deux. Un cliché pris au printemps dernier, lors d'une escapade amoureuse avec Megumi sur l'île d'Ama no Hashidate. La jeune femme, portraiturée en buste, souriait à l'objectif.

Wakatsuki eut l'impression de plonger dans un puits d'eau glaciale.

Comment se faisait-il que Sachiko Komoda ait la clé de son appartement ? Il n'en existait qu'un seul double, et c'était Megumi qui l'avait. Wakatsuki se précipita vers le téléphone, mais ne trouva qu'une carcasse en plastique au fil arraché.

Il recouvra ses esprits après quelques secondes de pétrification ; il fit marche arrière et reprit l'ascenseur, dans lequel il crut étouffer d'impatience.

Lorsque les portes s'ouvrirent sur le rez-de-chaussée, il en sortit comme un diable de sa boîte et sprinta jusqu'à la cabine téléphonique. Il repêcha frénétiquement quelques pièces dans son portefeuille et les inséra dans la fente. Certaines tombèrent et rebondirent à ses pieds. Enfin, il composa le numéro de sa petite amie.

Répond, répond ! implora-t-il en lui-même.

Comme pour exaucer sa prière, il y eut un bruit, comme si l'on décrochait.

— Megumi ! Oh, Megumi, c'est moi, je...

— « Ici Kurosawa. Vous êtes bien sur mon répondeur. Je ne suis pas là mais vous pouvez me laisser un message. »

Le désespoir s'abattit sur lui comme une chape noire.

— Megumi ! lança-t-il après le bip strident. C'est moi, Wakatsuki. Si tu es là, réponds, je t'en prie, réponds immédiatement !

Il attendit quelques secondes mais rien ne se produisit, alors il raccrocha, la mort dans l'âme.

Megumi n'était *pas là*. Il la connaissait assez pour savoir qu'elle ne sortirait jamais à une heure pareille.

Plus d'hésitation cette fois : il appela le 110.

— Vous avez appelé la police.

— Bonsoir je… Je crois qu'une amie a… a été enlevée…

— Excusez-moi, pouvez-vous m'indiquer vos nom et prénom ?

Soudain le temps s'arrêta. Le monde autour de Wakatsuki s'évanouit, même les sons moururent. Seule existait sa pensée, tandis que ses neurones s'activaient en tous sens.

Que pouvait-il bien dire aux policiers pour les convaincre de l'urgence de la situation ? Il n'avait aucune preuve que Megumi ait été enlevée par Sachiko Komoda. Le cas du double de sa clé ne serait pas pris au sérieux. Il pouvait toujours tenter de leur dire que la jeune femme ne sortait jamais le soir à cette heure, on lui rirait au nez.

Mais alors, que faire ?

Oui !

Il allait leur dire n'importe quoi, du moment qu'ils se déplaçaient.

Non, non !

Aucune histoire qu'il inventerait ne pourrait lui donner l'assurance que la police se rendrait dans cette maison noire. On allait lui demander des détails, et cela prendrait du temps. Beaucoup trop de temps. Si Megumi était toujours en vie, Sachiko rentrerait folle de frustration et de rage de n'avoir pu éliminer Wakatsuki, et les chances qu'elle se venge sur la captive étaient immenses. Il devait absolument voler à son secours.

Sept ou huit kilomètres le séparaient de la maison des Komoda. La vieille bicyclette de Sachiko avait beau avancer lentement, il ne lui faudrait pas plus de trente minutes pour retourner à la maison noire. Elle n'avait pour l'instant que trois ou quatre minutes d'avance. Il ne restait à l'agent d'assurances que vingt-cinq, vingt-six minutes à tout casser pour y parvenir avant elle.

C'était le temps nécessaire pour répondre aux questions de l'agent de police, avant que celui-ci ne décide d'envoyer un fourgon.

Non. Impossible.

Ce serait trop tard. Et si la moindre incohérence perçait dans son récit, on ne le prendrait pas au sérieux.

— Allô, monsieur ? reprit son interlocuteur, vaguement irrité. Vos nom et prénom, je vous prie ?

Il devait probablement déjà penser qu'il s'agissait d'un canular téléphonique.

— Je m'appelle Shinji Wakatsuki. Je travaille à la Shôwa Seimei. La personne qui a selon toute évidence été enlevée est Megumi Kurosawa. L'endroit où elle est retenue prisonnière est probablement la maison des Komoda, à Ukyô, secteur de la gare de Saga Ekimae.

À l'autre bout du fil, la tension était palpable. Son interlocuteur le prenait au sérieux.

— Pouvez-vous épeler Komo…

— Je n'ai pas le temps, coupa Wakatsuki avec un débit de mitrailleuse. Le brigadier Matsui connaît toute l'affaire. Si vous ne faites pas au plus vite, Megumi risque d'être assassinée. Rendez-vous immédiatement chez les Komoda !

— Attendez ! Donnez-moi votre numéro…

Wakatsuki raccrocha violemment. Il n'y avait plus une seule seconde à perdre. Par chance, la clé de sa moto était bien accrochée au même porte-clés que celle de son appartement. Il courut au parking, inséra sa clé de contact et appuya sur le starter. Le moteur émit un rugissement formidable.

Il s'engagea dans l'avenue Oike en direction du carrefour, passa devant le château de Nijô, tourna dans la rue Oshikôji. Le trafic était calme au creux de la nuit. S'il poussait sa SR125, il pouvait arriver en cinq ou six minutes à destination.

Mais ce qu'il devait éviter avant tout, c'était d'être arrêté par la police pour excès de vitesse. En T-shirt et jean, baskets sans chaussettes et sans son casque, il avait déjà l'air d'un voyou des rues, mais tant pis, il n'avait pas le choix.

En cours de route, il songea qu'il aurait dû croiser Sachiko Komoda. Or, il devait déjà l'avoir dépassée depuis longtemps. Elle avait sûrement pris un itinéraire de ruelles secondaires.

Il filait sur la rue Marutamachi lorsqu'une petite bruine lui mouilla la nuque. L'air avait été si lourd, si chargé d'eau que cela n'avait rien d'étonnant.

Pitié, non, pas maintenant... Pitié, la pluie, attends encore un peu. Rien que cinq minutes !

La chaussée se couvrit peu à peu de taches noires et changea de couleur.

S'il avait un accident maintenant, Megumi était perdue pour toujours. Il se le répéta en boucle, concentré comme jamais il ne l'avait été.

Ne laisse pas tomber Megumi, non, pas elle ! Fais attention à tout... Tous les sens en alerte. Mais vite. En sécurité.

Mais... peut-être que Megumi était déjà morte.

Ne pense pas à ça !

C'était plus fort que lui. Son esprit le guidait à travers les pires scénarios qu'il pouvait imaginer. Au fond de son oreille résonnait la voix monocorde et horrifique de la femme... « *Je vais l'écrabouiller...* »

Wakatsuki fit de son mieux pour repousser ces idées.

S'il y avait quoi que ce soit à tirer du passif de Sachiko, c'était qu'elle n'éliminait pas ses victimes sur le coup. Elle avait gardé Kanaishi en vie longtemps, ne le tuant qu'à petit feu à force de le torturer sans relâche. Si elle détenait bien Megumi, ce ne pouvait être que de ce jour. Elle ne l'assassinerait pas aussi vite...

Pourtant, quand elle est venue chez moi, c'était bien pour me tuer immédiatement, moi... répliqua une voix dans sa tête.

Sachiko ne comptait clairement pas l'assommer pour le ramener sur son vélo. Elle avait purement et simplement voulu l'éliminer.

Que projetait-elle pour Megumi ?

Un camion était garé en double file devant lui.

Il freina et se pencha pour le doubler. Ses pneus dérapèrent sur l'asphalte mouillé.

Il se sentit tomber, mais il réussit, de toute la force de sa volonté, à reprendre le contrôle du bolide et à se relever.

La chaussée était à peine brumisée, mais cela suffisait à la rendre extrêmement glissante.

Merde, c'est vrai, je n'ai pas changé les pneus une seule fois depuis que j'ai acheté cette bécane ! se souvint-il. *Ils doivent être complètement lisses !*

Il avait souvent pensé à le faire, mais, accaparé par mille et une préoccupations, avait systématiquement remis à plus tard.

S'il avait su que sa négligence aurait de telles répercussions...

Par chance, la bruine ne se changea pas en averse et il se sentit en mesure de maîtriser sa trajectoire.

Le pont Togetsu apparut devant lui. Il prit sur la gauche, une ruelle si étroite que deux voitures ne pouvaient s'y croiser. Il n'y avait pas d'éclairage public.

Enfin, en dépassant le passage à niveau sur la ligne JR Keifuku, il sut qu'il touchait au but.

La maison noire se dressa soudain dans son champ de vision, silhouette lugubre qui semblait respirer doucement. Elle avait l'air encore plus sinistre que la première fois qu'il l'avait vue, lorsqu'il était venu sur l'invitation de Shigenori Komoda. Il la dépassa et s'arrêta quarante mètres plus loin. 2 h 42, indiquait sa montre. Il lui avait fallu un peu plus de six minutes pour arriver, mais Sachiko Komoda avait encore vingt bonnes minutes de pédalage devant elle.

Il courut vers le portail, mais il était fermé à clé. Il ne tarda pas à repérer un pylône électrique jouxtant la clôture, dans cette rue étroite, et décida qu'il pourrait l'escalader. Derrière, c'était le jardin des Komoda.

Mince, les chiens ! Les petits chiens de Shigenori...

Il était probable qu'ils se mettent à aboyer en l'entendant débarquer.

Tant mieux, pensa-t-il. *Au pire, les voisins vont alerter la police...*

Qui sait, cela pourrait même jouer en sa faveur...

Il s'accrocha au pylône et se hissa de quelques dizaines de centimètres avant de pouvoir poser un pied sur une barre porteuse du grillage. Ce ne fut qu'à cet instant, alors qu'il tentait de trouver l'équilibre, qu'il prit toute la mesure de l'étrangeté de sa situation.

J'entre par effraction chez quelqu'un. Je suis un hors-la-loi. Ajoutez à ça quelques dégradations de biens, et je suis bon pour être coffré...

Si Megumi était détenue ici, les charges ne seraient probablement pas retenues à son encontre. Si ce n'était pas le cas, il risquait une sévère mesure disciplinaire à son travail. Il bénéficierait sans doute de la bienveillance de ses supérieurs, évitant le licenciement, mais son avenir au sein de la boîte serait anéanti.

Et alors ? On s'en fout !

Il s'agrippa d'une main, puis de deux, au sommet de la clôture et transféra son poids sur ses bras.

À quoi cela rimait-il de s'inquiéter des conséquences de ses actes, alors qu'il y allait de la vie de Megumi ?

D'ailleurs, il finit par se rendre compte que les chiens n'aboyaient pas. La maison noire était plongée dans un silence de tombe.

Pourquoi les chiens ne se manifestent-ils pas ?

Avec leur flair puissant, ils devaient l'avoir débusqué depuis bien longtemps.

Wakatsuki passa de l'autre côté du grillage et se laissa tomber.

Un parterre de mauvaises herbes aussi hautes que vigoureuses amortit sa chute. Aussitôt, un escadron de moustiques tigres fondit sur lui, ciblant en priorité son visage et ses yeux. Bouche fermée, agitant les bras autour de lui, il courut en direction de la maison en se frayant un chemin dans les broussailles.

La bruine avait cessé. Un croissant de lune perçait de temps à autre entre les nuages. De ce qu'il pouvait discerner du jardin autour de lui, celui-ci n'avait jamais été entretenu et la végétation y poussait dans une anarchie totale. Au niveau de l'entrée, la terre piétinée s'était transformée en mare boueuse avec la pluie.

Aucune trace des chiens. Sachiko s'en était-elle débarrassée ? Peu importait, Wakatsuki ne put s'empêcher d'en ressentir un vague soulagement.

Par chance, la porte coulissante extérieure n'avait pas été tirée. La porte vitrée, en revanche, était verrouillée. Wakatsuki retira une de ses baskets, la posa contre le verre et y lança un coup de poing avec ce qu'il espérait être assez de force et de retenue à la fois.

La première et la deuxième tentative furent trop molles, mais à la troisième, la glace se brisa. Le son aigu à vriller les nerfs se répercuta dans l'air immobile.

Quelqu'un pouvait l'avoir entendu dans le voisinage. Frémissant d'impatience, Wakatsuki remit sa chaussure, passa le bras dans l'ouverture et tira le loquet de l'intérieur.

Une douleur vive à la base du pouce lui arracha un rictus. Il s'était coupé sur une arête tranchante en ramenant sa main trop vite.

Il tira un mouchoir de sa poche et l'enroula autour de la coupure. Même dans la pénombre, il put voir le tissu changer de couleur à mesure qu'il s'imprégnait de sang. Il aurait tout le temps de s'en occuper plus tard ; ce n'était pas le moment de traîner.

Il ouvrit la porte et fit quelques pas dans le couloir.

Le parquet grinça sous ses pieds. Il pouvait entendre son cœur battre dans sa poitrine. Même dans son état d'hypervigilance, il enregistra la puanteur indescriptible de la maison.

Au bout du couloir se trouvait une porte coulissante qu'il fit glisser.

Il se trouvait à l'entrée du salon où Shigenori Komoda l'avait invité à s'asseoir. Wakatsuki dut se faire violence pour ne pas allumer la lumière. La moindre pièce éclairée serait visible de loin dans la rue et lorsqu'elle rentrerait, Sachiko saurait immédiatement que quelqu'un s'était introduit… Alors seulement, il regretta de ne pas avoir pris quelques minutes pour se préparer avant de partir. Une lampe de poche, une arme lui auraient été d'un grand secours.

Les volets étaient ouverts, et la faible lueur de la lune dessinait quelques contours. Déjà, les yeux de Wakatsuki s'étaient adaptés à l'obscurité : il pouvait plus ou moins voir où il mettait les pieds.

La pièce semblait rigoureusement identique à la dernière fois. Seule la puanteur s'avérait encore plus prégnante. C'était peut-être un effet de l'humidité ambiante.

Son regard fut attiré par la porte coulissante au fond. Celle derrière laquelle Kazuya Komoda faisait ses devoirs autrefois.

L'endroit où Wakatsuki l'avait découvert pendu à une poutre.

Il eut la terrible impression que le corps s'y trouvait encore, à pendre dans le vide.

Une terreur superstitieuse s'empara de lui. Il tenta de la réprimer de toutes ses forces...

Inutile : l'impression devint de plus en plus prégnante. Comme si, au fond, cette chambre maudite avait toujours attendu le retour de Wakatsuki...

Il reprit ses esprits : Megumi avait besoin de lui, il fallait faire vite. Il posa sa main blessée sur la poignée et fit glisser la porte.

Le bruit d'une goutte d'eau qui s'écrasait sur le seuil de la pièce atteignit son oreille.

Il était cerné de formes indescriptibles...

La seconde de terreur passée, il comprit qu'il s'agissait de meubles, entassés les uns sur les autres.

Il entra. La lumière spectrale ébauchait les contours d'une grande table, de plusieurs chaises, de tiroirs range-documents, de quelques tabourets et autres paniers. La chambre de Kazuya était apparemment devenue un débarras.

Wakatsuki consulta sa montre. Les aiguilles fluorescentes indiquaient 2 h 46. Cela faisait déjà quatre minutes qu'il était arrivé. Plus que quinze, seize minutes maximum avant que Sachiko Komoda ne rentre.

Il revint au salon, où se trouvait une autre porte coulissante sur le mur contigu. Wakatsuki alla l'ouvrir. Il fut immédiatement pris d'une violente quinte de toux. Les effluves nauséabonds qui s'en échappaient étaient encore plus étouffants.

Il plaqua son mouchoir ensanglanté contre sa bouche et s'engagea dans un couloir étroit et sombre. Là, plus aucun rayon de lune ne s'aventurait. Il avançait à l'aveugle, une main tendue en avant. À chaque pas, la puanteur redoublait.

Au fond du couloir, deux portes. Il tira celle de gauche, le cœur battant, et comprit qu'il s'agissait d'un placard. Boîtes et caissons s'y empilaient jusqu'au plafond.

La porte d'en face s'ouvrait sur une vaste pièce d'au moins vingt-cinq mètres carrés. La puanteur ambiante des lieux semblait émaner de cet endroit.

Il força ses yeux à percer l'obscurité. C'était une cuisine, apparemment. Il y avait un évier devant la fenêtre, un vaisselier contre le mur, un réfrigérateur.

Un élément, pourtant, n'aurait jamais dû se trouver là. Une grande cage en métal. De celles dont on se servait pour les chiens imposants. Ou pour y faire entrer un être humain ramassé sur lui-même.

Il ressentit soudain une terrible impression de déjà-vu. Un souvenir lointain tentait désespérément de se rappeler à lui. Une cage vide…

C'était un souvenir important, il en était certain.

Mais il n'avait pas le temps de remonter tranquillement le fil ténu de ses souvenirs…

C'est alors qu'il s'aperçut qu'une partie du plancher était d'une couleur différente du reste.

Un simple rectangle d'un mètre sur deux, noir comme la nuit. Comme si une ombre s'y était déposée au-dessus de l'obscurité ambiante.

Il plissa les yeux. N'était-ce pas simplement un trou dans le plancher ?

Il avisa, dans un coin de la pièce, une pile de lattes et une grande pelle adossée au mur. La tête de la pelle était couverte de terre.

Wakatsuki s'approcha du rectangle et se pencha au-dessus. C'était bien un trou, mais bien plus profond qu'il n'aurait pu l'imaginer.

Il s'empara de la pelle et l'abaissa dans le trou, sans parvenir à toucher le fond. Manquant de perdre l'équilibre, il la laissa tomber. Elle finit par toucher le fond avec un bruit mou. Le trou était profond de deux ou trois mètres.

Une odeur putride, très épaisse, s'en élevait.

Wakatsuki fouilla dans le tiroir du vaisselier et trouva une boîte d'allumettes. Il dut s'y reprendre à plusieurs fois, tant ses doigts tremblaient, pour en allumer une. Quatre allumettes brisées tombèrent au sol, la cinquième fut la bonne.

La flamme tendue devant lui, Wakatsuki jeta un coup d'œil au fond du trou. Il eut à peine le temps de discerner la pelle tombée, et en dessous, un tas de ce qui lui sembla être des sacs de sable, avant que la flammèche ne meure.

Il en embrasa une autre et replongea son regard dans la cavité. Cette fois, il discerna une tête et des membres recroquevillés au fond.

La nausée le prit et la flamme, ayant calciné le bâton, lui brûla les doigts. L'allumette lâchée dans le trou éclaira une seconde les cadavres innombrables des chiens jetés là, avant d'être engloutie dans les ténèbres.

Wakatsuki se redressa et, grillant allumette sur

allumette, fit le tour de la pièce. Le sol était jonché d'assiettes sales, de traces de pas. Il finit par découvrir une abominable trace de sang. Il la suivit, découvrit qu'elle disparaissait derrière une porte en bois coulissante avec une fenêtre en verre fumé.

Il lui faudrait découvrir ce qu'elle dissimulait...

C'est en tremblant qu'il fit glisser le panneau. Le bois craqua, une puanteur métallique, presque douceâtre, lui attaqua les narines. La même odeur que celle qui émanait du sac contenant les têtes de chat. Tous les poils de son corps se dressèrent si violemment que c'en était douloureux. L'odeur de la vie et celle de la mort.

Il se trouvait dans une vaste salle de bains. À sa droite, une grande baignoire fermée par son couvercle en bois et à sa gauche, deux espaces pour se doucher. La moitié des carreaux du carrelage sur les murs étaient tombés, ceux qui restaient étaient souillés de taches ensanglantées. Les joints et les trous étaient noirs de crasse.

Wakatsuki réalisa qu'il se trouvait à l'origine même de l'extraordinaire puanteur qui enveloppait la maison des Komoda.

Cet endroit n'était rien d'autre qu'une boucherie. Et à en juger par l'incrustation de la saleté, ce n'était pas un crime atroce ni même deux qui avaient eu lieu entre ces quatre murs, mais beaucoup plus. L'odeur du sang frais déversé sur le sang séché, voilà ce qui donnait à la maison sa puanteur infecte. Mêlée aux effluves des déchets et des animaux en décomposition, ainsi qu'au parfum musqué de la maîtresse des lieux, il en résultait une odeur fétide, pareille à nulle autre.

Le mur en face de lui était percé d'une petite fenêtre en hauteur destinée à apporter un peu de lumière dans la pièce. Quelques rayons d'une lumière spectrale s'y engouffrèrent après le passage d'un épais nuage.

Sous cette fenêtre, il y avait une petite masse de forme vaguement humaine. Elle était tournée vers lui, assise au sol, les jambes tendues en avant. Comme il était à contre-jour, Wakatsuki ne distinguait qu'une vague silhouette enténébrée. Intrigué, il s'en approcha.

Il craqua une nouvelle allumette. À mesure qu'il avançait, il comprenait mieux les contours de l'objet qui, telle une sculpture de la Grèce antique, présentait un torse, mais pas de bras ni de tête.

Était-ce… Était-ce Megumi ?

Sous l'effet d'une terreur qui aurait pu le rendre fou, Wakatsuki se mit à trembler de tout son corps.

La flammèche mourut sans un bruit entre ses doigts. Il alluma une autre allumette sans même y penser. Il n'avait pas senti la morsure de la brûlure.

Auprès de cet humain dont il ne restait qu'un tronc, aussi pitoyable qu'une souche d'arbre abattu, reposait ce qui ressemblait à une boule. Elle ne roulait pas, calée sur le carrelage. Wakatsuki en approcha sa flamme vacillante.

Une tête humaine. On lui avait coupé les oreilles et le nez, mais il reconnut immédiatement le visage de Mizen.

L'agent d'assurances se mit à haleter d'angoisse.

Vidée de son sang, la peau autrefois bronzée était aussi livide que du papier journal. Au fond de ses orbites creuses, ses globes oculaires étaient voilés comme par de la cataracte.

Cette tête coupée témoignait du supplice qu'avait enduré l'homme aux derniers instants de sa vie. Ses traits tordus trahissaient une souffrance physique au-delà de l'imaginable.

Non loin de ses restes gisaient une grande scie à métaux rouillée ainsi que deux bras coupés à l'épaule, jetés l'un sur l'autre.

Wakatsuki sentit sa peau le démanger violemment et comprit que ses poils s'étaient une fois encore hérissés. Et si Sachiko Komoda avait sectionné les membres de Mizen alors que celui-ci vivait encore ?

Un souvenir remonta à la surface de ses pensées.

La flamme orange entre ses doigts termina de brûler, rétrécit, s'éteignit. Une image persistante verte, couleur complémentaire, continua de flotter dans la vision de Wakatsuki.

Les lucioles. Quoi de plus beau, de plus poétique qu'une luciole égayant un soir d'été ? Ces insectes se révélaient pourtant de féroces carnassiers… La lueur émanant de leur abdomen servait à attirer les partenaires de sexe opposé, mais il arrivait que les femelles attirent des coléoptères d'une autre espèce en changeant de motif lumineux, afin de les dévorer. Les lucioles s'attaquaient à de petits crustacés, à des vers de terre, à des mille-pattes.

Elles injectaient à leurs proies – parfois bien plus grosses qu'elles – un poison paralysant et pouvaient ensuite les consommer par petits bouts.

Tandis que l'animal vivait encore.

Wakatsuki se souvint de la photo dans la mallette de Mizen. Celle représentant sa femme et sa toute jeune fille…

Un bruit sourd le sortit de sa torpeur.

Il se retourna, à deux doigts de s'évanouir de terreur. Ça venait de la baignoire. Wakatsuki s'en approcha, tremblant, essayant de tendre l'oreille par-dessus le vacarme des cognements de son cœur.

Il l'entendit à nouveau. Quelque chose bougeait sous le couvercle de la baignoire. Il tendit le bras, agrippa la poignée et, d'un geste brusque, ôta la planche de bois.

Hurlement étouffé. Wakatsuki retint son souffle.

C'est Megumi... Elle vit !

Il eut l'impression que le sang recommençait à circuler dans son corps. La jeune femme, ne sachant pas à qui elle avait affaire, se tortilla frénétiquement, tenta de ramper pour s'enfuir. Elle était complètement nue, le corps ficelé de liens de nylon qui lui rentraient dans les chairs. Ses mains étaient attachées dans le dos, accrochées à ses jambes repliées en arrière, ce qui l'empêchait même de se redresser. Sa bouche était couverte d'un ruban adhésif. Ses joues étaient enflées, probablement bourrées de tissu pour la bâillonner. Par bonheur, elle ne semblait pas avoir été l'objet de sévices plus graves.

— Megumi ! C'est moi !

Il tendit la main, mais elle tenta de s'échapper de plus belle. Folle de terreur, elle avait complètement perdu la raison.

Wakatsuki entra dans la baignoire et prit la jeune femme dans ses bras. Elle se démena comme une furie mais finit par se calmer. Elle s'était peut-être souvenue de la sensation d'être tenue contre la poitrine de son amant.

— C'est bon, maintenant. Ça va aller. Je vais te sortir de là. Il devait absolument la délivrer de ses liens avant de pouvoir songer à fuir. Il s'acharna sur les nœuds, mais ils étaient bien trop serrés.

— Attends…

Il se releva, alla chercher la scie à métaux auprès de la dépouille de Mizen.

En le voyant, Megumi se remit à s'agiter furieusement.

— Ne t'inquiète pas ! Je veux juste couper la ficelle. Ne t'inquiète pas… Ne bouge pas, surtout, tu m'entends ?

Il s'attaqua en premier au segment qui reliait les mains et les pieds de Megumi. Les dents de la scie étaient trop fines, les fibres lui résistaient. Elles auraient vite lâché si Wakatsuki avait eu les coudées franches, mais il faisait trop sombre, c'était trop près de la peau, d'autant que Megumi ne cessait de gigoter. Il risquait de la blesser gravement.

Il continua de scier consciencieusement et finit par libérer ses jambes.

C'est alors qu'il pensa à regarder sa montre. 2 h 52. Couper les liens lui prenait beaucoup trop de temps. Il ne leur restait que dix minutes, à tout casser, avant le retour de Sachiko. Et en comptant une marge d'erreur, il ne leur restait en réalité plus rien.

— On va devoir partir comme ça. Je t'enlèverai le bâillon et libérerai tes bras plus tard. Si on ne part pas maintenant, elle va revenir…

Il aida Megumi, mains menottées dans le dos, à se redresser. Ne pouvant se résoudre à l'emmener dehors dans le plus simple appareil, il retira son T-shirt et le lui passa. Taille L, il lui arrivait presque à mi-cuisses, comme une minijupe.

Elle était en état de choc, son regard était vide.

Il décida de la porter sur son dos aussi loin qu'il pourrait.

Ensemble, ils traversèrent la cuisine, le couloir sombre, revinrent dans le salon. C'est alors qu'un bruit s'éleva de l'entrée.

Wakatsuki se figea.

Impossible ! C'est bien tôt ! Il doit y avoir une erreur...

Quelqu'un avait ouvert puis refermé la porte.

Elle est rentrée...

Il se repentit lourdement. Il aurait dû faire le plus de bruit possible, allumer la lumière au lieu de tâtonner, bref, alerter franchement les voisins pour qu'ils appellent les secours et à l'heure qu'il était, Megumi et lui seraient déjà en sécurité, assis dans une voiture de police.

Il réalisa qu'ils étaient pris au piège. Cette femme était armée. À mains nues contre une lame acérée, il n'avait aucune chance.

Si, une dernière, peut-être... la surprise. S'il lui tombait dessus sans crier gare et qu'elle n'avait pas le temps de frapper en premier...

Il reposa Megumi à terre.

La lumière se fit à l'autre bout du couloir de l'entrée. Elle se glissa sous la porte du salon, parvint jusqu'aux yeux de Wakatsuki et l'éblouit un instant.

Elle arrive...

Il pouvait entendre chacun de ses pas sur le vieux plancher.

Que faire, que faire ? Je fonce ? Ou bien...

Les pas s'arrêtèrent net.

Qu'est-ce qu'elle fait ?

Il écarquilla les yeux : Sachiko avait forcément vu les traces d'effraction sur la porte d'entrée !

Il n'avait pas eu le temps de les dissimuler. La vitre était brisée, il avait laissé des traces de baskets boueuses dans le couloir… Bien sûr, qu'elle savait. Non seulement elle savait qu'il était venu, mais elle savait aussi qu'il n'était pas reparti. Et désormais, on ne l'entendait plus bouger.

Wakatsuki jucha Megumi sur son dos et retourna en arrière le plus silencieusement possible. Il se réfugia dans la cuisine.

Eh merde ! La pelle !

S'il ne l'avait pas bêtement laissée tomber, elle aurait constitué une arme de choix.

Il n'avait pas pour autant le courage de plonger la rechercher. D'ailleurs, la fosse aux chiens était si profonde qu'il n'était pas sûr de réussir à s'en extirper sans un escabeau.

Wakatsuki retourna dans le couloir, ouvrit la porte du débarras. Il y avait juste assez de place pour deux personnes… Il voulut y mettre Megumi en premier, mais, probablement terrorisée de se retrouver dans un lieu confiné, elle recula et commença à donner des coups de pied.

Il la souleva et y entra en premier, la pressant contre lui. Il rabattit la porte sur eux et découvrit que l'interstice lui permettait de voir l'entrée du couloir.

Le plancher grinça.

Soudain, la porte du salon s'ouvrit en grand, inondant la pièce d'une lumière qui se déversa jusque dans le couloir du débarras.

Une ombre s'y découpa bientôt.

Sachiko Komoda avançait à pas de loup, à l'affût du moindre souffle.

Il ne pouvait discerner ses traits, puisqu'elle progressait à contre-jour, mais ce n'était pas nécessaire : la volonté de tuer émanait de tout son être.

Elle tenait dans sa main gauche, pointe vers le bas, un énorme couteau.

La taille de l'arme sidéra Wakatsuki. La lame était deux fois plus longue que celle d'un grand couteau de cuisine. C'était quasiment une machette.

Ce n'était pas la première fois qu'il en voyait. C'était tout juste un an plus tôt, à la veille du festival de Gion. Les chefs du bureau avaient emmené les employés dîner dans un restaurant et, derrière le comptoir, Wakatsuki avait vu un chef cuistot couper les os d'une murène japonaise à l'aide d'un couteau comparable.

La police s'était trompée. Ce n'était pas un sabre qui avait infligé des coupures à Kanaishi de son vivant, mais une arme bien plus conséquente. C'était probablement avec cette lame que Sachiko avait découpé la tête et les bras de Mizen.

La lame brilla, reflétant la lumière dans le dos de la meurtrière.

Elle s'approchait. Wakatsuki pouvait voir son visage, dont l'expression féroce n'avait plus rien d'humain : nez froncé, front plissé, lèvres retroussées dévoilant de grandes dents jaunâtres.

Mais le plus effrayant restait ses yeux. Il ne s'en était jamais aperçu, car elle arborait d'ordinaire une expression ensommeillée aux paupières lourdes, mais ainsi exorbités, c'était une autre histoire… Ses pupilles étaient minuscules, et le blanc de l'œil largement visible tout autour.

Avec son regard fou, elle avançait.

Wakatsuki eut l'impression que son sang se glaçait.

La terreur du lapin terré dans son trou, qui entendait le prédateur approcher.

Il réalisa soudain que si ses pupilles à lui reflétaient la moindre lumière, il serait découvert, aussi ferma-t-il les yeux de toutes ses forces, se préparant au pire.

Mais Sachiko sembla de prime abord s'intéresser à la cuisine. Elle raffermit sa prise sur le manche du couteau, tandis que de la main gauche elle allumait la pièce.

Elle en inspecta l'intérieur sans bouger, attentive au moindre détail, vigilante à l'extrême. Puis, jugeant qu'elle ne risquait pas de tomber dans une embuscade, entra à pas vifs.

Elle s'avisa que la porte vers la salle de bains était restée ouverte et s'y précipita, sans même un regard vers le placard.

Oui...

Si Sachiko arrivait à se convaincre que les visiteurs étaient déjà partis et qu'elle s'éloignait, cela leur permettrait de s'enfuir.

La meurtrière retourna lentement vers le salon.

La tension extrême qui avait rigidifié les muscles de Wakatsuki se relâcha. Ses bras se détendirent et aussitôt, le corps de Megumi, qu'il tenait serré contre lui, manqua de s'effondrer. Il la rattrapa immédiatement, resserrant son étreinte. Un imperceptible gémissement mourut dans la gorge de sa petite amie.

Un son inaudible pour la plupart des gens.

Mais Sachiko réagit comme si on lui avait tiré dans le dos, se retournant à la vitesse de l'éclair.

Wakatsuki faillit se laisser aller au désespoir. Pourquoi avait-il fallu qu'il laisse Megumi devant lui ? Elle l'empêchait d'agir. Il aurait pu, au moment où Sachiko s'approchait du cagibi, lancer l'offensive en ouvrant la porte d'un coup de pied, ce qui leur aurait laissé une chance de s'échapper.

Tout était fini.

La femme s'était remise à marcher à pas de velours. Probablement dans l'espoir d'entendre à nouveau ses proies se manifester. Puis, après qu'elle eut visiblement épuisé toutes les options, son regard tomba sur le débarras. Elle avait compris. Elle se dirigea droit vers la porte de sa démarche traînante.

Wakatsuki serra Megumi contre lui.

Sachiko s'arrêta soudain au milieu du couloir.

Qu'est-ce qui lui prend ? se demanda Wakatsuki.

Puis, son cerveau enregistra le son qui venait de la rue.

Une sirène !

Pas celle d'une ambulance ou d'un camion de pompiers, mais celle d'un véhicule de police. Qui s'amplifiait. Qui se rapprochait.

Sachiko lança un regard de haine pure vers la porte du cagibi. Comme si elle pouvait clairement le voir au travers.

Puis elle tourna les talons et s'enfuit.

Wakatsuki, serrant toujours sa bien-aimée dans ses bras, se laissa tomber au sol et attendit.

12

9 août (vendredi)

Une journaliste d'à peine vingt ans se tenait devant la maison et commentait les images filmées qui passaient en incrustation. À en juger par la détermination dans son regard et la fermeté avec laquelle elle tenait son micro, il devait s'agir de son premier reportage.

Wakatsuki ôta son pyjama, enfila une chemise et la boutonna entre deux gorgées de café instantané.

« Les atrocités ont toutes été commises dans cette maison. Euh… En plus des meurtres liés à des affaires récentes, l'élargissement des recherches a permis de découvrir, enterrés sous la maison, une dizaine de corps dans un état de décomposition avancé. Un seul d'entre eux a pu être identifié, il s'agit d'Isamu Shirakawa, l'ex-mari de la suspecte, Sachiko Komoda… »

Dans le coin en bas à droite de l'écran, un bandeau affichait : « Carnage de la maison noire : une montagne de cadavres ! »

Wakatsuki opta pour une cravate à fines rayures bleu ciel, un motif rafraîchissant. La seule évocation de ce lieu maudit suffisait à faire monter sa tension.

« À l'heure qu'il est, soit trois semaines après les événements, et malgré les efforts de la police de Kyôto, Sachiko Komoda n'a toujours pas été retrouvée. Euh… La suspecte connaissant bien la région sud d'Ôsaka, ainsi que la préfecture de Wakayama, la police estime probable qu'elle se soit dirigée dans l'une de ces directions. La police d'Ôsaka et celle de Wakayama sont alertées et coopèrent avec Kyôto… »

Il enfila sa veste et sentit immédiatement la sueur ruisseler sur sa peau, malgré l'air conditionné qui tournait à plein régime.

Porter un costume en plein été au Japon, durant la saison chaude et humide, relevait de la plus absurde des idioties. Lorsqu'il officiait dans les bureaux à Tôkyô, il pouvait se permettre de travailler en chemise, mais puisqu'il devait aussi tenir le guichet, et donc faire face à la clientèle, il devait se vêtir selon les règles de la bienséance.

L'émission changea de sujet. Wakatsuki chercha la télécommande et éteignit la télé.

Il poussa son VTT jusque dans le hall du rez-de-chaussée et s'apprêtait à ouvrir la porte d'entrée lorsqu'il aperçut une chose petite et brune devant la porte. Probablement le cadavre d'une cigale. Il l'oublia presque aussitôt, et lorsque la roue arrière de son vélo se prit dans la porte, il se retourna pour le dégager, avança d'un coup et écrasa la petite bête.

Il se remit dans le bon sens et allait passer sur l'insecte pour de bon avec sa roue avant lorsque celui-ci poussa un cri. Si puissant qu'il fit sursauter l'agent d'assurances. Un cri qui ressemblait à un chant d'agonie.

Il se baissa pour l'examiner mais malheureusement,

il n'y avait plus rien à faire pour sauver l'insecte. La moitié de son corps avait été aplatie par la roue du vélo. Et pourtant, la cigale continuait de striduler avec vigueur et obstination. Dans les affres de l'agonie, elle agitait douloureusement les trois pattes qui lui restaient et actionnait une aile.

Il aurait été cruel de fermer les yeux et de continuer son chemin. Wakatsuki plaça la roue avant juste devant l'insecte et appuya sur la pédale dans un élan énergique. Un bruit de brisure sec lui remonta jusqu'aux oreilles.

Le soleil tapait déjà violemment.

Dans les premiers temps après sa sortie de l'hôpital, il lui arrivait souvent de croiser des patrouilles ou des agents postés autour de chez lui. Ce n'était plus le cas depuis deux ou trois jours. La police devait considérer que le danger était écarté.

Dès le matin, son esprit était brumeux et il n'arrivait pas à se concentrer. Le manque de sommeil y était probablement pour beaucoup. Mais impossible de dormir sur ses deux oreilles tant que Sachiko Komoda ne serait pas capturée.

Les travaux de construction d'un parking souterrain au niveau de l'avenue Oike obstruaient complètement le paysage, d'ordinaire agréablement ouvert.

Wakatsuki ne vit pas un feu rouge et coupa la voie pour tourner à gauche au moment où un 4 × 4 arrivait en face. La voiture, dont la vision était gênée par un immense panneau signalant les travaux, ne l'aperçut qu'au dernier moment et pila de justesse.

Le pare-chocs, juste devant le pneu du VTT de Wakatsuki, rutilait sous le soleil de plomb. Ces véhicules étaient construits pour ne pas recevoir la moindre égratignure après une collision avec un kangourou dans le bush australien. Or, ce qui est vrai pour un kangourou l'est aussi pour un humain : tous ces dispositifs censés « protéger la voiture » étaient des armes de destruction massive pour les piétons. Aucune loi ne les encadrait pourtant, et ce problème était étonnamment passé sous silence. Le 4 × 4 semblait déçu de ne pas avoir écrabouillé Wakatsuki car après tout, c'était pour cela qu'il avait été construit : l'annihilation des obstacles.

L'agent d'assurances releva la tête mais ne put voir le visage du conducteur, dissimulé par les vitres teintées. Le 4 × 4 klaxonna abondamment en le dépassant, comme pour l'injurier.

Wakatsuki repensa à la pauvre cigale qu'il avait écrasée.

Il arriva enfin au bureau et se mit au travail alors qu'une partie de son cerveau semblait sous anesthésie. Il y avait des jours « sans », bien sûr, mais cette fois, il lui semblait que son rythme biologique était complètement perturbé.

Lorsqu'il eut terminé de passer en revue une première pile de documents, il se leva pour aller regarder par la fenêtre. Le soleil était à son zénith. L'asphalte dégageait des ondes de chaleur mouvantes. C'était comme si, de l'autre côté de la vitre, il voyait la ville entière se faire passer au micro-ondes.

C'était la première fois depuis son déménagement, un an et demi auparavant, qu'il expérimentait le fameux climat de cuvette de Kyôto. S'il avait survécu sans trop de mal au froid mordant d'un hiver à se geler les pieds, cette chaleur n'avait rien de comparable à celle qui s'abattait à Tôkyô et dans la région de Chiba. Il avait le sentiment d'être rôti au gril.

Être de corvée de visite en extérieur dans cette fournaise était une vraie punition ; Wakatsuki imaginait sans mal que les commerciaux passaient leurs journées tranquillement assis dans un salon de thé plutôt qu'à courir les rues. Même le volume de courrier était moins important que d'habitude.

Quand Hiromi Sakanoue lui apporta les demandes de versement de primes de décès, il vit au premier coup d'œil qu'elles étaient bien plus nombreuses que d'ordinaire.

Il les parcourut à la va-vite. La plupart étaient liées au même drame. Une maison avait brûlé, tuant une femme et deux enfants. D'après le journal, dont un article photocopié avait été inclus au dossier, la police et les pompiers penchaient pour un sinistre d'origine criminelle.

Pour les trois personnes décédées, il n'y avait pas moins de onze contrats d'assurance. Ce n'était pas un cas isolé au Japon, où l'on avait coutume de signer différents contrats en même temps.

Wakatsuki remarqua que deux contrats parmi les onze avaient été souscrits à peine un mois après les premiers. Ces deux-là étaient aussi beaucoup plus conséquents en termes de montants, puisqu'ils prévoyaient un total de soixante-dix millions de yens d'indemnisation.

Comme il s'agissait bien de décès de cause non naturelle, ils se voyaient couverts par l'assurance. Mais en vérifiant les formulaires, Wakatsuki se dit qu'il n'y avait pas que les commerciaux en mission à l'extérieur qui risquaient de perdre la boule sous le cagnard : il manquait plusieurs tampons indispensables dans toute la liasse.

Il claqua la langue de dépit. Au sein de la vingtaine de bureaux dans la région, le niveau des employés variait grandement. Wakatsuki s'était plusieurs fois plaint auprès de Tani, le chef de l'antenne de Shimogamo, sans effet.

Il décida de leur téléphoner directement.

À l'autre bout du fil, on lui apprit que M. Tani était justement parti rendre visite à l'agence de Kyôto.

— Le directeur de Shimogamo ?

Kasai, qui tapait à l'ordinateur, avait laissé traîner ses oreilles.

— Il était à l'étage en dessous, en rendez-vous avec Ôsako. Il est peut-être encore là.

Wakatsuki courut au sixième dans l'espoir de l'intercepter. Eu égard à leur différence d'âge et de qualification, il avait jusque-là été très courtois dans ses rappels à l'ordre au directeur Tani. Cette fois-ci, il allait enfoncer le clou.

Au sixième étage avait lieu ce jour-là un cours pour leurs collègues femmes voulant se former à la carrière commerciale. Wakatsuki tomba nez à nez avec la directrice adjointe Sakakibara. Une femme dans la quarantaine, très mince, dont l'activité principale était de former les nouvelles recrues.

— Ah, Wakatsuki, fit-elle en le voyant, l'air terriblement préoccupée.

— Qu'y a-t-il ?

— Je viens de compter le nombre de stagiaires, et il ne correspond pas au nombre de paniers-repas pour ce midi.

— Vous en avez en trop ? Je peux prendre le surplus, si vous voulez.

Il arrivait que, parmi les personnes qui s'inscrivaient, certaines n'honorent pas leur engagement. Dans ce cas, les paniers-repas en trop étaient redistribués au reste du personnel. Ils venaient d'un traiteur de renom connu pour sa cuisine kyôtoïte traditionnelle, et on se bousculait pour en obtenir un gratuitement.

— Si c'était ça, encore, il n'y aurait pas de problème… Non, il en manque un. Je ne sais pas quoi faire. Il est trop tard pour en commander et je ne vais pas faire manger un plat différent des autres à une seule personne…

Wakatsuki fronça les sourcils.

— Comment se peut-il qu'il en manque ?

— C'est exactement ce que je me demande ! Nous avons bien reçu le nombre de paniers-repas demandé. Il y a une stagiaire en trop ! Ils m'ont ajouté une stagiaire sans même m'en informer… C'est n'importe quoi !

Wakatsuki jeta un regard au bout du couloir, vers la pièce aussi vaste qu'une salle de classe dans laquelle se déroulait le cours. Une feuille de papier A4 fixée sur la porte annonçait, de son encre noire d'imprimante encore fraîche, « Salle de formation ».

— Mais qu'est-ce que je vais faire, qu'est-ce que je vais faire ? continua de se lamenter Sakakibara en se dirigeant vers l'escalier.

Wakatsuki la regarda s'éloigner, ne sachant que répondre.

Il leva les yeux vers la pendule murale au-dessus du guichet. 20 h 30.

Il avait deux gros tampons encreurs rouges fichés entre les doigts et les utilisait à tour de rôle pour marquer des documents à la chaîne. Il ne s'arrêtait que pour essuyer les bavures ou les taches sur ses mains. À la différence des sceaux de signature, ces gros tampons nécessitaient une certaine pression afin de bien s'imprimer sur le papier. Sa main était fatiguée, ses doigts le lançaient.

Cela faisait plus de deux heures qu'il expédiait ce labeur ingrat qui aurait mieux convenu à une machine qu'à un être humain, mais la pile de documents ne semblait pas diminuer pour autant. Son travail consistait à appliquer les tampons du directeur de la succursale ainsi que celui du directeur adjoint sur des documents liés à la gestion de chaque salarié.

Comme les haut gradés passaient plus de la moitié de leur temps en déplacement ou en réunion, ils n'avaient évidemment pas le loisir de se charger de la paperasse qui leur était adressée. Ce qui n'empêchait pas chaque département de la compagnie d'envoyer constamment des montagnes de documents, qu'il fallait retourner tamponnés.

Dès lors, fatalement, ce boulot était sous-traité.

Bien qu'il soit des plus répétitifs et à la portée de n'importe qui, on ne pouvait le confier aux jeunes recrues du bureau. La tâche incombait donc naturellement à Wakatsuki, gradé juste ce qu'il fallait pour être intégré dans la combine, mais pas assez pour pouvoir y couper. Voilà comment il se retrouvait, presque chaque mois, à tamponner des documents comme un robot à une heure où la plupart de ses collègues étaient déjà rentrés chez eux.

Tandis qu'il apposait les caoutchoucs encrés sur le papier, encore et encore, il perdit sa concentration et son esprit se mit à divaguer.

Il se prit à penser à Megumi.

Le brigadier Matsui avait raconté à Wakatsuki la façon dont sa petite amie avait été enlevée par Sachiko Komoda. Cette dernière avait fait preuve non seulement de ruse, mais aussi d'une force et d'une patience étonnantes pour parvenir à ses fins…

Le matin du 19 juillet, Sachiko s'était introduite dans l'enceinte de l'université. Elle portait de vieux vêtements, son visage était à moitié caché par un large chapeau de paille et elle tirait derrière elle un chariot plein de cartons. Un accoutrement parfait pour passer incognito et ne laisser aucune trace dans la mémoire de ceux qu'elle croisait.

Elle était probablement déjà venue en reconnaissance afin de savoir où aller. Elle avait laissé son chariot à l'arrière du bâtiment et s'était cachée dans l'une des cabines de toilettes les plus proches du bureau où travaillait Megumi. Elle l'y avait attendue plus de trois heures.

Plusieurs personnes avaient rapporté que cette cabine avait été occupée depuis tôt le matin.

Megumi s'était rendue aux toilettes une fois en milieu de matinée, mais puisqu'elle était accompagnée, Sachiko avait dû remettre ses desseins à plus tard. Lorsqu'elle y était retournée à la pause de midi, elle était seule cette fois, et personne n'était présent dans la pièce.

Sachiko, telle une araignée fondant sur sa proie,

avait ouvert la porte et sauté sur Megumi, son long couteau à la main, puis l'avait fait entrer de force dans la cabine. Paralysée d'effroi devant la hargne de cette femme et son arme, Megumi n'avait même pas tenté de résister. Elle avait avalé, ainsi que Sachiko le lui avait ordonné, quelques pilules blanches.

Megumi ne savait pas en quoi consistait la substance ingérée, mais compte tenu de l'état de confusion immédiat dans lequel elle avait été plongée, le lieutenant penchait pour un anesthésiant de type morphine.

À l'hôpital où Shigenori Komoda se trouvait toujours, il s'était fait confirmer qu'on avait prescrit à ce dernier, en guise d'antidouleur, de la codéine, une substance proche de la morphine.

La molécule prise par voie orale mettait un certain temps à agir, aussi Sachiko Komoda avait-elle prévu un chiffon trempé de chloroforme ou d'éther, en tout cas d'un produit dégageant une violente odeur. Elle l'avait plaqué contre le visage de Megumi. Une fois que la jeune fille avait complètement perdu connaissance, Sachiko l'avait jetée dans une housse de couette et portée jusqu'à son chariot.

Elle avait dissimulé le corps sous ses cartons et entrepris de faire tout le chemin, de l'université à la maison noire, à pied, traînant son lourd chariot sur près de dix kilomètres. Tout comme *Eremnophila aureonotata*, qui paralysait ses proies avant de les emporter dans son nid pour en nourrir ses larves...

C'était un projet insensé pour n'importe quelle personne dotée d'un minimum de sens commun : enlever quelqu'un en plein jour et le transporter au nez et à la barbe de tous, en traversant plus de quatre heures durant l'espace public avec un chariot...

Néanmoins, si l'on faisait abstraction de la problématique psychiatrique et des prérequis physiques de l'exercice, c'était plutôt malin. Au final, Sachiko Komoda n'avait éveillé l'attention de personne.

Arrivée chez elle, la meurtrière avait dénudé la jeune femme, l'avait ligotée et jetée dans la baignoire. C'est en lui faisant les poches qu'elle avait trouvé le double des clés de Wakatsuki, rangé dans son portefeuille. Puis Sachiko avait attendu que Megumi se réveille.

La première chose qu'avait vue la jeune femme en ouvrant les yeux, ç'avait été Mizen ligoté.

Sachiko l'avait enlevé la veille au soir. Elle l'avait attiré dans un guet-apens en lui disant au téléphone qu'elle souhaitait parler de la résiliation du contrat. Quant à savoir comment elle avait réussi à le priver de tous ses moyens, alors qu'il était certainement méfiant et qu'il avait survécu à nombre de situations périlleuses dans le milieu de la pègre, c'était encore un mystère. Toutefois, après inspection de sa tête décapitée, on avait découvert qu'il avait reçu un coup puissant à l'arrière du crâne, au point que l'os s'était fendu.

C'est alors que l'enfer avait débuté pour lui. Sous les yeux de Megumi, et uniquement lorsqu'elle était réveillée, Sachiko avait commencé à le démembrer vivant.

Pourquoi, lorsque le dernier souffle de vie eut quitté le corps de Mizen, Sachiko n'avait-elle pas tué Megumi ? Impossible de le savoir. Tant qu'on ne l'avait pas capturée pour le lui demander en personne, on ne connaîtrait pas ses motivations. Un psychologue engagé par la police avança qu'elle comptait sûrement rapporter la tête de Wakatsuki à Megumi afin de la lui montrer. Elle se serait délectée de la réaction de la jeune fille, entérinant ainsi sa victoire.

Après cette nuit funeste, Megumi était retournée chez ses parents, à Yokohama, pour se rétablir. Physiquement parlant, elle s'en était tirée quasiment indemne, mais le choc psychologique serait long à surmonter, d'autant qu'elle était déjà fragile.

Wakatsuki avait tenté de téléphoner chez eux à maintes reprises, mais les parents faisaient barrage, l'empêchant de parler à leur fille. Ils disaient craindre que cela ne replonge la jeune femme dans les souvenirs de l'affaire. Il valait mieux, à leur avis, laisser passer du temps.

Quoi qu'il en soit, ils n'avaient pas tenté de cacher à Wakatsuki qu'ils le tenaient pour responsable des malheurs de leur fille.

Le père comme la mère s'exprimaient de manière paisible. Leur façon de parler se ressemblait beaucoup. Ils ne s'énervaient jamais et écoutaient leur interlocuteur avec attention. Pourtant, jamais encore de toute sa vie le jeune homme n'avait fait face à une fin de non-recevoir aussi catégorique.

Il avait même envisagé, le week-end précédent, de se rendre en personne à Yokohama. Puis il avait abandonné l'idée. À en juger par la colère immense des parents, forcer une visite n'aurait fait que jeter de l'huile sur le feu. Finalement, il n'avait pas d'autre solution que d'attendre que le temps passe, effectivement. En espérant qu'il refermerait certaines blessures.

— Tu n'es pas obligé de tout terminer ce soir, hein, vint le rassurer Kasai. Laisse tomber et viens avec nous. Kitani nous invite à boire une bière. Dans un chouette *beer garden* qui vend des produits du terroir tout à fait alléchants !

Kasai avait tout juste fini d'expédier son travail quotidien. De son bureau, Kitani acquiesça d'un hochement de tête.

Wakatsuki allait accepter lorsque son téléphone sonna. Un appel en interne.

— Bonsoir. Wakatsuki, de l'agence de Kyôto.

— Monsieur Wakatsuki ? C'est Takakura, de l'agence de Shimogyô.

— Ah, répondit-il, déconcerté. Que puis-je faire pour vous ?

Yoshiko Takakura, la quarantaine bien avancée, était une commerciale hors pair qui chaque mois côtoyait les sommets des classements.

Femme d'un avocat influent, elle ne s'était pas lancée dans cette carrière pour des raisons pécuniaires. Elle avait du temps libre et souhaitait faire un travail au contact des gens, voilà ce qui l'avait motivée. Devenue la meilleure de la région de Kyôto en un rien de temps, elle se maintenait à cette position depuis plus de dix ans tout en animant des stages de soutien aux commerciaux. On pouvait dire que c'était, à son échelle, une sorte de célébrité ; non contente d'avoir donné des entretiens et publié des essais en interne, elle avait aussi été interviewée par la presse féminine en tant que modèle de réussite.

Certes, elle bénéficiait du statut social de son mari ainsi que de ses nombreuses relations – et il était sans aucun doute avantageux d'être assez riche pour combler les clients de cadeaux coûteux –, mais son succès, elle le devait avant tout à sa personnalité. Elle était dotée d'un esprit vif et enjoué, ainsi que d'une force de caractère indéniable.

— Je suis devant le musée du Textile de Nishijin, je dois rendre visite à un client, M. Shidara, mais…

À en juger par la qualité du son, elle téléphonait d'un portable. Une cloche, au loin, sonnait des coups réguliers. Il eut l'impression de l'avoir déjà entendue quelque part, sans pouvoir se souvenir où, exactement. Il y avait aussi un bruit sec de vent balayant le micro, ce qui donna immédiatement à Wakatsuki une impression rafraîchissante, bienvenue sur le moment. Y avait-il tant de vent, dehors, ce jour-là ? Il n'avait pas remarqué.

— Serait-il possible de vous demander conseil juste après ? demanda-t-elle.

— À quel sujet ? s'enquit-il avec réticence.

Une commerciale telle que Takakura tutoyait les haut gradés à tous les niveaux de la compagnie. Quand elle souhaitait discuter de certains problèmes, elle se tournait directement vers Kitani ou Ôsako. De fait, elle ne lui avait encore jamais parlé en personne.

J'espère que ce n'est pas un truc compliqué…

— Je suis un peu pressée par le temps, je vous rappellerai dès que mon entretien avec M. Shidara sera terminé. Mais ce sera aux alentours de 22 heures…

Yoshiko était une femme importante dans la hiérarchie, membre du syndicat des commerciaux de l'entreprise ; il était difficile de lui dire non, même si sa demande était vraiment exagérée.

— Entendu. Je reste disponible.

— Je suis vraiment désolée. Je sais qu'il est très tard. J'ai essayé de vous voir ce midi, j'étais à votre agence pour imprimer une feuille de calculs, mais vous n'étiez pas là…

À nouveau, le bruit du vent dans le feuillage.

— Bien, alors… poursuivit-elle, je vous recontacterai.

Elle sembla vouloir en dire plus, mais raccrocha abruptement.

Wakatsuki n'eut d'autre choix que d'expliquer à ses supérieurs qu'il devait rester sur place pour attendre un coup de fil de sa collègue et déclina leur invitation. Ils le déplorèrent, mais partirent sans lui pour le *beer garden*.

Seul dans les locaux vidés, Wakatsuki connut soudain une forte baisse de motivation. Il tenta de se secouer et coinça les deux tampons entre ses doigts.

Vers 21 heures, le gardien qui était posté au rez-de-chaussée passa pour sa tournée. C'était un vieil homme de petite stature, aux cheveux blancs, retraité des forces japonaises d'autodéfense. À en juger par son corps athlétique, les FJA entraînaient bien leurs hommes, et pour longtemps.

— Vous faites encore des heures sup ? lui demanda-t-il en souriant. C'est pas facile tous les jours, hein ?

— Bonsoir… Oui, en effet, je suis là pour un bon moment encore. Je dois recevoir un coup de fil vers 22 heures.

— Je vois… Vous préférez que je laisse le rideau du septième ouvert ?

Wakatsuki réfléchit un instant.

Le bâtiment de la Shôwa Seimei de Kyôto était doté de deux ascenseurs, d'une cage d'escalier principale et d'une autre, au bout du couloir, pour l'escalier de secours. Afin de limiter la propagation du feu en cas d'incendie, des rideaux de fer étaient tirés toutes les nuits entre la cage d'escalier principale et chaque étage.

Bien entendu, si les rideaux étaient tirés et si les ascenseurs s'avéraient hors service (en cas de coupure d'électricité, par exemple), il restait toujours l'escalier de secours pour quitter le bâtiment. Pourtant, Wakatsuki préféra conserver l'escalier principal dans ses options.

— Oui, s'il vous plaît. Je passerai vous voir en partant pour vous prévenir.

— Pas de souci. Je serai à mon bureau au rez-de-chaussée, si vous avez besoin de quoi que ce soit. Bien, sur ce…

Il salua et repartit. Quelques minutes plus tard, l'agent d'assurances entendit les rideaux se baisser à chaque étage dans un fracas métallique qui résonna dans tout l'immeuble.

Il retourna à ses tampons. Lorsqu'il arriva enfin au bout de sa pile, l'horloge indiquait 21 h 40.

Son estomac gargouilla. Maintenant qu'il y pensait, il n'avait absolument rien mangé depuis ses nouilles et sa friture du midi.

Il se remémora l'incident du panier-repas manquant. Si seulement ça avait été un repas en trop… il aurait eu quelque chose à se mettre sous la dent à l'heure qu'il était… Bon, c'était un repas manquant, inutile d'y repenser, cela ne faisait qu'accroître sa faim.

Quoique… C'était tout de même extrêmement étrange, cette affaire.

Le nombre de stagiaires était rigoureusement

défini, ne serait-ce que pour des problèmes d'assurance et de paiement du stage : les recrues n'étaient pas sélectionnées à la légère. Lorsque des stagiaires ne se présentaient pas, ce qui pouvait arriver, les responsables avaient beaucoup à faire pour rectifier le tir après coup.

Comment imaginer que le comité organisateur ait pu décider d'ajouter une participante sans même prévenir l'agence ? D'autant qu'une personne en plus était à tout point de vue une bonne nouvelle, qu'on se serait empressé de répandre dans les différents services…

Pourquoi manquait-il un panier-repas ?

Une explication effrayante lui vint à l'esprit.

Idiot. Qu'est-ce que je m'imagine… Je suis tellement crevé que j'invente n'importe quoi. Je commence à perdre la boule.

Il eut beau essayer de se raisonner, un petit rictus moqueur au coin des lèvres, l'idée fit son chemin, gagnant en authenticité.

Peut-être Sachiko Komoda s'était-elle bel et bien enfuie de la ville, mais peut-être était-elle revenue à Kyôto, une fois l'agitation retombée. L'ancienne cité impériale était cernée par les montagnes. Pour qui se contentait de camper, le paysage était truffé de recoins idéaux pour se cacher. La police ne pouvait pas passer les forêts au peigne fin.

Et si la tueuse était revenue au mépris des risques encourus, ce ne pouvait être que pour une raison : tuer Wakatsuki.

Sachiko Komoda avait l'habitude, lorsqu'elle échafaudait un plan, d'effectuer des recherches préliminaires minutieuses. Si elle avait prévu d'attaquer ce soir, alors il était possible qu'elle soit venue en reconnaissance dans la journée. Avec son apparence terriblement banale, elle avait pu circuler dans l'immeuble sans souci de se cacher. Il ne lui aurait pas été difficile de se fondre parmi les stagiaires.

Peut-être avait-elle eu l'intention de le tuer à ce moment-là, dès qu'une occasion se serait présentée. Mais plusieurs personnes auraient pu la reconnaître au bureau du septième, à commencer par Kasai : c'était trop risqué. Dès lors, elle n'avait pu faire autrement que de remettre ses sombres desseins à plus tard…

Vu son obstination maladive, Sachiko Komoda n'aurait pas abandonné pour autant. Ayant conscience que le temps ne jouait pas en sa faveur et qu'elle risquait de se faire pincer par la police, il lui fallait agir vite. Dès que Wakatsuki se retrouverait seul.

L'agent d'assurances releva la tête et observa le bureau autour de lui. Sous la lumière blafarde des néons qui annihilaient les ombres, tout paraissait plat, sans volume. Dans certains coins de la pièce, on les avait éteints. Sans ses collègues, le bureau devenait un lieu hostile.

Il réalisa soudain qu'il était seul, et ce constat provoqua un malaise chez lui.

Quel idiot. Je travaille trop, je ne mange rien… Je ne dois pas m'étonner d'être en hypoglycémie et d'avoir les nerfs en pelote.

Même si Sachiko Komoda avait décidé d'en finir avec lui, comment aurait-elle pu prévoir qu'il resterait tard ce soir-là, précisément ?

Il essuya l'encre sur les tampons.

Ce coup de fil étrange de Yoshiko… Et si…

Il se repassa leur conversation en mémoire.

Il avait décelé, c'est vrai, un certain trouble dans les intonations de Yoshiko Takakura.

D'ailleurs, il ne voyait vraiment pas ce qui aurait pu la pousser à vouloir lui parler alors qu'elle n'avait aucun lien avec lui. Pire encore : qu'une personne reconnue pour sa délicatesse lui demande de rester au bureau jusqu'à 22 heures pour recevoir un appel était fort déroutant.

Wakatsuki s'enjoignit de se calmer puis passa sa journée au crible pour y déceler la moindre incohérence. Il en trouva d'autres.

La commerciale avait prétendu s'être déplacée à l'agence pour « imprimer une feuille de calculs ». Wakatsuki n'avait pas réagi immédiatement, tout à ses pensées tournées vers Megumi, or il voyait désormais ce que cela comportait d'incongruité. De nos jours, les commerciaux étaient tous équipés d'ordinateurs de bureau ou d'ordinateurs portables. Yoshiko pouvait facilement imprimer une feuille de calculs chez elle. Et puis, elle passait tous les jours à l'agence, pourquoi aurait-elle expressément précisé qu'elle était venue ? Cela n'avait aucun sens.

Wakatsuki ravala un hoquet. Et si, lorsqu'elle était venue plus tôt, Yoshiko Takakura avait croisé la route de Sachiko Komoda ? Le visage de la commerciale était partout, aussi bien dans l'entreprise qu'au-dehors... Pour la meurtrière, elle avait pu représenter une cible parfaite...

Il posa la main sur le combiné du téléphone. Mais... pouvait-il appeler la police sur la base de simples suppositions ?

Attends. Il y a autre chose. Réfléchis, bon sang !

Les sons en arrière-plan de la conversation

téléphonique. Le tintement régulier d'une cloche. Il était certain de l'avoir déjà entendu… et en plusieurs occasions. Mais où ?

Dans le train !

Dans le petit tramway à un wagon, pour être exact. Il n'en existait plus dans la ville de Kyôto même, il pouvait donc s'agir soit des lignes Arashiyama ou Kitano de la Keifuku, soit de la ligne Eizan, ou encore de la Keihan Keishin.

Où avait-elle dit qu'elle se trouvait, déjà ? Oui… « *Je suis devant le musée du Textile de Nishijin.* » Il n'y avait pourtant aucune ligne de tramway à proximité du musée. Du moins, pas assez proche pour être entendue en fond sonore lors d'un appel téléphonique…

Yoshiko Takakura avait menti afin de transmettre un message à Wakatsuki. Aussitôt, il comprit qu'il y avait un autre indice caché dans ses paroles.

Elle avait dit être sur le point de rencontrer un client nommé Shidara. Un nom qu'elle avait répété pour être sûre qu'il l'entende bien.

Comment avait-il pu ne pas s'en rendre compte sur le moment ? Shidara était un nom plutôt rare, et c'était aussi celui du directeur comptable de l'entreprise. En l'employant, Yoshiko Takakura avait voulu le prévenir.

Wakatsuki se leva d'un bond.

Il venait de comprendre à quoi était due cette brise qu'il avait cru percevoir à l'autre bout du fil.

Il aurait dû s'en souvenir plus tôt ! Il avait entendu ce son, pas plus tard que quelques semaines auparavant, et par le biais d'un répondeur téléphonique…

C'était celui d'une lame aiguisée glissant sur

du tissu. Il comprit que Sachiko Komoda menaçait Yoshiko Takakura avec son énorme couteau à
murène.

À force de se ronger les sangs au sujet de Megumi,
il avait relâché son attention… Il le regretta amèrement. Déjà 21 h 55, indiquait l'horloge.

Il décrocha le combiné, appela le gardien sur une
ligne interne. La tonalité d'appel résonna longtemps,
sans réponse.

Jusqu'à ce que la communication se coupe.

Wakatsuki n'entendit plus rien à l'autre bout du fil.
Il appuya sur le bouton pour passer en appel externe,
mais la ligne était morte.

Il reposa lentement le combiné. Cette fois, le doute
n'était plus permis : Sachiko Komoda s'était infiltrée
dans le bâtiment pour le tuer.

Il n'avait pas de téléphone portable. Avec la ligne
externe indisponible, il se retrouvait tout bonnement
coupé du monde, dans l'incapacité d'appeler à l'aide.
Il ne pouvait compter que sur lui-même et espérer
réussir à s'enfuir.

Il chercha dans la pièce un objet, n'importe lequel,
qui pourrait lui servir d'arme mais n'en trouva pas. Il
tendit l'oreille en direction du couloir. Apparemment,
il était désert.

Il éteignit la lumière et sortit du bureau pour pénétrer dans le couloir. Seul le panneau vert de la sortie
de secours brillait dans l'obscurité.

Les deux ascenseurs étaient arrêtés au rez-
de-chaussée. Il voulut en appeler un mais ils ne
bougèrent pas. Ils avaient été immobilisés à dessein.

Devait-il prendre ses jambes à son cou et passer par
l'escalier de secours ? Wakatsuki hésita : l'ouverture

de la porte qui y menait actionnait une alarme dans le bureau du gardien. En l'entendant, Sachiko saurait immédiatement qu'il essayait de s'enfuir et l'attendrait en bas, couteau à la main, pour le cueillir.

Que faire, que faire ?

Sans ascenseur ni escalier de secours, il ne restait que deux possibilités : rester caché au septième ou descendre par l'escalier principal.

Sachiko ignorait peut-être que le rideau de fer du septième n'avait pas été baissé...

Quel était son but en immobilisant les ascenseurs ? Le coincer ? Et puis quoi, mettre le feu à l'immeuble ?

Il décida de se risquer dans la cage d'escalier. S'il restait prudent, il ne devrait pas tomber sur la tueuse à l'improviste. Si jamais elle apparaissait plus bas, il n'aurait qu'à remonter à toute vitesse au septième et prendre l'escalier de secours. La porte ne mettrait pas plus de deux secondes à se déverrouiller.

Il jeta un regard autour de lui et décrocha l'extincteur pendu au mur. Il se souvenait très bien de la manière dont il fallait l'utiliser grâce aux exercices d'évacuation. Retirer la goupille, viser la cible, actionner le levier. En cas de nécessité, cela lui permettrait au moins de gagner du temps...

Wakatsuki entra sans bruit dans la cage d'escalier. Il se pencha par-dessus la rambarde : la structure en colimaçon ne lui permettait d'entrevoir que l'espace central jusqu'en bas. Du sixième au premier étage, les lumières d'urgence repoussaient faiblement l'obscurité. Au rez-de-chaussée, tout était noir.

Il entama la descente, un pas après l'autre, tâchant de ne pas faire un seul bruit.

À partir du sixième, chaque étage était effectivement barricadé par les rideaux anti-incendie. Autrement dit, avec les ascenseurs à l'arrêt, il lui était impossible d'y accéder.

Chaque fois qu'il atteignait un palier entre deux étages, il s'arrêtait, tous les sens à l'affût, surveillant si Sachiko ne l'attendait pas dans l'obscurité.

Il parvint au quatrième en moins d'une minute. Alors qu'il approchait du palier entre le quatrième et le troisième étage, un objet sombre entra dans son champ de vision, plus bas. Il se pencha, étirant le cou pour mieux voir. Juste en dessous du palier, étendue sur les marches, reposait une forme humaine. Même sans lumière, Wakatsuki sut immédiatement de qui il s'agissait. Des taches sombres maculaient sa chemise bleue. Ses cheveux blancs aussi. D'une plaie béante à la nuque, le liquide sombre et visqueux se déversait sur les marches.

Le gardien avait dû tenter de s'échapper lorsque Sachiko l'avait attaqué. Il avait couru dans l'escalier, mais cela n'avait pas suffi…

Wakatsuki posa son extincteur et se pencha sur le corps.

Deux doigts posés sur le cou de l'homme confirmèrent son intuition. Plus aucun battement de cœur. Pourtant, sa peau était encore chaude. Cela ne faisait pas longtemps qu'il avait été tué…

Peut-être était-elle là, tout près…

La respiration de Wakatsuki s'emballa soudain tandis que son cœur cognait violemment dans sa poitrine.

Calme-toi ! Si tu paniques, tu es mort… Calme…

Il fit demi-tour mais, encore sous le choc, manqua une marche et faillit tomber à la renverse. Il ne se rattrapa que de justesse.

Ses semelles frappèrent le sol comme s'il avait voulu faire un numéro de claquettes, résonnant dans toute la cage d'escalier.

Il grimpa à petites foulées.

Ça va aller. Accroche-toi. Retourne au septième. Ouvre la porte de l'escalier de secours, fais sonner l'alarme et attends que les secours arrivent.

Si Sachiko apparaît, d'où qu'elle vienne, tu peux t'enfuir. Maintenant il faut te calmer. Rester en alerte. Ne pas te précipiter...

De manière complètement inattendue, un ascenseur poussa son gémissement métallique. Wakatsuki fut saisi de peur, comme si on lui serrait le cœur à pleines mains. Dans l'espace contigu à celui où il se trouvait, derrière un unique mur, la boîte en acier opérait son ascension.

Il voulut presser le pas, courir comme un dératé jusqu'en haut, mais ses jambes, paralysées, ne lui obéissaient plus. Sa respiration se fit plus courte et saccadée, ses genoux s'entrechoquaient.

Lui qui d'ordinaire se plaignait de la lenteur irritante de l'ascenseur ne put que l'entendre, impuissant, le dépasser à toute vitesse et arriver avant lui au septième, tandis qu'il atteignait tout juste le sixième.

Les portes s'ouvrirent. Le simple chuintement, imperceptible en plein jour, sembla un fracas assourdissant dans la nuit.

Le silence retomba.

Wakatsuki concentra toute son attention au creux de son oreille, mais il n'entendit pas un bruit.

Que faire ? se demanda-t-il pour la centième fois. Monter ? Descendre ? Rester là où il se trouvait ? Non : il ne pourrait supporter plus longtemps de rester coincé dans cet escalier. Il se pencha par-dessus la rampe pour regarder en bas et tenta de percer l'obscurité.

Il eut soudain l'impression que des ténèbres du rez-de-chaussée s'élevaient des miasmes de malveillance opaques. Comme si son lieu de travail, infesté, se changeait en maison noire à son tour.

Il montait l'escalier. Ses jambes avaient agi sans le consulter.

Déconne pas ! C'est pas le moment de faire n'importe quoi ! hurla une voix au fond de lui. *Elle t'attend là-haut !*

Pourtant il ne s'arrêta pas, ne fit pas demi-tour. Son intuition lui confirmait que son choix était le bon.

Il fit une pause juste avant les dernières marches menant au septième. Si Sachiko était cachée dans le couloir, il le saurait. Un être humain ne pouvait complètement échapper aux sens. Un souffle ténu. Un mouvement d'air. Une odeur. La chaleur corporelle, aussi…

Wakatsuki retint sa respiration un moment, puis il expira longuement.

Elle n'est pas là !

Sachiko Komoda n'était pas embusquée dans le couloir.

Il franchit les dernières marches sans bruit.

Il risqua un œil dans le couloir. Rien ne paraissait avoir changé depuis son départ des lieux.

Il avisa l'éclairage de secours, à l'autre bout du couloir, sur sa droite. Ce signe censé guider les personnes en détresse vers la sortie semblait l'appeler : « *Venez à moi ! Fuyez !* » La liberté et la sécurité à portée de bras, au-delà de la lumière verte…

Mais pour y parvenir, il fallait passer devant pas moins de quatre portes. Sachiko Komoda pouvait s'être dissimulée derrière l'une d'entre elles.

Il avisa la porte des toilettes, tout près de la sortie de secours.

Comme il était aisé de sortir de là par surprise... C'était dans les toilettes que Sachiko avait attendu Megumi des heures durant, avant de l'enlever.

Les criminels n'avaient-ils pas l'habitude de se resservir de leurs stratagèmes ?

Il se retourna pour jeter un œil aux ascenseurs derrière lui.

D'après l'affichage, le premier, le plus proche de lui, était encore au rez-de-chaussée. L'autre était resté au septième.

Les ascenseurs étaient-ils censés retourner au rez-de-chaussée après avoir déposé leurs passagers aux étages supérieurs ? Ou bien demeuraient-ils là où ils avaient servi pour la dernière fois, attendant d'être appelés ailleurs ?

Il n'aurait su le dire. Il ne s'était encore jamais vraiment intéressé au fonctionnement de cet engin qu'il utilisait au quotidien. D'ailleurs, peut-être avaient-ils un fonctionnement différent le jour et la nuit...

S'il se posait tant de questions, c'est qu'une possibilité effrayante s'était insinuée dans son esprit. Et si Sachiko avait seulement prétendu descendre dans le couloir, mais qu'en réalité elle était restée cachée dans la cabine ?

Peut-être était-elle là, prête à surgir dès qu'il appellerait l'appareil pour redescendre ; elle sauterait sur lui, son horrible couteau à murène en avant... Avec une arme de cette trempe, elle pouvait infliger des dégâts mortels avant même que les portes ne soient complètement ouvertes.

Quelle option lui sauverait la vie ? L'ascenseur ou l'escalier de secours ?

Ou devait-il retourner sur ses pas, redescendre l'escalier principal ? Mais l'idée de repasser devant le corps du gardien lui donnait des frissons. De plus, si jamais le rideau de fer du rez-de-chaussée était lui aussi tombé, il serait fait comme un rat.

À bien y réfléchir, que l'assaillante soit sortie de l'ascenseur pour aller se cacher près de la sortie de secours était un scénario peu probable. Ç'aurait été comme si elle l'encourageait à s'échapper…

Mais il fallait prendre en compte la ruse surprenante de cette femme à l'esprit retors : n'était-ce pas exactement ce qu'elle voulait qu'il pense ?

Néanmoins, il ne gagnait rien à tergiverser… Courir à l'ascenseur était probablement la seule solution. Le temps ne jouait pas en sa faveur, mais en celle de la meurtrière.

Oui, mais si elle était cachée dans l'ascenseur ? Dans ce cas, il devrait courir de toutes ses forces vers l'escalier de secours. Sachiko, elle, ne pourrait pas sortir avant que les portes ne soient assez ouvertes. Il devrait compter sur ces quelques secondes d'avance pour déverrouiller la sortie de secours et s'élancer au-dehors.

Mais peut-être était-elle tapie derrière une porte du couloir, escomptant lui foncer dessus dès qu'elle entendrait l'ascenseur s'ouvrir…

Il hésita. Dans ce cas, il n'aurait absolument pas le temps de laisser se refermer les portes pour s'enfuir au rez-de-chaussée…

Il pensa soudain que si le gardien avait été assassiné dans l'escalier, cela voulait dire qu'il n'avait pas baissé le rideau de fer du rez-de-chaussée... D'ailleurs, c'était très peu probable, car s'il avait pensé à laisser le septième ouvert, il n'aurait pas eu l'idée de boucher l'issue d'en bas...

Sachiko Komoda ignorait probablement tout du système des rideaux pare-feux. En conclusion, le rideau devait être levé tout en bas. L'escalier principal devenait donc la dernière voie de repli de Wakatsuki en cas de danger. Dès lors, la femme pouvait toujours tenter de le devancer pour se rendre au rez-de-chaussée via l'ascenseur avant lui, elle ne pourrait en aucun cas le coincer en chemin.

Au bout du compte, quoi qu'il fasse, il prenait un pari sur sa vie.

Wakatsuki essuya ses paumes poisseuses sur son pantalon, regardant tour à tour l'ascenseur devant lui et la porte de secours à l'autre bout du couloir... Il passa en revue tout ce qu'impliquaient les deux options et... appuya sur le bouton d'appel triangulaire.

Un petit carillon sec se fit entendre, puis la cabine tressauta avant d'ouvrir lentement ses portes d'acier.

Elle n'est pas là !

La cabine était vide.

Il jeta un coup d'œil vers la sortie de secours, mais là non plus, il ne vit rien. Il entra dans la cabine sur la pointe des pieds.

C'est alors qu'il crut entendre quelque chose.

Il tendit le bras par pur réflexe pour appuyer sur le bouton « Fermeture des portes ». Une seconde entière passa avant que l'engin se mette en branle et rapproche les deux panneaux coulissants avec une lenteur insoutenable.

Ferme-toi ! Ferme-toi, bon sang, ferme ! criait-il intérieurement, tout en martyrisant le bouton.

La tueuse s'était-elle cachée dans le couloir, non pas pour lui tomber dessus à son passage, mais pour le coincer au moment où il entrerait dans l'ascenseur ?

Elle pouvait sortir des ténèbres à tout moment...

Maintenant... Non, maintenant...

La terreur le rendait fou.

Vite ! Viiiiiite !

Les portes se refermèrent enfin. Le soulagement fut si violent qu'il aurait pu en tomber à genoux.

L'ascenseur s'ébranla.

Mentalement, Wakatsuki remercia de tout son cœur sa collègue, Yoshiko Takakura. Sa voix au téléphone avait été ferme et sûre d'elle. Même dans la pire des situations, elle avait su garder la tête froide jusqu'au bout et s'était démenée pour lui envoyer un message d'alerte.

Il serait éternellement reconnaissant à cette femme héroïque... qui à l'évidence avait depuis longtemps rendu son dernier souffle...

Il revint à lui brutalement. La descente rapide de l'ascenseur le rendait de plus en plus nerveux.

Quelque chose n'allait pas...

Il venait d'échapper au pire, alors pourquoi avait-il l'impression de descendre dans les tréfonds de l'enfer ?

Qu'est-ce qui ne va pas ?

À mesure qu'il se rapprochait de la terre ferme,

une terreur indescriptible enflait en lui, sans qu'il en comprenne la cause.

Il leva les yeux vers l'écran d'affichage. Il avait dépassé le deuxième et approchait du premier étage.

La vérité lui apparut soudain, le traversant comme une décharge électrique.

C'est un piège !

Il écrasa du doigt le bouton du premier étage. Encore et encore.

Si Sachiko Komoda s'était cachée au septième, elle aurait été obligée d'ouvrir une porte. Cela aurait fait du bruit. Une poignée qu'on tourne, un pêne qui coulisse. Le grincement d'un battant de cabine dans les toilettes. Rien de tout ça. Le dernier étage était resté parfaitement silencieux.

Et puis, si la tueuse s'était tapie dans le couloir pour lui bondir dessus, elle l'aurait fait dès son arrivée.

Non…

Elle avait entendu Wakatsuki manquer de tomber dans l'escalier et repartir vers le septième. Alors elle avait eu l'idée d'envoyer l'ascenseur là-haut…

Il continuait d'appuyer comme un forcené sur le bouton du premier, mais l'ascenseur ne s'arrêta pas. Trop tard. La cabine dépassa le palier et continua sa chute inexorable.

Il perdit momentanément la vue sous l'effet du désespoir. Il se mit à appuyer sur tous les boutons de manière frénétique. Mais il n'y avait plus aucun moyen d'arrêter sa course. Cette cabine avait bien un dispositif d'appel au secours, mais pas de bouton d'arrêt d'urgence. Wakatsuki lança un coup de poing dans le panneau.

Le léger carillon d'arrivée à destination retentit avec sa légèreté habituelle.

Les portes s'ouvrirent.

Le rez-de-chaussée était plongé dans l'obscurité la plus totale. Même l'éclairage de secours ne fonctionnait pas.

Un parfum écœurant lui assaillit les narines.

Plus rapide que l'éclair, il appuya sur « Fermeture des portes ».

Celles-ci se refermèrent lentement.

Soudain, une main s'agrippa à l'un des panneaux et le tira en arrière.

Sachiko Komoda se matérialisa devant lui. Dès qu'elle le vit ainsi pris au piège, un sourire démoniaque déforma ses traits, et elle tenta de s'insérer de force entre les portes.

Sa main droite agrippant son couteau à murène entra dans le champ de vision de Wakatsuki, mais pas encore à l'intérieur de l'ascenseur. Le jeune homme se rua en avant pour sa survie. Prise au dépourvu, la femme voulut lui porter un coup, mais l'interstice était trop étroit et la lame cogna contre le métal d'une porte.

Wakatsuki lui attrapa le poignet et ils titubèrent ensemble à l'extérieur de la cabine.

Le désespoir en lui avait laissé place à une farouche volonté de se battre qui lui brûlait l'estomac. Il se savait fort. Et quelles que soient la brutalité et la cruauté de son adversaire, elle demeurait une femme qui n'était plus de la première jeunesse.

Je dois juste lui prendre ce couteau !

Elle visa ses yeux avec ses ongles. Il détourna la tête de justesse et sentit ses tempes le brûler, le sang couler sur sa joue. Elle recommença, obstinée. Empêché dans ses mouvements à cause de sa main droite soudée au poignet droit de Sachiko, Wakatsuki ne pouvait que tourner la tête pour se protéger les yeux.

Il essaya de lui porter des coups de pied de sa jambe gauche mais, comme il devait conserver l'équilibre en pesant sur la droite, il ne réussit pas à leur donner de réelle puissance.

La meurtrière, le bras droit toujours immobilisé, était en furie et sifflait, la bave aux lèvres. Wakatsuki se rendit compte qu'il l'avait sous-estimée. Il avait l'impression de se battre contre un chat sauvage des montagnes.

Les ongles de Sachiko Komoda, acérés comme des lames, lui effleurèrent le dessous de l'œil et mordirent la chair de son cou.

La douleur fulgurante lui fit pousser un gémissement mais il ne lâcha pas sa prise sur le poignet de la femme pour autant.

Vite, vite ! Il me faut ce couteau !

Son poing, aussi fermement replié sur le poignet droit de Sachiko que s'il y était soudé, était blanc sous la pression qu'il exerçait.

Pourtant, Sachiko tenait bon. À travers ses dents serrées jaillissaient des éclats d'écume et de salive. Elle fit soudain un bruit qui ressemblait au son de crécelle d'un serpent à sonnette et lui administra un coup de genou entre les jambes. Alors qu'il se pliait de douleur, elle se rua et planta ses mâchoires dans le bras droit de Wakatsuki.

Il hurla.

Les dents de la forcenée s'enfoncèrent dans sa chair. Fou de douleur, il tenta de lui bourrer le visage de coups de poing avec sa main gauche, mais elle ne relâcha pas son étreinte. Au contraire, l'étau ne fit que se resserrer, jusqu'à ce que les canines transpercent la peau et qu'un filet de sang chaud et humide coule le long de son bras.

Les doigts de Wakatsuki faiblirent, en dépit de sa volonté. Sachiko sauta sur l'occasion : d'un mouvement brusque, elle se dégagea de son emprise.

Non...

Ayant perdu sa seule chance de salut, Wakatsuki resta immobile, pantelant.

D'un geste puissant du bras gauche, elle le repoussa violemment. Elle était dotée d'une force surprenante pour une femme. Il tituba en arrière, s'appuyant contre le mur dans son dos.

Il releva les yeux pour voir Sachiko lever son immense couteau.

D'instinct, Wakatsuki se replia sur lui-même tout en se laissant tomber accroupi et releva son bras droit en bouclier pour se protéger.

Alors qu'il pensait que la lame ne l'avait qu'effleuré, un choc comparable à celui d'un violent coup de barre de fer se répercuta dans ses os.

Son bras s'engourdit comme s'il avait été tordu et un frisson glacial le parcourut tout entier. Il rampa, se redressa et bondit vers la porte arrière du bâtiment.

Elle avait été verrouillée...

Dans son dos, Sachiko avançait sans se presser, frottant son poignet droit toujours agrippé au manche de son couteau.

L'escalier principal, en revanche, était bien ouvert. Sans perdre de temps à réfléchir, Wakatsuki repartit en arrière et s'y engouffra en courant à perdre haleine.

Le sang de sa blessure inondait tout son bras, dégoulinait au sol.

Entre le deuxième et le troisième, le souffle vint à lui manquer. Ses doigts des mains et des pieds étaient froids comme de la glace, les muscles de ses cuisses, vidés de leur énergie. Un frisson dressa tous les poils de son corps.

Il jeta un regard en contrebas : Sachiko commençait à gravir les marches. Peu importait l'avance qu'il prenait, il ne pourrait pas lui échapper. Elle devait en être persuadée.

Du premier au sixième, tous les rideaux anti-incendie étaient tombés et l'on ne pouvait les relever depuis l'escalier. S'il voulait s'en sortir, Wakatsuki n'avait qu'un seul moyen : atteindre le septième, traverser le couloir et s'enfuir par l'escalier de secours.

Son souffle chaotique lui emplissait les oreilles.

Ses genoux cédèrent sous lui au niveau du troisième étage.

Combien de sang avait-il perdu ? L'artère n'avait pas dû être touchée. Il savait que dans ce cas, le sang se mettait à gicler comme une fontaine. Quant à la quantité maximum de sang que l'on pouvait perdre sans y laisser sa peau, il s'agissait, s'il se souvenait bien, de la moitié du tout, soit environ deux litres. À ce rythme, jamais il n'arriverait au septième.

Il défit sa cravate de la main gauche, prit l'autre extrémité entre les dents et la noua sous son épaule droite. Cela n'atténuait en rien la douleur ressentie, mais au moins, le flot de sang serait sensiblement ralenti.

Il entendait des bruits de pas en dessous. Ce pas lent, cette jambe qui traînait.

Retrouvant un peu de forces, il se remit debout.

Son regard se troubla, il eut le tournis. Un haut-le-cœur le prit et il tenta de cracher de la salive, mais sa bouche était si sèche qu'il n'en sortit rien.

Je vais mourir ici ? se demanda-t-il, incrédule. *C'est ainsi que je meurs ?*

Depuis le matin, il avait eu un mauvais pressentiment. Bien sûr, on ne s'en rendait compte qu'après coup. Quand il était déjà trop tard.

Juste après le troisième, il discerna la silhouette du gardien, toujours affalé sur les marches. C'en était fini. Il n'avait pas la force de le dépasser pour continuer son ascension. Il s'agrippa à la rambarde de la main gauche et se rapprocha du corps.

Tandis qu'il voyait sa propre fin approcher, il se sentit des affinités avec le cadavre. Étrangement, il n'avait plus peur de la mort.

Ses doigts effleurèrent quelque chose. De dur, froid et lisse. Et lourd… Il l'attrapa sans même réfléchir et le ramena vers lui. C'était l'extincteur. Il l'avait laissé là en découvrant le corps du gardien.

Il le cala contre ses jambes de manière qu'il ne soit pas visible d'en bas et dégoupilla l'amorce. À tâtons, il trouva le diffuseur au bout du tuyau et l'enserra dans sa main gauche.

Derrière lui, les pas se rapprochaient.

À quatre, cinq mètres tout au plus, Sachiko apparut dans son champ de vision. Son couteau à murène prêt à frapper.

Ignorant la douleur implacable, Wakatsuki passa le diffuseur dans sa main droite tandis que de la gauche il appuyait sur la poignée de toutes ses forces. Il visa les yeux de Sachiko.

Aussitôt, gaz carbonique à haute pression et agent extincteur jaillirent en une gerbe de fumée blanche, directement dans le visage de son assaillante.

Le nuage immaculé emplit rapidement l'étroite cage d'escalier, où il devint de plus en plus difficile de respirer.

Un rugissement bestial s'éleva des volutes et résonna jusqu'au dernier étage. Apparemment, Sachiko n'avait pas eu le temps de fermer les paupières et se frottait les yeux.

Wakatsuki lâcha la poignée.

Lorsque la poussière commença à retomber, la tête complètement blanche de Sachiko émergea. Avoir perdu la vue n'avait en rien amenuisé sa folie meurtrière. Au contraire, elle continuait d'avancer vers lui en marmonnant des promesses de mort imminente. Elle fit un pas, deux pas. Le couteau à murène tremblait de rage au bout de son poing.

Alors, Wakatsuki s'empara du cylindre de l'extincteur et le brandit haut au-dessus de sa tête. La seconde suivante il l'abattait de toutes ses forces au sommet du crâne de Sachiko.

Il eut la sensation que celui-ci se fracturait sous le choc.

Sachiko Komoda s'étala en arrière, raide comme un arbre mort. L'arrière de son crâne heurta les marches avec un son aigu.

Son corps inerte glissa mollement sur le tapis de mousse humide.

Le champ de vision de Wakatsuki se rétrécit jusqu'à ce qu'il plonge dans les ténèbres.

13

11 août (dimanche)

— Appel pour vous, lança l'infirmière. Rapportez le téléphone quand vous aurez fini.

Elle semblait lui battre froid, étrangement. Un peu ronde, les yeux bien dessinés, elle possédait tout de la beauté traditionnelle de Kyôto. Jusque-là, elle avait pris soin de Wakatsuki, qui récupérait de sa blessure grave, avec une compassion non feinte.

Il la remercia et s'assit sur le banc de la salle d'attente en faisant bien attention à son bras droit en écharpe.

— Allô ? Wakatsuki à l'appareil.

— Allô…

La voix de Megumi. L'infirmière ne lui avait pas précisé de qui venait l'appel. Il en fut désarçonné.

— Allô, Megumi ?

— Tu vas bien ? Ta blessure…

— Oui, la chirurgie s'est bien déroulée, il n'y a pas eu de problème. Plus le couteau est effilé, plus la guérison est rapide, apparemment.

— D'accord. J'ai vu les informations, je ne savais pas…

— Et moi donc… Jamais je n'aurais imaginé…

Il éprouvait toujours la sensation d'avoir démoli le crâne de Sachiko Komoda au creux de la main qui tenait le combiné.

Ç'avait été un peu comme craquer une fine pellicule de neige glacée et écraser la poudreuse en dessous. Il lui avait fallu si peu de force pour annihiler une vie ! Ce sentiment de fragilité extrême gouvernait désormais sa vision de l'existence.

— Tu sais, je m'inquiète moins pour ta blessure que pour ton mental… Tu dois être sous le choc, non ?

Wakatsuki n'avait pas vraiment le sentiment d'avoir commis un assassinat. La mort de Sachiko Komoda ne lui avait laissé qu'un inconfort physiologique, doublé d'un arrière-goût de confusion. Rien de plus méchant.

Il était le premier à s'étonner de sa faculté à compartimenter. Sachiko Komoda avait beau être une meurtrière sanguinaire qui avait tué et torturé toute sa vie, c'était un être humain, tout comme lui. Pourtant, le fait de lui avoir ôté la vie ne lui causait pas davantage d'émotion qu'asperger un cafard d'insecticide. Aucune culpabilité, à peine un léger sentiment de remords.

— Non, pas vraiment. Je ne pouvais rien faire d'autre. Tiens, d'ailleurs, je viens d'être auditionné par la police. Il n'y a pas eu de témoin mais, la coupable étant déjà connue pour ce qu'elle était… C'est un cas de légitime défense, c'est confirmé, pas de doute là-dessus.

— Ah. Tant mieux.

Elle soupira de soulagement.

Elle s'était fait du souci pour lui ! Cela lui mit du baume au cœur.

— Comment tu t'en sors, avec un bras en moins ? Ça ne doit pas être évident au quotidien…

— C'est vrai. Ma mère dort à l'hôtel à côté, elle m'aide beaucoup. Je lui ai dit que ce n'était pas la peine, mais bien sûr, elle ne m'écoute pas…

— Moi aussi, je devrais être auprès de toi. J'aurais dû te rendre visite immédiatement.

— Bah, ne t'en fais pas. Dis-moi plutôt, tu t'es remise ?

— Hum.

Un silence s'installa.

Wakatsuki se demanda si elle se replongeait dans les souvenirs horrifiques de sa détention dans la maison noire. Cette expérience cauchemardesque aurait traumatisé même les esprits les plus aguerris, et Megumi était si sensible…

— Je n'ai pas changé d'avis, finit-elle par dire d'un seul coup, comme on se lance à l'eau.

— Comment ça ?

— Je pense toujours qu'il n'existe pas d'êtres humains foncièrement mauvais de naissance.

Il en resta interdit.

— Après tout ce que tu as vécu, tu ne hais pas cette femme ?

— J'avais peur, je la haïssais. Je voulais la tuer. Mais je pense que si ça m'avait fait changer d'avis et que je l'avais considérée comme un monstre, c'est moi qui aurais perdu.

— Même en sachant tout ce qu'elle a fait ? insista-t-il, dubitatif.

— Les enfants ne font que reproduire ce qu'on

leur a appris ; ils traitent les autres de la manière dont on les a traités. Cette femme a dû subir une maltraitance continue dans sa petite enfance. Cette façon de vivre était la seule qu'elle a pu développer. Autour d'elle, il n'y a jamais eu personne pour lui enseigner que blesser et tuer les gens était mal.

Megumi n'avait pas vacillé, même après sa descente aux enfers... Wakatsuki fut réellement frappé de la force de caractère dont elle faisait preuve, et commença à se rassurer à son sujet.

— Donc, tu ne crois pas que Sachiko Komoda était une psychopathe ?

— N'utilise pas ce mot, s'il te plaît. Ce n'est pas bien de dire du mal des morts, mais en vérité, je crois que c'est Kanaishi qui était malade. Il ne faisait que reporter sur les autres la noirceur qui existait au fond de son cœur.

— Je pense que tu es un peu trop sévère à son égard, mais enfin...

— Tu étais tellement obnubilé par le couple Komoda que tu n'as même pas vu la vraie nature de Kanaishi.

— La vraie nature ? Qu'est-ce que tu veux dire ?

— Le vrai danger, c'était lui.

— Hein ?

Dans cette affaire, l'assistant professeur Kanaishi avait été une victime. Wakatsuki trouva l'affirmation de sa petite amie éminemment injuste.

— Ce n'est pas grave si tu ne comprends pas tout de suite mais... j'en connais d'autres, des personnes comme lui. Dans mon entourage proche.

De qui parle-t-elle ?

— D'ailleurs, je te dois des excuses.

— Ah bon ?

— Tu as téléphoné plusieurs fois chez mes parents, non ? Ils ne me l'ont appris qu'hier.

— Vraiment ? Ils me disaient que tu n'étais pas encore remise…

— Mensonges et faux-fuyants. Mes parents ont essayé de mettre fin à notre relation.

— À vrai dire, après tout ce qui s'est passé, ce n'est pas si étonnant…

— Mais pas du tout ! Au contraire ! s'emporta Megumi. Mes parents veulent que tout soit fait selon leurs désirs. Ils veulent me conserver à jamais à l'état de petite poupée en robe de dentelle que l'on promène autour de sa maison !

— C'est parce qu'ils t'adorent…

— Non. Laisse-moi t'expliquer depuis le début.

Elle prit une grande inspiration et se mit à déverser ce qu'elle avait sur le cœur par à-coups, comme si elle se retenait de tousser.

— L'union de mes parents, c'est un mariage de raison. Un jeune entrepreneur avec la fille d'un banquier bien installé. Ils ne se vouaient aucun amour. Et même après le mariage, ils n'ont jamais pu se rapprocher. Puisqu'un divorce aurait été trop inconvenant, ils n'ont rien trouvé de mieux à faire que de procréer. L'enfant, « ciment du mariage », comme on dit ! Est-ce que quelqu'un s'est déjà dit que le fait de mener une vie de ciment vivant n'était pas très enviable ? Ils passaient leur temps à me tirer chacun vers soi, au point que j'avais l'impression que mon corps allait se fissurer !

— Tu étais prise entre les feux croisés de leur amour pour toi…

— Non, ça n'a rien à voir. Pour mes parents, je n'ai jamais représenté qu'un trophée. C'était à celui ou celle qui pourrait me manipuler à son idée : voilà ce à quoi ils passaient leur temps. Et moi je voulais qu'ils s'entendent bien, alors je n'ai fait que souffrir à leur contact. Ce que l'un me demandait, je ne pouvais pas le faire sans blesser l'autre… c'était intenable ! Oh, bien sûr, ils s'en fichaient. Ils n'ont jamais aimé personne, tu comprends.

— Voyons, tes parents t'aiment, quand même…

— Non. Pour eux je ne suis rien d'autre qu'un pion sur un échiquier. C'est pourquoi ils ne supportent pas que j'agisse selon ma volonté propre. Lorsque j'ai dit que je voulais aller à l'université de Kyôto, ils ont remué ciel et terre pour me faire abandonner. S'ils ont tenté de t'exclure de ma vie, c'est pour les mêmes raisons.

Wakatsuki n'était pas sans savoir que lorsqu'une relation parents-enfant ne fonctionnait pas, les enfants avaient tendance à garder contre leurs géniteurs une rancune tenace. Il comprenait qu'il fallait prendre les propos de Megumi avec une certaine distance, car ils étaient à n'en pas douter empreints de distorsions et d'exagérations, toutefois, à en juger par les conversations téléphoniques qu'il avait eues avec M. et Mme Kurosawa, il sentait qu'il y avait probablement beaucoup de vérité dans son histoire.

— Dès l'instant où j'ai rencontré Kanaishi, il ne m'a pas plu. Puis je l'ai entendu parler, et j'en ai eu la certitude : cet homme était de la même trempe que mes parents. Des êtres impitoyables, bourrés de préjugés. Kanaishi dégageait la même énergie négative qu'eux.

— Tu parles de tes parents comme s'ils étaient malades…

— Non, ce sont des gens tout ce qu'il y a de plus normal. Ou quasiment… Ce qui est maladif chez eux, c'est ce pessimisme constant. Un désespoir sans fond face au monde et à la vie. Tout ce qu'ils voient, ils le voient dans l'ombre de ce désespoir. Ils refusent d'admettre la bonté et le désir de progresser chez les gens.

Wakatsuki ne répondit rien.

— Pour eux, chaque événement, chaque existence est obligatoirement la manifestation de quelque chose de mauvais. Alors ils tentent de se protéger avec tout un tas de stratagèmes et de ruses. Afin de ne pas souffrir si on les trompe, ils s'empêchent de s'attacher, s'interdisent d'aimer… Toujours pour se protéger des dangers que représentent les autres, ils leur attachent des étiquettes méprisantes et, le moment venu, se débarrassent d'eux sans le moindre scrupule. Alors que le plus grand danger pour la société, ce ne sont pas ceux qui souffrent de troubles mentaux évidents, mais bien eux, ceux qui voient le monde à l'aune de leur propre noirceur.

Wakatsuki eut l'impression qu'elle lui reprochait l'indifférence dont il faisait preuve. Afin de se préserver du moindre remords envers Sachiko Komoda, il l'avait sans même y penser déchue de son humanité. C'était une pente dangereuse : chacun pouvait en arriver à se considérer dans son bon droit en éliminant son prochain et se transformer en tueur. Au fond, n'était-ce pas aussi effrayant que la société de psychopathes que Kanaishi décrivait ?

— C'est bien la seule chose sur laquelle mes parents sont d'accord. Mettre leurs affects de côté et se concentrer sur leurs intérêts communs. C'est presque un miracle… En cours d'histoire mondiale, au lycée, quand on a entendu parler d'alliances politiques entre pays traditionnellement concurrents, crois-moi, j'ai immédiatement compris ce que ça voulait dire : mes parents en étaient le symbole parfait.

Elle se montrait bien plus loquace que d'ordinaire. Wakatsuki se souvint des paroles de Kanaishi : « *L'enfer est pavé de bonnes intentions.* » Une citation, avait-il dit. Peut-être l'avait-il inventée. Si cela semblait sensé, le pessimisme aussi pouvait représenter une voie extrême. D'ailleurs, on pouvait penser que l'inverse était tout aussi vrai. Pourquoi pas : « *Un mur élevé par méchanceté peut s'avérer une excellente digue contre les raz-de-marée* » ? Megumi avait réussi à faire de sa répulsion envers ses parents le matériau d'une solide armure. Armure qui l'avait mentalement préservée lors de son expérience terrible dans la maison noire…

— Ces derniers temps, ils me parlent à mots couverts d'un jeune homme qui travaille pour mon père. Eux qui se haïssent en temps normal, les voilà qui se cherchent du regard, gloussent et abondent dans le sens l'un de l'autre… J'en suis malade rien qu'à les voir.

Elle avait jeté cette bombe l'air de rien, mais Wakatsuki ne pouvait laisser passer sans réagir.

— Quel genre, le jeune homme ?

— Je ne l'aime pas. Il a étudié à l'université de Tôdai, mais il est plus athlétique qu'intellectuel. Un mètre quatre-vingts, peau bronzée, épaules larges, raie sur le côté. Toujours joyeux et amusant chaque fois qu'on se voit.

Wakatsuki ne put s'empêcher de s'alarmer. Était-ce son imagination, ou Megumi en parlait-elle de manière fort élogieuse ?

— Mais comme il a été choisi par mes parents, il y a de grandes chances que ce ne soit qu'une façade agréable, rien de plus. De toute façon, je ne me conformerai jamais à leurs souhaits. C'est ma vie. C'est moi qui choisirai mon partenaire.

— D'accord…

Il sentit une boule de chaleur le réchauffer de l'intérieur.

— Je vais revenir dans quelque temps, assura-t-elle. Tu m'attendras ?

— Vraiment ? Mais tes parents…

— Je m'en fiche, de mes parents. J'ai pris ma décision.

— Écoute, ça me fait plaisir, je t'assure. Mais tu leur parleras avant quand même ?

— Ne t'inquiète pas. Désolée de n'avoir parlé que de moi.

— Pas de souci. Ça me rassure de constater que tu vas bien.

— Parle-moi de toi.

— Eh bien…

Il se leva pour faire les cent pas dans la salle de repos. Il n'embêtait personne car la vieille dame avec qui il partageait la pièce avait piqué du nez depuis longtemps.

Avec sa blessure au bras et tout le sang qu'il avait perdu, il était encore régulièrement pris de vertiges. Mais il y avait autre chose dont il voulait parler avec elle.

— J'ai résolu une énigme. À propos d'un sujet qui me tient beaucoup à cœur.

— Quelle énigme ?

— La mort de mon grand frère… Tu étais au courant ?

— Je savais que quelque chose s'était passé, et j'ai compris que cela concernait ton grand frère quand tu m'as parlé de vos expéditions pour attraper des insectes.

— Comment ?

— Je t'ai demandé si tu étais seul, et tu as eu du mal à répondre que ton frère était là. Et puis, tu donnes toujours les noms scientifiques des insectes, comme si ceux que vous leur donniez à l'époque où vous les observiez ensemble te rappelaient trop de souvenirs.

— Je vois…

La perspicacité de sa petite amie continuait de l'épater.

— Un soir, mon grand frère est rentré de l'école et s'est suicidé en sautant de notre appartement. Depuis, j'ai toujours pensé que j'étais responsable de sa mort.

Il lui raconta comment il avait vu son frère se faire tabasser par ses camarades. Comment il avait été intimidé et n'avait pas eu la présence d'esprit de parler.

Megumi l'écoutait sans rien dire.

— Et tu sais… quand je suis allé te chercher à la maison noire, j'ai compris que le suicide n'était peut-être pas la véritable explication.

— Ah bon ? Comment ça ?

En effet, son raisonnement devait paraître déroutant.

— Il y avait une grande cage, dans la cuisine

sombre. On aurait pu y faire entrer un énorme chien. Je pense qu'elle a servi pour la détention de Kanaishi…

Il se rattrapa au dernier moment, se retenant d'évoquer des choses qui pourraient faire remonter les souvenirs atroces de Megumi à la surface.

— Et, bref, j'ai eu une impression de déjà-vu. Et ce n'était pas qu'une illusion. J'ai eu cette vision très nette d'une cage que l'on avait autrefois, quand on était petits. Une grande cage vide posée sur notre terrasse. Pas aussi grande que celle de la maison noire, bien sûr, une cage à oiseau. La porte était ouverte, et il n'y avait rien à l'intérieur. Et je me suis souvenu du moment précis où j'ai vu cette cage ainsi : c'était le soir du drame.

— Vous aviez un animal à l'intérieur ?

— Mon frère avait un petit écureuil de Corée. Il aimait beaucoup les animaux, il s'en occupait tous les jours. Il lui donnait des graines de tournesol, changeait la litière en papier. Quand il était triste ou qu'il n'allait pas bien, on le trouvait souvent sur la terrasse, en train de regarder son écureuil.

— Continue…

— Je n'ai pas ouvert la cage. Ma mère non plus. C'est sûr, parce qu'elle a toutes les petites bêtes en horreur, elle ne s'en approchait même pas. Ce qui ne peut vouloir dire qu'une chose : avant de mourir, mon frère a ouvert la cage.

— Afin de le libérer, tu penses ?

— Non, c'est très improbable. S'il avait voulu le relâcher, mon frère l'aurait emmené dans les bois. C'est difficile pour un petit écureuil de survivre dans un îlot d'immeubles.

— Mais dans ce cas, pourquoi ?

— Je pense qu'il ne l'a pas relâché, mais qu'il s'est enfui. Quand mon frère vivait des moments difficiles, il voulait souvent jouer avec l'écureuil. Il a dû ouvrir la cage pour l'attraper, mais l'animal lui a glissé des mains et s'est enfui. C'était déjà arrivé une fois, et mon frère avait tout tenté pour le rattraper.

— C'est pour ça qu'il serait allé sur le toit ?

— Oui. Pour un écureuil, c'est facile de grimper le long d'un mur en crépi : il a dû y arriver en un clin d'œil. Mon frère l'a rejoint par l'escalier et l'a découvert de l'autre côté de la clôture de protection.

— Mais alors, c'était un accident ?

— C'était assez facile à vérifier, en fait. Pas même la peine de consulter les journaux de l'époque. Ma mère, avec son travail, avait une assurance qui nous incluait. Il m'a suffi d'entrer les dates et le numéro du contrat pour tomber sur le code de la cause du décès. Je n'avais encore jamais eu le courage de le faire. Et puis, il y a quelque temps, je me suis enfin lancé.

— Qu'est-ce que ça a donné ?

— Code 482. Soit : « Chute accidentelle. » Bien sûr, les suicides ne sont pas comptabilisés dans cette catégorie.

Megumi soupira de soulagement.

— Alors, toutes ces années, ce n'était qu'un immense malentendu… Comment expliques-tu que cela ait duré si longtemps ?

— Lorsque mon frère est mort, je me suis persuadé que c'était entièrement ma faute et je me suis tellement replié sur moi-même que je suis devenu comme autiste. Personne ne me parlait de lui, et je ne lisais pas les journaux. Encore aujourd'hui, j'ai très peu de souvenirs de cette période tellement elle était terrible.

Il fit une pause, le temps de souffler.

— J'en ai enfin parlé à ma mère hier. C'était exactement ça : l'écureuil s'était échappé, et mon grand frère est mort en essayant de le rattraper : il a passé le garde-fou et a glissé. C'est la conclusion de l'enquête. Quant à ma mère, elle pensait que c'était évident pour moi, que je l'avais toujours su. Elle est tombée des nues quand je lui ai dit que cela faisait des années que je me mortifiais à cette idée.

— Quel soulagement... Cela doit être étrange d'être soudain libéré de cette culpabilité qui te rongeait !

— Hum...

Il savait à quoi elle faisait allusion.

— Quand est-ce que tu viens, alors ?

Elle pouffa.

— Qu'est-ce qui te prend, tout à coup ?

— Tu me manques.

— Je ne vais peut-être pas venir finalement, on dirait que tu as des idées derrière la tête...

— Allez, dépêche-toi.

— Je ne sais pas, j'hésite...

Il n'y tint plus et s'écria :

— Tu sais très bien ce que je veux dire ! J'ai envie de toi !

C'est à ce moment-là qu'il se rendit compte que l'infirmière de tout à l'heure était revenue dans la salle d'attente et qu'elle affichait un air hautement offusqué.

Il rougit jusqu'aux oreilles.

Wakatsuki sortit de chez lui avec son sac en bandoulière. Depuis les récents événements liés à son travail, son quotidien avait passablement changé. D'abord, son bras droit étant toujours inutilisable, il avait dû renoncer à se déplacer en VTT. Il prenait désormais le métro, de la gare d'Oike à celle de Shijô.

Il passa devant les œuvres accrochées dans la galerie de celui-ci sans vraiment les regarder et s'engouffra dans l'escalator.

Par chance, la blessure infligée par Sachiko Komoda ne s'était pas infectée et une semaine plus tard, elle commençait déjà à se refermer.

Les premiers jours, sa mère, Nobuko, avait pris soin de lui, et le reste de la semaine Megumi avait pris le relais. Il avait pu quitter l'hôpital après ces sept jours. Il avait encore de vives crises de douleur, aussi gardait-il pour l'instant son bandage et prenait-il toujours des analgésiques.

Il n'avait pas absorbé une goutte d'alcool : on lui avait dit que c'était mauvais pour la cicatrisation. Ça aussi, c'était un grand changement. Considérant qu'un mois plus tôt à peine il était à deux doigts de sombrer dans l'alcoolisme, dans l'ensemble il avait fait des progrès pour sa santé.

À force de rester alité, son désir sexuel était monté en flèche. Cependant, comme tout ébat pouvait mettre à mal la blessure, Megumi l'exhortait à la patience, et sa frustration ne faisait qu'augmenter.

Le plus pénible, c'était de se laver. Il devait enrouler son bandage dans du plastique, le sceller hermétiquement avec du ruban adhésif avant chaque ablution, et garder quand même le bras hors de l'eau, ce qui n'était pas du tout évident.

Il avait découvert qu'avec le bras gauche, on ne pouvait pas se laver le bras gauche. Il avait essayé plusieurs stratagèmes, comme celui de la serviette humide étalée sur sa cuisse dans le bain et contre laquelle il frottait son bras, mais les résultats étaient limités. Il avait donc plus ou moins accepté d'oublier l'hygiène pour cette partie de son anatomie jusqu'au jour où il retrouverait l'usage de son bras droit.

Dès sa sortie de l'hôpital, il avait été assailli par des journalistes qui l'attendaient en embuscade devant son boulot pour lui tendre leurs micros. Comme il n'avait jamais consenti à leur dire un seul mot, la cohorte n'avait pas tardé à abandonner.

Il trouva ses collègues féminines au pied de l'ascenseur. Il répondit à leurs saluts par un signe de tête. Un début de matinée comme tous les autres.

C'était son cinquième jour depuis qu'il avait repris le travail. Afin de marquer le coup le jour de son retour, ses collègues avaient préparé un bouquet de fleurs pour lui et l'avaient même applaudi.

Dès le troisième jour, Wakatsuki avait senti que tout était revenu à la normale, si ce n'était son bras en écharpe. Et comme l'essentiel de son travail se bornait à vérifier puis tamponner des documents, finalement il s'en sortait plutôt bien avec sa main gauche.

À bien y réfléchir, s'il avait été massacré par Sachiko Komoda lors de cette terrible nuit, rien n'aurait été véritablement différent : son bureau aurait été couvert de fleurs, et puis les documents auraient continué d'affluer, l'effaçant peu à peu des mémoires.

Il repensa à Yoshiko Takakura.

Il était encore à l'hôpital quand on avait retrouvé le corps de la pauvre femme, taillé en morceaux, dans le parc de Takaragaike. Ce qu'il avait entendu lors de son coup de fil, c'était bien la sonnerie du tramway de la ligne Eizan. Les funérailles avaient été grandioses, de nombreux cadres de la Shôwa Seimei étaient venus lui rendre hommage. Wakatsuki n'avait pu être présent, mais il était allé déposer des fleurs sur sa tombe dès sa sortie.

En arrivant à son étage, il tomba sur Tachibana, responsable du service juridique. Il portait sous le bras plusieurs exemplaires d'un hebdomadaire illustré daté du jour.

— Ah, Wakatsuki, tu as vu ça ?

Il lui tendit, tout sourire, la page qu'il avait marquée.

Un article à propos de Shigenori Komoda.

Quelques jours après la mort de Sachiko Komoda, il avait voulu se suicider en sautant du toit de l'hôpital. L'immeuble n'était pas très haut, il s'en était sorti avec quelques blessures légères. Toutefois, il souffrait d'une dépression sévère et avait été transféré dans l'aile psychiatrique de l'établissement.

Quant à la photo qui accompagnait ces lignes… On y voyait Shigenori Komoda, le regard absent, tourné vers la fenêtre de sa chambre. Comment avait-on pu prendre ce cliché ? Mystère.

Wakatsuki détourna immédiatement la tête.

Pensant que ça l'intéresserait, Tachibana ouvrit le magazine à une double page faite de deux portraits. Le premier représentait un homme en buste – probablement une photo d'identité – au visage épais qui regardait droit vers l'objectif. Le second était celui d'une jeune femme potelée qui jouait avec un chien dans un jardin. L'homme et la femme avaient des croix noires à la place des yeux.

— Ce sont les deux seules personnes dont on a confirmé l'identité pour l'instant, dans la montagne de cadavres. Pour les autres, on n'en sait encore rien, expliqua Tachibana.

L'homme, âgé de trente ans sur la photo, était l'ancien mari de Sachiko Komoda. La femme, vingt-quatre ans au moment du cliché, était une vendeuse de produits de beauté en porte-à-porte. Elle avait sonné chez les Komoda dans le cadre de son travail.

— Et c'est pas tout : apparemment, Sachiko Komoda avait déjà tué trois de ses propres enfants. Trois autres que Kazuya Komoda, tu imagines ? Tout ça pour l'argent des assurances... Deux des trois étaient assurés dans d'autres boîtes, mais un l'était chez nous...

Yoshio Shirakawa, mort à six ans. Wakatsuki se souvint d'avoir lu des articles à son sujet à la bibliothèque.

— Mon pauvre Wakatsuki, quelle déveine que ce soit tombé sur toi, cette histoire...

Oui, une déveine, c'était bien le mot.

Pour Wakatsuki lui-même, mais aussi pour Shigenori Kosaka, ainsi que pour tous les autres malchanceux et malchanceuses qui avaient croisé la route de Sachiko Komoda. Mais à quel point pouvait-on dire qu'ils avaient manqué de chance ?

Une chance sur un million ? Une sur cent mille ? Une sur mille ? Quelle était la probabilité de rencontrer un individu tel que Sachiko Komoda, dans le Japon moderne ?

Il entra dans le bureau au moment où Kasai raccrochait son téléphone.

Son visage blême alarma Wakatsuki.

— Bonjour… Il s'est passé quelque chose ?

— Oui. Tiens, regarde.

Il avait étalé les pages d'un document sur son bureau. Une demande de paiement pour décès. Un article de journal y était agrafé.

— Tu te souviens de cette histoire ? On a reçu ces demandes le jour même de l'agression de Sachiko Komoda.

Oui, il s'en souvenait. Une maison avait brûlé, une femme et deux enfants avaient péri. Onze contrats couvraient un possible décès, dont deux souscrits moins d'un mois avant le drame, pour un total de soixante-dix millions de yens de prime.

Wakatsuki avait voulu se plaindre auprès du directeur de l'antenne de Shimogamo ce jour-là pour ce dossier entaché d'erreurs, mais il n'avait pas pu.

— J'ai appelé le directeur, Tani, mais il m'a baratiné, alors je suis allé le voir en personne et il a fini par m'avouer ce qui s'était passé. C'est le client qui est venu de lui-même à l'agence pour demander à créer ces contrats, sans exiger aucun accord particulier, avec un apport de départ ; il souhaitait simplement que tout soit fait de manière que la somme des primes soit le plus élevée possible.

— Mais c'est une blague ! Et on le lui a accordé, sans la moindre vérification ?

— Les chiffres de l'agence de Shimogamo étaient désastreux ce mois-là. On peut imaginer que Tani était sur la sellette. Il a même demandé à un commercial de produire un faux à propos de ce client, afin que ça passe mieux…

Les directeurs d'agences d'assurances étaient soumis à une forte pression. Ils se retrouvaient dans le bâtiment de Kyôto pour une réunion mensuelle à laquelle Wakatsuki avait assisté quelques fois, par simple curiosité. Il avait été très étonné de l'ambiance étrange qui régnait durant ces rassemblements, comparable à celle d'un séminaire de vente pyramidale, ou même d'une secte.

Les directeurs qui produisaient de bons résultats étaient portés aux nues avec insistance devant les autres alors que ceux qui ne parvenaient pas à hisser leur agence au niveau des quotas annuels étaient vertement critiqués. Ils étaient rabaissés devant leurs pairs, qui les traitaient de voleurs de salaires. Il était même arrivé qu'on leur fasse endurer quelques punitions, du type recevoir des coups de pied au postérieur ou devoir s'asseoir par terre.

Wakatsuki se sentait peu en mesure de les juger pour leurs combines.

— L'homme a commencé par demander des contrats à la Kanyô Hoken, sachant qu'ils sont plus sévères dans leurs vérifications. Puis il est venu en créer chez nous, et dans d'autres compagnies. En tout, avec les versements de sa mutuelle, il devrait récupérer trois cents millions de yens.

Wakatsuki baissa les yeux sur les documents étalés sur le bureau. Nom du bénéficiaire : Ryûichi Miyashita. Né en 1963, trente-trois ans à ce jour.

— Quel métier ? demanda-t-il.

— Il était ouvrier dans le bâtiment, mais aujourd'hui il ne fait rien. Sans emploi. Dès le début de ses contrats, il a dû payer trois cent mille yens par mois. Apparemment, il a contracté un emprunt pour pouvoir s'acquitter des mensualités.

Wakatsuki eut un mauvais pressentiment. La blessure de son bras se mit à le lancer.

— Et ce monsieur vient de nous appeler. Menaçant, avec ça… Il demande pourquoi on ne l'a pas encore payé, il va venir en personne pour s'expliquer. Il n'habite pas très loin, il devrait être là d'ici dix, quinze minutes. Ça m'embête de te demander ça alors que tu es encore en convalescence, mais Kitani est en déplacement, tu pourrais m'épauler ?

— Pas de problème.

Le visage de son supérieur était tendu. Plus encore que lors de l'affaire Sachiko Komoda. Une expression qu'il ne laissait que rarement entrevoir.

C'est quoi, au juste, les assurances-vie ? se demanda Wakatsuki en s'asseyant à son bureau.

C'était une affaire florissante chez les Japonais, un peuple qui appréciait sa sécurité, était économe et besogneux. Qui n'avait pas eu de mal à se hisser au premier rang mondial dans ce domaine. Avec l'allongement de la durée de vie, tant que l'économie du pays prospérerait, les assureurs se frotteraient les mains. Mais cet âge d'or était déjà révolu.

La société nippone dans son ensemble prenait désormais le chemin des États-Unis, qui faisaient face à une crise effrayante de la moralité. Les qualités de cœur étaient méprisées au profit de la glorification de l'argent. La pensée, l'imagination s'appauvrissaient. Les plus faibles étaient traités sans compassion. On remarquait les signes avant-coureurs de ce changement en observant le domaine des assurances non-vie, où les arnaques représentaient déjà cinquante pour cent des demandes. Tendance qui ne faisait que progresser dans les assurances-vie.

Inévitablement, les services d'assurance deviendraient de plus en plus chers, et ce serait toute la société qui en pâtirait.

Cette tendance ne représentait-elle qu'une simple période de transition en cette fin de XXe siècle ? Ou bien était-ce déjà le nouveau monde vers lequel on se dirigeait résolument ?

Pendant longtemps, Wakatsuki avait pensé que le nombre de personnes amorales irait diminuant avec les progrès de la société. Désormais, il considérait que l'inverse était plus vraisemblable. La faute en incombait-elle, comme le pensaient Kanaishi et une partie des chercheurs en sociobiologie, à l'État-providence ? Wakatsuki en doutait, sachant à quel point, au Japon, l'État était loin de prendre soin des plus vulnérables.

Dès lors, cette dégénérescence morale serait-elle due aux pesticides, aux additifs, aux dioxines, aux ondes qui s'attaquaient à l'essence de notre existence, qui grignotaient nos gènes ?

Quoi qu'il en soit, Kanaishi avait dépeint à Wakatsuki un futur bien sombre.

Le nombre de criminels allait tellement augmenter que les prisons déborderaient, les tribunaux, complètement engorgés, ne serviraient plus à rien. Il deviendrait dangereux de sortir la nuit dans les villes. Les banlieues se changeraient en bidonvilles, les dégradations rendraient les services publics inutilisables.

Entre l'allongement de l'espérance de vie et la recrudescence du crime, les dépenses de l'État allaient inexorablement augmenter. Sans oublier l'évasion fiscale et les bureaucrates parasites… La santé économique du pays serait condamnée. Peut-être était-ce déjà le cas. Alors, dans cette société lamentable où l'ordre aurait disparu, les psychopathes sortiraient de l'ombre et prendraient le dessus.

D'après Kanaishi, la société actuelle leur était de plus en plus propice. Il prévoyait que les valeurs traditionnelles de l'humanité seraient renversées, qu'ils en imposeraient de nouvelles.

Était-ce là le simple délire d'un homme maladivement pessimiste ?

Pouvait-on affirmer avec certitude que la maison noire, avec sa puanteur insupportable, n'était pas la représentation de ce vers quoi tendait la civilisation aujourd'hui ?

Megumi croyait fermement qu'il n'existait pas d'être humain fondamentalement mauvais. Que les comportements criminels étaient dus à un environnement délétère et à des traumatismes de l'enfance, que c'était une erreur de vouloir les catégoriser, leur coller des étiquettes.

Wakatsuki était déterminé à la croire.

Les assurances-vie représentaient le croisement entre, d'une part, la pensée purement statistique et, d'autre part, le souci de secours mutuel entre les individus. C'était un système permettant de pallier et de réduire les risques de l'existence.

C'était tout l'inverse d'une mise à prix sur la tête de quelqu'un.

Vingt minutes après la conversation entre Wakatsuki et Kasai, l'ascenseur fit entendre son grincement plaintif.

Il est là... pensa aussitôt Wakatsuki, qui se mit à trembler de tout son corps.

Dans cette cabine se cachait peut-être un être de la même espèce que Sachiko Komoda.

Il se souvint soudain d'une scène dans une émission scientifique qu'il avait vue il y avait bien longtemps. Un documentaire étranger sur les fourmis.

À l'écran, des milliers de fourmis couraient en tous sens sur des racines, sans aucun ordre apparent. Des fourmis arboricoles. En réalité, elles sortaient aussi vite qu'elles le pouvaient les œufs et les larves de leur nid, car une catastrophe approchait.

Cette catastrophe, découvrait-on dans la scène suivante, c'était une chenille à l'apparence des plus étranges, celle d'un pancake ovale, plat et orange.

Il s'agissait de la chenille d'un papillon nommé *Liphyra brassolis*. Si la majorité des lépidoptères de la même famille vivaient en symbiose avec les fourmis, cette espèce-là pondait ses œufs sur les arbres au pied desquels les fourmis avaient creusé un nid, et ses chenilles descendaient pour grossir dans le terrier, dévorant les œufs, larves et nymphes jusqu'au dernier.

La chenille arrive, descend, se rapproche du nid. Les combattantes se jettent dans une lutte sans merci pour la détourner. Toutefois, la chenille est bien plus grosse qu'elles, et grâce à sa couverture ovale dure comme du cuir, elle ne subit que peu de dommages. Les fourmis tentent de s'attaquer à ses pattes mais, bien couvertes sous un épais manteau, elles sont inatteignables.

Les fourmis sont impuissantes face à ce gros animal indestructible qui incarne le pire cauchemar de leur existence. La chenille, fermement accrochée à l'écorce, avance inexorablement, lentement mais sûrement, vers le nid.

Elles lancent une dernière offensive en masse, tentent de faire barrage de leurs corps, mais la chenille ne s'en formalise même pas : elle passe à travers elles avec aisance. Les fourmis sont repoussées, certaines tombent du tronc.

L'issue du combat ne fait plus aucun doute. Alors que les fourmis n'ont même pas réussi à ralentir la chenille, celles qui sont encore à l'intérieur auront beau se démener pour sortir encore quelques œufs, larves et nymphes, tout ne sera pas sauvé.

La chenille prédatrice fourre sa tête à l'entrée du nid et gigote pour s'y introduire en entier. Puis, agitant ses mâchoires d'un air grotesque, elle se délecte, jamais rassasiée, de toute la couvée de futures fourmis qui n'aura pas été sortie.

L'ascenseur tinta, les portes s'ouvrirent.

Il en sortit un homme très grand. Il dépassait allégrement le mètre quatre-vingt-dix.

Kasai se leva, le teint livide, et Wakatsuki lui emboîta le pas.

L'homme ouvrit la porte vitrée et entra dans l'agence. Ses yeux brillaient d'un éclat étonnamment intense.

Mâchoire puissante fièrement tendue en avant, il planta immédiatement son regard sur eux. Les femmes, à l'accueil, semblaient toutes figées.

À l'instant où il croisa son regard, la tension artérielle de Wakatsuki s'éleva soudain, tandis que son cœur tambourinait dans sa poitrine.

Et si le véritable cauchemar ne commençait que maintenant ?

10 / 18

Qu'avez-vous pensé de ce livre ?

Partagez votre avis sur vos réseaux sociaux
avec les # suivants :

#passionlecture
#1andelecture1018
#éditions1018

et tentez de remporter **1 an de lecture***.

Retrouvez-nous sur les réseaux sociaux
et découvrez tous nos conseils de lecture :

 editions1018  Editions 10-18  Editions 10/18

*voir modalités sur la page https://un-an-de-lecture-10-18.lisez.com/

10/18 – 92 avenue de France, 75013 PARIS

Imprimé en France par
CPI Brodard & Taupin

N° d'impression : 3059236
X08489/01